C'est toi que j'attendais

DE LA MÊME AUTRICE

Le temps d'un été
Toutes ces choses qu'on n'a jamais faites
Si seulement... la vie s'apprenait dans les romans d'amour
La vérité sur l'amour (et autres petits mensonges)
Maintenant que tu le dis...
Trop beau pour être vrai

Dans la série « Blue Heron »

À un détail près
Sans plus attendre
Repartis pour un tour
N'y pense même pas !
Ton âme sœur (ou presque)

KRISTAN HIGGINS

C'est toi que j'attendais

Traduit de l'anglais (États-Unis) par
SOPHIE DALLE

Harper
Collins
POCHE

Titre original :
UNTIL THERE WAS YOU

Ce livre est publié avec l'aimable autorisation de Maria Carvainis Agency, Inc.

HARPERCOLLINS FRANCE

83-85, boulevard Vincent-Auriol, 75646 PARIS CEDEX 13
Tél. : 01 42 16 63 63

www.harpercollins.fr

ISBN 979-1-0339-0492-2

Je dédie cet ouvrage à Pauline Keenan, ma belle-mère, qui a si bien élevé l'homme de ma vie, aime ses petits-enfants de tout son coeur et m'apporte des chocolats chaque fois qu'elle me rend visite. Polly, je vous dois beaucoup plus qu'un livre !

Chère lectrice, cher lecteur,

Bonjour ! Merci d'avoir choisi *C'est toi que j'attendais*. Une fois de plus, vous allez découvrir une jolie ville de la Nouvelle-Angleterre, une héroïne au grand cœur (et au grand chien), un héros à vous pâmer. L'histoire propose une légère variante sur un sujet classique – le retour du « bad boy ». Car nous les adorons toutes, n'est-ce pas ? Je me suis tellement amusée à créer celui-ci : le garçon le plus sexy du lycée avec sa moto et ses tatouages, le poseur imbu de sa personne. Comment s'étonner que Poppy, la gamine maigrichonne qui l'admirait de loin, soit tombée amoureuse de lui ? Il était hors de sa portée, il la remarquait à peine… et pourtant, il avait réussi à lui briser le cœur. Le voilà de retour, plus attirant que jamais – et potentiellement dangereux.

Ce roman présente une première pour moi – le point de vue du héros. Veuf depuis peu, père d'une adolescente, Liam vit dans la crainte que sa fille ne s'éprenne d'un… « bad boy ». Trop protecteur ? Un chouïa ! Il est revenu à Bellsford, New Hampshire, pour se rapprocher de ses beaux-parents. Mais Liam ignore que son passé le poursuit. Et Poppy se demande s'il a vraiment changé. J'ai pris beaucoup de plaisir à explorer des thèmes tels que l'appartenance, l'importance d'être choisi et aimé, la manière dont les événements d'antan façonnent le présent… et l'avenir.

Les personnages secondaires sont nombreux, bien sûr, notamment Jon, mon préféré, ou encore Brianna, l'amie « grande gueule » de Poppy. Sans oublier le Guten

Tag ! J'espère que vous aimerez *C'est toi que j'attendais*. Encore merci !

Kristan
www.KristanHiggins.com

REMERCIEMENTS

Merci infiniment à Maria Carvainis pour ses précieux conseils ainsi qu'à Chelsea Gilmore, Martha Guzman et Lindsey Hemphill. Chez HQN et Harlequin Enterprises, merci à Keyren Gerlach, Tara Parsons, Margaret Marbury O'Neill et tout le reste de la famille Harlequin pour leur enthousiasme et leur soutien.

Merci aussi à…

Kim Castillo, championne du monde des assistantes de relations publiques et ma compagne de petit déjeuner préférée, à la bande merveilleuse de la CTRWA, à Shaunee Cole, Karen Pinco et Kelly Morse, à Jimmy Spencer qui m'a emmenée faire un tour sur sa Harley (au passage, Jimmy, je suis libre quand tu veux pour recommencer), à ma chère maman, Noel Higgins, qui relit tous mes manuscrits (m'a mise au monde, élevée et tout le reste), à Annette Willis qui, une fois de plus, a répondu à toutes mes questions concernant le droit de la famille, à Christine Michaud, ma consultante pour toujours sur les exploits des *Red Sox* (qu'ils ne battent plus les *Yankees* tant que je respirerai !), à Terence Keenan, pour son savoir en matière de motos et qui m'a forcée à regarder *Orange County Motors*, à l'exceptionnelle Diana Phung qui m'envoie toutes sortes de gourmandises pour recharger mes batteries. Un merci tout particulier à Dena Umberger, Lillian Lanouette et Joe Avellar qui m'ont fait partager leur expérience de l'adoption.

Merci par-dessus tout à mes deux brillants et magnifiques enfants que j'aime tant et à mon mari, l'homme le plus remarquable que je connaisse. J'ai une chance folle de vous avoir tous les trois.

Enfin, merci à Digger, mon chien si fidèle, mon vieil ami. Tu me manques.

1

Toute femme rêve de croiser un jour l'homme qui lui a brisé le cœur. Un fantasme du genre… elle se promène dans la rue, son beau et élégant mari (sosie, disons, de George Clooney dans *Ocean's 11*) lui chuchotant des mots doux parce qu'il ne peut pas s'en empêcher. Elle porte une tenue chic, ses cheveux sont brillants, impeccablement coupés. Elle et Clooney sortent du restaurant le plus réputé de la ville, par exemple, ou du magasin de joaillerie parce qu'il tenait *absolument* à lui offrir encore un gage de son amour… Et tout à coup… Ô mon Dieu ! Qui aperçoit-elle ? Ma parole, mais c'est lui, son tout premier amour, celui qui l'a anéantie autrefois. Il n'a pas l'air en grande forme. Non, il ne s'est pas arrangé avec le temps. Il a les tempes grisonnantes – mieux encore, il est chauve –, il a pris du poids, il s'est voûté. Il la voit et reconnaît aussitôt qu'il a commis l'erreur de sa vie en la larguant. Bref échange de civilités. Clooney lui serre la main tout en jetant un coup d'œil dubitatif sur sa femme (*Lui ? Sans blague !*). Puis, le couple s'éloigne tranquillement vers sa berline rutilante tandis que *lui* la suit du regard en se demandant comment il a pu être à ce point aveugle.

C'eût été bien. Beaucoup mieux, songea Poppy Osterhagen, que d'être affublée de l'uniforme de serveuse du *Guten Tag*, le restaurant de ses parents – corsage, jupe à volants et boléro brodé de nains (oui, des nains !), collant vert et sabots rouges. Les joues gonflées par la boulette de pomme de terre qu'elle venait d'engloutir pour recharger son métabolisme en manque perpétuel.

La porte de derrière s'était ouverte et il avait surgi là, juste devant elle.

Liam Declan Murphy, son tout premier amour, celui qui lui avait brisé le cœur.

Pas de Clooney. Pas de bijou. Seulement la cuisine déserte d'un restaurant allemand vieillissant et elle, la bouche pleine.

Le cerveau de Poppy s'enraya. Panne sèche. Données effacées. Erreur fatale. Impossible de parler.

Ses yeux étaient toujours aussi verts, sa chevelure, épaisse et dénuée de fils d'argent. Il était toujours aussi grand – *forcément, Poppy, on ne rapetisse pas dès la trentaine*. Toujours aussi arrogant, l'air de penser : *tu as envie de moi mais je t'ignore*. Au secours ! Quelle catastrophe ! *Mâche, Poppy, mâche*, lui ordonna sa cervelle. Elle s'exécuta avec peine. La boulette de pomme de terre était énorme.

Il portait un jean, un T-shirt et un blouson en cuir, son uniforme du temps du lycée, si la mémoire de Poppy ne la trahissait pas. Or, en ce qui concernait Liam Murphy, sa mémoire était méchamment fiable. Il s'était réfugié à Bellsford chez un oncle après un séjour en maison de redressement pour vol de voiture. (D'accord, d'accord, elle n'avait que quinze ans mais en ce temps-là, elle avait trouvé cela « super-cool ».) Il se déplaçait à moto et, selon la légende, avait dépucelé un nombre incalculable de copines (beurk !). Pourtant, à la surprise de tous, il était tombé amoureux de l'élève la plus respectable de l'école – exactement comme le personnage de *Beverly Hills 90210*, l'émission préférée de Poppy à l'époque. Quand Emma Tate avait décidé de continuer ses études universitaires en Californie, Liam l'y avait suivie. Peu après, ils s'étaient mariés. L'annonce était parue dans le journal juste avant que les parents d'Emma ne déménagent pour le Maine.

— Liam ! s'écria la mère de Poppy.

Stacia Osterhagen, un mètre quatre-vingt-deux, déboula dans la cuisine avec une pile d'assiettes.

— Poppy ! Tu as vu qui est là ? Nous avions oublié de te prévenir. Max ! Liam est là ! Liam, mon chéri, pourquoi n'es-tu pas passé par-devant ?

— L'habitude, sans doute, répondit-il avec un demi-sourire.

— Content de te voir, fiston, déclara Max en lui serrant vigoureusement la main.

Liam Declan Murphy.

Saint Elvis Presley.

— Tu te souviens de Liam, n'est-ce pas mon chou ? s'enquit Stacia.

Poppy opina. Jamais elle ne s'était sentie aussi ridicule. Certes, en matière de garde-robe, elle préférait les vêtements de sport (plus pratiques pour son travail). Mais même un vieux jogging aurait été plus présentable que cet uniforme caricatural (le même qu'autrefois, toujours trop large au niveau du buste).

— Salut ! lança-t-il de ce ton désintéressé qu'elle ne se rappelait que trop bien… Comment vas-tu, Cordelia ?

À en juger par le ton, il s'en fichait éperdument. Et puis franchement… *Cordelia*. Il s'était toujours obstiné à la désigner par son véritable prénom alors qu'elle le détestait. Entre sa maigreur et le fait de s'appeler Cordelia Wilhelmina Osterhagen (en hommage à une grand-tante à moitié aveugle, morte noyée en tombant dans un puits), elle avait eu droit à son lot de moqueries dans sa jeunesse.

— Je vais bien, murmura-t-elle en avalant enfin sa boulette de pomme de terre. Salut. Et toi ? Comment vas-tu ?

— Bien, merci.

— Tant mieux. Tant mieux. Euh… comment va Emma ?
— Elle est morte.
Poppy releva brusquement la tête.
— Quoi ? Tu plaisantes ?
Il la gratifia d'un regard glacial.
— Non.
Comment ne l'avait-elle pas su ?
— Mais… Quand est-ce arrivé ?
— Ça fera trois ans en octobre.

Ceci expliquait cela. Deux ans et demi auparavant, au mois d'octobre, Poppy s'était offert quelques semaines de vacances en Caroline du Nord. Quant à Facebook, elle ne s'y était mise que tardivement. Si la nouvelle s'était répandue par ce biais, elle l'avait loupée. D'autant qu'elle et Emma ne fréquentaient pas du tout les mêmes cercles.

— Je suis désolée, marmonna-t-elle, écarlate.

Emma Tate, morte ? Incroyable. Une fille si sympathique, si appréciée au lycée…

— Que s'est-il passé ? Je… euh… Tu n'es pas obligé de me raconter. Je… c'est ta vie privée, après tout.
— Leucémie.
Poppy tressaillit.
— Je suis vraiment navrée.
— Quelle tragédie, renchérit Max.
— Il nous l'a dit l'autre jour chez *Home Depot*, dit Stacia. Tu sais, ce ventilateur dans la salle de bains à l'étage, cassé depuis des années ? Nous avons décidé qu'il était grand temps de le réparer en prévision du retour de Gretchen. Et qui avons-nous croisé ? Ce beau jeune homme. Nous avons eu tant de chagrin pour toi, Liam.

Pas suffisamment pour en parler à Poppy alors que Stacia lui téléphonait chaque matin à 8 h 15 précises. Cela étant, oublier de transmettre les informations importantes était une spécialité familiale. Ainsi, Stacia lui avait-elle décrit dans ses moindres détails l'intervention de la vésicule biliaire qu'avait subie son amie Carol Antonelli. Elle s'était émerveillée de la somme qu'ils avaient économisée en parcourant soixante kilomètres pour acheter du café chez *Stop & Shop* plutôt que chez *Hannaford*. Mais le reste – décès, naissances, mariages et ainsi de suite – avait tendance à passer entre les mailles du filet.

Un souvenir revint à l'esprit de Poppy et elle en eut la gorge serrée… Emma derrière le comptoir du bar laitier, *Chez Suzie*, chargeant un cornet gaufré de quatre boules au lieu de trois et le lui tendant avec un clin d'œil complice.

— Je suis vraiment navrée, répéta Poppy.

— Merci, marmonna Liam, l'air indifférent.

Poppy détourna la tête, partagée entre la compassion, la culpabilité de n'avoir pas été au courant, l'anxiété et… oui, le désir.

— Vous avez eu un enfant, il me semble ?

— Nicole. Elle a quinze ans.

— Hou là, là ! Quinze ans. C'est… Hou là, là. Quinze ans.

Liam ne réagit pas. Autrefois, Liam avait travaillé ici même, au *Guten Tag*. Une période à la fois miraculeuse et insoutenable pour Poppy. Le fait que les Osterhagen aient offert un emploi à Liam en dépit de sa réputation douteuse était aussi discutable que fascinant. Toutefois, leur générosité n'avait pas incité Liam à s'intéresser à Poppy. Oh ! non. Il ne l'aurait pas davantage remarquée si elle avait été un grain de poussière.

Du moins, au début.

Bref… Maman jacassait.

— Liam, mon chéri, tu n'as pas changé ! Il faut absolument que tu restes boire un verre avec nous. As-tu mangé ? Nous allons te nourrir. Si, si, j'insiste. Max, tu insistes aussi, n'est-ce pas ?

— J'insiste, répondit Max en souriant.

— Juste un verre. Je dois retourner auprès de ma fille.

À cet instant, Otto, serveur de longue date au *Guten Tag* et accordéoniste attitré de la maison, surgit.

— Max, Stacia, les Schmottlach s'en vont.

— Poppy, occupe-toi de Liam, veux-tu ? Nous revenons tout de suite, Liam. Bruce et Shirley sont nos meilleurs amis. Tu te souviens d'eux, non ?

Liam ébaucha un sourire réticent tandis que Stacia agrippait Max par le bras et l'entraînait dans la salle. Sourire qui mit Poppy en émoi. *Au secours !* Son estomac se noua. Seule. Elle était seule avec Chaud Lapin, veuf. Guigner ce pauvre garçon… quelle idiote. Sauf que l'expression « pauvre garçon » ne s'appliquait guère à Liam Murphy.

Pendant ce temps, Monsieur l'Irrésistible – oui, sa beauté et ce côté dédaigneux le rendaient irrésistible – croisa les bras et inspecta la cuisine.

Difficile d'imaginer qu'Emma n'était plus de ce monde. Poppy hésita.

— Ta fille tient le coup ?

— Pas trop mal.

— Qu'est-ce qui t'amène ici ? Tu es de passage ?

— Non. Nous nous sommes rapprochés des parents d'Emma.

Quoi ? Il allait rester ?

— Ah ! Euh… c'est… bien. Je… enfin, c'est bien d'être près de sa famille. Pour les enfants, j'entends.

Il demeura muet. Il ne lui demanda pas ce qu'elle devenait, si elle était mariée, si elle avait des enfants. Normal.

— Que deviens-tu, Cordelia ?

Oups ! Mauvaise langue.

— Ce soir, je fais un remplacement. J'ai monté ma propre entreprise de récupération de matériaux, dit-elle avec une pointe de fierté… Et toi ?

— Je suis mécanicien. Je customise des motos.

Mais bien sûr ! Un tel métier lui permettait de se balader

en cuir, d'empester l'huile et d'enfourcher des machines rugissantes. *On se calme, ma fille.* Mais Liam avait toujours eu cet effet sur elle – comme sur toutes les autres.

— Les motos. Épatant, murmura-t-elle.

Liam continuait à scruter la cuisine. Il poussa un soupir, peut-être irrité de n'avoir personne d'autre à qui s'adresser.

— Tu es mariée ?

— Euh… non. Pas mariée. Pas encore. Je… euh… Je n'ai pas trouvé chaussure à mon pied… Enfin, je sors avec quelqu'un en ce moment et je… j'ai failli une ou deux fois…

— Failli quoi ? s'exclama Stacia en poussant bruyamment le battant de la porte.

Poppy eut un sursaut.

— Rien, rien.

— Cordelia me disait qu'elle avait failli se marier, répliqua Liam – avec une pointe de dérision.

— Hein ? s'écria Stacia en pressant une main sur son buste volumineux. Ma propre fille et j'ignore…

— Maman, tais-toi, je t'en prie. C'était… tu sais bien. Ron. Tu te rappelles ?

— Celui qui avait de l'urticaire ?

— Ça n'a pas duré.

— Celui qui s'est révélé être gay, c'est ça ? Ma foi, Liam, Poppy est incapable de se trouver un homme digne de ce nom. Remarque, ce n'est pas étonnant, vu qu'elle travaille dans ce dépôt de ferraille…

— Ce n'est pas un dépôt de ferraille. Je récupère des matériaux nobles.

Et je fréquente un homme digne de ce nom mais si je te dévoile son nom, tu vas faire une syncope.

— Si seulement elle se pomponnait un peu, elle…

Une lueur dansa dans les yeux bleus d'azur de Stacia. Poppy connaissait bien ce regard, celui de La Marieuse… Ron le Gay à l'urticaire avait d'ailleurs été l'un de ses premiers choix. Sans oublier le neveu de Carol Antonelli, qui l'avait emmenée chez *McDo* pour leur premier tête-à-tête – sans lui payer son hamburger. Et le fournisseur du restaurant qui avait en fait deux épouses, l'une dans le New Hampshire, l'autre dans le Delaware.

Maman, je t'en supplie, boucle-la ! Poppy se ratatina sur elle-même.

Stacia lâcha sa bombe mais pas celle à laquelle s'attendait Poppy.

— Liam, il faudra que tu reviennes, que je te présente ma nièce… Gretchen. De *La Fräulein aux pieds nus*. Sur Cuisine TV. C'est la fille de ma défunte sœur. Nous sommes si fiers d'elle ! Tu as vu son émission ?

— Je ne pense pas, souffla-t-il.

Il jeta de nouveau un regard sur Poppy, s'attardant sur son costume. Au cas où elle aurait oublié combien elle avait l'air d'une idiote.

— En tout cas, tu nous rendras visite, poursuivit Stacia. Nous étions fous de joie quand elle nous a annoncé son intention de travailler ici, au *Guten Tag*. Elle est gentille comme tout, adorable. Et très jolie.

Gretchen était en effet ravissante. Poppy l'admettait volontiers. Elle était le portrait craché de sa tante Stacia – grande, blonde, les yeux bleus, voluptueuse à souhait –, le summum de la beauté germanique. Poppy était tout l'opposé. Enfant adoptée, elle mesurait un mètre soixante et un (un mètre soixante et demi, pourquoi mentir ?) et pesait quarante-huit kilos toute mouillée. Elle avait les cheveux châtains, courts et indisciplinés, les yeux marron. Quant à la gentillesse de Gretchen… Poppy ravala un ricanement.

— Soyons honnêtes, son aide nous sera précieuse, enchaîna Stacia. Depuis l'ouverture de ce… de ce restaurant italien au bout de la rue, les affaires tournent au ralenti.

Stacia ne l'admettrait jamais mais les affaires tournaient

déjà au ralenti bien avant l'inauguration de l'*Inferno*. Les plats proposés par le *Guten Tag* n'étaient pas mauvais, à condition d'aimer la cuisine traditionnelle teutonne (ce qui, il faut le dire, n'était pas le cas de la majorité des gens). Son slogan : « Venez vous remplir la panse ! », n'évoquait guère une table gastronomique.

L'*Inferno*, en revanche, après six mois à peine d'existence, avait eu droit à une critique dans le *New York Times*. Lui aussi avait un slogan, régulièrement diffusé sur les chaînes de télévision locales et dans les magazines destinés aux touristes : « Notre mission, vous offrir le meilleur repas de votre vie. »

Un commentaire du propriétaire, Dante Bellini, lui avait récemment valu la colère éternelle des Osterhagen. À la question d'un journaliste au sujet des autres établissements de la région, il avait répondu : « Il n'y en a qu'un, plutôt kitsch… pas de quoi craindre la concurrence. » Stacia et Max auraient été moins offensés s'il avait mis le feu à leur maison.

En effet, tout opposait les deux restaurants. On venait au *Guten Tag* pour l'atmosphère – les costumes, la musique, les « A-tchik-a-tchik-a-tchik-aïe-aïe-aïe ! » chaque fois qu'un client commandait une bière. L'*Inferno* était l'incarnation de la sophistication. Le décor était somptueux. Poppy était bien placée pour le savoir, Dante ayant acheté pour plus de dix mille dollars de mobilier à sa propre entreprise, *Renov'art*. Les Osterhagen séniors ne l'avaient pas avalé. N'empêche que Dante avait su mettre en valeur la fontaine que Poppy avait sauvée d'un vieux monastère de New York, les colonnes de la bibliothèque de Lowell et quatre sculptures de saints italiens d'une église dans le Vermont.

Oui, Dante Bellini avait le sens du business.

Il se débrouillait très bien aussi au lit.

Bien entendu, Poppy mettrait fin à ses jours avant de l'avouer à ses parents. Tout de même, elle se redressa.

— Mais viens, viens, continua Stacia en prenant Liam par le bras. Notre fils et son compagnon sont là. Tu connais Henry ? Du temps où tu travaillais ici, il suivait ses études de médecine mais tu as dû le croiser. Poppy, ne reste pas plantée là, mon chou, viens boire un verre avec nous.

— Je suis pressée, prétexta-t-elle en saisissant au vol son manteau accroché à la patère près de la porte… À bientôt, maman. Euh… Liam, ravie de t'avoir revu.

Il hocha vaguement la tête.

— Poppy, attends ! Je vais te donner un peu de poitrine de bœuf. Tu te nourris mal. J'ai vu les pizzas dans ton congélateur. Je sais que tu as envie de grossir un peu mais tu ne devrais pas manger ces cochonneries. Liam, cette fille a beau se gaver, elle ne prend pas un gramme ! J'aurais bien voulu avoir ce problème.

— Au revoir, maman.

Poppy émergea dans le silence béni d'un jeudi soir à Bellsford, New Hampshire. Un vent froid soufflait depuis la rivière Piscataqua. Le mois de mars avait fait main basse sur la Nouvelle-Angleterre. Poppy remonta l'allée derrière le restaurant en frissonnant. Une jupe par un temps pareil… quelle hérésie ! Elle grimpa dans sa camionnette, démarra. Le moteur toussota avant de se mettre en marche. En chemin, Poppy ralentit devant ce qui avait été autrefois le *Garage Kirby*. Un énorme panneau était suspendu derrière la vitrine : « Ouverture prochaine : *Granite State Motos Customisées – Liam Murphy.* »

Le moment était venu de déguster la barre de chocolat de secours rangée dans la boîte à gants. Poppy la déballa et la dévora littéralement.

Pauvre Emma. Poppy regrettait sincèrement sa disparition et éprouvait de la compassion pour Nicole. Pour Liam, aussi. Ce ne devait pas être facile d'élever seul une adolescente qui avait perdu sa maman si jeune. Oh ! Il ne resterait pas célibataire longtemps. Il avait probablement déjà une petite amie, voire plusieurs, car qui pouvait résister à un veuf éploré, papa attentionné ?

Ainsi, Liam Murphy était de retour en ville. D'un côté, Poppy trouvait cela excitant – un peu comme lorsque l'on s'apprêtait à sauter d'une falaise – excitant et le plus souvent, fatal.

— Tâche de te comporter en adulte, cette fois, se recommanda-t-elle à voix haute.

Sur ce, elle tapa sur le tableau pour déclencher son iPod et sélectionna une chanson de Neil Diamond, histoire de se remonter le moral.

Le problème, c'était qu'autrefois, Poppy était tombée follement amoureuse de Liam Declan Murphy. Elle l'avait aimé passionnément et l'aurait suivi jusqu'au bout du monde. Malheureusement, il lui avait brisé le cœur et s'en était allé sans lui jeter ne fût-ce qu'un coup d'œil.

Or à ce jour, il n'en était toujours pas conscient.

2

Liam Murphy ferma la porte derrière lui et la verrouilla. Puis il la déverrouilla. Puis il la reverrouilla, juste pour s'assurer que le loquet était bien en place. Il l'était. Du moins, Liam en avait-il l'impression. Une ultime vérification s'imposait.

Il poussa un soupir, secoua la tête, dégoûté. Tôt ou tard, il allait devoir mettre un terme à ses… ses obsessions.

— Nicole ? Je suis rentré.

Il ne reçut aucune réponse, ce qui ne signifiait pas forcément que sa fille n'était pas là. Sans doute était-elle en mode Bouderie – eh oui, ce mot méritait une majuscule. Ah ! Il perçut le son retentissant d'une guitare basse. Nicole était à la maison et elle avait récemment « découvert » les Ramones. Ses goûts en matière de musique s'amélioraient. Si Liam avait dû écouter un de ces garçons prépubères une heure de plus, il aurait fini par s'enfoncer des tournevis dans les tympans.

Il se rendit dans la cuisine, fit couler l'eau dans l'évier et compta jusqu'à cinquante-cinq en se savonnant les mains. Quand Emma était mourante (à quoi bon enjoliver en disant *quand Emma était malade* ou *quand Emma était à l'hôpital*) – quand Emma était *mourante*, le médecin lui avait expliqué que trente secondes suffisaient presque toujours à tuer les germes mais que quarante-cinq secondes, c'était plus sûr. Il s'en était donc contenté jusqu'à… six mois auparavant. Depuis, il s'inquiétait de plus en plus pour des broutilles. Exemple : lavage des mains. Et s'il comptait trop vite ? Et si quelques germes particulièrement tenaces résistaient aux quarante-cinq secondes ? Nicole, en le voyant accomplir son petit rituel, lui avait déjà dit qu'il souffrait d'un TOC dû au syndrome post-traumatique induit par le décès d'Emma. Elle n'avait pas tort. La vérité, c'était que ces manies avaient commencé après qu'il eut lui-même frôlé la mort. Elles avaient une fâcheuse tendance à s'amplifier en période de stress. Or, en tant que père célibataire d'une adolescente, Liam était plus ou moins stressé du matin au soir. Toutefois, Nicole n'étant pas au courant de son… accroc, il préférait la laisser mettre cela sur le compte du chagrin.

Tout en se séchant avec un essuie-tout en papier (les torchons regorgeaient de germes), il longea le corridor jusqu'à la chambre de sa fille. Il frappa avant d'entrer.

— Coucou, ma chérie.

— Salut, papa ! s'exclama-t-elle en se redressant sur son lit. Je ne t'avais pas entendu.

Elle lui sourit et le cœur de Liam se serra comme à l'instant où, quinze ans et demi plus tôt, il l'avait vue pour la première fois, visqueuse et braillarde.

— Comment va ma chérie ?

— Pas trop mal. Tu m'aides à préparer le dîner ?

Un flot d'amour et de gratitude le submergea.

— Volontiers.

Quand Liam avait appris que sa petite amie était enceinte, il avait été surpris et… étonnamment enchanté. Emma ne l'était pas du tout, ce qui pouvait se comprendre. En quatrième année de faculté, sur le point de poursuivre ses études de droit à l'UCLA, elle n'avait absolument pas prévu de mettre au monde un bébé. Elle aurait pu rompre mais quand il lui avait proposé le mariage, elle avait accepté, d'autant qu'il lui promettait de s'occuper de tout, le temps qu'elle décroche son diplôme.

Un bébé. À l'âge de vingt et un ans, Liam s'était pris de passion pour les ouvrages traitant de l'accouchement et de l'art d'élever un enfant, sollicitant sans cesse l'avis d'Emma sur la péridurale ou l'apprentissage de la propreté. Quand le grand jour était enfin arrivé, Liam avait eu l'impression de découvrir enfin son but dans la vie.

À la stupéfaction de tous – Emma, ses parents, ses collègues du garage où il travaillait et Liam lui-même –, il s'était révélé un papa formidable. Il s'était levé au milieu de la nuit, avait nourri la petite, effectué des allées et venues en la berçant contre lui ou l'avait emmenée faire un tour en voiture à 3 heures du matin car Emma se levait tôt pour aller en cours. Il n'avait jamais rechigné à changer les couches. Il avait appris à trier le linge avant de le mettre en machine. Il s'était mis en quatre pour acheter uniquement des produits « bio » et avait réduit ses horaires de manière à ne travailler que lorsque Emma était à la maison ou lorsque ses parents venaient passer une ou deux semaines chez eux. Le garage qui l'employait fabriquait des motos customisées pour une clientèle aisée et le propriétaire appréciait beaucoup Liam. Même à mi-temps, il empochait largement de quoi payer les factures. Quand Emma avait obtenu un poste en tant qu'avocate fiscaliste, c'était Liam qui avait emmené Nicole à l'école, assisté aux réunions de parents d'élèves et soigné leur fille si elle était malade.

Lui-même avait eu une enfance chaotique – il n'avait que neuf ans à la mort de sa maman et son père enchaînait les peines de prison. Il avait donc bien connu le système des familles d'accueil. Il était mauvais élève – il souffrait d'une dyslexie diagnostiquée tardivement.

Hormis une connaissance approfondie en matière de moteurs, grâce à son père qui gérait une boutique de pièces détachées, Liam n'avait pas grand-chose pour lui.

Un jour, un de ses camarades de classe l'avait traité de « moins que rien venu de nulle part ». Ce n'était pas totalement faux. Mais ça n'avait pas empêché Liam de gratifier ce crétin d'un coup de poing dans la figure, geste qui lui avait valu une semaine de mise à pied.

Au collège, vers l'âge de quatorze ans, Liam avait découvert le pouvoir de son sex-appeal. Tout à coup, il avait fait tourner la tête aux filles. Moins-que-rien-venu-de-nulle-part avait couru le jupon pendant un temps, jusqu'à ce qu'il rencontre Emma Tate. Elle était amoureuse, elle aussi, et quand elle lui avait annoncé d'un air sombre qu'elle avait trois semaines de retard, Liam avait pris conscience de ce qu'était le destin.

Nicole était… parfaite. Certes, ces jours-ci, elle avait une fâcheuse tendance à se renfermer, elle n'était guère douée pour les maths, elle piquait des colères, elle rêvait d'avoir des mèches roses dans ses cheveux blond vénitien et elle avait poussé des hurlements à propos du déménagement mais… elle était parfaite. Ce qu'il avait de plus cher.

— Bon alors, la prof de maths, elle me déteste.

Ils préparaient ensemble le repas. Nicole épluchait les carottes, son légume préféré depuis l'âge de huit mois.

— J'ai eu droit à toutes sortes de commentaires sarcastiques sous prétexte que je m'étais relâchée en algèbre l'année dernière et moi, j'étais là… Allô ! Ma mère est morte, d'accord ? Désolée qu'ils n'aient pas sorti les chaînes et les fouets mais il se pourrait qu'en Californie, on aime les enfants.

— Tu lui as répondu cela ? s'enquit Liam en retournant les escalopes de poulet dans la poêle.

— Voyons, papa ! riposta-t-elle d'une voix empreinte

de tendresse… Ensuite, on avait le cours de sciences et là, c'était exactement le programme de l'an dernier. Je m'ennuyais tellement que j'avais envie de pleurer.

Nicole s'élança dans un long monologue, énumérant les défauts du système scolaire de Bellsford, dénonçant les clans, avouant sa crainte de ne pas trouver sa place (jusque-là, tout le monde avait été gentil avec elle mais comment savoir si c'était sincère ?), se plaignant du froid et de la tristesse de l'automne en Nouvelle-Angleterre. Devait-elle tenter de se joindre à l'équipe d'athlétisme ou à l'atelier-théâtre ? À moins qu'elle ne se mette au hockey sur gazon ?

Aux oreilles de Liam, son discours résonnait comme une musique. Sa fille s'exprimait et c'était tant mieux.

— Il m'est arrivé un truc bien aujourd'hui, annonça-t-elle alors qu'ils se mettaient à table.

— À savoir ? demanda Liam avant de boire une gorgée de sa bière.

— J'ai fait la connaissance d'un garçon très mignon.

Quoi ? Non, ce n'était pas bien. Pas bien du tout.

— Quel genre de garçon ?

— Le genre sympa.

— Qu'entends-tu par là ?

— Il est sympa, point final.

Elle esquissa un sourire et Liam sentit un filet de transpiration dégouliner dans son dos.

— Sympa comment ? Il a forcément dit ou fait quelque chose pour…

— Du calme, papa. Zen. Pas la peine de sauter au plafond. Je ne suis pas enceinte.

Il se leva d'un bond.

— Évidemment que tu n'es pas enceinte ! Parce que tu n'as pas de relations sexuelles. Parce que tu n'en auras pas. C'est clair ?

Nicole leva les yeux au ciel.

— Papa, détends-toi. Je plaisantais.

— Oui, eh bien ce garçon n'est pas sympa. Fais-moi confiance. Je suis passé par là. Nous sommes tout sauf sympas.

Il se rassit.

— On ira peut-être au cinéma.

— Pas question. Tu es trop jeune.

— Papa, minauda-t-elle. S'il te plaît.

— Tu ne sortiras pas avec un garçon. Tu es trop jeune. Mange.

— Très bien ! Je ne sortirai jamais avec un garçon ! Je suis déjà une bête curieuse parce que ma mère est morte, mais rien que pour te faire plaisir, je vais rester enfermée dans cet appartement jusqu'à la fin de mes jours. Tu es content ?

Elle repoussa son assiette, se mit debout et fonça au pas de charge dans sa chambre.

— Nicole !

Sa porte claqua.

— N'oublie pas que tu as un contrôle d'espagnol demain.

Les Ramones reprirent de plus belle… *« I Wanna be Sedated »… Je veux qu'on me mette sous sédatifs.* Ils n'étaient pas les seuls.

Liam contempla son plat, poussa un soupir, l'appétit coupé. La bière, en revanche, était plus que bienvenue. Il en but une longue gorgée puis fixa le plafond.

— Merci, bébé, murmura-t-il. Tu as eu un sacré culot de me laisser seul avec une adolescente.

Avait-il commis une erreur en venant s'installer ici ? Nicole risquait-elle de mal tourner à cause de lui ? Finirait-elle couverte de tatouages, enceinte, à l'arrière de la moto du crétin qui l'avait engrossée… Merde. Les tatouages en moins, Emma avait connu le même sort et le crétin, c'était lui.

Mais Emma s'en était sortie à merveille. Elle était

devenue une avocate respectée et une maman irréprochable. Toutefois, s'offrir une escapade sur la côte avec son petit ami mécanicien et rentrer chez lui pour faire l'amour était une chose. L'épouser en était une autre.

Emma n'avait pas ménagé ses efforts. Lui non plus. Elle lui parlait de ses copains étudiants, lui de son boulot et tous deux s'étaient émerveillés sur la beauté, l'intelligence et la douceur de leur fille. Mais au fil des ans, leurs conversations s'étaient étiolées, leurs disputes, multipliées. Ils avaient vaqué chacun de son côté. L'évolution typique d'un mariage précipité.

Liam avait terriblement souffert de constater que la brèche s'élargissait en un véritable canyon et qu'il ne pouvait rien pour la combler. Il n'avait jamais cessé d'aimer sa femme et espérait que les choses s'arrangeraient un jour. C'est alors qu'ils avaient reçu un appel du médecin. Liam savait que c'était absurde mais sur le moment, il aurait volontiers étranglé Elliot Kramer car ce coup de fil avait anéanti tout espoir de retrouvailles. Huit mois plus tard, Emma était partie pour toujours.

Liam quitta la table et entreprit de ranger la cuisine. Malgré les gémissements de Nicole, il était content d'être revenu en Nouvelle-Angleterre où les saisons se démarquaient les unes des autres. Loin de San Diego et de tant de souvenirs compliqués. Il avait atterri autrefois à Bellsford en sortant du centre pour délinquants juvéniles, accueilli par un grand-oncle. Il adorait cette petite ville avec ses allées tortueuses, ses boutiques d'un autre temps, sa rivière et son pont menant à l'État du Maine.

Il avait pris plaisir à revoir les Osterhagen ce jour-là. Des gens bien, ces deux-là. Leur restaurant n'avait pas changé. Cordelia non plus – elle paraissait toujours aussi jeune, tel un poussin fraîchement éclos de sa coquille, et continuait à le fixer comme s'il était un monstre à deux têtes.

Ce pèlerinage dans la cuisine où il avait travaillé durant ses années de lycée avait ravivé sa mémoire. Pendant toute la durée de sa visite, il s'était plus ou moins attendu à voir apparaître Emma comme autrefois. Sa queue-de-cheval oscillant, elle lui souriait tandis qu'il grattait les assiettes ou récurait les casseroles et il oubliait son statut de petit voyou.

Nicole et lui n'étaient à Bellsford que depuis une semaine, mais déjà il se sentait à l'aise dans cet appartement niché dans une ancienne usine reconvertie une dizaine d'années auparavant, selon l'agent immobilier, en immeuble d'habitation. Trois chambres, deux salles de bains, un salon, une cuisine, un bureau. Rien, ici, pour lui rappeler Emma, sinon son peignoir accroché dans l'armoire… Que de bons moments ils avaient connus le dimanche matin quand elle ne travaillait pas et que Liam lui préparait des pancakes pour le petit déjeuner ! Elle était si belle, vêtue de ce machin rose…

Souvenirs, souvenirs.

— Tout va s'arranger, marmonna-t-il en se frottant le visage.

Il était épuisé. Pourtant, il n'avait pas fait grand-chose, hormis surveiller une livraison de matériel au garage. Si tout se déroulait comme prévu, son commerce de motos customisées lui rapporterait autant que dans le sud de la Californie. À l'immense surprise de ses beaux-parents, leur imbécile de gendre col-bleu avait toujours bien gagné sa vie. Moins que leur fille, mais tout de même.

La porte de la chambre de Nicole s'ouvrit et elle se rua vers lui, les yeux étrécis.

— J'ai un truc à te dire. Tu es complètement injuste et si je fugue, ce sera ta faute.

— Ne m'oblige pas à t'insérer une puce dans l'oreille.

— Ce n'est pas drôle ! Je te hais.

— Eh bien moi, je t'aime, même si tu me gâches l'existence en devenant une ado… Tu as préparé ton contrôle ?

— Oui.

— Parfait.

Il observa sa fille. Le portrait de sa mère. Beaucoup trop jolie.

— Tu as faim ? J'ai gardé ton assiette.

— C'est ça. Autant me goinfrer comme un porc puisque je ne pourrai jamais sortir avec un garçon, proclama-t-elle d'un ton théâtral.

— Je te reconnais bien là.

Rassuré, il alla lui réchauffer son dîner.

3

— N'aie pas peur, Shilo. C'est Al, tu le connais.

Poppy s'efforçait de convaincre son chien de sortir de sa cachette sous la statue d'Arpad Archer, saint patron de la Hongrie, qui ornait pour le moment la cour de *Renov'art*.

— Allez ! insista-t-elle.

Shilo gémit en battant la queue mais à vrai dire, c'était un poltron.

— Je t'ai apporté un biscuit, annonça Al en se mettant sur un genou.

Shilo geignit et recula, se heurtant contre un vieil abreuvoir à oiseaux.

— Il a déjà englouti trois beignets, protesta Poppy. Il faut augmenter la mise. Un filet mignon, peut-être ?

— J'y penserai la prochaine fois, rétorqua Al en remontant dans sa camionnette marron au logo d'*UPS*. Bonne journée, Poppy !

— Quelle mauviette ! ronchonna Poppy. Heureusement que je ne compte pas sur toi pour me protéger. Tu te réfugierais dans un coin et tu regarderais les tueurs me dépecer, n'est-ce pas ?

La fourgonnette ayant disparu, Shilo laissa échapper un jappement de joie et lécha le poignet de sa maîtresse.

L'année précédente, Poppy avait commis l'erreur de se rendre à la fourrière. Étant elle-même adoptée, il lui avait suffi de poser le regard sur les yeux rougis de Shilo pour craquer. Non seulement elle avait hérité de trois chats caractériels en achetant son église mais désormais, elle possédait un énorme danois blanc et noir dont les talents se résumaient à dormir, aboyer et s'aplatir devant les livreurs. Toutefois, durant ses heures d'éveil, il se dévouait entièrement à Poppy, inconscient de sa taille et de son poids. Il essayait souvent de s'asseoir sur ses genoux (et y parvenait).

Rasséréné, Shilo alla flairer une paire de lions géants en béton sauvegardés d'une bibliothèque dans le Maine. Si ses parents fronçaient les sourcils sur la carrière qu'elle avait choisie, Poppy s'en réjouissait. La récupération était presque une religion pour elle. Un jour ou l'autre, quelqu'un aurait envie de ces objets – le poteau de barbier venu du Bronx, la barre d'un vieux remorqueur, la gargouille ébréchée d'une chapelle de Winooski. Ils seraient de nouveau aimés et Poppy aurait fait son boulot.

Mais c'était l'heure du goûter. On était jeudi, le jour où ses deux meilleurs amis (ils s'étaient connus à l'école élémentaire) venaient la rejoindre pour après la classe. Jon, le compagnon de son frère, et Kate étaient tous deux professeurs au lycée de Bellsford. Jon enseignait les arts ménagers et ses élèves le vénéraient… au contraire de Kate, qui enseignait l'éducation physique. Chaque année, les étudiants de dernière année dédiaient leur album de promotion à leur cher M. White, ce qui permettait à Jon de traiter ses collègues de haut.

— Salut tout le monde ! s'écria Poppy en tenant la porte pour son chien, qui pénétra dans la cuisine en se léchant les babines.

Apparemment, trois pâtisseries farcies de crème ne lui avaient pas suffi.

— Bonjour, Poppy ! Comment vas-tu ?

Elise Wooding, l'une des deux employées de Poppy, l'accueillit comme si elles ne s'étaient pas vues depuis des années.

— Et Vivian ? Comment va-t-elle ?

— Égale à elle-même, répondit Poppy. Ma coupe de cheveux ne lui a pas plu. Et bien entendu, elle n'a rien signé. *Down East Récupération* l'invite à dîner vendredi. Elle me l'a répété au moins trois fois. Elle m'a même montré la date sur son BlackBerry, au cas où.

Bien qu'âgée de cent un ans, Vivian était au courant des toutes dernières nouveautés technologiques.

Vivian Appleton était la propriétaire des *Prés Fleuris*, une magnifique demeure victorienne située sur un terrain de quatre hectares. La bâtisse de trois étages était époustouflante avec ses cheminées sculptées, son office jouxtant la cuisine, ses escaliers en courbe et ses banquettes sous les fenêtres. Chaque recoin révélait un trésor – grille de chauffage en fonte, baignoire sabot aussi délicate qu'un arum. Vivian n'y habitait plus car elle avait préféré s'installer dans un complexe luxueux pour personnes âgées à Portsmouth. Depuis plus de deux ans, elle faisait miroiter les droits de récupération de sa propriété à toutes les entreprises spécialisées du New Hampshire, du Maine et du Vermont.

Ses héritiers, quatre petites-nièces et petits-neveux envisageaient de détruire l'édifice, la maison de gardien et la grange puis de vendre les terres, ruisseau et verger compris, à un promoteur immobilier. Une tragédie, selon Poppy. Mais les Vautours, comme les appelait la vieille dame, gagneraient bien davantage ainsi et Vivian était décidée à les laisser agir à leur guise. Toutefois, quitte à tout casser, Poppy tenait à décrocher le contrat de récupération. Elle et Mac, son menuisier d'une timidité maladive, prendraient le temps de le faire dans les règles de l'art, avec soin, respect et, oui, même avec amour.

Si Vivian avait parfois le comportement d'une diva, elle appréciait la passion de Poppy pour ce bien et lui avait donné le code du système d'alarme. Une fois par semaine, parfois plus, Poppy se rendait aux *Prés Fleuris* juste pour s'y promener, vérifier l'état du toit en hiver et s'assurer qu'aucun vandale ne s'y était aventuré.

— Elle va signer avec nous ? N'est-ce pas ? J'en ai la certitude ?

En dépit de sa manie de transformer tous ses commentaires en questions, Elise était charmante. Elle n'avait que six ans de moins que Poppy mais paraissait encore plus jeune.

— Ah, c'est vrai ? J'oubliais ? Brianna est déjà là ? Avec Mac ?

Elise s'empourpra – elle en pinçait pour Mac depuis son premier jour de travail dans l'entreprise, deux années plus tôt.

Poppy se dirigea vers le fond du hangar où Mac, stoïque, solide, aux cheveux clairsemés, restaurait les pièces nécessitant des réparations ou des retouches. Il parlait (ce qui était rare) à voix basse avec Brianna, lui expliquait la différence entre le chêne et l'érable. Brianna releva la tête, visiblement soulagée.

— Te voilà. Tu es en retard. Je vais te dénoncer.

Brianna croisa ses bras potelés et fusilla Poppy des yeux puis se radoucit tandis que Shilo venait lui lécher le coude.

— Bonjour, Mac…

Il la salua d'un signe de tête. Mac n'était pas un bavard mais c'était grâce à lui que Poppy pouvait gérer son affaire.

— Vous avez faim ? J'ai apporté des beignets.

— Ben oui. Pas toi ? Tu es toujours affamée, non ? lança Brianna.

— Baisse d'un ton, andouille, rétorqua Poppy.

Brianna était sa protégée par le biais de l'association Grands Frères-Grandes Sœurs depuis deux ans. Elle avait treize ans et Poppy l'aimait beaucoup.

— Mac, tu t'accordes une pause ?

— Pas la peine, merci, répondit-il d'un ton empreint de frayeur.

Elise agita la main. Mac détourna le regard.

— Comment s'est passée ta journée d'école aujourd'hui ? demanda Poppy à Brianna.

— Horrible. Comme d'hab. Tous les profs me prennent pour une débile.

— J'ai du mal à le croire.

Poppy lui effleura l'épaule, un geste que Brianna tolérait. Tout juste. L'adolescente venait après la classe plusieurs fois par semaine. Chez elle, c'était l'enfer : sa mère n'avait que vingt-neuf ans et enchaînait les conquêtes. Poppy était ravie de l'accueillir.

— Quand est-ce qu'on goûte ? réclama Brianna.

Comme par enchantement, la porte s'ouvrit, cédant le passage à Jon et Kate qui se chamaillaient gentiment. Ils étaient tout l'opposé l'un de l'autre. Jon, gracieux et charmant mettait tout le monde à l'aise. Kate, bâtie comme un buffle et irrespectueuse, avait tendance à considérer son sifflet comme son principal moyen de communication.

Son fils James, quatorze ans, était avec elle, Kate le traînant systématiquement dans son sillage. Comme Poppy, James était un enfant adopté mais à l'âge de sept ans, alors que Poppy n'avait que quelques heures quand Stacia et Max l'avaient recueillie. Le gosse semblait avoir le béguin pour Brianna, ce que Poppy trouvait adorable.

— Salut à tous ! s'exclama Poppy, toujours aux anges quand ses amis lui rendaient visite.

Shilo aboya à la vue de Jon avant de s'affaisser sur le dos, au cas où Jon serait d'humeur à lui caresser le ventre.

— Bonjour Jon, bonjour Kate ! Comment allez-vous ? claironna Elise.

— Elise, ma chérie, évite s'il te plaît d'associer nos noms, dit Jon. Les gens vont s'imaginer que nous avons huit enfants et que nous nous détestons. Dès qu'on bosse ensemble… N'est-ce pas, Kate ? Bonjour, Brianna, ma belle.

— Monsieur White ! souffla l'adolescente en rougissant.

Toutes les hétérosexuelles étaient amoureuses de Jon et Brianna ne faisait pas exception à la règle. Jon se versa une tasse de café et s'assit devant le comptoir récupéré d'un restaurant. Il fit pivoter l'assise de son tabouret.

— Mmm ! Des beignets ! s'écria Kate en se jetant dessus. Je meurs de faim. James, tu en veux une bouchée ?

— Non, merci, maman.

— Allez, goûte ! insista Kate en en brandissant un sous le nez de son fils.

À leurs pieds, hypnotisé, Shilo observait la scène en bavant.

— Délicieux ! approuva Kate. Ma raison de vivre… Coucou, Brianna.

Brianna ne daigna pas répondre, se contentant de fixer James jusqu'à ce qu'il vire au violet.

— Bon, marmonna-t-il enfin. Je vais faire mes devoirs. Ah ! À propos, Poppy, j'ai une question à te poser.

— Je t'écoute.

— Tu as déjà recherché tes parents biologiques ? J'ai un petit livre… (il le sortit de son cartable). Tiens ! *Avant de les retrouver.*

— Non, jamais, répliqua Poppy.

Elle jeta un coup d'œil vers Kate qui examinait ostensiblement son beignet, feuilleta le document.

— Très intéressant. Où en es-tu ?

— Je n'ai pas encore vraiment commencé, avoua James. Ce sont des histoires qui donnent à réfléchir. Certaines sont effrayantes, d'autres touchantes.

— Quelles sont les plus horribles ? s'enquit Brianna.

— Euh… Viens. Je vais te montrer.

Il lui indiqua un canapé victorien. Brianna poussa un soupir et se leva.

— Impeccable, murmura Jon tandis que les deux ados s'éloignaient.

— D'ici vingt ans, il lui plaira peut-être, déclara Poppy. Alors, Kate ? Qu'en penses-tu ?

— De quoi ? Ah ! La recherche des parents biologiques ? Pourquoi pas ? S'il a envie de savoir, qu'il fonce.

— Poppy, intervint Elise, il paraît que ta cousine revient ? La Fräulein aux pieds nus ? Sérieusement ? Parce que je suis fan ! Qu'est-ce qu'elle est jolie !

Poppy échangea un regard avec Kate et Jon.

— Oui, elle est très jolie, marmonna-t-elle.

— C'est une peste, ajouta Jon.

— Non ! souffla Elise.

— Oh ! si ! confirma Kate.

— Gretchen déteste Poppy, renchérit Jon.

— Comment peut-on te détester ? Jamais de la vie !

— Détrompe-toi. Elles sont rivales, assura Jon.

— Pas du tout, rectifia Poppy. Mais il est vrai qu'elle me donne toujours l'impression de vouloir me flinguer.

— C'est la faute de sa mère, décréta Jon.

— Ce n'est pas gentil, Jon. Elle est morte, lui fit remarquer Poppy.

Toutefois, c'était la vérité. Aussi loin qu'elle s'en souvienne, Gretchen avait fait de son mieux pour lui démontrer sa supériorité. Pourquoi ? Poppy n'en avait pas la moindre idée car Gretchen avait tout pour elle. Ruth, sa maman, et Stacia étaient jumelles. Les Heidelberg possédaient eux aussi un restaurant, mais à New York. Nettement mieux que Bellsford. Stacia, comme Ruth, avait eu du mal à avoir des enfants. L'année où Max et Stacia avaient adopté Poppy, Ruth et Ralph avaient eu Gretchen et dès lors, les comparaisons avaient commencé. Ruth téléphonait à Stacia pour lui énumérer tous les exploits de Gretchen, vanter sa beauté et sa ressemblance avec leur mère.

Enfant, Gretchen s'était entêtée à donner des conseils

à sa cousine dès que les deux familles se rassemblaient. *Poppy, tu devrais te laisser pousser les cheveux pour qu'on sache que tu es une fille. Poppy, si tu mangeais plus de fromage, tes seins grossiraient…* Plus tard, elle s'était contentée d'ignorer Poppy – sauf quand les adultes les observaient.

Puis, tante Ruth et oncle Ralph étaient morts dans un accident de la route. Gretchen et Poppy étaient alors âgées de dix-sept ans et Gretchen était venue vivre chez les Osterhagen. Pendant toute son année de terminale, Poppy s'était efforcée d'être gentille, d'inclure Gretchen dans sa piètre vie sociale, de la flatter. Mais Gretchen était trop bien pour elle. Elle aimait Stacia et Max, elle était même aimable avec Henry les rares week-ends où il rentrait de l'université mais envers Poppy, elle n'était qu'insultes voilées et affection feinte.

— Est-ce que je devrais la… détester ? demanda Elise.

— Oui ! s'exclamèrent Jon et Kate.

— Non ! protesta Poppy. Elle est… sympa. Elle sera une aide précieuse pour mes parents. Et qui sait ? Les affaires reprendront peut-être.

— Pourquoi arrête-t-elle son émission ? s'insurgea Elise. Sans vouloir offenser tes parents, n'est-ce pas une sorte de régression ?

— Un problème de taux d'audience, sans doute, décréta Kate. Gretchen est en concurrence directe avec Rachel Ray. Elle ne lui arrive pas à la cheville.

Kate était une accro des émissions de cuisine. Elle possédait des centaines de livres de recettes et connaissait tous les grands chefs. Cela étant, elle se mettait rarement aux fourneaux – un autre point commun avec Poppy.

— Pas d'après elle… Elle a envoyé un mail à Henry la semaine dernière, ajouta Jon devant l'air interrogatif de Poppy. Mon Dieu ! C'est ta nouvelle maquette ?

continua-t-il en se levant pour rejoindre l'établi sur lequel trônait le modèle réduit en cours d'une maison coloniale.

— Oui. C'est la demeure des Austin. Mac et moi l'avons démontée l'automne dernier, tu te rappelles ?

— Bien sûr, bien sûr... On devrait t'inviter au collège un de ces jours. Du moins, le professeur d'arts plastiques. C'est un chef-d'œuvre, Poppy.

Avant de se lancer dans la récupération, Poppy avait travaillé comme maquettiste chez un architecte. Les détails minuscules, la précision de l'exercice, la notion de pouvoir condenser ainsi un ouvrage monumental... c'était un peu comme une drogue. Lorsqu'elle avait démarré son entreprise, elle avait tenu à poursuivre cette activité en dilettante. Désormais, au lieu de créer des répliques d'immeubles futurs, elle fabriquait celles de bâtisses qu'on allait démolir... son cadeau pour les propriétaires et une façon de préserver le passé.

— James ! glapit Kate. Mon lapin, tu veux bien courir jusqu'à la voiture voir si j'y ai laissé des tampons ?

— Maman, il y a des limites. J'ai quatorze ans. Va les chercher toi-même.

Jon ricana.

— Kate, tu devrais ménager ton fils.

— Pourquoi ? Nous sommes très proches, voilà tout. N'est-ce pas, James ?

— Pas tant que ça.

Brianna pouffa de rire. James lui fit la grimace puis sourit.

— Les copains, devinez quoi ? intervint Poppy. Ce soir, je vais avoir une conversation avec Dante, leur confia-t-elle à voix basse.

Jon revint aussitôt vers elle.

— Qu'entends-je ?

— Tu vas lui proposer de t'épouser ? Parce que ce

serait tellement romantique ? Ô mon Dieu ! Ouf ! baragouina Elise.

— Non, non. Je vais juste… lui suggérer de passer à l'étape suivante.

— Bonne chance, bougonna Jon.

— Quoi ? Tu ne l'apprécies pas ?

— Comment veux-tu que je le sache ? Je ne l'ai jamais vu, sauf le soir où j'ai mangé dans son restaurant. Et si tu dis à Stacia que nous y sommes allés, Henry et moi, je t'étrangle dans ton sommeil. Non, Poppy, c'est simplement que… j'ai la sensation qu'il se sert de toi.

— Pour le sexe, clarifia Kate.

Poppy observa les jeunes à la dérobée. Par chance, ils étaient absorbés dans leur lecture.

— Je ne le pense pas. Nous en sommes au début de notre relation.

— S'il ne t'appelle qu'après 21 heures et uniquement parce qu'il a envie de s'envoyer en l'air avec toi… s'il ne t'a jamais présentée à ses amis ni à sa famille et refuse de connaître les tiens, Kate est en plein dans le mille, raisonna Jon.

— Nous sortons ensemble ce soir, se défendit Poppy.

— Où et à quelle heure ? demanda Jon.

Elle hésita.

— 21 h 30. Chez lui.

— Téléphone-moi ensuite. Il faut que j'y aille. Figure-toi que nous autres, profs d'arts ménagers, avons aussi des copies à corriger. *Ciao, bellissimas !* Ah ! Poppy, au cas où ça ne marcherait pas entre Dante et toi, je donne un cours de cuisine pour célibataires dans le cadre du programme de formation pour adultes. Tu y es la bienvenue aussi, Kate.

En fermant la boutique un peu plus tard, Poppy tomba sur l'ouvrage de James entre deux coussins sur le canapé. Elle n'avait jamais recherché ses parents biologiques. Max et Stacia étaient son père et sa mère, point final. Quoique… Comme tous les enfants, elle s'était posé des questions, elle avait fantasmé. Max et Stacia l'avaient surprotégée. Chaque fois qu'ils lui avaient interdit d'aller à la piscine municipale (*La piscine ? On y kidnappe les enfants !*) ou l'avaient emmenée aux urgences sous prétexte qu'elle s'était cogné la tête (*Mais Docteur, elle a une bosse. Vous êtes sûr que ce n'est pas une tumeur ?*), elle avait rêvé de parents moins hystériques, de parents qui ne lui infligeraient pas un régime quotidien de choucroute, de parents – pardon Max, pardon Stacia – plus cool, plus jeunes, plus dans le vent.

Mis à part ces épisodes, Poppy ne regrettait rien. Max et Stacia étaient merveilleux et elle n'avait jamais éprouvé le besoin de retrouver ses racines. Elle rangea le livre dans son sac à dos en se promettant de le rendre à James au plus vite puis rentra chez elle se changer pour son rendez-vous galant. Si c'en était un. Jon et Kate avaient attisé ses doutes.

En huit semaines, Poppy avait vu Dante à six reprises. N'était-ce pas une sorte de… relation ? La vérité, c'était que les succès de Poppy avec les hommes étaient pour le moins sporadiques. Elle s'était beaucoup amusée avec Ron le Gay. Un soir, tandis qu'ils regardaient les informations sur CNN, Poppy lui avait avoué rêver de passer une heure toute nue en compagnie d'Anderson Cooper. « Tu n'es pas la seule », avait murmuré Ron. Ils s'étaient dévisagés et tout à coup, ils avaient compris. Quelques mois après, Ron avait signé un article dans la revue *GQ* intitulé : « Comment Anderson Cooper m'a aidé à faire mon coming out ». Il continuait à envoyer à Poppy une carte de Noël chaque année.

Ensuite, il y avait eu Jake – un menuisier charmant qu'elle avait recruté pour un chantier dans le Maine. Leur aventure s'était terminée le jour où il lui avait conseillé de se faire poser des prothèses mammaires.

Hormis une soirée par-ci, par-là, parfois une deuxième, voire une troisième… Poppy était seule depuis un bon moment.

Il était temps que ça change, songea-t-elle en tenant la portière de la camionnette pour Shilo. Elle avait envie d'un petit ami digne de ce nom. Surtout – force lui était de l'admettre – maintenant que Liam Murphy était de retour en ville. Si elle avait un fiancé, elle se sentirait plus en sécurité.

Pour être honnête, elle avait été très surprise par l'intérêt que semblait lui porter Dante. Il était aimable et urbain – contrairement à elle. C'était un bel homme de type méditerranéen, très aisé, ce qui ne gâchait rien. Il vivait à Midnight Cove, un complexe d'appartements sur le front de mer.

Oui. Le moment était venu de consolider les appuis. Dante l'aimait bien. Ils avaient couché ensemble six fois. Elle allait rentrer chez elle, se pomponner. Autour d'un dîner aux chandelles, elle lui dévoilerait ses sentiments et il dirait « oui »…

— Non ?

— Le problème, Poppy, c'est que je n'ai pas le temps de me consacrer à une relation sentimentale. Le restaurant, tu comprends ?

Dante la gratifia d'un sourire à mille watts.

— Cela étant, j'adore les moments que nous passons ensemble, si courts soient-ils.

Il lui tendit un verre de vin et effleura sa nuque d'une caresse.

— Mouais…

Un feu crépitait dans la cheminée et, de l'autre côté de

la baie, les lumières des maisons scintillaient discrètement. Poppy changea de position sur le canapé en cuir. Elle n'arrêtait pas de glisser, ce qui l'irritait au plus haut point.

— On ne peut pas en rester là indéfiniment, protesta-t-elle. Je ne te demande pas une bague de fiançailles, Dante, mais n'as-tu pas envie qu'on… avance un peu ? Qu'on fasse des choses ensemble ? Que je te présente mes parents ?

— Certainement pas… Enfin, je suis certain que ce sont des gens charmants, se rattrapa-t-il. Sauf qu'ils me détestent.

— C'est plutôt ton affaire qu'ils détestent.

— Exact. Quand bien même.

Elle inspira profondément.

— D'accord. Écoute, nous sommes ensemble depuis combien… quelques semaines ? Je voudrais que l'on sorte de temps en temps. Un dîner en ville, une séance de cinéma. J'en ai assez de jouer à cache-cache, Dante. Je t'aime beaucoup. Tu me fais rire.

— Toi aussi.

— Je n'exige rien de plus, je te le promets.

— Je sais. Mais l'*Inferno* requiert toute mon attention. Ceci, en revanche, me convient parfaitement.

Il lui prit la main et l'embrassa.

— Pfft !

Poppy se recala sur le canapé et Dante en profita pour déposer un baiser dans son cou. Il sentait délicieusement bon. Elle poussa un soupir de résignation. La main de Dante s'aventura sous son chemisier. Elle s'en empara.

— Une seconde.

Il releva la tête, la contempla de cet air langoureux qui l'avait tant séduite le jour où elle lui avait apporté la statue de la vierge martyre sainte Agnès de Rome.

— On passe dans la chambre ?

Ah, les hommes !

— Non, Dante. Tu viens de me dire que notre relation te convient ainsi. Pas à moi.

— Où veux-en venir ?

— Eh bien… Je pense que nous devrions… réfléchir chacun de notre côté.

Il cligna des yeux.

— Entendu. Si c'est ce que tu souhaites.

— Non, je viens de t'expliquer ce que je souhaite.

— Parfait, répliqua-t-il d'un ton sec. Je regrette de ne pas pouvoir te consacrer davantage de temps. Je pensais que tu pourrais le comprendre, toi qui gères une entreprise.

— Certainement, mais je… je suis désolée. Si nous en reparlions d'ici un mois ou deux ?

— À ta guise.

— Épatant.

Poppy croisa les bras. Dante se leva, passa une main dans ses cheveux.

— Je suis un peu surpris, je l'avoue, Poppy. J'ai dû me méprendre sur tes intentions.

— Pardon ?

— Je ne te croyais pas du genre à vouloir te poser. Tu me semblais… différente.

— Apparemment, ce n'est pas le cas, grommela-t-elle.

— Je t'imaginais moins… traditionnelle.

— Parce que je refuse de porter des jupes et des talons hauts ? Cela signifie-t-il que je ne veuille pas d'une relation normale ?

— D'une certaine manière, par ton allure, tu envoies un message.

Il l'examina de bas en haut. Elle serra les mâchoires. Elle qui avait mis un soutien-gorge en dentelle. Pour ça. Elle qui avait soigné sa tenue. Un jean, d'accord, mais spécialement coupé pour les femmes. Un chemisier à fleurs. Des sous-vêtements assortis en dentelle, couleur pêche !

Quel genre de message cherchait-elle à transmettre ? Le message le plus traditionnel qui soit !

— Je m'en vais, déclara-t-elle en se mettant debout.

— Je n'ai pas voulu t'offenser, gémit-il en inclinant la tête, l'air chagrin.

— Ne t'inquiète pas pour moi… Donc… on fait une pause ? On se reparle ?

— D'accord.

Il se pencha vers elle, l'embrassa. Elle se laissa faire.

— Tu veux rester un moment ?

— Non. Il faut que j'y aille. Merci, Dante.

Pendant tout le trajet jusque chez elle, elle fulmina, partagée entre la colère et l'humiliation. Un message ? Elle n'avait peut-être pas le physique d'une bombe sexuelle mais cela ne signifiait pas pour autant qu'elle ne voulait pas fonder un foyer. Au contraire. Comment aurait-elle pu refuser de suivre l'exemple de ses parents ? Ou de Jon et Henry, en couple depuis l'université ?

Elle se gara dans l'allée et pénétra dans son logement, le découvrant d'un œil neuf. Elle habitait une église restaurée – enfin, à moitié – riche en toiles d'araignées, en planchers grinçants et en caractère. Un jour, d'ici environ cent mille dollars, ce lieu figurerait dans le *Guide des demeures originales*. Pour l'heure, elle devait remplacer le toit. Le clocher était un peu dangereux dans la mesure où le mécanisme soutenant la cloche en bronze de trois cent cinquante kilos était non seulement cassé mais rouillé. Question mobilier, l'espace était encombré d'objets dont elle ne parvenait pas à se séparer et que *Renov'art* n'avait pas réussi à vendre. La volière victorienne. La statue de l'éléphant. Le fauteuil de l'évêque.

Sentant que sa maîtresse avait besoin d'amour, Shilo poussa un aboiement de joie et Jellybean, le plus gros de son triumvirat de chats vint vers elle.

— Bonsoir mes amis. Vous avez faim ? Vous voulez un plat cuisiné ? De la pizza ? Vraiment ? Moi aussi.

Cependant, en mettant Neil Diamond (« Sweet Caroline », quoi de mieux quand on était de mauvaise humeur ?) Poppy songea qu'elle avait peut-être eu tort d'imposer ce temps de séparation à Dante. Pas parce que leur relation lui était précieuse (pas encore, bien qu'elle fût prometteuse) mais parce qu'elle venait d'abattre le petit mur de protection qu'elle avait érigé entre son cœur et Liam Murphy. Depuis qu'elle avait posé le regard sur lui au *Guten Tag*, pas une heure ne s'écoulait sans qu'elle ne pense à lui.

Mauvais signe.

4

— C'est tellement gentil à toi de m'aider, Liam. Vraiment, mon chéri ! J'étais paniquée.

Stacia Osterhagen lui adressa un sourire éclatant, l'examinant de bas en haut comme un éleveur jaugeant un taureau lors d'une vente aux enchères. Il s'étonna presque qu'elle ne tourne pas autour de lui et l'oblige à ouvrir la bouche pour inspecter ses dents.

— Aucun problème, Stacia. Je suis content de vous rendre service. Que se passe-t-il ?

— L'évier est bouché.

Elle consulta sa montre, jeta un coup d'œil vers l'entrée.

— Je vais voir ça.

Stacia Osterhagen l'avait appelé au garage dix minutes plus tôt. À la manière dont elle surveillait l'heure et la porte, Liam soupçonna qu'elle attendait quelqu'un… pour lui. La nièce, la cousine… Les femmes d'un certain âge avaient la manie de s'offrir à lui ou de lui proposer une proche parente plus jeune. Toutefois, Stacia avait un souci et il n'avait jamais oublié la générosité des Osterhagen à son égard. Quitte à s'être déplacé, autant se mettre au boulot. Il s'agenouilla, ouvrit sa boîte à outils, en sortit une clé à molette et disposa une cuvette sous le tuyau qu'il s'apprêtait à démonter.

— Tu es un prince. Voilà ce que tu es. Si seulement nous avions un fils capable de nous dépanner. Bon, d'accord, Henry pourrait le faire mais il est chirurgien, il doit ménager ses mains. Sais-tu qu'elles sont assurées ? Incroyable, non ?

— Je n'étais pas au courant, marmonna Liam en s'allongeant sous l'évier.

Le liquide retenu dans la canalisation jaillit dans la cuvette. Liam s'empara d'une lampe torche et inspecta l'intérieur du tuyau… un objet en métal, un machin blanc, de la ficelle… Il tenta de dégager l'ensemble avec un tournevis. Tiens ! On dirait… une fourchette… et là, peut-être un morceau de pomme de terre crue.

Un courant d'air froid l'enveloppa tandis que la porte de derrière s'ouvrait.

— Je ne resterai pas longtemps, annonça une voix féminine mais grave. J'ai un kyste. Je ne préciserai pas où.

— Tant mieux, rétorqua Poppy.

Cordelia, pensa-t-il. Était-ce elle que Stacia guettait avec tant d'impatience ? Il resta concentré sur sa tâche.

— Juste en dessous de mon mamelon gauche, ajouta la copine.

Les femmes ! N'avaient-elles pas d'autres sujets de conversation ? Chaque fois qu'Emma avait reçu ses amies, elles avaient discuté accouchement et règles douloureuses.

Soudain, il reçut un coup dans le mollet. Il entendit un bruit sourd, un cri et l'instant d'après, sentit quelque chose d'anguleux se vautrer sur lui.

Liam tourna la tête. Cordelia était aplatie sur ses cuisses. Elle se touchait la mâchoire en grimaçant de douleur. Son pull était remonté de quelques centimètres, dévoilant une peau très blanche. Joli. En Californie, tout le monde était bronzé à longueur d'année. Et pas désagréable, le fait d'avoir une femme étalée sur ses genoux – peu importait comment elle en était arrivée là.

— Mon bébé ! Ça va ? Comment s'appelle notre président ? s'écria Mme Osterhagen en se précipitant vers sa fille. Est-ce que je peux te toucher ? Tu t'es brisé la nuque ?

— Crotte ! grogna Cordelia en tapotant la main de sa mère pour la rassurer. Je vais bien, maman.

— Je n'en crois rien !

Le sol trembla tandis que Stacia s'éloignait d'un pas plutôt vif pour une femme de son âge. Cordelia prit enfin conscience de ce qui l'avait fait trébucher.

— Oh ! Euh… salut, Liam… Qu'est-ce que tu fabriques ?

— Je me fais piétiner par toi, Cordelia.

Elle étrécit les yeux.

— Tu n'as qu'à éviter de t'allonger par terre au beau milieu d'une cuisine de restaurant, marmonna-t-elle.

Elle se releva péniblement, palpa de nouveau sa mâchoire.

— Tiens ! Tiens ! Le motard !… Il paraît que tu es de retour parmi nous, beau gosse ?

Liam s'assit, sourit.

— Katie Ellington, si je ne m'abuse ? Content de te revoir.

— Je préfère qu'on m'appelle Kate. Et je suis ravie, moi aussi.

Il se rappela que, durant les deux années qu'il avait passées au lycée de Bellsford, Kate avait joué dans l'équipe de base-ball – à moins que ce ne soit celle de rugby. Comme il l'observait, elle s'empourpra. Mignon. Il avait toujours pensé qu'elle jouait pour l'équipe adverse mais peut-être s'était-il trompé. Liam lui sourit. Kate vira au violet. Cordelia les fusilla des yeux.

— Tiens, ma chérie, intervint Mme Osterhagen en tendant à Poppy un paquet géant de petits pois surgelés… Tu sais comment je m'appelle ?

— Merci, maman.

— Quel mois sommes-nous ?

— Mars, soupira Cordelia en se penchant docilement afin que sa mère puisse inspecter sa colonne vertébrale…

Maman, je vais bien. Si j'avais la nuque brisée, je ne tiendrais pas debout.

— On ne sait jamais, argua Stacia avant de fixer de nouveau Liam… Ta cousine, Poppy ? Elle est arrivée cet après-midi. Elle était très déçue que tu ne sois pas là pour l'accueillir. Mais elle ne devrait pas tarder, ajouta La Marieuse en haussant un sourcil… Reste un moment. Tu la verras. Je sais qu'elle t'a manqué.

Liam ramassa sa clé à molette. Les femmes étaient bavardes. S'il attendait la fin de la conversation, il passerait la nuit sous cet évier. En plus, Kate Ellington semblait le reluquer. Oui, le moment était venu de déboucher cette canalisation.

— Je suis navrée, maman, mais j'ignorais que Gretchen serait là ce soir, et Kate et moi sommes déjà prises. N'est-ce pas, Kate ?

— Hein ?

— Nos projets ? Pour la soirée ?

— Ah, oui.

— Ton frère opère, il ne se joindra donc pas à nous. Liam, notre fils est médecin. Chirurgien orthopédique – au cas où tu te fracturerais un membre.

De toute évidence, la profession du fils faisait la fierté de la mère.

— C'est bon à savoir, répondit Liam.

Aïe ! Un morceau de pomme de terre tomba, lui frôlant le coin de l'œil.

— Qu'est-ce qu'il fait ici, maman ?

— Il débouche l'évier.

— Maman, il est mécanicien.

— Et alors ? Il est ici. Et Gretchen est célibataire.

Liam retint un soupir. Il avait réussi à décoincer la fourchette. Pas très agréable mais moins salissant qu'un carburateur.

La porte s'ouvrit de nouveau. La nièce. Comment

s'appelait son émission, déjà ? *La Fräulein nue*, un truc du genre ? Nue, pourquoi pas ? Quel canon ! Courbes à la Kim Kardashian, longs cheveux blonds, yeux bleus, dents ultra-blanches… la perfection telle que l'on en voyait des hordes à San Diego mais… au naturel.

— Poppy ! s'égosilla Gretchen en se jetant dans ses bras.

— Gretchen ! renvoya Poppy, la voix étouffée par l'ample poitrine de sa cousine.

— Comme je suis heureuse de te voir ! Il n'y a rien de tel que la *Verwandshaft* !

— Excuse-moi mais j'ignore ce que cela veut dire, rétorqua Cordelia en se dégageant de son étreinte. Personne n'a prononcé un mot d'allemand chez nous depuis la Seconde Guerre mondiale.

— Oh ! toi ! Toujours aussi taquine. Cela signifie la *famille*. Regarde-toi ! Tu as perdu du poids ?

— Non. Et toi, tu en as pris ?

Ah ! Une bagarre s'annonçait. Liam aurait volontiers misé sur Cordelia. N'empêche… mieux valait fuir au plus vite. Il serra le dernier boulon, se leva. Le regard de la nièce se posa sur lui.

— Bonjour. Je suis Gretchen Heidelberg.

— Salut. Liam Murphy.

Il fit couler de l'eau et se lava les mains en comptant machinalement. Les cils un peu trop longs pour être vrais de la nouvelle venue papillonnèrent.

— On se connaît ?

— J'ai travaillé ici autrefois.

— Donc, nous avons dû nous croiser.

— Possible.

— Je connais moi-même très bien cette cuisine, reprit Gretchen en se tortillant légèrement au cas où il n'aurait pas remarqué ses seins… C'est ici que j'ai filmé mon audition.

Attention, mon vieux. Mangeuse d'hommes dans les parages.

— Génial… Voilà, Stacia, c'est réparé.

— Je suis la Fräulein aux pieds nus, insista la cousine. Tous les jeudis à 17 heures sur Cuisine TV. Avez-vous vu cette émission ?

— Non, désolé, marmonna-t-il avec un sourire poli.

S'il l'ignorait complètement, elle prendrait cette réaction pour une provocation. Dieu le protège des femmes qui le considéraient comme un défi !

— Oh ! Liam ! Merci, merci pour ton aide… Poppy, Kate, vous devriez rester ! Vous devriez tous rester ! J'ai un magnifique *kuchen* aux pommes ! Liam, je t'en prie ! Restez tous !

— Une autre fois. Ma fille est seule à la maison… Enchanté de vous avoir rencontrée, ajouta-t-il à l'intention de Gretchen… À un de ces quatre ! promit-il à Poppy et à Kate, en tapotant l'épaule de cette dernière.

Sur ce, il prit ses jambes à son cou de peur que Mme Osterhagen ne réussisse à le marier.

— Qui est ce type ? s'écria Gretchen en s'humectant les lèvres.

Poppy leva les yeux au ciel. La subtilité n'était pas la principale vertu de sa cousine.

— C'est Liam, proclama Stacia. Il est veuf. Depuis deux ans. Il me semble qu'il a eu le temps de faire son deuil, non ?

— Il m'a touchée, murmura Kate d'une voix tremblante.

— Veuf ? Sympa, approuva Gretchen.

— Gretchen, maman, je suis navrée mais Kate et moi avons planifié notre soirée. Kate ? Nos plans ?

— Poppy ! Nous n'avons pas eu le temps de bavarder ! protesta Gretchen d'un ton faussement sincère.

— Nous dînons chez mes parents dimanche, lui fit remarquer Poppy.

Gretchen fit la moue.

— Tu n'as pas envie de savoir ce que les producteurs de *Top Chef* m'ont dit la semaine dernière ? Je ne devrais pas en parler mais je pense qu'ils envisagent de me recruter pour animer… Oups ! Je ferais mieux de me taire tant que je n'ai pas signé le contrat.

— Je croyais que tu étais revenue donner un coup de main à papa et maman.

— Oui, bien sûr. Du moins provisoirement.

Kate s'avança d'un pas.

— Je suis Kate, l'amie de Poppy. Nous nous sommes connues au lycée. Je suis fan de vos émissions.

Poppy s'étrangla et Kate lui jeta un coup d'œil coupable.

— Ah, oui ! Merci ! C'est *trop* gentil, roucoula Gretchen.

— Kate ? L'heure tourne, prévint Poppy.

— Où allez-vous ? s'enquit Gretchen.

— Assister à un cours.

— Pour célibataires, précisa Kate.

Poppy retint un soupir. Son amie était d'une honnêteté pathologique.

— Une soirée pour célibataires ? s'insurgea Stacia. Pourquoi ne pas rencontrer un homme de manière plus traditionnelle ?

— En allant se cuiter ? Ou en atterrissant en prison ? riposta Poppy.

— Je n'y vais que pour tenir compagnie à Poppy, expliqua Kate. Je ne cherche pas vraiment.

— Une soirée pour célibataires ? répéta Gretchen. De quel genre ? Cela m'intrigue, je l'avoue. Je n'ai jamais assisté à ce genre de manifestation. Remarquez, je rencontre *énormément* de gens dans mon métier. Amusez-vous bien et bonne chance ! Au passage, est-ce qu'ils se renseignent sur les participants ? Personnellement, je me méfierais.

— Tu devrais venir, répliqua Poppy. Tu es seule en ce moment, non ?

Gretchen eut un sourire coquet.

— Sans vouloir le nommer, je crois que nous connaissons toutes un certain Britannique, blond, propriétaire d'une chaîne de restaurants et producteur d'une émission de télévision... Je n'en dirai pas davantage car il est timide. Et si gentil ! Vous n'imaginez pas à quel point.

— Tu sors avec Gordon *Ramsay* ? glapit Kate.

— Je n'ai rien dit.

— Il n'est pas marié ? demanda Poppy.

— Et Emeril ? Tu le connais ? Il paraît assez petit.

— Si je le *connais* ? Emeril est mon mentor. Moins petit que tu ne l'imagines. Il a un certain charme rustique, non ?

— Absolument ! Quand il s'exclame « Vlan ! » mes jambes flageolent.

Poppy saisit Kate par le bras.

— À plus ! Au revoir, maman. Au revoir, Gretchen. Mes amitiés à Gordon.

Traînant son amie derrière elle, elle émergea dans la cour.

— Depuis quand es-tu fan de la Fräulein ? Je croyais que tu étais mon amie.

— Tu sais ce que c'est, bafouilla Kate. Face à une célébrité, on perd la tête. Je ne l'ai pas vue depuis le lycée mais j'ai suivi toutes ses prestations télévisées. Tu n'as qu'à porter plainte contre moi.

— Je devrais t'arracher les yeux.

— Tu parles ! murmura Kate en gratifiant Poppy d'une tape magistrale dans le dos. Allons faire la connaissance de ton futur mari. Quoique... Liam est plutôt pas mal, non ?

Une heure plus tard, elles descendaient l'escalier de la Christ Lutheran Church. *Note à moi-même*, songea Poppy. *Éviter les soirées pour célibataires dans les sous-sols d'églises.* La réunion des AA prenait fin (la prière de la sérénité pourrait s'appliquer tout aussi bien à son cas : Mon Dieu, donnez-moi le courage de sortir avec des hommes qui ne sont pas des idiots, la sérénité d'accepter que nombre d'entre eux *le sont* et la sagesse d'établir la distinction entre les deux.).

Kate ricanait en rédigeant un SMS destiné à son fils. En dépit de l'étrangeté de leur relation, ils étaient très proches et Poppy ne put s'empêcher d'éprouver un élan d'envie. Être la mère d'un garçon aussi formidable que James, quel bonheur ! Poppy était sa marraine, elle avait donc droit à un minimum d'égards mais tout de même... Elle avait trente-trois ans. Son « petit ami » (guillemets indispensables) ne souhaitait pas passer à l'étape suivante, leur relation stagnait. Ou, plus probable, elle était rompue.

Murmures de déni et explications fusaient entre les esseulés qui attendaient le départ des alcooliques. *C'est la première fois que je prends une telle initiative... C'est ma sœur qui m'a traînée jusqu'ici... Des gens, j'en rencontre beaucoup. En fait, je me documente pour un livre en cours d'écriture... Meetic m'a viré pour avoir violé la règle anti-harcèlement...* Ce dernier commentaire fut prononcé par le seul homme potable, Kevin Krepsinski, un ancien camarade de classe récemment libéré de prison où il avait purgé une peine pour fraude bancaire.

— Bonsoir, Poppy.

— Kevin. Content d'être sorti ?

— Tu n'imagines pas à quel point ! Toujours célibataire ?

— Mmm...

Kevin jeta un coup d'œil sur ses seins et aborda aussitôt sa voisine de droite, une quinquagénaire dont la poitrine aurait pu abriter une famille de quatre personnes et leur bouvier bernois. Poppy poussa un soupir. Emily Rudeker – qui jouait pour l'équipe de base-ball de la quincaillerie *Stubby* (féroce adversaire de celle du *Guten Tag* qui avait remporté tous les matchs de la saison précédente en grande partie grâce aux maladresses de Poppy), la salua de loin, ainsi que Kate. Le révérend Jerry était là – c'était sa paroisse mais oui, il était seul. Il lui adressa un sourire éclatant et elle le lui rendit en se demandant quel était le sous-entendu : *Veux-tu sortir avec moi ?* Ou : *Comment se porte ton âme ces jours-ci ?*

L'attrait des sites de rencontres en ligne grandissait à la nanoseconde. Non seulement on pouvait prospecter en pyjama mais en plus, on pouvait filtrer les photos au lieu de se retrouver aux côtés d'un homme de quarante ans son aîné qui empestait le poisson. Poppy avait tenté de s'inscrire le soir où Dante l'avait laissée tomber mais à la question N° 82, elle avait perdu patience.

Elle n'était pas *à ce point* désespérée… quoique… Au mois de mai, elle fêterait ses trente-quatre ans. La quarantaine approchait à grands pas. Autant dire, la mort.

— Si tu fais craquer une fois de plus tes phalanges, je te gifle, menaça Kate en la fusillant des yeux.

Poppy fourra les mains dans ses poches.

— Pardon.

La femme à sa gauche – la quinquagénaire enrobée – poussa un soupir.

— Pas très prometteur, marmonna-t-elle. Quand je pense que je pourrais être tranquillement chez moi en train de regarder *Twilight* et de fantasmer sur Taylor Lautner. Je sais, je sais, poursuivit-elle sans regarder ni Poppy ni Kate… Il est trop jeune pour moi. Mais cette Bella, je ne la comprends pas. Quelle tête à claques !

— Tout à fait d'accord avec vous, approuva sa voisine.

— Ah, enfin ! Ce n'est pas trop tôt. Mes oignons me font un mal de chien.

Tandis que les membres du group AA sortaient (nettement plus enjoués que les célibataires), l'admiratrice de Taylor Lautner inspecta son buste, fronça les sourcils, rajusta son sein gauche.

— Bonne chance ! lança-t-elle à Poppy.

Ils pénétrèrent dans la salle. L'un des murs était orné d'une fresque représentant des arcs-en-ciel, des fleurs, des moutons blancs et la tête de Jean-Baptiste sur un plateau. Dans la bulle s'échappant de sa bouche, on pouvait lire : « Prépare-toi à la rencontre de Dieu. »

— Très romantique, murmura Poppy en ravalant un fou rire.

Plusieurs tables étaient dressées avec des planches à découper, des couteaux et un assortiment de légumes et d'herbes aromatiques.

Jon tapa dans ses mains.

— Bien ! Merci à tous d'être venus. Nous sommes ici autour de « La cuisine italienne pour célibataires » et je suis Jon. Je suis enchanté de vous accueillir, ajouta-t-il avec un sourire dévastateur. Les prochains cours auront lieu au foyer municipal de Bellsford. Rassurez-vous, vous n'aurez plus à subir la présence de Jean-Baptiste. L'image n'est guère appétissante, n'est-ce pas ?

Jon s'élança dans un descriptif détaillé de son programme. Ce soir, ils se concentreraient sur les bases : comment hacher, émincer, émonder, comment faire suer une gousse d'ail pour en préserver le goût, les espèces de tomates à utiliser en fonction des différents usages, la cuisson des pâtes « al dente » et ainsi de suite.

— À présent, vous pouvez former des équipes garçon-fille. Plutôt que de vous poser les questions d'usage, tâchez d'être créatifs. Par exemple : « quel est ton arbre préféré ? » ou « si on t'offrait un chiot, comment l'appellerais-tu ? », plutôt que : « que fais-tu dans la vie ? » Soyez imaginatifs ! Amusez-vous. On ne sait jamais… ce soir, vous allez peut-être rencontrer votre futur conjoint.

— Je suis à la recherche d'un érable, voire d'un cornouiller, marmotta Poppy.

— Je t'ai entendue, rétorqua Jon en lui souriant. Mes amis, Poppy est ma belle-sœur. Si vous n'êtes pas gentils avec elle, je vous empoisonne, d'accord ? Poppy… si tu te mettais avec… Wayne, c'est bien cela ? s'enquit-il en désignant le vieux qui sentait le poisson… Juste pour démarrer, confia-t-il tout bas à Poppy. Je t'ai repéré un type très mignon mais je ne veux pas avoir l'air de te chouchouter – bien que ce soit le cas… Wayne ! Je te présente Poppy. Et maintenant, tout le monde, au boulot. Prenez votre gousse d'ail, épluchez-la, émincez-la très finement. Je veux de la translucidité. Humez ce parfum extraordinaire. La cuisine est une histoire d'amour… et qui n'aime pas l'ail ?

— Il est gay ? demanda Wayne.

— Oui, répondit Poppy. Bonsoir.

— Bonsoir. Je vais être franc avec vous. Pas la peine de tourner autour du pot, je suis à la recherche d'une épouse et, oui, j'aimerais quelqu'un de jeune. J'en ai par-dessus la tête d'entendre parler de prothèses du genou et de bouffées de chaleur. Quel âge avez-vous ?

— Trente-trois ans. Mais je ne suis pas…

— Certes, vous n'êtes pas exactement bâtie selon mes critères physiques mais je suis prêt à fermer les yeux là-dessus. J'aime les longues balades sur la plage, les couchers de soleil et savourer un ou deux cocktails en fin de journée. Le sexe aussi, bien sûr. La petite pilule bleue a changé ma vie, si vous voyez ce que je veux dire. Mon cardiologue m'a mis en garde mais il m'a aussi mis au régime sans sel. Non mais sans blague ! À quoi bon manger si l'on doit se priver de sel ? Et vous ? Vous aimez le sexe ?

Poppy inclina la tête.

— Je vais émincer la gousse d'ail.

— Si je comprends bien, la réponse est « non » ?

Elle plissa les yeux.

— Si vous étiez un arbre, lequel seriez-vous ?

— Aucune idée. La question est plutôt bête, non ? Qu'en dites-vous ? On sort un de ces soirs ?

Derrière eux, Poppy entendit Kate énumérer ses défauts et qualités.

— J'ai des sautes d'humeur vers le dix de chaque mois. Je dîne à dix-neuf heures – je deviens méchante quand j'ai faim. La plupart du temps, je me couche vers 21 heures. Je déteste les crustacés. Je n'y suis pas allergique, mais j'ai horreur de ça.

— Bien ! clama Jon. Bravo à tous. À présent, les messieurs vont se déplacer vers la table à leur gauche.

— Ravie de vous avoir connu, Wayne, murmura Poppy.

Jon se tourna vers elle et écarquilla ostensiblement les yeux. Ah ! Un *très* bel homme s'approchait d'elle. Elle ne l'avait pas vu dans la queue : en fait, depuis qu'ils avaient commencé, plusieurs autres personnes avaient franchi le seuil. Malgré elle, Poppy scruta les nouveaux arrivants. Ouf ! Liam n'était pas parmi eux. D'ailleurs, quelle importance ?

— Bonsoir, je suis Gus.

— Poppy. Si on vous offrait un poney, comment l'appelleriez-vous ?

— Fille ou garçon ?

— Fille.

— Misty de Chincoteague, comme dans le roman du même nom de Marguerite Henry et Wesley Dennis.

— Un classique, approuva Poppy en riant. Un point pour vous.

Jusqu'ici, tout allait pour le mieux. Jon leur expliqua comment émonder des tomates et tous deux se concentrèrent sur leur tâche.

— Je ne suis pas fan de ces rencontres pour célibataires mais qui l'est ? Et puis, vous êtes adorable. Je parie que c'est la première fois de votre vie que vous assistez à ce genre de manifestation.

Et perspicace, en plus !

— En effet, convint-elle.

— Quel métier exercez-vous, Poppy ?

— Je gère une entreprise de récupération de matériaux architecturaux.

— Cool ! J'aime les vieilleries.

De mieux en mieux. Il croisa les bras. Musclés, les bras. Un frémissement la parcourut.

— Et vous, Gus ? Que faites-vous ?

— Je suis acteur.

— Vraiment ?

— Vraiment, assura-t-il avec un sourire éclatant.

— À temps plein ?

— À temps plein.

— Ma foi… Vous arrivez à travailler dans la région ? Parce que Bellsford, par rapport à New York ou à Los Angeles…

— Oui, répliqua-t-il. Je gagne plutôt bien ma vie depuis plusieurs années.

Aurait-elle dû le reconnaître ? Était-il célèbre ?

— Vous ai-je vu dans un film ?

— Possible. Quelles sont vos préférences ?

Ce n'était sans doute pas le moment de lui avouer que la veille, elle avait regardé le *Fantôme de l'Opéra* pour la neuvième fois.

— Euh… j'aime à peu près tous les genres.

— Avez-vous vu *Chaleur montante* ?

Elle réfléchit.

— Je ne pense pas. C'est un film d'action ?

Il lui adressa un clin d'œil.

— Oh ! oui !

— Celui dans lequel des pirates volent un sous-marin ?

Gus sourit.

— *Chaleur montante* était… un film de divertissement pour adultes.

— Pardon ? hoqueta Poppy.

Il baissa le ton.

— Je suis une star du porno.

Elle s'esclaffa.

— C'est ça ! Moi aussi ! *Poppy l'a osé* ! Vous l'avez vu ?

Il se raidit et son sourire s'estompa.

— Poppy, je tourne dans des films pornographiques. C'est mon métier.

Nom d'un Elvis Presley ! Il ne plaisantait pas.

— J'ai cru… je n'imaginais pas que…

Elle observa Jon à la dérobée mais celui-ci s'était précipité au secours de la fan de Taylor Lautner qui semblait confondre couteau et machette.

— Eh bien… Ma parole, c'est… intéressant.

— N'est-ce pas ? Et c'est beaucoup moins pervers qu'on ne le croit. Bon, d'accord, côté sexe, j'ai tout ce qu'il me faut, bien sûr. Mais je suis à la quête d'un lien véritable. J'ai envie de tomber amoureux. De *faire l'amour.* Ce qui n'a rien à voir avec mon boulot – assez fastidieux. Nous travaillons sur des scénarios débiles, dénués d'intrigue. Que veulent les personnages hormis une bonne partie de jambes en l'air ?

Poppy hocha la tête. Elle essaya de s'imaginer ramenant cet homme chez ses parents où le portrait du pape François était accroché dans trois des six pièces. *Maman, je te présente mon fiancé, une star du porno.* Inenvisageable.

— Autant être franche avec vous, je… je crains que votre profession ne soit un frein à notre relation. Je suis navrée.

— Je ne vous ai pas demandé votre avis ! Zut ! Vous n'êtes qu'une petite-bourgeoise pleine de préjugés. Je gagne ma pitance en baisant les autres, et alors ? Les avocats aussi ! Accepteriez-vous de sortir avec un avocat ?

— Euh… probablement.

Gus jeta son couteau sur la table et croisa les bras, l'air boudeur. Jon interrogea Poppy du regard puis tapa dans ses mains.

— Messieurs, déplacez-vous sur votre gauche, voulez-vous ?

— Ma parole ! Poppy Osterhagen, c'est bien ça ? Ça fait un bail !

Poppy se figea.

— Rick. Oui, ça fait un bail.

— Qu'est-ce que tu fabriques ici ?

— Comme toi, Rick. Si on laissait tomber tout de suite ? Inutile de perdre notre temps.

— Sentez-moi ce basilic ! roucoulait Jon. N'est-ce pas merveilleux ? Vous savez maintenant pourquoi vous avez payé si cher votre inscription. Cet aromate arrive directement par avion de Chypre ! Le paradis !

— Je n'ai aucune envie de laisser tomber, rétorqua Rick. Du calme. Ce n'est qu'un cours de cuisine.

Certes. Toutefois, Poppy refusait de passer ne fût-ce qu'une seconde en compagnie de Rick Balin.

Rick était lui aussi originaire de Bellsford et, comme Poppy, il était revenu s'y installer après ses études supérieures. Toutefois, ils ne s'étaient pas adressé la parole depuis le lycée, bien qu'elle l'eût aperçu ici et là, à la banque ou dans une réunion municipale. Rick « gérait » l'une des marinas de ses parents. En d'autres termes, à en croire les ragots entendus au bar-grill *Le Rosebud*, il arrivait le matin au bureau, téléchargeait des films X sur son ordinateur (peut-être allait-il reconnaître Gus ?) puis repartait vers quinze heures enchaîner les apéritifs.

— Comment vas-tu ? Ça fait drôlement longtemps, non ? insista-t-il.

Elle acquiesça brusquement. Il ne s'était pas arrangé avec le temps. Le poids des ans ne l'avait guère ménagé – pas plus que plusieurs milliers de bouteilles de bière, sans doute, à en juger par son ventre énorme et son visage rougeaud. Malgré tout, Rick Balin exhalait encore (en plus des effluves d'alcool) l'opulence et l'autosatisfaction.

L'espace d'un éclair, Poppy se revit au lycée, Rick s'adossant contre son casier pour l'empêcher de l'ouvrir. À l'époque, Rick Balin était l'incarnation du gosse de riche : beau, pourri gâté et d'une cruauté impitoyable.

Il l'avait invitée à l'accompagner au bal de fin d'année.

— Toujours célibataire ? s'enquit Rick.

— Mmm.

— Moi aussi. Deux fois divorcé, crois-le ou non.

— Oh ! je n'ai aucun mal à le croire.

— On pourrait sortir un de ces soirs ?

— Non, merci.

Il haussa les épaules, l'examina de bas en haut.

— Toujours aussi maigre, constata-t-il.

Ses yeux, que Poppy avait autrefois trouvés magnifiques, s'attardèrent sur sa poitrine.

Poppy tressaillit, son bras heurtant celui de Rick qui se mit à hurler.

— Au secours ! Au secours !

Un jet de sang jaillit sur la planche à découper, inondant le basilic de Jon… car Rick s'était entaillé le bout du doigt. Poppy, malgré elle, en éprouva une joie indescriptible. Jon se précipita vers eux avec une serviette, saisit la main de Rick.

— Elle m'a blessé ! Elle l'a fait exprès.

— Rick, du calme, riposta Poppy. Tu t'es coupé tout seul. Tu devrais éviter de boire quand tu dois te servir d'instruments tranchants.

— Vous avez entendu ça ? Quelle méchanceté ! geignit Rick.

— Ce n'est rien de grave, le rassura Jon.

— Mon vieux, je pisse le sang ! Appelez-moi une ambulance.

Jon soupira.

— Entendu. Dieu soit loué, vous avez tous signé la décharge.

Quelqu'un contacta les secours et on emmena Rick hors de la pièce. Sur le seuil, juste avant de disparaître, il pivota vers Poppy, l'air furieux.

— Oups ! articula-t-elle.

D'accord, ce n'était pas prévu. Mais elle exultait.

— C'était génial, décréta Kate sur le chemin du retour. Tu t'es bien amusée ? Tu as trouvé l'homme de ta vie ?

— L'acteur porno était mignon mais je me suis rappelé que ma mère souffre d'angine de poitrine, donc j'ai renoncé.

— Tu n'as pas été traumatisée de revoir Rick ? s'enquit Kate en lui tapotant le genou. Je n'en reviens pas que tu lui aies tranché le doigt.

Le bobo avait déjà pris des proportions légendaires.

— Ce n'est pas moi mais la main divine du destin. Il était à moitié ivre.

— C'est lui qui t'a posé un lapin le soir du bal de fin d'études, dit Kate.

— Je m'en souviens.

En effet. Cependant, si Rick lui avait joué un mauvais tour ce soir-là, c'était Liam Murphy qui l'avait offensée. Profondément.

5

La première fois que Poppy avait posé le regard sur Liam, sa vie avait basculé.

Jusqu'au lycée, elle avait vécu une enfance merveilleuse – un grand frère, le *Guten Tag* où elle se sentait comme chez elle, des parents qui n'avaient de cesse de la complimenter sur sa singularité, sa beauté (*Jolie comme un cœur !* s'exclamait constamment son père), ses multiples talents (entre autres, la maçonnerie… elle avait posé les dalles de la terrasse, juste pour le plaisir). Certes, Max et Stacia en rajoutaient. Après tout, Henry, asiatique, doté d'un QI de 164 et doué pour le violon, avait déjà comblé leurs rêves de parents adoptants. Le seul moment de gloire qu'avait connu Poppy remontait à son année de CM 1, lorsqu'elle avait joué un navet muet dans *Le lapin du Père Smith*, une pièce de théâtre montée par sa classe. Mais elle s'était toujours sentie aimée.

Donc, oui, bien que Stacia fût convaincue à tout instant que sa fille vacillait au bord de la mort, du désastre ou d'un enlèvement, la vie était belle. Poppy se sentait normale, heureuse, en rien perturbée par son statut d'enfant adoptée. Ses sentiments d'insécurité ne se ravivaient que lors des visites de Ruth, Ralph et Gretchen. Son oncle et sa tante exhibaient Gretchen comme un chien primé à Westminster.

— N'est-elle pas le portrait craché d'Oma ? Regarde-moi ces yeux bleus comme le ciel, Stacia… Tu as goûté sa tourte ? Elle est exquise.

Impossible d'y échapper : Gretchen avait hérité de toutes les qualités familiales.

De deux mois plus âgée que Poppy, elle estimait indispensable de renseigner sa cousine sur les choses de la vie. Elle lui avait expliqué comment l'on tombait enceinte (en s'embrassant avec la langue), comment les bébés sortaient du ventre des mamans (comme le popo), d'où venait le véritable prénom de Poppy (en hommage à leur grand-tante Cordelia qui n'avait qu'un œil et était morte noyée en tombant dans un puits mais pas la peine d'en parler à leurs mères parce que ça les faisait pleurer).

Gretchen avait aussi expliqué à Poppy la raison de son adoption – Stacia avait perdu un bébé peu après la naissance et Poppy l'avait « remplacé ».

Henry avait confirmé cette dernière révélation. D'un ton posé, il lui avait raconté que leur mère était enceinte alors qu'il était en maternelle, qu'un jour elle était partie pour l'hôpital mais qu'elle était revenue sans bébé. Il n'en savait pas davantage.

À tout prendre, Poppy avait connu une enfance sans soucis. Elle était entourée d'amis. Au collège, elle avait fait partie de l'équipe de cross-country, le sport que ses parents jugeaient le moins dangereux. Nettement plus petite que ses camarades, elle ne gagnait jamais la moindre course mais elle y prenait du plaisir. Elle avait de bonnes notes, son frère la tolérait et l'aidait avec ses devoirs. Elle était invitée aux anniversaires et avait le droit de recevoir ses copines chez elle.

Puis était venu le temps du lycée.

Curieusement, tout avait changé au cours de l'été précédant la rentrée. Du jour au lendemain, ses amies étaient devenues obsédées par les garçons, leur beauté, leurs cheveux longs et leurs seins. Maigre comme un cure-dents, candide, se fichant pas mal de savoir si Brandon avait vraiment lorgné Emily pendant la récréation, Poppy s'était retrouvée à l'écart. Les garçons avec qui elle avait joué au ballon prisonnier l'année d'avant se moquaient de son absence de poitrine… Bref, le lycée était un univers froid et cruel.

Poppy avait donc opté pour la recette la plus éprouvée de la survie : l'invisibilité. Elle s'entendait bien avec Kate mais elles avaient peu de cours ensemble. Poppy évitait de lever la main en classe et, loin de chercher à s'immiscer dans les clans, se contentait de suivre le mouvement en marge. Elle ignorait les railleries et choisissait les activités extrascolaires les moins prisées : conversation française, menuiserie. Le jeu en valait la chandelle : on ne la voyait pas mais on ne la tyrannisait pas non plus.

Puis, au printemps, *il* avait débarqué.

Poppy patientait dans le couloir, le temps que les élèves les plus populaires s'éloignent, afin de récupérer son repas dans son casier. Un supplice quotidien, car tous les adolescents « cool » déjeunaient à la cantine et auraient préféré mourir que d'apporter leur pique-nique. Pire, le casier de Poppy était juste à côté de celui de Jessica Blair, la reine de la tribu des malveillants. Jessica sortait avec Rick Balin – beau, blond, bronzé, star de l'équipe de football – et leurs laquais fourmillaient autour d'eux.

Poppy attendait, ses livres et ses cahiers pressés contre son cœur.

— Excuse-moi, avait-elle marmonné, Jamie Highgate l'empêchant de passer.

Comme il refusait de bouger, elle s'était débrouillée pour le contourner. Rick, appuyé contre son casier, ne l'avait pas remarquée (quelle surprise !).

— Excuse-moi, avait-elle répété. J'aimerais ouvrir mon…

Rick avait fini par se déplacer mais sans daigner lui adresser un regard. Épatant. Maintenant, c'était Mitchell Oberlin qui lui bloquait le chemin. Or, malgré les quatre crêpes fourrées au fromage qu'elle avait englouties pour son petit déjeuner, Poppy avait le tournis tellement elle mourait de faim.

— Excuse-moi… Désolée, je…

Et là… là… *il* avait surgi, épais cheveux noirs ébouriffés, chemise en flanelle ouverte sur un T-shirt au logo mystérieux, jean délavé. Blouson en cuir noir éraflé. Il n'était pas rasé et son casque de moto indiquait son moyen de transport. Le proviseur l'accompagnait en le sermonnant sur la discipline et les deuxièmes chances. Cependant, à en juger par son regard, le jeune inconnu s'en fichait éperdument. Autour de Jessica et de Rick, tout le monde s'était tu face au spectacle de ce… de ce *dieu* ambulant. Il avait scruté les alentours d'un air désintéressé.

L'espace d'une seconde, son regard vert s'était posé sur Poppy et elle n'avait plus entendu que les battements de son cœur. Elle avait rougi, la gorge soudain sèche. Qui était ce garçon ?

Au cours des semaines suivantes, Poppy s'était renseignée autant qu'elle le pouvait. Liam Declan Murphy venait de subir un séjour en maison de redressement (un délinquant !) pour vol de voitures. Tous les jours, il arrivait sur sa Triumph défoncée (ultra-cool, beaucoup plus qu'une marque récente). D'après les rumeurs, il jouait de la guitare (musicien !) dans un bar minable à Kittery, de l'autre côté de la rivière. Il vivait chez un oncle près de la carrière. Selon les versions des uns ou des autres, ses parents étaient au choix morts, en prison ou sous protection de témoins.

Chaque bribe d'information la transportait au nirvana. Tout à coup, le monde devenait plus intéressant, plus coloré, plus significatif. Il avait deux ans d'avance sur elle, leurs chemins ne se croisaient donc guère mais elle n'hésitait pas à se poster à l'extrémité du parking pour le contempler ou à se rendre de son cours de latin à son cours d'algèbre en passant par le couloir du premier étage alors que les deux salles se trouvaient au rez-de-chaussée. L'espoir de l'apercevoir justifiait largement le détour.

Un jour, ô miracle, alors qu'elle déboulait dans la cuisine du *Guten Tag* pour son goûter… il était là. Lui ! Liam Declan Murphy ! Dans le restaurant de ses parents ! Il sentait l'huile, le savon et un zeste de parfum épicé qui évoquait la tarte au potiron.

Prenant conscience qu'elle le fixait, bouche bée, Poppy s'était ressaisie. Son sac à dos lui avait échappé des doigts, alertant sa mère de son arrivée.

— Ma chérie ! Liam, voici notre fille, Cordelia. Mais tout le monde l'appelle Poppy.

— `chantée, avait soufflé Poppy.

— Salut.

— Liam va travailler avec nous, avait annoncé Max. La plonge, le ménage.

— Je… c'est… salut ! avait balbutié Poppy.

Ses parents l'avaient embauché ? Incroyable ! Génial ! Ils allaient devenir amis, c'était sûr. Ils auraient de longues discussions et Liam se moquerait de tous ces débiles au lycée. Ils s'entendraient à merveille et finiraient par tomber amoureux l'un de l'autre. Forcément. Elle nagerait dans le bonheur. Elle serait élue reine du bal de fin d'études. Finis, les subterfuges pour se rendre invisible. Il attendrait qu'elle obtienne son bac puis ils poursuivraient leurs études dans la même université. Ils se marieraient, ils achèteraient une maison au bord de l'eau et échangeraient des câlins tous les soirs. Ils *dormiraient* dans le même *lit* !

À partir de ce jour, Poppy s'était pliée en quatre pour attirer son attention. Mais Liam était toujours occupé, toujours prêt à rendre service.

— Monsieur Osterhagen, vous voulez que je déballe les cartons dans l'office ?

Max se confondait en remerciements.

Hormis un « bonjour » renfrogné, Liam n'adressait presque jamais la parole à Poppy. Il était poli et respectueux envers ses parents, bien qu'un peu rustre. S'il éprouvait de l'affection pour eux, Poppy semblait le laisser indifférent. Il n'était jamais méchant mais ne voyait aucune raison d'engager la conversation avec elle. Au lycée, il la saluait de loin (un geste qu'elle revivait encore et encore tout en admettant que oui, elle était pathétique, mais tant pis).

Poppy n'était pas la seule dans son cas, loin de là. Son attitude, son physique faisaient tourner les têtes. Il était beau à couper le souffle. Taciturne. Mystérieux. Tout le monde l'enviait ou rêvait d'être dans ses bras. D'après les potins dans les toilettes des filles, Liam embrassait *tellement* bien.

On avait beau lui attribuer une multitude de conquêtes, Liam ne s'en vantait jamais (du moins, pas à la connaissance de Poppy). Parfois, il ébauchait un sourire langoureux ou affichait un regard ténébreux. Mais il n'évoquait jamais sa moto ni ses frasques passées. On aurait dit qu'il s'en fichait.

Cependant, Poppy savait ce que c'était que d'être tenue à l'écart et par moments, il lui semblait déceler chez Liam une expression de regret, une pointe de vulnérabilité. Il était admiré mais il n'avait pas trouvé sa place.

Auparavant, Rick Balin avait été le chef de meute du lycée de Bellsford. Sa famille était solidement ancrée dans l'histoire de la ville. Les Balin avaient possédé des moulins puis des chantiers navals et Rick était ce genre de garçon qui recevait une Mercedes rouge pour son seizième anniversaire, la défonçait avant la fin de la semaine et en recevait une neuve, gris métallisé en récompense. Il était blond, imposant. Il jouait au football. Il était égoïste et suffisant… et ça marchait. Ayant atterri au lycée de Bellsford après avoir été renvoyé successivement de ceux de Choate, d'Andover et de St. Paul, Rick était considéré comme une belle prise et Jessica Blair ne se lassait pas de se glorifier de son statut de petite amie.

Toutefois, dès l'apparition de Liam, l'ordre avait changé. Liam était le loup esseulé sur le territoire de la horde et plutôt que de le défier, Rick et son entourage avaient opté pour l'imitation. Si le jean de Liam était troué au niveau des genoux, dès le lendemain celui de Rick l'était aussi (il avait probablement demandé à la bonne de le déchirer). Au début, Liam déjeunait seul dans la cour tandis que les autres allaient à la cafétéria. Très vite, Rick et ses disciples l'avaient rejoint. Peu à peu, les uns et les autres s'étaient détendus en présence de Liam et avaient cherché à l'impressionner, à s'intégrer dans son univers. Liam tolérait leur présence, sans plus (du moins, selon Poppy). Il les laissait venir à lui mais loin de s'intégrer dans la bande, paraissait encore plus isolé.

Bien sûr, il avait dû coucher à droite et à gauche – les filles se jetaient littéralement à ses pieds mais il n'était lié à personne en particulier. Pas encore. Avec un peu de chance, une fois qu'elle *aurait éclos*, comme disait sa mère, peut-être la remarquerait-il. Elle priait pour cela chaque soir avant de se coucher.

Un jour après la classe, Poppy se rendait à pied au *Guten Tag* quand elle avait aperçu Liam près des bennes à ordures dans l'allée. Agenouillé, il tenait quelque chose à la main. Poppy avait stoppé net, fascinée par la façon dont le vent soulevait ses cheveux. Puis un minuscule chaton avait pointé le museau derrière l'une des poubelles, lentement, prudemment. Il avait reniflé, s'était rapproché. Liam lui avait murmuré quelques mots. L'animal avait reniflé de nouveau… saisi l'offrande dans sa gueule et disparu. Liam avait souri, s'était levé, avait vu Poppy.

— Salut.

— Salut.

— Ne dis rien à tes parents, d'accord ? J'ai sans doute tort de le nourrir mais…

Liam avait haussé les épaules.

— Motus et bouche cousue.

— Merci.

Il s'était détourné pour regagner le restaurant.

— Il est apprivoisé ? Tu crois qu'il est perdu ? s'était-elle exclamée, terrifiée à l'idée que ce serait leur toute dernière conversation.

— À mon avis, c'est un chat errant. Il a mis deux semaines avant d'oser venir jusqu'à moi.

Le son de sa voix, le fait qu'il *s'adressât à elle*, lui donnaient le vertige.

— Tu lui as donné un nom ? insista Poppy.

L'intimité de ce moment, les *profondeurs cachées* de ce mystérieux beau gosse, tout cela était si romanesque. Il nourrissait un félin affamé ! Lui ! Le motard sur lequel se ruaient toutes les filles !

Liam avait marqué un temps.

— Je l'appelle Joe, avait-il avoué avec un sourire penaud.

Poppy avait failli tomber en pâmoison.

— Joe, c'est parfait.

Le sourire de Liam s'était élargi.

— À plus, Cordelia !

Sur ce, il était entré dans la cuisine.

Le désir latent et l'intérêt de Poppy avaient explosé. Comment ne pas tomber amoureuse d'un homme qui prenait le temps de ravitailler un chaton perdu ? Elle avait conservé cette image dans son cœur, tel un joyau précieux. Elle seule était au courant. Les autres filles avaient peut-être couché avec lui mais elles ignoraient que derrière sa façade de séducteur se cachait une âme sensible.

Environ deux semaines plus tard, Poppy avait enfin rassemblé son courage et abordé Liam au lycée. Aussitôt après le cours d'histoire, elle avait grimpé l'escalier au pas de course et galopé jusqu'à la salle 224, d'où Liam devait sortir pour se rendre en anglais. Elle avait ralenti son allure et vérifié subrepticement que les mouchoirs en papier dans son soutien-gorge n'avaient pas bougé.

Liam était en compagnie d'une fille. Poppy avait fait mine de ne pas les voir puis, à la toute dernière minute, elle avait relevé la tête.

— Tiens ! Salut, Liam !

— Salut, avait-il murmuré, sur ses gardes.

— Comment va Joe ?

— Bien.

Il lui avait souri et Poppy en avait vacillé de bonheur. Mais la fille continuait à lui parler. Liam avait de nouveau concentré son attention sur elle. Poppy ne lui en voulait pas. Elle et Liam partageaient un secret. Plus tard, au restaurant, elle avait discrètement glissé une boîte de thon dans la poche de son blouson. Sans un mot. Qu'il s'interroge. Qu'il pense à elle comme elle pensait à lui. Quelques jours plus tard, au lycée, il l'avait interpellée :

— Coucou ! Joe me charge de te remercier.

L'espace d'un éclair, Poppy avait été aveuglée par l'amour.

— Tu le connais ? lui avait demandé sa copine, Melissa Shields.

— Bien sûr.

Prenant soin de calculer son coup (si elle avait mis autant d'énergie dans ses cours d'algèbre elle aurait obtenu un A+), Poppy avait réitéré son geste. Le jeudi suivant, juste avant le déjeuner, Liam l'avait saluée en sortant dans la cour.

— Joe est très gâté.

Il avait haussé un sourcil, l'air de dire : *Qu'est-ce que tu es mignonne !*

Stacia s'était inquiétée de la baisse soudaine de son stock de boîtes de thon. Poppy s'était contentée de sourire intérieurement et de planifier son prochain cadeau clandestin. Elle s'imaginait déjà avec Liam dans un lointain avenir, devant un feu de cheminée, en train d'évoquer cette période. Liam plongerait son regard dans le sien et dirait : « Tu te rappelles quand tu me filais de la nourriture pour Joe ? C'est là que je suis tombé amoureux de toi. » Sur ce, Joe, qu'ils auraient adopté, bien sûr, sauterait sur leurs genoux en ronronnant et ils éclateraient de rire… avant de s'embrasser. Elle rougissait d'avance à cette perspective.

Malheureusement, un jour, Liam s'était approché d'elle dans la cuisine du restaurant pour lui rendre la boîte de thon qu'elle avait subtilisée une heure plus tôt.

— Joe a entamé une nouvelle vie.

— Ah bon ? Où ?

— Quelqu'un l'a adopté.

— Quoi ? Qui ?

— Je l'ignore. Une dame, qui essayait de le faire sortir de sa cachette derrière la benne à ordures. Elle m'a demandé s'il avait un maître, j'ai répondu « non » et elle l'a emmené.

— Mais… qui était-ce ? Nous ne la connaissons pas ! s'était écriée Poppy d'une voix tremblante.

Liam l'avait dévisagée d'une drôle de manière.

— Je suis sûr qu'il va bien, avait-il conclu avant de tourner les talons et de quitter les lieux.

Cette nuit-là, Poppy avait eu beau se triturer les méninges, elle n'avait trouvé aucun moyen de rétablir cette connexion, ce secret, ce sentiment de complicité. Et Joe ? Était-il heureux ? La dame était-elle gentille ? N'allait-il pas manquer à Liam ? Ce dernier ne semblait guère en souffrir.

L'été venu, Liam avait accepté un autre emploi dans un garage et Poppy l'avait beaucoup moins vu. À la rentrée suivante, Emma Tate était revenue dans le New Hampshire après une année passée à Londres.

Elle et Liam s'étaient vus pour la première fois dans la cour, à l'heure du déjeuner. Quand le regard de Liam s'était posé sur Emma, Poppy, qui les observait à trois tables de là, s'était empourprée comme si c'était *elle* qu'il dévisageait. Sauf qu'il n'en était rien.

Même avant ce moment, toutes les filles du lycée, Poppy y comprise, avaient rêvé de ressembler à Emma. Elle avait de longs cheveux blonds, elle était grande – mais pas trop, elle avait les yeux d'un bleu extraordinaire. Des seins. Elle s'habillait avec goût. Et elle était *gentille*. Comme les Osterhagen, sa famille allait à la messe à St. Martin et elle saluait toujours chaleureusement Poppy.

Liam, le mauvais garçon, ne pouvait que s'éprendre d'une fille comme Emma, la princesse irréprochable. Poppy en était consciente. À force de le guetter depuis des mois, elle le connaissait mieux que quiconque. Toutefois, ce jour-là, elle avait cru mourir.

Emma passait de temps en temps au restaurant. Ces moments étaient particulièrement pénibles pour Poppy qui, perchée sur un tabouret face au comptoir, surveillait secrètement l'homme de sa vie. Il discutait un temps avec Emma, déposait un baiser sur ses lèvres lorsqu'elle repartait.

Emma était beaucoup trop sympathique.

— Bonjour, Poppy, comment vas-tu ? Tu as M. Rivers en maths ? Ma pauvre ! Il est terrifiant.

Et un jour, quel cauchemar…

— Poppy, Liam et moi allons au cinéma. Tu veux venir avec nous ?

Avec plaisir. Juste après avoir sauté du pont, avait pensé Poppy.

— Merci mais je suis déjà prise, avait-elle gazouillé.

Prise, elle ? Comment allait-elle occuper sa soirée ? Allongée sur son lit à fantasmer sur Liam ? Mais pour rien au monde elle n'aurait joué la cinquième roue du carrosse.

Quant aux autres garçons… bof. À seize ans, Poppy

s'habillait encore chez les enfants. Alarmée, sa mère immense et corpulente l'avait emmenée chez le pédiatre.

— Toutes les analyses sont bonnes, avait-il décrété. Cependant, je suis un peu inquiet.

— Je mange tout ce qui me passe sous le nez, avait protesté Poppy. Je ne me fais jamais vomir, avait-elle ajouté devant l'air dubitatif du médecin. J'ai un métabolisme rapide, voilà tout.

— Notre fille est comme un colibri, avait renchéri Stacia avec tendresse.

— C'est ça. Mais si vous tombez malade, vous n'avez aucune réserve. Deux jours de grippe intestinale et vous atterrirez à l'hôpital. Sans compter, plus tard, d'éventuels problèmes de fertilité.

— Oh ! non ! s'était écriée Stacia en serrant de toutes ses forces la main de Poppy.

— Vos menstruations sont régulières ?

Poppy était devenue écarlate.

— Oui. Plus ou moins. La plupart du temps.

— Risque-t-elle d'être stérile, docteur ? avait demandé Stacia, affolée.

— Je pourrai toujours adopter un enfant, avait rétorqué Poppy d'un ton sec.

— Il est trop tôt pour en parler. Mais tâchez de prendre quelques kilos, voulez-vous ? En attendant, la plupart des filles rêveraient d'être comme vous. Voyez le côté positif : vous ne serez jamais grosse.

— J'aimerais avoir des seins, avait grommelé Poppy. Vous avez un remède à me proposer ?

— C'est souvent héréditaire.

Épatant. Apparemment, la mère biologique de Poppy était maigre comme un phasme bâton. Pas plus tard que ce matin-là, tante Ruth avait téléphoné pour leur annoncer fièrement que Gretchen portait déjà des bonnets C.

Dès lors, Poppy avait commencé à se rendre chaque

jour après les cours au bar laitier *Chez Suzie*. Là où travaillait Emma Tate.

— Bonjour, Poppy ! Tu tombes à pic, j'allais m'endormir tellement je m'ennuyais. Que veux-tu ?

— Un sundae au chocolat ? Glace à la noix de coco, double dose de chantilly, double dose de noix concassées.

— Tout de suite... Tiens ! Qu'est-ce que j'aimerais pouvoir manger comme toi ! avait ajouté Emma avec un sourire éclatant.

Tout à coup, le regard de Poppy s'était humidifié.

— Tu as tort, avait-elle chuchoté.

— Poppy ? Ça ne va pas ?

— Si je ne me nourris pas six fois par jour, j'ai le tournis. J'ai beau me goinfrer, je ne prends pas un gramme. Le médecin m'a dit que j'aurais peut-être du mal à tomber enceinte plus tard. Ce n'est pas drôle, tu sais.

Emma avait plaqué une main sur sa bouche.

— Oh ! Poppy, je ne voulais pas t'offenser... Pardonne-moi. Je suis désolée. Sincèrement.

Face à tant de bienveillance, Poppy avait craqué. À son immense désarroi, elle avait fondu en larmes.

— Je... est-ce que tu sais où je m'habille ? Au rayon junior de 8 à 12 ans. Je n'ai jamais attiré le moindre garçon.

Emma avait contourné le comptoir, pris Poppy par les épaules. Elle l'avait guidée jusqu'à une table, lui avait tendu une poignée de serviettes en papier.

— Cet imbécile de toubib m'a dit que je devais prendre du poids. Je mange comme quatre, j'élimine tout aussitôt et je me déteste.

— Pourquoi ? Tu es tellement adorable, Poppy.

— C'est ça. C'est pourquoi on m'a surnommée Brin-de-fil.

— Qui ?

— Les méchantes... Tu sais très bien lesquelles.

— En effet, avait acquiescé Emma avec un soupir...

Donc, ton médecin te recommande de te rassasier de glaces ? Excuse-moi, mais comme médicament, il y a pire.

Poppy n'avait pas pu s'empêcher de sourire.

— C'est vrai.

— Voici ce que je te propose : tu n'as qu'à venir ici tous les jours après les cours. Je t'aiderai, d'accord ?

Ainsi s'étaient-elles liées d'une sorte d'amitié. Elles ne se fréquentaient guère, vu leur différence d'âge (au lycée, deux ans, c'était énorme). D'autre part, Emma était appréciée de tous, elle avait des tas d'amis, elle était pom-pom girl, elle faisait partie du comité des déléguées de classe. Et elle avait Liam. Elle semblait si mûre, si… sûre d'elle-même. Pourtant, au lycée, elle n'hésitait pas à saluer Poppy, au point que Kate lui avait demandé un jour si elle faisait chanter Emma.

Six semaines après s'être lancée dans sa « quête des kilos », comme elle l'avait surnommée, Poppy dévorait sa glace quotidienne quand Emma lui avait demandé, d'un air détaché :

— T'a-t-on invitée au bal de fin d'études ?

— Non, avait ricané Poppy. Pas la peine de rêver.

— Si quelqu'un te le proposait, tu aurais envie d'y aller ?

— Bien sûr, avait répliqué Poppy en feuilletant un magazine. J'aimerais aussi apprendre à dompter une licorne… ou discuter avec des animaux sous-marins, comme Aquaman.

— Rick Balin vient de rompre avec Jessica, avait déclaré Emma, ignorant le sarcasme… Remarque, elle l'a bien mérité. Il prétend qu'il se rendra seul au bal mais je trouve que lui et toi formeriez un joli couple… Qu'en penses-tu ?

Rick Balin ? Le beau, le blond, le riche Rick Balin ? Impensable.

— Aucun risque.

— Ne sois pas si négative ! Tu es mignonne comme tout. Et tu as pris quelques kilos, il me semble ?

— Deux.

— Je suis sûre que Rick t'y emmènerait volontiers. Surtout si je l'y encourage.

Comment résister ? Poppy n'était pas sotte. Si les poules avaient des dents, si Rick la sollicitait, elle passerait davantage de temps aux côtés de Liam. Elle n'avait aucune intention de s'immiscer entre lui et Emma, bien sûr. Mais se voir plus souvent – en dehors du restaurant –, pouvoir parler de Joe, lui raconter une anecdote marrante, pourquoi pas… nouer une amitié avec lui… ce serait merveilleux.

Une semaine et demie et cinq cents grammes supplémentaires plus tard, Rick Balin l'avait abordée devant son casier.

— Bonjour, Poppy.

— Bonjour, Rick.

— Emma m'a dit que tu étais peut-être libre, le soir du bal.

— Euh… oui, avait-elle répondu d'un ton aussi nonchalant que possible, grâce aux conseils avisés d'Emma.

— Alors ? Tu veux y aller avec moi ?

Elle avait haussé les épaules mais ses mains tremblaient.

— Pourquoi pas ?

Elle l'avait observé à la dérobée, esquissant un sourire, puis feint de s'intéresser au contenu de son vestiaire.

— Génial. Je t'appelle. *Ciao !*

— *Ciao !*

Rick s'était éloigné. Poppy avait dû lutter pour ne pas tomber dans les pommes.

Ravie, Emma l'avait coachée, question tenue et coiffure. Kate boudait dans son coin mais Poppy se réjouissait du bal à venir, de la camaraderie d'Emma, de la possibilité de changer de statut aux yeux de Liam.

L'après-midi du grand événement, Poppy s'était rendue

chez le coiffeur. Elle était ensuite passée au restaurant retrouver sa mère afin qu'elles rentrent ensemble pour la maquiller, revêtir sa somptueuse robe verte et prendre des centaines de photos. Cette soirée était tout aussi importante pour Stacia car Gretchen, elle, *n'avait pas* été invitée au bal de son lycée, au grand dam de Ruth.

Pour une fois, Poppy avait décidé d'entrer par la porte principale dans l'espoir d'éblouir son père… et Liam avec sa nouvelle coupe de cheveux. Il était environ quinze heures, la majorité du personnel n'était donc pas encore arrivée. À l'approche des battants menant à la cuisine, Poppy s'était immobilisée en percevant un murmure de voix. Celle de Liam. Celle de Rick (elle pouvait l'identifier parce qu'il lui avait téléphoné à deux reprises !). Et quelques autres, toutes masculines.

Ils étaient tous là, les copains de Liam qui venaient parfois le voir pendant qu'il travaillait. Pas un adulte en vue, ce qui était normal, étant donné l'heure. Les Osterhagen avaient confié à Liam la charge d'ouvrir le restaurant, preuve de leur confiance.

Soudain, effrayée par la perspective de se retrouver face à ces garçons plus âgés (ils étaient tous en Terminale), Poppy avait reculé. Mais elle entendait leur conversation.

— Mon vieux, tu me tues en continuant à sortir avec Emma. Qu'est-ce qu'elle est belle ! Laisse-nous au moins une chance. Rien qu'à la voir marcher dans les couloirs, on…

— La ferme, avait grogné Liam.

Poppy en avait éprouvé un élan de fierté. Liam Murphy prenait la défense de sa dulcinée. Peu importait son passé de délinquant, il avait de la classe… La discussion s'était poursuivie mais un robinet coulait, Poppy n'en avait donc perçu que des bribes incohérentes. Puis l'eau s'était arrêtée de couler.

— J'ai une question à te poser, Rick, avait lancé Liam…

Pourquoi Poppy Osterhagen ? D'accord, je bosse pour ses parents, mais tu étais à ce point désespéré ? Cette fille est un sac d'os. Bâtie comme un gosse de dix ans.

Leurs éclats de rire avaient noyé le cri d'effroi de Poppy. Cachant son visage dans ses mains, elle était repartie à reculons, les jambes flageolantes, l'estomac retourné. Parvenue à la sortie, elle s'était retournée pour s'enfuir… et avait heurté sa mère de plein fouet.

— Te voilà, ma chérie. J'étais allée te chercher au salon de beauté. Tu avais oublié ? À moins qu'on ne se soit donné rendez-vous ici ? Oh ! Tes cheveux ! Ils sont superbes !

Stacia n'avait pas remarqué le désarroi de Poppy – ou alors, elle l'avait mis sur le compte de la nervosité. Elle avait suivi sa mère dans un état second, subi machinalement les étapes – maquillage, robe, bijoux – et souri quand son père l'avait prise en photo. Henry, de retour pour le week-end, l'avait récompensée d'un sourire approbateur – de sa part, un énorme compliment.

Quand la sonnette avait retenti, Poppy avait été surprise de constater que Rick s'était présenté comme prévu. Il s'était montré aimable, poli. Il avait serré la main des parents, posé pour les photos. Il était venu la chercher avec sa Mercedes et Max, en père exemplaire, l'avait mis en garde contre les dangers de l'ivresse au volant.

Rick lui avait tenu la portière avant de prendre place derrière le volant. *Au fond, ce ne sera peut-être pas si épouvantable*, avait songé Poppy. *Peut-être que je lui plais malgré les commentaires de Liam.* Elle était encore en état de choc.

Elle avait observé Rick à la dérobée en se mordillant la lèvre. Peut-être avait-il lui aussi des qualités insoupçonnées. Peut-être tomberait-elle amoureuse de lui…

— Tu es très élégant, avait-elle murmuré.

Il n'avait pas répondu.

— Tu es excité ?

Silence. Il fixait la route. *Boucle-la, Poppy !*

Des années plus tard – non, quelques heures plus tard – Poppy se reprocherait violemment de ne pas s'être insurgée. *Dis donc, imbécile, je te parle !* Aujourd'hui, elle n'aurait pas hésité. Mais à seize ans à peine, naïve, innocente, terrifiée à l'idée d'offenser son cavalier, elle avait… fait semblant. Comme si de rien n'était. Lorsqu'il s'était garé devant le manoir Whitfield où avait lieu la réception, il ne lui avait pas ouvert la portière. Il s'était engouffré dans le hall d'accueil sans lui jeter un regard.

N'y va pas, avait prévenu son cerveau. Mais que faire ? Il avait assumé le rôle de chauffeur. Elle était là. À l'intérieur, la fête allait bon train. Peut-être était-il pressé de retrouver ses copains. Peut-être serait-il plus aimable une fois dans son cercle.

Rassemblant tout son courage, Poppy était entrée à son tour. La foule était dense. La vieille demeure était somptueuse – hauts plafonds, sols en carrelage noir et blanc, lustres scintillants, portes-fenêtres. Poppy avait scruté les alentours. Apparemment, sa manie de se rendre invisible fonctionnait toujours car personne ne la remarquait. Affichant un sourire figé, elle avait déambulé en quête d'une tête connue. Rick s'était volatilisé. Elle se sentait humiliée, terrifiée. Les odeurs de laque et de parfum capiteux lui donnaient mal au cœur. Comble de l'horreur, elle n'avait rien avalé depuis le déjeuner et se sentait sur le point de s'évanouir. Mais les paroles de Liam lui avaient coupé l'appétit.

Tiens, justement ! Il venait de surgir dans le vestibule. Il ne portait pas le smoking de rigueur mais un costume et une chemise noirs, comme s'il assistait à la cérémonie des Oscars et non à un bal de fin d'études. La reconnaissant, il l'avait gratifiée d'un sourire en demi-teinte. Comment osait-il, après tout ce qu'il avait craché à son sujet ? La gorge nouée, elle avait ravalé ses larmes.

— Poppy ! Tu es superbe ! s'était exclamée Emma. Tu es à notre table ? J'ai posé la question à Rick mais il n'était pas au courant. C'est curieux, je pensais qu'on serait tous ensemble. Ne bouge pas ! J'aperçois Lily. La pauvre, elle est folle de rage. Luke a eu le culot de louer un smoking *bordeaux* ! Je reviens tout de suite.

Poppy n'avait aucune intention de rester plantée là. *Tiens bon. Colle-toi contre le mur et fais mine de t'amuser*, s'était-elle recommandé. Elle avait réussi à se faufiler jusqu'à la salle des banquets, bondée, elle aussi. Rick brillait par son absence. Elle le détestait mais s'il avait surgi avec un soda et un sourire, elle lui aurait pardonné dans la seconde. Il y avait forcément une explication à son comportement.

Une voix s'était élevée derrière elle.

Jessica Blair. Celle qui était sortie avec Rick pendant presque un an.

— Qu'est-ce que tu fais là ? C'est le bal de fin d'études des élèves de *Terminale* !

— Je… je suis venue avec quelqu'un.

— Sans blague ? Qui ?

— Rick. Rick Balin, avait bredouillé Poppy.

— Tu es venue avec Rick Balin, avait répété Jessica… Tu en es sûre ?

— Oui.

— Alors comment expliques-tu qu'il m'ait embrassée il n'y a pas cinq minutes ?

Deux de ses copines, qui l'avaient rejointe et fixaient Poppy avec dédain, avaient ricané. Puis Rick était apparu. Il avait pris Jessica par le bras.

— Bébé, tu es prête ?

— Plus que jamais.

Sur ce, Jessica avait pivoté vers Rick pour déposer un

baiser sur ses lèvres. En s'écartant enfin de lui, elle avait examiné Poppy de bas en haut.

— Tu as rembourré ton soutien-gorge, Brin-de-fil ?

Ses cruelles suivantes avaient explosé de rire.

Renonçant une bonne fois pour toutes à sa dignité, Poppy s'était réfugiée dans les toilettes. Par chance, les lieux étaient déserts. Se précipitant dans la cabine la plus éloignée de l'entrée, elle avait verrouillé la porte et s'était pliée en deux. Que faire ? Comment sortir de là ? Ses parents seraient dévastés.

— Poppy ? Ça va ?

Emma. Cette idiote aussi bien intentionnée qu'inconsciente. Pendant une seconde, Poppy l'avait haïe. Puis, se redressant, elle avait inspiré profondément et émergé de sa cachette.

— Emma, je suis désolée mais je dois absolument rentrer chez moi. J'ai une affreuse migraine. J'espérais que ça s'arrangerait mais ce n'est pas le cas.

Son premier mensonge.

Emma s'était trituré les mains.

— Euh… Poppy, je viens de croiser Rick et…

— Je sais. Je me sens coupable de le délaisser en plein bal mais devine quoi ? J'ai l'impression que lui et Jessica pourraient se remettre ensemble. Pas toi ? Tu t'es donné tant de peine pour moi. Je t'en suis profondément reconnaissante mais je ne peux pas rester… ce mal de tête… ça m'ennuie d'abandonner Rick comme ça mais le hic, Emma, c'est qu'au fond, il n'est pas du tout mon genre. Tu comprends ?

— Ce type est un idiot, avait murmuré Emma.

Il suit l'exemple de ton amoureux, avait failli riposter Poppy.

— Je file, Emma. Mon taxi devrait arriver d'une seconde à l'autre. Je suis désolée. Merci pour tout et passe une bonne soirée, d'accord ?

— Tu veux que je te raccompagne jusqu'à la sortie ?

— Non ! Non, va t'amuser. Je parie que tu seras élue reine du bal… Au revoir ! À bientôt.

Emma avait fini par s'éclipser et Poppy s'était affaissée sur elle-même, épuisée. Emma Tate, si parfaite… si stupide. Personne n'oserait jamais l'humilier ainsi en plein bal de fin d'études. Liam Murphy l'aimait. Si elle avait été à la place de Poppy, il aurait *tué* le gars qui l'avait forcée à s'enfermer dans les toilettes. L'hypocrite.

La porte principale s'était rouverte et Poppy s'était de nouveau réfugiée dans la cabine, les jambes repliées sur la cuvette.

— Tu as entendu, pour Rick et Jessica ?

— Quoi ? Ils se sont remis ensemble ?

— Totalement. Mais Rick était venu avec – tiens-toi bien – Poppy Osterhagen.

— Qui ça ?

— Tu sais bien. Tout le monde l'appelle Brin-de-fil. Elle a l'air un peu bizarre, on dirait qu'elle est en CM2. Ses parents possèdent ce crasseux restaurant allemand ?

— Tu rigoles ? Elle ? Pourquoi ?

— Aucune idée. Dis, tu peux me prêter ta bombe de laque ? Au passage, j'adore tes boucles d'oreilles.

C'était le commentaire sur le *Guten Tag* qui l'avait bouleversée. L'établissement des Osterhagen n'était pas crasseux. Il était immaculé. Ces bécasses imaginaient-elles les efforts requis pour le nettoyer ? Savaient-elles combien d'heures Stacia consacrait au ménage ? À essuyer les chopes, à récurer les W-C, à épousseter les figurines en porcelaine et les bois cassés de la tête d'élan ornant le mur ?

Une chose était sûre, elle n'offrirait pas à ces idiotes – ni à Rick, ni à Liam – le spectacle de sa fuite. Les toilettes étaient situées juste en face de la cuisine. Ignorant les regards étonnés du personnel, Poppy l'avait traversée pour gagner la sortie arrière.

Il pleuvait. On était en plein mois de mai mais la température ne dépassait guère les 12° C et bientôt, elle s'était mise à claquer des dents. L'allée interminable était bordée par d'épais bosquets de sapins. Craignant d'être repérée ainsi, ruisselante et décoiffée, Poppy avait opté pour les bois. Ses escarpins – sa première paire de chaussures à talons – s'enfonçaient dans la boue et elle s'était tordu la cheville à plus d'une reprise. Sa robe lui collait aux jambes. Combien ses parents avaient-ils dépensé pour elle ? Au moins quatre cents dollars, entre la tenue, la coiffure et la parure que son père lui avait donnée la veille ? Ils avaient paru si fiers d'elle…

Une voiture s'était engagée dans l'allée et sans réfléchir, Poppy s'était cachée derrière un arbre. Quelle honte. Tout ça, parce que Rick Balin l'avait trahie. Or Rick n'aurait jamais osé agir ainsi si Liam Murphy ne lui en avait pas donné l'idée.

Un sac d'os. Bâtie comme un gosse de dix ans.

Il y avait une supérette sur la route principale, à environ deux kilomètres de l'entrée du manoir Whitfield. Le temps qu'elle l'atteigne, Poppy tremblait de froid. Extirpant une pièce de monnaie de sa pochette, elle l'avait glissée dans la fente du téléphone et appelé son frère.

— Henry ? Ne dis rien aux parents mais s'il te plaît, j'aimerais que tu viennes me chercher. Tu peux m'apporter des vêtements secs ?

Sur ce, elle s'était mise à sangloter.

Elle s'était planquée derrière le rayon « chips » en attendant son frère, puis changée dans les toilettes du magasin. Henry l'avait emmenée dîner dans une ville voisine et là, en avalant son hamburger-frites, elle lui avait tout raconté, de son amour pour Liam au commentaire sur la saleté du *Guten Tag*. Pour une fois, elle avait béni son manque de compétence en matière de conversation.

— Je suis désolé, Poppy, s'était-il contenté de murmurer.

Cependant, il avait rappelé à la serveuse d'apporter un supplément de mayonnaise et il s'était gardé de protester quand Poppy avait insisté pour qu'ils rentrent après 23 heures, quand Stacia et Max seraient couchés.

— Pas un mot, d'accord ? avait-elle insisté alors qu'ils se garaient devant la maison.

— D'accord.

Henry l'avait serrée dans ses bras (un geste rarissime). Il avait attendu qu'elle se douche et se couche, au cas où elle aurait eu besoin de lui. Le lendemain matin, elle avait raconté à ses parents qu'elle s'était amusée comme une folle mais qu'à cause d'une migraine, elle avait dû demander à Henry de venir la chercher avant la fin du bal. Ils avaient accepté cette explication sans broncher.

Emma l'avait appelée dans la journée.

— J'ai dit à tout le monde combien j'étais désolée que tu ne te sentes pas bien. Quel dommage ! Je leur ai dit aussi que tu étais contente pour Rick et Jessica.

Poppy avait compris. Emma se servait de sa popularité comme d'un bouclier. Si quelqu'un osait se moquer de Poppy, elle manifesterait sa désapprobation. Mais personne ne croirait à son histoire. À son retour au lycée, elle n'avait été la cible d'aucune remarque désobligeante. Toutefois, elle avait cessé de se rendre *Chez Suzie* tous les après-midi par crainte de lire la pitié dans le regard d'Emma.

Elle n'avait revu Liam que cinq jours plus tard, au restaurant, quand, pour la toute première fois, il avait lancé la conversation.

— Il paraît que tu avais la migraine.

— Oui.

— Tu te sens mieux ?

— Très bien, merci, avait-elle répliqué posément.

Sur ce, elle avait remballé ses affaires et annoncé à ses parents qu'elle rentrait travailler à la maison. À l'approche des examens de fin d'année, elle avait redoublé d'efforts, levé la main de plus en plus souvent, foulé les couloirs du lycée la tête haute. Elle avait à peine vu Liam et dès le mois d'août, il était parti pour la Californie.

Ces quelques minutes passées, accroupie derrière un tronc d'arbre, l'avaient transformée. Mais une question l'avait taraudée pendant des mois et des mois. Comment ? Comment Liam avait-il pu prononcer des paroles aussi méchantes à son égard ? Comment lui, qui avait apprivoisé et nourri un chaton égaré, avait-il pu montrer tant de cruauté envers une fille qui voulait seulement être son amie ?

6

— Bien entendu, personne n'a oublié Liam.

La présidente de la chambre de commerce étira ses lèvres en un sourire si factice que Liam en tressaillit. Maya Chu. C'était bien elle. Une de ses conquêtes d'antan.

— Nous sommes donc enchantés qu'il soit de retour parmi nous. Et d'accueillir son entreprise dans ce bâtiment. Bonne chance, Liam. Buvons au succès de *Granite State Motos Customisées.*

D'une manière générale, Liam avait horreur des inaugurations officielles. Cette fois, c'était pire dans la mesure où la femme qui venait de le présenter rêvait de lui enfoncer une aiguille dans les yeux. Mais le lieu était superbe, le matériel rutilant, les murs ornés de photos de ses œuvres. Au fond du hangar étaient garées sa camionnette Chevrolet, ornée de son logo, et la remorque dont il se servait pour récupérer et livrer ses motos. Et là, au milieu du hangar, admirées par une dizaine de personnes, trônaient deux des machines qu'il avait construites en Californie ainsi que sa propre Triumph personnalisée.

Seule ombre au tableau : Nicole aurait dû arriver juste après ses cours mais elle n'était pas encore là. Elle ne décrochait pas son téléphone. Tout en serrant les mains et en acceptant les félicitations, Liam se remémora mentalement l'emploi du temps de sa fille. Hockey sur gazon les lundis et mardis, équipe de débat les jeudis… rien le vendredi. Alors, où était-elle ?

— Bonjour, je suis Bruce. Bruce Schmottlach. On s'est croisés au *Guten Tag* l'autre soir, vous vous en souvenez ? J'ai aussi dirigé l'orchestre du lycée mais je ne pense pas vous avoir eu comme élève. Vous jouiez pourtant de la guitare, il me semble ?

— Absolument, répondit Liam, surpris. Merci d'être venu.

— L'autre jour, je faisais mon jogging, route du Cimetière, quand un futur donneur d'organes m'a dépassé sur une Harley. Il devait rouler à plus de 190 kilomètres/heure et ne portait pas de casque. Ce n'était pas vous, j'espère ?

— Non, rétorqua Liam en consultant une fois de plus l'écran de son portable (toujours pas de nouvelles de Nicole). Je porte toujours un casque. Et je ne possède pas de Harley.

D'ailleurs, depuis l'accident, il n'enfourchait plus son bolide.

— Ouf ! En tout cas, quel qu'il soit, il sera mort d'ici peu et le monde sera un peu moins dangereux. Oups ! Ma femme me fait signe. Content de vous avoir rencontré.

— Et réciproquement, monsieur.

Cet homme n'était pas le seul doté d'une mémoire d'éléphant. Depuis son retour à Bellsford, pas moins de sept femmes qu'il avait connues au lycée l'avaient contacté pour lui proposer d'aller boire un verre, histoire de se rappeler le bon vieux temps. D'autres, comme Maya Chu, semblaient assoiffées de vengeance et le fusillaient des yeux.

Pratiquement tous les commerçants du centre-ville assistaient à l'ouverture de son garage. Les Osterhagen étaient là ainsi que la dame qui gérait la mercerie (comment parvenait-elle à payer son loyer ?), Rose, la propriétaire du *Rosebud*, qui l'avait dragué la semaine précédente, le type de la librairie.

— C'est votre moto ? s'enquit une femme de son âge.

Rousse, coupe courte, ravissante. Et pas du tout intéressée, si son « gaydar » fonctionnait correctement. Liam se décontracta.

— Exact. Une Triumph Bonneville T100 50e anniversaire, 2009. Tout le glamour de l'ancien, tout le confort du présent.

— Superbe… Lola ! Si on s'achetait une moto ? Je m'appelle Kelsey et voici ma partenaire, Lola. Nous sommes propriétaires de la boulangerie-pâtisserie au bout de la rue.

— Vos bagels sont délicieux, approuva-t-il.

— Merci. Lola, ça ne te donne pas envie ? Nous envisageons depuis un bon moment de nous offrir une moto. Vous pourriez nous en fabriquer deux identiques ?

— Bien sûr.

— On fonce ! décida Lola. Tu as raison, bébé. La vie est courte.

— Encore plus, quand on roule à moto, intervint quelqu'un (en l'occurrence, Stacia Osterhagen)… Mais Liam, tu es prudent, n'est-ce pas ? Tu ne tiens pas à mourir dans un abominable accident de la route, j'espère. Ta pauvre fille a déjà assez souffert comme ça.

Soudain, le cœur de Liam se mit à battre trop vite, des gouttes de sueur perlèrent dans son dos.

— Justement, à propos de ma fille, il faut que je m'assure… Je reviens tout de suite.

Il courut dans son bureau et composa son numéro. Boîte vocale. Merde.

— Nicole, c'est ton père à l'appareil. Où es-tu mon trésor ? On inaugure mon magasin. Je comptais sur ta présence. Appelle-moi.

Puis il tenta de la joindre à la maison, laissa le même message sur le répondeur.

Il inspira profondément. Dix minutes. Dans dix minutes, il partirait à la recherche de sa fille.

Il émergeait de son antre quand une femme se rua sur lui.

— Coucou, Liam ! Ça fait un bail ?

Zut. Encore une.

— Bonjour ! Comment vas-tu ? s'enquit-il en fouillant sa mémoire.

— Je ne peux pas m'empêcher de repenser à cet épisode pendant le cours d'histoire de M. Bowie. Tu t'en souviens ?

— Euh… oui. Bien sûr.

Chou blanc. Mais de toute évidence, il était allé en cours avec cette créature aujourd'hui devenue une presque quadragénaire à triple menton et aux cheveux ternes, une drôle de paire de lunettes carrées perchée sur le nez.

— Si on allait boire une bière un de ces quatre ? Je suis divorcée. Je n'ai pas eu d'enfants.

— C'est gentil. Je consacre à ma fille beaucoup de… de temps et d'attention.

— À propos, je suis désolée, pour Emma. Alors ? Qu'en dis-tu, Liam ?

— Il faut que j'y aille. Content de t'avoir revue, bafouilla-t-il.

Se plantant au milieu du hangar, il s'éclaircit la gorge.

— Mesdames, messieurs, merci à tous d'être venus. Nous sommes à votre disposition pour réparer vos machines, les customiser ou vous en concevoir une sur mesure. Je suis enchanté d'être de nouveau parmi vous. On se croisera sûrement en ville. Merci encore.

— Liam, si tu permets, intervint Max Osterhagen en se hissant sur une caisse… Mes amis, comme vous le savez peut-être déjà, nous avons le plaisir, au *Guten Tag*, d'accueillir notre nièce merveilleuse, Gretchen Heidelberg, alias *La Fräulein aux pieds nus* à la télévision. Venez nombreux, boissons et buffet à volonté !

Le garage se vida comme par miracle. Enfin.

Ultime tentative. Mais sa fille, son bébé, son ange, la prunelle de ses yeux, ne répondait toujours pas.

— Nicole, c'est moi, réitéra-t-il en s'efforçant d'adopter un ton calme… Je rentre. Contacte-moi si tu entends ce message avant mon arrivée. À tout de suite.

Elle était peut-être en train de rédiger un SMS destiné au « garçon sympa ». Ou d'écouter de la musique. Ou alors, elle était sous la douche. À moins qu'elle ne soit tenue en joue par un agresseur. Ou enfermée dans le coffre d'une Buick, chevilles et poignets ligotés, à se demander pourquoi son père ne lui portait pas secours.

Il quitta les lieux au pas de course, saluant quelques passants ici et là. Il passa devant la boulangerie-pâtisserie de Kelsey et Lola, la librairie, le restaurant italien d'où s'échappaient toujours des odeurs alléchantes. Il s'enfonça dans une allée étroite, déboucha dans la rue Court. Presque trois kilomètres séparaient le garage de son domicile. Liam était trempé de sueur, d'une part parce qu'il courait, d'autre part parce qu'il paniquait complètement. La partie rationnelle de son cerveau savait que ses pires craintes risquaient peu de se réaliser. N'empêche.

La disparition d'Emma avait été une épreuve. Entre le diagnostic et le décès, ils avaient eu huit mois pour tenter de préparer leur enfant à cette tragédie. Le plus dur était sans doute d'accepter que la partie était perdue. Inutile de discuter, de négocier, d'espérer. Nicole et Liam s'en étaient plutôt bien sortis. Tous deux avaient suivi une thérapie, elle dans un groupe d'adolescents ayant perdu un parent, lui dans un groupe similaire pour les adultes. Leur vie n'avait pas véritablement changé, elle s'était… rétrécie. Ils avaient vécu un moment atroce mais gérable. Nicole avait-elle sangloté dans ses bras ? Oui, bien sûr. Liam avait-il passé des nuits entières dans sa cuisine à s'imbiber de whisky, incapable de mettre un pied dans leur chambre ? Absolument. Mais parfois, Nicole était rentrée de l'école en gloussant à propos de la chemise en polyester de son prof de maths. Et parfois, Liam s'était couché et endormi aussitôt.

Son principal objectif était désormais d'élever Nicole, d'être à la fois son papa et sa maman. Il s'était débrouillé tant bien que mal.

Jusqu'à l'accident. Là, tout avait basculé. Nicole, qui n'était même pas au courant, avait commencé à percevoir chez lui un certain nombre de faiblesses. Or, quand une ado de quinze ans, aussi ravissante qu'innocente, se met à réclamer plus de liberté, plus d'espace… en un mot comme en cent, il perdait le contrôle de la situation.

L'immeuble se dressait devant lui. Liam piqua un dernier sprint et fit irruption dans le hall d'entrée. Il opta pour l'escalier plutôt que pour l'ascenseur. Un étage, deux étages, trois… il ne rajeunissait pas, ses jambes étaient lourdes comme du plomb… Et s'il succombait à une crise cardiaque, là, sur le palier… Quatrième étage… et que Nicole découvre son cadavre… Cinquième…

Liam déboula dans le couloir et fourragea dans sa poche en quête de son trousseau de clés.

— Liam ? C'est vous ?

Une petite tête grise apparut derrière la chaîne de sécurité de l'appartement 5B.

— Bonjour, madame Antonelli. Désolé, je n'ai pas le temps de bavarder.

— Je vous ai vu arriver en courant. Vous êtes dans un drôle d'état ! Tout va bien ?

— Très bien. Je suis juste un peu en retard…

Il la gratifia d'un sourire et pénétra chez lui.

— Nicole ? Tu es là, ma chérie ?

Pas de réponse.

Il se précipita vers sa chambre, poussa la porte.

— Nicole ?

— Papa ! Tu pourrais frapper, s'il te plaît ?

Elle était là. Son bébé. Casque sur le crâne, un bol de pop-corn sur les genoux, en train de feuilleter un magazine.

— Je t'ai appelée, lui reprocha-t-il, le souffle court.

— Ah, bon ? Je n'ai rien entendu.

— Nicole, tu dois décrocher quand je te téléphone.

— Je viens de te présenter mes excuses, papa !

— Pas du tout.

— Bon, d'accord, je te demande *pardon*. Content ?… Tu es en sueur.

— Pas du tout.

— Tu es dans un état pitoyable. Qu'est-ce qu'il y a ? Tu as cru qu'on était victimes d'un cambriolage ?

— Non, protesta-t-il, toujours pantelant… Non, j'avais envie de courir. Histoire de m'entraîner. De rester en bonne santé. Mais je suis content de constater que tu avais verrouillé la porte d'entrée. Bravo. N'oublie jamais de la fermer à clé.

— Si ça peut te faire plaisir.

— Non, Nicole, ça ne me *fait pas plaisir*. Tu dois fermer à double tour et accrocher la chaîne de sécurité.

— J'ai compris, papa. Je dois me protéger contre l'invasion des extraterrestres. Franchement ! conclut-elle avec un sourire qui le bouleversa, tant il ressemblait à celui d'Emma.

— Je comptais sur toi, Nicole.

— Ah bon ?

Elle tourna la page de sa revue et s'extasia sur un modèle de jean.

— Aujourd'hui, j'ai inauguré mon garage. J'aurais aimé que tu sois là.

Elle fronça les sourcils.

— Je croyais que c'était le vingt et un.

— Non, c'était aujourd'hui. Le douze.

Elle descendit de son lit et fila dans la cuisine où était accroché le calendrier.

— Regarde, papa. Là, c'est ton écriture. Le vingt et un. Tu as merdé, Capitaine Dyslexique… Je suis désolée d'avoir loupé ça, papa.

— Je t'ai téléphoné plusieurs fois.

Elle extirpa son appareil de la poche de son blouson, drapé sur le dossier d'une chaise malgré les protestations incessantes de son père.

— Pitié ! Onze fois. Tu es complètement malade.

De nouveau, elle esquissa un sourire tolérant.

— Nicole, ce n'est pas drôle. J'étais inquiet.

— Papa, s'il te plaît. J'ai bientôt seize ans.

— Exactement.

Liam alla se planter devant l'évier, se savonna les mains (compta jusqu'à cinquante-cinq), se rinça la figure.

— Ce soir, je vais chez les Grafton. Tu t'en souviens, j'espère ? La soirée pyjama ?

Liam expira lentement, jeta la serviette en papier à la poubelle.

— Oui. Sauf que j'ai changé d'avis.

L'humeur indulgente de Nicole s'évapora instantanément. Elle plaqua les mains sur ses hanches, avança le menton.

— La semaine dernière, tu m'as donné la permission d'y aller. Tu me l'as promis !

— Je ne t'ai rien promis. J'ai dit oui mais c'était au conditionnel.

— Faux !

— Écoute… Je connais à peine les Grafton et…

— Mme Grafton t'a téléphoné ! Deux fois ! Tu l'as rencontrée au concert de l'école.

— En effet mais au fond, je ne sais rien d'elle. Quant à cette soirée… Il y a des armes dans cette maison ? Des chiens qui mordent ? De l'alcool ?

— Non, non et oui. Pas d'armes. Un chiot mi-cocker, mi-caniche qui ne risque pas de nous attaquer. Et, oui, il y a de l'alcool. Les parents ont le droit de boire, papa, mais de là à nous servir des martinis… D'accord ?

Liam poussa un soupir et contempla le plafond.

— Il y a du nouveau. Les Osterhagen organisent une fête au restaurant et souhaitent qu'on y aille tous les deux. Ils t'aiment bien.

— Normal. Je suis adorable. Quant à eux, ils sont charmants mais je n'irai pas. Je vais à la soirée pyjama d'Alexa et je reste dormir chez elle. Tu m'avais donné l'autorisation, j'ai été sage comme une image toute la semaine, j'ai eu un A à mon contrôle de physique et…

— Vraiment ? Félicitations.

— … et Alexa est ma première nouvelle amie.

— Tu m'appelleras tous les quarts d'heure.

— Non, papa. Non. Je t'appellerai une fois.

— Toutes les demi-heures. Un coup de fil ou un SMS. C'est raisonnable.

— C'est *débile*. Tu auras droit à deux SMS et un coup de fil. Et je te contacterai avant dix heures demain matin pour te dire à quelle heure je rentre.

— Quatre SMS et quatre coups de fil.

— Trois SMS, deux coups de fil. C'est mon offre finale. Sans quoi, je risque fort de perdre ce portable.

Liam sourit et déposa un baiser sur le crâne de sa fille.

— Perds-le et j'envoie les flics chez les Grafton.

— Ce serait rigolo si ce n'était pas tragiquement vrai… Bon, alors, je peux y aller, n'est-ce pas ?

— Oui. Si tu tiens à ce que ton vieux père se rende tout seul à une soirée, tu peux y aller.

Nicole ouvrit le réfrigérateur, s'empara d'une pomme.

— Tu n'iras pas seul. Mme Antonelli y va aussi. Je lui ai dit que tu l'emmènerais.

— Sympa. Merci. Elle est tout à fait mon genre. J'adore les octogénaires.

— Papa, ne sois pas idiot.

Elle mordit dans son fruit en l'examinant d'un œil critique. À une époque, elle se serait jetée dans ses bras et blottie contre lui. Il tendit la main pour lui caresser les cheveux. Elle accepta son geste avec un sourire distrait.

— Le garçon sympa sera là ?

Nicole haussa les épaules mais ses joues virèrent au rose.

— Il est invité.

— Il a un nom ?

— Tanner. Tanner Talcott.

— Tanner Talcott. Sois bien attentive, mon chou. Les garçons n'ont qu'une seule idée en tête, et devine ce que cela implique pour toi ? Le désespoir. La grossesse. Les chlamydias, l'herpès, la syphilis, les morpions.

— Très joli, papa. Tu devrais mettre ce texte en musique.

— J'ai été adolescent. À cet âge-là, on ne pense qu'au sexe.

— N'importe quoi.

— Interdiction de boire. De fumer. Pas de drogue. Pas de câlins.

Nicole répéta cette recommandation en mode « rap ».

— Surtout, mon cœur, si tu as le moindre problème, tu m'appelles. Ton cher paternel sera toujours là pour se porter à ton secours.

— Je sais.

Son cellulaire bipa.

— Ça y est ! Ils sont là !

Elle courut dans sa chambre, revint avec son sac à dos déjà préparé et sa peluche Cookie Monster, son doudou depuis la naissance, qu'elle glissa dans une poche. Tant mieux, se rassura Liam. Que pouvait-il lui arriver de mal sous la surveillance de Cookie ?

— Ne panique pas, papa, et essaie de profiter un peu de la vie. Amuse-toi. Discute. Souris… Et prends une douche, ajouta-t-elle en l'embrassant. Tu sens mauvais.

Liam escorta sa fille jusqu'à la sortie de l'immeuble.

Il salua les Grafton – Bill était officier de police, Leah infirmière aux urgences, que demander de plus ? Quoique... George Tate était membre du Congrès, Louise Tate, gynécologue – ce qui ne l'avait pas empêché de flirter outrageusement avec leur fille, Emma.

Merde.

Se cognant légèrement la tête contre le mur, Liam se demanda comment il allait survivre à l'adolescence de sa fille.

— Vous allez à une soirée dans cette tenue ? De mon temps, on se pomponnait.

Poppy poussa un soupir.

— J'ai fait un effort, Vivian. Merci quand même.

La vieille dame la fixa à travers ses lunettes comme si elle examinait des restes humains. Sourcils froncés, elle ramassa son iPhone et tapa un message avec ses pouces déformés par l'arthrite.

— Pourquoi ne s'habille-t-on plus pour sortir ? grommela-t-elle... Ah ! Voilà ! Posté sur mon mur. Cette coiffure ne vous sied guère, Poppy.

Mal à l'aise, Poppy tenta de lisser une mèche rebelle. Elle qui avait espéré impressionner Vivian... c'était loupé.

— À propos, j'ai fait un saut à la propriété aujourd'hui.

Le visage de Vivian se radoucit.

— Vraiment ? Dans quel état est-elle ?

Poppy sourit. Sur ce point, au moins, elles étaient toujours d'accord. L'ex-demeure de Vivian était magnifique.

— Les pommiers commencent à fleurir et le soleil filtrait à travers le vitrail de l'entrée.

— Vous y êtes donc allée dans la matinée.

— Oui.

— C'était mon moment préféré de la journée. Aux alentours de dix heures, quand la maison est tranquille, on entend les oiseaux gazouiller. Je m'installais devant mon secrétaire dans le boudoir pour écrire des lettres…

Les mots restèrent suspendus sur ses lèvres. Poppy lui prit la main.

— Et si je vous y emmenais, Vivian ? Cela vous remonterait le moral, non ?

Vivian se redressa, indignée.

— Mon moral ne vous concerne en rien.

— Certes. Mais j'aimerais beaucoup vous y conduire malgré tout.

— Si vous ne partez pas tout de suite, vous serez en retard à votre soirée. Et je vous conseille de passer d'abord chez vous vous changer.

— Pas question, rétorqua Poppy. Mais vous avez raison, il est temps que j'y aille.

— C'est la fête de bienvenue pour votre sœur ?

— Ma cousine. Oui. Vous êtes sûre de ne pas vouloir venir ? Tout le monde serait ravi de vous voir.

— Qu'entendez-vous par « tout le monde » ? Vos employés, le moulin à paroles et le taiseux qui a peur d'elle ?

— Mmm…

— Non, merci. Sans façons. Ce soir, je joue au bridge.

— Bien reçu. J'aurais nettement préféré une partie de cartes.

Poppy se leva, rajusta son vêtement. Vivian avait sans doute raison… Cette robe était un peu ridicule, bleue, imprimée de fleurs roses avec des petits nœuds sur les épaules. En plus, le tissu lui irritait la peau. Mais elle avait un mal fou à trouver des robes à sa taille, surtout à la dernière minute. Or Stacia avait lourdement insisté pour qu'elle en mette une. Elle avait donc obtempéré. À présent, elle se sentait mal à l'aise.

— Épatez vos partenaires.

— Nous avons tous plus de quatre-vingt-dix ans, riposta Vivian. N'importe lequel d'entre nous pourrait claquer ce soir. Si vous revenez me voir lundi, je vous céderai peut-être les droits de récupération sur la maison. Nous verrons.

— Vous savez pertinemment que je viens tous les lundis, qu'il vente ou qu'il pleuve. Vous n'êtes pas obligée de me soudoyer.

— Ah, non ?

— Non. À lundi.

En grimpant dans sa camionnette, Poppy poussa un soupir. Ce soir, la Fräulein démarrait officiellement sa carrière de chef du *Guten Tag*.

Difficile de croire que Gretchen était de retour. Poppy subodorait un plan machiavélique. Quand elle avait interrogé sa cousine sur ses plans lors du dîner de la semaine précédente, celle-ci avait éludé la question.

— Je suis tellement contente d'être là. Autant en profiter, n'est-ce pas, tante Stacia ?

Bien sûr, Stacia et Max avaient manifesté leur approbation.

Poppy aurait bien voulu arriver au bras d'un chevalier servant. L'épreuve lui aurait paru beaucoup plus supportable en compagnie de Dante. Malheureusement, depuis leur dernière conversation, il n'avait pas daigné lui envoyer ne fût-ce qu'un SMS.

Elle se gara et se dirigea vers le *Guten Tag*, aperçut son reflet dans la vitrine. Elle ne possédait pas d'escarpins – enfin si, une paire, aux talons vertigineux. Ces bottes d'ouvrier à pointe renforcée lui avaient paru amusantes à la maison mais à présent, elle s'interrogeait. Elles manquaient d'élégance. Tant pis. Trop tard.

La salle du *Guten Tag* était bondée. Un événement en soi. Une gigantesque bannière était accrochée sur la devanture – *Le Guten Tag souhaite la bienvenue à la Fräulein aux pieds nus, Gretchen Heidelberg !* Il y avait aussi une photo découpée grandeur nature de Gretchen en costume traditionnel.

— Impressionnant, commenta Poppy tandis que son frère et Jon la rejoignaient.

— En effet, convint Jon… Henry compte sur une amputation pour échapper à ce calvaire.

— En fait, je prie pour une greffe, déclara Henry d'un ton parfaitement sérieux. J'ai déjà effectué trois amputations cette semaine.

— Nous avons convié des amis de Boston, dit Jon. Viens, qu'on te les présente. Oh ! ma chérie, ces bottes… tu aurais dû me consulter.

Les amis de Jon et de Henry semblaient s'amuser comme des fous. Poppy bavarda quelques minutes avec eux puis annonça son intention d'aller se chercher à boire. Jon la rattrapa par le bras.

— Poppy, nous pensons nous éclipser d'ici une heure pour aller dîner à Portsmouth. Tu veux venir avec nous ?

— Avec plaisir. Sauf que c'est impossible. Je suis la fille.

— Si Henry peut…

— Henry est le fils. Il est libre d'agir à sa guise.

— C'est triste mais c'est vrai, admit Jon… Et si tu filais à l'anglaise ? Gretchen ne s'en rendra pas compte.

— Elle, non. Papa et maman, oui. Laisse tomber, ce n'est pas grave. Passez une bonne soirée.

Elle lui tapota l'épaule et poursuivit son chemin vers le bar.

— Poppy ! Je suis si contente de te voir ! rugit Gretchen en se ruant sur elle, vêtue d'une robe aussi courte que moulante… Que tu es mignonne ! ajouta-t-elle en lui pinçant la joue.

— Gretchen. Tu es… superbe.

— C'est gentil, merci. Viens, que je te présente quelqu'un. Poppy, voici Dante Bellini. Dante, ma cousine, Poppy Osterhagen.

— Nous avons déjà eu l'occasion de nous rencontrer, Gretchen, répliqua Poppy, le cœur battant.

Dante ? Ici même, au *Guten Tag* ? En chair et en os ?

— Content de te voir, Poppy, murmura-t-il avec un sourire.

Un flot d'espoir la submergea. Était-il venu parce qu'il savait qu'elle serait là, elle aussi ?

— Évidemment que vous vous connaissez ! J'oublie toujours à quel point Bellsford est une petite ville. Je me crois encore à New York. Excusez-moi, mais la journaliste de *Channel 2* me fait signe. Je vous en prie, buvez, mangez des tapas. *Essen und geniessen* ! Ou plutôt, dans ta langue, Dante... *mangia* !

Elle leur adressa un sourire à mille watts et disparut, abandonnant Poppy et Dante dans le sillage de son parfum trop sucré.

Des tapas ? Depuis quand servait-on des tapas dans un restaurant allemand ?

— Comment vas-tu ? demanda Dante.

— Très bien, merci. Et toi ?

— En pleine forme. J'ignorais que tu la connaissais, je l'avoue.

Il suivit Gretchen des yeux. Elle riait, secouait la tête et prenait des poses pour le photographe.

— Sacré tempérament, ajouta Dante.

Il semblait fasciné par le spectacle, plus particulièrement par la voluptueuse poitrine de la Fraülein.

— Oui, concéda Poppy en croisant les bras... Je suis un peu surprise de te voir ici, Dante.

Il eut la bonne grâce de paraître penaud.

— Eh bien... Gretchen m'a invité. D'après elle, il y a assez de place pour deux restaurants gastronomiques dans la même rue, pas la peine de se comporter en ennemis... Si j'avais pu imaginer que vous étiez de la même famille...

— Il faut dire que toi et moi, nous n'avons pas souvent discuté, riposta-t-elle.

Dante ne cilla pas.

— Vous êtes proches ?

— Je suppose que oui. Elle est mon unique cousine.

— En tout cas, cela me fait plaisir de te voir, Poppy.

Il la dévisagea longuement, lui sourit.

— C'est réciproque.

Il était toujours aussi attirant. Peut-être cette séparation était-elle la solution qui permettrait à leur relation d'évoluer ?

— Poppy ! s'exclama Mme Schmottlach en l'embrassant sur la joue… Que tu es jolie !

— Bonjour, madame Schmottlach. Merci, vous aussi.

— N'est-ce pas merveilleux pour tes parents ? Cette Gretchen est une perle ! Si belle et si talentueuse. Oh ! zut ! Voilà Bruce. Il ne peut pas rester seul dix secondes sans craindre que je l'aie quitté pour un autre homme. À bientôt, ma chérie. Tu devrais t'habiller en robe plus souvent.

Poppy pivota vers Dante. Il avait disparu.

Se hissant sur la pointe des pieds, elle repéra Henry, Jon et leurs copains dans un coin (Henry vérifiait ses messages dans l'espoir d'une urgence).

Assoiffée, Poppy se faufila à travers la foule, saluant les uns et les autres, acceptant les étreintes d'amis de ses parents. Elle atteignit enfin le bar, derrière lequel trônait Otto.

— Incroyable ! Tu as mis une robe !

— Ça m'arrive. Tu me prépares un Whisky Sour ?

— Tout de suite.

Une minute plus tard, il lui tendait son cocktail.

— Merci, camarade.

Elle déposa un billet dans son bocal à pourboires. Scrutant la salle, elle vit un certain nombre de serveurs qu'elle ne reconnaissait pas – des étudiants embauchés pour la soirée, sans doute. En jean noir et T-shirt blanc, ils semblaient incongrus parmi les membres du personnel en costume traditionnel.

Tout à coup, la voix de son père tonna :

— A-tchik-a-tchik-a-tchik !

— Aïe-aïe-aïe ! chantonna Poppy en chœur avec les autres.

— Mes amis, nous sommes si heureux de vous voir. Merci d'être venus. Et sans plus tarder, voici la Fräulein aux pieds nus, Gretchen Heidelberg !

Poppy applaudit docilement tandis que sa cousine, feignant la modestie, mettait un bras autour de la taille de Max.

— Oncle Max, tante Stacia, merci, merci à vous. Je suis ravie d'être de retour dans ma famille et de reprendre les rênes du *Guten Tag*. Merci à tous pour votre accueil si chaleureux.

Elle arbora un sourire et essuya (ou fit mine d'essuyer) une larme.

— Le *Guten Tag* va subir quelques transformations, enchaîna-t-elle. Nouveau décor, voire nouveau nom. Mais vous vous amuserez toujours autant chez nous. A-tchik-a-tchik-a-tchik !

— Aïe-aïe-aïe !

Nouveau décor ? Nouveau nom ? Depuis quand ? Poppy avala une gorgée de sa boisson. Certes, le restaurant méritait un petit coup de neuf. Mais Stacia et Max l'aimaient ainsi, non ? Quant à Poppy, elle s'y sentait comme chez elle.

Un serveur passa avec un plateau. Poppy saisit un canapé au vol et l'engloutit. Pâte feuilletée assaisonnée au fromage, farcie à la viande. Exquis bien que minuscule. Avant qu'elle ne puisse s'en servir un deuxième, le serveur s'était volatilisé.

La journaliste de *Channel 2* encourageait à grand renfort de gestes Max, Stacia et Gretchen à poser ensemble pour une photo. Poppy n'entendait pas ses questions mais de toute évidence, Gretchen, placée entre son oncle et sa tante, se chargeait des réponses.

Zut. Son verre était vide. Poppy l'agita devant Otto. Elle avait un peu le tournis mais c'était plutôt agréable. Son regard se posa sur la tête d'élan au bois cassé. Petite, elle l'avait surnommé Gloubi. Gloubi survivrait-il aux rénovations ? Sinon, il pourrait toujours trouver refuge chez elle. Elle ne l'abandonnerait jamais. Gloubi était un ami. Gloubi et son bois cassé étaient plus que bienvenus dans sa demeure.

Les poids plume ne devraient jamais boire deux whiskys à jeun, prévint la petite voix de son cerveau. Absolument. Ah ! Si seulement elle avait pu être chez elle avec Shilo, à admirer des photos de Leonardo DiCaprio sur Google ! N'importe quoi pour échapper à ce supplice.

— Merci, Otto, dit-elle en acceptant son second cocktail.

Un autre serveur passa avec des petits-fours salés. Et si elle lui piquait l'assiette tout entière ? Elle mourait de faim. Elle parvint à chiper un amuse-gueule au passage, l'avala. La pièce vacilla légèrement. Rigolo.

— Bonsoir.

Poppy écarquilla les yeux, les ferma précipitamment. Liam Murphy. Baskets montantes noires, pantalon noir, chemise noire, cheveux noirs… une sorte de Lucifer ultra-branché. *Salut, toi, si on commettait un péché ou deux ?*

— Oui, souffla-t-elle.

Une miette de pâte feuilletée vola hors de sa bouche. Épatant. Lucifer le Séduisant et la Paysanne.

— Jolie robe, commenta-t-il en lui jetant un coup d'œil dédaigneux.

— Mange-moi.

Il haussa les sourcils, sidéré.

— Pardon ?

Oups !

— Rien. Comment vas-tu, Liam ?

Concentré sur son portable, il ne lui répondit pas. L'abruti.

Le dernier petit hors-d'œuvre (pardon… tapas) qu'elle avait gobé était très épicé. Ses lèvres piquaient. Elle but une gorgée de son Whisky Sour. Peine perdue. Elle les humecta avec sa langue. Liam leva la tête à cet instant précis, la rabaissa, l'air indifférent. Tant mieux.

Poppy poursuivit son observation. Papa et maman, perpétuellement collés l'un à l'autre dès qu'ils assistaient à une soirée mondaine, bavardaient près de la cuisine. Max riait à gorge déployée. Souhaitaient-ils vraiment transformer le *Guten Tag* ? Jamais, jamais ils n'avaient évoqué cette possibilité. D'ailleurs, on aurait peut-être pu lui demander son avis, non ? Solliciter ses conseils ? Après tout, dans le hangar de *Renov'art*, elle avait de quoi redécorer au moins dix restaurants.

Il devait y avoir pas loin d'une centaine d'invités. Poppy reconnut le maire et Maya la méchante présidente de la chambre de commerce dont personne ne se rappelait jamais le nom de famille. Kelsey et Lola de la boulangerie-pâtisserie la saluèrent de loin. Poppy leur achetait suffisamment de viennoiseries pour rembourser leur emprunt-logement. Bien sûr, elle connaissait tout le monde. Pourtant, elle se sentait terriblement seule. Et se sentir seule lors d'une réception organisée par ses propres parents était… mortifiant.

Liam avait toujours le regard rivé sur son satané téléphone.

— Comment vas-tu, Cordelia ? s'enquit-il.

Grrrr ! Cette manie de l'appeler Cordelia !

— J'ai la lèpre.

— Cool, murmura-t-il en pianotant fébrilement sur son clavier.

Poppy leva les yeux au ciel. Au secours ! Elle tituba.

— Comment traite-t-on cette maladie de nos jours ? lui demanda-t-il en rangeant enfin l'appareil dans sa poche.

Poppy s'étrangla sur sa boisson. Primo, apparemment, il lui avait prêté attention. Deuzio… ce qu'il était beau ! Ces yeux d'un vert si clair, cette ombre de sourire… Poppy se força à détourner la tête mais elle avait les joues brûlantes. Ce type était à croquer.

— Ta fille est avec toi ?

— Soirée pyjama. Les ados, tu sais ce que c'est…

Miracle ! Deux phrases complètes de suite. Ils entretenaient une véritable conversation. Ce constat lui coupa brusquement toute inspiration. Pourtant, c'était le moment ou jamais de se lancer.

— Alors… comment vont les affaires ?

Bravo, ma fille. Quel sens de la repartie !

— L'inauguration a eu lieu aujourd'hui.

— Ah !

Ça démarrait très fort. *Trouve quelque chose à dire, imbécile.* À court d'idées, elle but une gorgée de son cocktail.

— Liam ! Mon vieux ! Qu'est-ce que tu deviens ?

Flûte ! Rick. Rick Balin, le cavalier de bal de fin d'études le plus nul au monde, la panse du buveur de bière la plus grosse du New Hampshire. Il avait encore son pansement autour du doigt. Mauviette.

Liam lui serra la main.

— Il paraît que tu es de retour en ville ? C'est génial. Quant à ta boutique, elle est superbe. J'avais l'intention d'y passer dans l'après-midi mais j'ai eu un empêchement. J'envisage de m'acheter une moto. Il faut bien se faire plaisir de temps en temps, non ? Tu roules sur quoi, en ce moment ? Tu veux qu'on boive un coup ensemble un de ces quatre ? Histoire de rattraper les années perdues ?

Liam arborait une expression… impavide. *Tiens ! Tiens !* songea Poppy en s'adossant contre le bar. Batman a oublié

Robin. Forcément, Robin avait pris au moins trente kilos et perdu presque tous ses cheveux mais tout de même…

— Qu'est-ce qu'on s'est amusés, autrefois, n'est-ce pas ? Le lycée me manque. Otto, un martini *Grey Goose*, sec… J'adore le *Grey Goose*, ajouta-t-il à l'intention de Liam. C'est plus cher, d'accord, mais quoi ? Autant s'offrir le meilleur, hein ?

Liam pivota vers Poppy et sourit. Il la regarda droit dans les yeux, comme s'ils étaient seuls dans le restaurant et que cet idiot de Rick Balin était leur plaisanterie pour initiés.

Saint Elvis ! Elle était déjà à mi-chemin vers la planète orgasme. Que se passerait-il s'ils se frôlaient par mégarde ? Elle but de nouveau.

— Poppy ! Pourquoi te caches-tu ? Viens avec nous. Tante Stacia et oncle Max te cherchent partout !

Gretchen avait surgi de nulle part. Elle agrippa sa cousine par le bras.

— Bonsoir. On s'est croisés il y a environ deux semaines. Je suis Gretchen Heidelberg.

— Je m'en souviens, murmura Liam en dirigeant son sourire vers elle.

Le bonheur de Poppy retomba brutalement.

— Nom d'un chien ! s'écria Rick. Tu es encore plus belle qu'à la télé !

Poppy rendit son verre vide à Otto. Pas question d'en commander un troisième. Lorsqu'elle se retourna, elle se retrouva face au dos de Dante parce que les deux hommes flanquaient Gretchen. Apparemment, la loi exigeait que tout spécimen mâle vénère la Fräulein aux pieds nus.

Poppy partit à la recherche de ses parents en se félicitant d'avoir opté pour les bottes d'ouvrier plutôt que pour les escarpins à talons. La tête lui tournait. Stacia et Max se tenaient par la main. Qu'ils étaient attendrissants, tous les deux. Ils se ressemblaient de plus en plus – tous deux grands, aux cheveux blonds délavés et aux traits typiquement bavarois. Bientôt, ils finiraient par fusionner comme deux arbres.

— Coucou, les deux arbres !

— Mon bébé ! Te voilà ! s'écria Stacia en se libérant de l'étreinte de Max pour l'embrasser sur la joue. Tu t'amuses bien. Ma foi, tu es bien rouge. Tu as de la fièvre ?

— J'ai bu de l'alcool.

— Tu profites de la soirée ? s'enquit Max.

Elle les dévisagea, ses parents si aimants. Ils paraissaient heureux. Si le fait que Gretchen reprenne les rênes du restaurant les réjouissait, elle se garderait de protester.

— La fête est très réussie… Alors ? Des rénovations en perspective ?

— Nous devrions aller échanger quelques mots avec le maire, éluda Max. Viens avec nous, ma chérie. Le journal régional veut une photo.

— Vous savez quoi ? Je vais vous laisser, répondit-elle en détachant soigneusement ses syllabes. Je vais me chercher quelques canapés… pardon, quelques tapas. Dé-li-cieux. À plus tard !

Poppy les étreignit sans trop perdre l'équilibre. Avec attendrissement, elle les regarda s'éloigner. Toutefois, quand Gretchen les rejoignit pour l'opération photo, elle décida qu'il était temps pour elle de redevenir invisible.

7

— Est-ce que je vous ai dit que j'ai changé de traitement hormonal substitutif ? demanda Mme Antonelli.

Liam s'étrangla sur sa bière.

— Euh, non… Non, non.

— Je me sens *nettement* mieux.

— Je… j'en suis ravi pour vous, cafouilla-t-il sans oser la regarder.

Quand ce supplice allait-il enfin se terminer ? Il consulta sa montre.

— Quelle heure est-il, mon cher ? s'enquit Mme Antonelli.

— Bientôt 21 heures.

— Il faut que j'y aille. Je dois prendre mon médicament pour la tension à 21 heures 30. Et les œstrogènes. Je ne voudrais pas être en retard pour ça, si vous voyez ce que je veux dire.

Liam ne voyait rien du tout. Cependant, il avait amené la vieille dame à cette soirée, il avait donc le devoir de la raccompagner chez elle. Pourvu qu'elle n'essaie pas de flirter avec lui dans l'ascenseur. À en juger par la manière dont elle le dévorait des yeux, tout était possible. Message reçu. Pas intéressé, merci.

Son portable sonna. *Nicole* s'afficha sur l'écran. Bravo. Pile dans les temps.

— Excusez-moi, madame Antonelli mais je dois absolument prendre ce coup de fil.

— Aucun problème, mon cher. Ne vous occupez pas de

moi. Je rentre avec Lenore. Elle vient chez moi regarder *Les Experts : Miami*. C'est notre tradition. À bientôt !

Dieu vous bénisse, Lenore.

— Bonsoir, ma chérie.

— Salut, papa. Tu t'amuses bien ?

— Oh ! oui. Et toi ?

— C'est génial. On s'apprête à regarder *Traîne-moi en enfer*, alors je ne peux pas te parler longtemps.

— Nicole, tu sais bien que tu détestes les films d'horreur.

— Quand j'avais *neuf ans*, papa. Bon… je te rappelle tout à l'heure ?

Il poussa un soupir.

— Entendu. Merci, mon cœur.

— Je t'aime, papa !

— Moi aussi, je t'aime, Nicole.

Elle avait raccroché avant qu'il n'ait fini sa phrase.

Si Mme Antonelli pouvait se permettre de partir maintenant, pourquoi pas lui ? Il avait de quoi s'occuper à la maison. Un match des *Red Sox*. Payer quelques factures. Vérifier les serrures.

Il salua les Osterhagen et se débrouilla pour éviter le type rougeaud qui l'avait coincé un peu plus tôt. Un ex-camarade du lycée, de toute évidence.

Liam n'était pas spécialement fier de son comportement à l'époque. D'un autre côté, c'était là qu'il avait connu Emma. Mais avant elle… Quelques personnes gardaient de bons souvenirs de lui – les Osterhagen, bien sûr, et le libraire qui l'avait aidé à comprendre Shakespeare. Marty, aussi, qui l'avait employé dans son garage : il avait fait un saut à la boutique et s'était émerveillé devant ses machines. Liam avait même croisé l'un des videurs du bar de Kittery où il avait joué de la guitare et chanté à quelques reprises, histoire d'arrondir ses fins de mois.

D'autres semblaient lui en vouloir. Les femmes comme Maya, par exemple. Ou ce type qui, au supermarché la semaine précédente, l'avait traité de « connard ». Liam ignorait pourquoi. Une histoire de fille ? Vingt ans s'étaient écoulés depuis. Apparemment, dans le pays, la rancœur était une forme d'art.

Toutefois, Bellsford était une jolie petite ville, très différente de la Californie du Sud, se dit-il en émergeant du restaurant. Le centre était coquet, avec ses boutiques et ses trottoirs en briques, éclairés la nuit par des lampadaires à l'ancienne. Au carrefour se dressait un magnifique édifice en pierre de taille abritant la banque et en face, une église surmontée d'une flèche blanche. Un juste milieu entre un trou perdu et une grande métropole. Idéal pour Nicole.

En tout cas, les Tate étaient enchantés de leur retour, surtout celui de Nicole, l'unique fille de leur unique fille. S'ils n'avaient jamais aimé Liam, ils appréciaient son désir de rapprocher Nicole de ses grands-parents. Cette initiative risquait de se retourner contre lui : déjà, ils le suppliaient de leur envoyer Nicole tous les week-ends à Ogunquit, où ils s'étaient installés quand Emma était à l'université.

Liam traversa la rue Boyden, s'immobilisa. Il venait d'apercevoir un peu plus loin une jeune femme en robe sans manches et bottes d'ouvrier. Cordelia Osterhagen. Elle tanguait dangereusement. Il n'eut aucun mal à la rattraper.

— Cordelia !

— Ah, c'est toi. Salut, toi.

Liam lui sourit.

— Un peu pompette ?

— Hein ? Pas tant que ça. Mais j'avais envie de rentrer à pied.

— Je peux t'accompagner ?

— Tu parles, beau gosse !

Aïe ! Elle était complètement ivre.

— Tu as une voiture, Liam Murphy ?

— Oui. Chez moi. Tu veux que je te conduise ? J'habite près du pont.

— Je préfère rentrer à pied, insista-t-elle d'une voix pâteuse. Merci quand même.

Malgré lui, Liam était amusé. Plutôt rigolo de voir la petite Miss Osterhagen dans cet état.

— Et toi ? Où habites-tu ? s'enquit-il en l'écartant de la bouche d'incendie avec laquelle elle s'apprêtait à entrer en collision.

Son bras était froid. Liam ôta son blouson et le lui tendit mais elle avait déjà titubé jusqu'à la vitrine d'un magasin.

— Joli, non ?

— Très, répondit-il en drapant le vêtement sur ses épaules. Où habites-tu, Cordelia ?

— Rue South Church. Dans une ancienne église. D'où le nom de la rue… Désolée, ajouta-t-elle en plaquant une main sur sa bouche. Je crains d'avoir un peu trop bu.

— Tu vas vomir ?

— Pas tout de suite.

Elle inspira profondément, le fixa.

— Alors ? Comment se passe ce retour, beau gosse ? Je parie que plein de gens sont contents de te voir et plein d'autres, pas du tout.

Dans le mille. Elle avait beau être soûle, elle n'en demeurait pas moins perspicace.

— En effet. Dans quelle catégorie te classes-tu ?

— La première, affirma-t-elle en se cramponnant à son bras.

— On est loin de ton domicile ?

— Quinze kilomètres.

Liam cligna des yeux.

— Je te ramène en voiture, Cordelia.

— Ce n'est pas une mauvaise idée. Merci, beau gosse.

Elle chancela.

— Tu es très éméchée. Combien de verres as-tu bus ?

— Deux Whiskey Sour. Mais je n'ai presque rien mangé. C'est le problème. Les canapés étaient minuscules. Pas de quoi me rassasier.

Ils se rapprochaient de l'immeuble de Liam. Zut. Il avait laissé ses clés de voiture sur le comptoir de la cuisine. Il la poussa dans le hall, qui était désert.

— Je monte en vitesse chercher mes clés, d'accord ?… Ou plutôt, non, il vaudrait mieux que tu montes avec moi, se ravisa-t-il (et si elle s'en allait pendant son absence ?).

— Cool. Je suis impatiente de visiter la Batcave.

Liam s'esclaffa.

— Allez, ouste ! Voici l'ascenseur.

Lui-même aurait préféré emprunter l'escalier mais comment l'obliger à gravir toutes ces marches alors qu'elle avait du mal à marcher ?

— Superbe, l'ascenseur, marmonna-t-elle. Je crois que je vais m'allonger un instant.

Ses jambes se dérobèrent sous elle.

— Non, non. Debout ! vociféra-t-il en la soulevant par les bras.

Elle était flasque comme des spaghettis trop cuits.

— Cordelia ! insista-t-il. On se réveille !

— Je ne me sens pas très bien, marmotta-t-elle.

— Je t'interdis de me vomir dessus, prévint-il en la soutenant.

— Pourquoi, beau gosse ? Tu es trop bien pour moi ?

— Deux Whisky Sour ? C'est tout ?

Un bip annonça leur arrivée au cinquième étage. Liam traîna Poppy le long du couloir puis l'adossa contre le mur. Comme elle s'affaissait, il la maintint tout en sortant ses clés. Par chance, Mme Antonelli était absorbée par son émission. En tout cas, elle n'avait pas entrouvert sa porte pour l'assommer de conseils.

Il ouvrit, poussa Poppy à l'intérieur, l'examina brièvement. Elle avait les paupières closes. De longs cils, un peu épars. Elle sentait bon les oranges. Était-elle endormie ? La pensée de la ramener chez elle, de la laisser toute seule le fit frémir.

— Cordelia ?

— Mmm ?

— Tu veux rester ici cette nuit ? J'ai une chambre d'amis.

Elle ouvrit un œil.

— Ça m'ennuierait que ta fille me voie, chuchota-t-elle. Si tu pouvais juste me déposer chez moi.

Cette allusion à Nicole le toucha.

— Ma fille est chez une amie.

— Ah ! Alors, d'accord.

Elle avança d'un pas, se cogna dans le chambranle. Assez ! Il la souleva dans ses bras – elle était légère comme une plume.

— C'est joli, ici, marmonna-t-elle (paupières toujours closes).

Liam sourit et se dirigea vers la chambre d'amis. Le lit semblait tout droit sorti d'une de ces revues de décoration : jonché de coussins qui ne servaient à rien. C'était l'œuvre de Nicole, dans un de ses élans domestiques.

— Très confortable, grommela Poppy quand il la déposa délicatement sur le matelas.

— Je suis content que cela te plaise.

Il délaça ses bottes, les enleva. Elles étaient affreuses. Emma aurait préféré mourir plutôt que d'enfiler des horreurs pareilles. Et ces chaussettes en laine ! Hideuses !

— Tu as besoin de quelque chose ?

Elle ne répondit pas. Liam hésita. Devait-il la recouvrir ? Il finit par replier la couette sur elle, regarda autour de lui. Dans sa jeunesse, il était devenu expert en l'art de coucher ses copains ayant trop bu mais cela faisait un bon moment. Il décida de rapprocher la corbeille à papier du lit au cas où Cordelia éprouverait le besoin de vomir. Puis il alla chercher un verre d'eau à la cuisine ainsi que deux cachets d'aspirine. Il posa le tout sur la table de chevet.

C'était la première fois que cette pièce accueillait une invitée. Nicole n'avait encore reçu personne, bien que sa meilleure amie de San Diego, Cammie, ait prévu de venir pendant l'été. Un jour, beaucoup trop vite au goût de Liam, sa fille partirait pour l'université et il se retrouverait avec deux chambres libres. Pourvu qu'elle revienne souvent avec des copines, histoire de redonner vie à cet appartement !

Cordelia grogna, murmura des paroles incompréhensibles.

Elle avait un côté lutin avec cette mèche rebelle, ce menton fin, ces cils interminables, cette jolie bouche. Pas un gramme de graisse superflue. Jambes bien galbées, jolis pieds. Il s'attarda sur sa bouche. Pulpeuse à souhait, très… appétissante.

Autrefois, se rappela-t-il, Cordelia en avait pincé pour lui. Elle l'avait poursuivi partout comme un caneton égaré. Sensible à la générosité des Osterhagen, Liam s'était maintenu à distance. Pas la peine que leur fille tombe amoureuse d'un ex-délinquant. Il avait donc ignoré toutes ses tentatives de conversation jusqu'à ce qu'elle finisse par se calmer.

Tout à coup, l'image du rougeaud lui revint. Était-il sorti avec Cordelia ? Comment s'appelait-il, déjà ? Rob ? Non, Rick. Rick et Cordelia ? Bizarre. Il se trompait sûrement. Liam avait tiré un trait sur cette époque, ses souvenirs étaient flous. Bellsford était son onzième lieu de résidence en dix-sept ans. Au fil du temps, il avait appris à ne jamais s'attacher… Jusqu'au jour où il avait connu Emma.

Cordelia rouspéta dans son sommeil et se tourna sur le côté.

— Bonne nuit, chuchota-t-il avant de sortir.

À son réveil, les premières pensées de Poppy ne furent guère optimistes. Ce rayon de soleil l'aveuglait. Et pourquoi ce goût atroce dans la bouche ?

Elle se cacha la tête sous un oreiller et chercha Shilo à tâtons. En vain. Une petite seconde… cet oreiller était en mousse. Les siens ne l'étaient pas. Elle souleva une paupière. Ces draps étaient bleus.

Les siens étaient jaunes.

Poppy se redressa brusquement. Une douleur effroyable lui transperça la tête. Où était-elle ? Nom de nom ! Elle ne connaissait pas cette chambre ! Elle n'y avait jamais mis les pieds !

Paniquée, elle scruta les alentours. Aïe ! La soirée au *Guten Tag*. Les Whisky Sour d'Otto, les amuse-gueules minuscules, Gretchen… Que s'était-il passé ? Poppy avait dû repartir avec quelqu'un. Draguer un homme ou se laisser séduire. Une première.

Mais cette robe par terre lui appartenait. Ces bottes aussi. Ce qui signifiait…

Poppy repoussa la couette, s'examina.

Elle était nue.

Hein ? Qui ? Comment ? Quoi ?

À cet instant, on frappa discrètement à la porte. Elle voulut répondre mais seule une sorte de gazouillis s'échappa de ses lèvres.

Un grincement. La tête de Liam Declan Murphy apparut.

Poppy remonta l'édredon jusqu'à son menton, paniquée. Liam ? Liam Murphy ? Impossible. Quelle catastrophe ! Désormais, c'était officiel, elle n'était qu'une traînée. Pour rien, en plus ! Elle avait couché avec lui mais n'en conservait pas le moindre souvenir. Quel gâchis !

Liam… l'avait-il ramenée chez lui ? Avait-il abusé d'elle ? Avait-il trop bu, lui aussi ? Une image lui revint à l'esprit – Liam l'avait portée dans ses bras. Quelle horreur !

— Bonjour, murmura-t-il avec un demi-sourire.

Ah ! Ce visage, cette barbe naissante !

— Bonjour, chuchota-t-elle en remontant les genoux sous son menton.

Si seulement elle avait pu disparaître dans un trou de souris. Disparaître ou fondre… ou s'embraser spontanément.

Il jeta un coup d'œil sur ses vêtements éparpillés.

— Comment te sens-tu ?

— Euh… couci-couça, avoua-t-elle.

Il se percha sur le bord du lit. Au secours ! Elle était nue. Elle était déjà plaquée contre le mur, elle ne pouvait guère s'éloigner davantage. Son haleine empestait-elle ? Parce qu'elle avait la sensation d'avoir avalé un dragon en décomposition.

— Tu veux un café ? proposa-t-il.

— Non. Merci.

— Alors…

Il devait sortir de la douche car sa chevelure était humide. Poppy avait beau désapprouver ces femmes qui s'enivrent et couchent avec le premier venu, une sensation de langueur s'était emparée de tout son être. *You hou ! Liam Murphy est assis à quelques centimètres de ton corps dénudé. Réagis. Vite.*

— Euh… Liam… ?

— Oui ?

Elle s'agrippa à la couette.

— À propos d'hier soir…

— Quoi ?

Poppy ferma les yeux, les rouvrit. Eh oui, ses vêtements jonchaient toujours le sol. Elle avait une migraine épouvantable et elle était bel et bien nue dans le lit de Liam Murphy. Sherlock Holmes affirmerait sans conteste qu'elle s'était envoyée en l'air avec le beau gosse. Si elle s'était imaginée des milliers de fois dans cette situation, elle n'en était pas moins anéantie maintenant. Car elle ne se rappelait absolument rien.

— Avons-nous… ?

— Avons-nous quoi ? la nargua-t-il avec un sourire.

— Avons-nous… ?

Fait l'amour ? Couché ensemble ? Fabriqué des bébés ? Seigneur ! Et si elle était enceinte ?

— Tu te souviens de ce qui s'est passé hier soir ?

— Pas toi ?

— Non, Liam. Peux-tu juste me dire si… on l'a fait ou pas ?

Il la contempla longuement, s'attardant sur sa bouche, puis plongeant son regard dans le sien.

— Non, admit-il enfin avec un sourire.

— Non ?

— Non. Tu plaisantes ? Certainement pas.

Bon, d'accord, pas la peine d'en faire des tonnes non plus.

— Comment mes vêtements ont-ils atterri par terre ?

— Je l'ignore. Ce n'est pas moi qui t'ai déshabillée.

— Liam, s'il te plaît, épargne-moi ton…

— Mon… ?

— Emphase.

Il rit aux éclats.

— J'avais l'intention de te reconduire chez toi mais tu étais plutôt… ramollie. J'ai donc préféré que tu dormes ici, plutôt que dans l'ascenseur comme tu en avais envie au départ. Tu m'en veux de ne pas avoir profité de la situation ?

— Non ! Seigneur ! Ce que tu peux être prétentieux.

Il sourit. Elle rougit.

Les souvenirs remontèrent à la surface, pas flatteurs du tout. Les rues tortueuses du centre de Bellsford. Liam lui enlevant ses chaussettes. Cette fichue robe qui la grattait… Elle avait fini par s'en débarrasser et se rappelait une exquise sensation de fraîcheur quand elle s'était glissée entre les draps frais.

— Je te prépare un petit déjeuner ?

— Non, merci. Mon chien est tout seul à la maison. Les chats aussi. Il faut que j'y aille.

— D'accord.

— Ta fille est rentrée ? Je peux passer par-derrière, murmura-t-elle, écarlate à la pensée de croiser l'adolescente après l'épisode de la veille.

— Elle est chez une amie.

C'est vrai, il le lui avait expliqué.

— Tant mieux. Épatant.

— Je te laisse t'habiller.

Il se leva et quitta la pièce. Malgré elle, Poppy en éprouva un léger sentiment de… déception. De là à sauter du lit toute nue… Pas question. Elle attrapa sa robe et l'enfila sous les couvertures.

Elle fonça dans la salle de bains attenante, se rinça la bouche, s'aspergea le visage d'eau glacée. Quelle sotte ! Incapable de tenir l'alcool. Son rimmel avait coulé. Elle ressemblait à l'enfant sur l'affiche des *Misérables* – en moins adorable et beaucoup plus débauchée. Ses cheveux, désordonnés d'une manière générale, étaient aplatis d'un côté, hirsutes de l'autre. Ravissant. Elle les recoiffa vaguement avec ses mains humides, reprit son souffle et sortit de la chambre.

— Merci de t'être occupé de moi hier soir, marmonna-t-elle sans regarder Liam.

Accoté contre le comptoir, on aurait dit qu'il posait pour la couverture du magazine *GQ*. Beau comme un dieu.

— À un de ces jours.

— Au revoir, Cordelia.

Elle prit la fuite. Une fois dans le couloir, elle opta pour l'escalier plutôt que l'ascenseur. Elle ne tenait pas à y rencontrer quelqu'un de sa connaissance. Elle n'avait rien à se reprocher mais les apparences criaient tout le contraire. La honte. Comme si elle et Liam s'étaient donné du plaisir toute la nuit.

Dans ses rêves.

8

— Courage, mon lapin ! Tu peux y arriver !

Max mit en marche sa caméra-vidéo (une relique des années 1990) comme chaque fois que Poppy prenait la batte, depuis quatre ans qu'elle jouait au base-ball. Sur un total d'environ dix matchs par saison, Poppy effectuait en moyenne quatre rotations. Résultat : en gros, Max possédait cent soixante films de sa fille se faisant éliminer.

Dans le New Hampshire, base-ball rimait presque avec religion. Hélas, Poppy n'était guère douée. Cela étant, Stacia lui avait interdit pratiquement tous les sports dans sa jeunesse par crainte qu'elle ne se blesse. Toutefois, quelques années auparavant, Jon, l'un de ces personnages irritants qui réussissent dans tous les domaines, de l'art floral aux performances sportives, l'avait convaincue de rejoindre l'équipe du *Guten Tag*. Jon était spécialiste de l'arrêt-court, Poppy se débrouillait plutôt bien dans le rôle de receveur. Elle parvenait à évincer bon nombre de joueurs qui tentaient d'atteindre la deuxième base. En revanche, question frappe, elle avait de gros progrès à faire.

Elle loupait systématiquement son coup – non sans panache. Elle n'avait jamais marqué un point, jamais engendré un point, jamais effleuré ne serait-ce qu'une fausse balle. Son manque de réussite était devenu légendaire.

À présent, c'était son tour, face à José Rivera, le lanceur de l'équipe de la quincaillerie *Stubby*, cousin issu de germain de la moitié des membres de la Ligue Majeure, à en croire les rumeurs.

Brianna et James étaient présents – Kate était joueuse de première base pour les *Guten Tag*, et assez remarquable. Les deux adolescents étaient un peu marginalisés au lycée et Poppy était contente qu'ils s'entendent aussi bien, même si Brianna feignait de ne pas apprécier James. Shilo était là aussi, couché sur le dos, dans l'espoir d'une bonne caresse. Les jeunes l'ignorant ostensiblement, il émit quelques grognements jusqu'à ce que James se décide enfin à lui frotter le ventre avec son pied.

Poppy se plaça sur le marbre. Ses coéquipiers se levèrent tous et se mirent à applaudir.

— Garde l'œil sur la balle, Poppy ! recommanda le révérend Jerry.

En entendant prononcer le prénom de sa maîtresse, Shilo se redressa et aboya.

— Montre-leur de quoi tu es capable ! l'encouragèrent en chœur Jon et Kate.

— Tu vas marquer l'Histoire ! renchérit Bruce Schmottlach, leur plus vieux joueur, âgé de soixante-dix-huit ans, qui affichait une impressionnante moyenne au bâton de 0,402.

Poppy inspira, enfonça ses crampons dans la terre et attendit. Oui, elle pouvait le faire. Même une fausse balle équivaudrait à un triomphe. José prit son élan et elle balança sa batte de toutes ses forces. Raté. Elle avait un peu tardé, voilà tout. Cette fois, elle démarrerait plus vite. Ce qu'elle fit. Raté.

— Tiens bon, mon cœur ! hurla Stacia.

— Retrait ! tonna l'arbitre.

Rideau.

— C'était pathétique ! lança Brianna. Mais bien essayé !

— Ce sera pour la prochaine fois, ma chérie ! la consola Stacia.

— Merci, maman.

Poppy regagna l'abri au petit trot, enfila son équipement de receveur et retourna au marbre.

Le batteur des *Stubby* se présenta et elle devint écarlate.

Liam. Elle ne l'avait pas revu depuis la Nuit des Whisky Sour.

— Salut.

— Salut, marmonna-t-elle, soulagée que son visage soit caché par son masque. Je ne savais pas que tu jouais au base-ball.

— Mike Owens m'a proposé de me joindre à son équipe. Bonjour, Liam Murphy, précisa-t-il en se tournant pour serrer la main de l'arbitre.

— Content de vous connaître… Quand vous voudrez.

Poppy s'accroupit, l'œil à la hauteur de l'entrejambe de Liam. Décidément, cet homme l'émoustillait. Quelle idiote.

— Tu es bon, Liam ? lui demanda-t-elle tandis qu'elle effectuait quelques mouvements d'échauffement… Au base-ball, j'entends ?

— Pas mauvais.

— Allez, Liam ! Envoie la balle de l'autre côté de la clôture du parc ! exhortèrent ses coéquipières.

Le révérend Jerry, qui lançait pour *Guten Tag* et se prenait pour un champion, fixa le monticule.

— Préparez-vous à recevoir les foudres du Seigneur, menaça-t-il.

Et vlan ! La balle s'envola.

— Pas mal du tout, approuva Poppy.

Liam la gratifia d'un sourire narquois et se mit à courir d'une base à l'autre. Il réussit un triple dans la quatrième manche et un double dans la huitième, marquant six points en tout. Les *Stubby* l'emportèrent, comme d'habitude. Les camarades de Liam – surtout les femmes – se ruèrent sur lui pour le féliciter, lui taper dans le dos, lui caresser le bras.

— Je me dépêche. James et moi avons un cours de yoga, annonça Kate en troquant ses crampons contre une paire de *Nike*. Tu veux que je ramène Brianna chez elle ? C'est sur notre chemin.

— Brianna ? Qu'en penses-tu ? s'enquit Poppy.

L'adolescente coula un regard méprisant sur James puis sourit.

— D'accord.

James s'empourpra. Poppy serra Brianna dans ses bras, lui rappela leur rendez-vous au cinéma du dimanche suivant (encore un épisode de *Twilight* mais au moins, il y aurait du pop-corn), ramassa son sac puis alla enfermer Shilo dans la camionnette moyennant la promesse d'un hamburger un peu plus tard.

— Nous ne nous voyons plus, se plaignit Jon tandis qu'ils se dirigeaient vers le *Rosebud* pour offrir une tournée à leurs adversaires.

— Nous avons déjeuné ensemble hier, rétorqua-t-elle.

— Certes, certes. Comment vont les affaires ? Vivian a signé ?

— Elles tournent plutôt bien.

Ce matin-là, un couple de passionnés lui avait acheté quatre vitraux, un manteau de cheminée sculpté et un lion en béton que Mac leur livrerait le lendemain.

— Et non, Vivian n'a toujours pas signé, acheva-t-elle.

— Quel dommage de démolir cette propriété.

— Ne m'en parle pas. Mon frère nous retrouve ici ? s'enquit-elle en poussant la porte.

— Oui. Tiens ! Le voilà en train de repousser Rose.

Du temps du lycée, Rose avait vainement tenté de remettre Henry dans le « droit chemin ». Il avait beaucoup d'affection pour elle et riait de bon cœur lorsqu'elle flirtait outrageusement avec lui.

Ils aperçurent Gretchen.

— Cette femme ne travaille donc jamais ? s'étonna Jon. Ne devrait-elle pas être derrière ses fourneaux ?

— D'après ce que j'ai pu constater, Willem assure l'essentiel côté cuisine, expliqua Poppy.

Stacia surgit devant eux avec Max et les Schmottlach.

— En tout cas, elle remanie la carte, annonça-t-elle… Ah ! Henry ! Par ici, mon chéri ! Nous ne t'avons pas vu depuis des semaines !

— Nous avons passé la journée de dimanche chez vous, grogna Jon.

Poppy ébaucha un sourire. Dans sa famille la notion du temps était très relative.

Autour de Liam se pressait un groupe d'admiratrices, parmi lesquelles Taylor Bennington, une de ses conquêtes d'antan. Elle était toujours aussi belle.

— Bonsoir à tous ! clama Gretchen.

Elle s'approcha de leur table et y déposa son assiette. Jon tint sa serviette devant la figure pour se protéger de la vue de sa généreuse poitrine.

— Comment allez-vous ? Qui veut un peu de cette sauce à l'artichaut ? Coucou, Poppy. Je ne t'avais pas vue. Il paraît que tu n'as toujours pas marqué un point. Dommage. Si tu prenais un peu de poids, peut-être… ?

— Qu'est-ce que je vous apporte ? coupa Poppy en se levant.

— Je prendrai un verre de pinot noir, décréta Gretchen, mais uniquement s'il provient de la vallée de Willamette. Cette année, les pinots de la Californie sont insipides, n'est-ce pas, Henry ?

Poppy leva les yeux au ciel et se dirigea vers le bar.

— Quatre Heineken pour eux, une eau gazeuse pour moi. Et un pinot noir de Californie pour ma cousine.

— Tout de suite, répliqua Rose… Ton frère est de

plus en plus mignon, ajouta-t-elle en lui tendant son verre d'abord.

Liam apparut à ses côtés. Apparemment, il avait réussi à s'arracher à ses adulatrices.

— On me dit que tu n'as jamais touché une balle, attaqua-t-il.

— Non, mais des balloches, j'en ai cassé pas mal. Je dis ça comme ça.

— Ça ne m'étonne pas de toi… Tu n'as pas pris d'alcool, j'espère ?

Flirtait-il avec elle, par hasard ? Non. Impossible… N'empêche que cette pensée la paralysa.

— Liam ! Quel bonheur !

Évidemment. Gretchen s'était matérialisée aux côtés de Poppy, la repoussant d'un coup de hanche. Elle noua les bras autour du cou de Liam comme s'il débarquait d'une mission en Afghanistan.

— Viens te joindre à nous ! Stacia l'exige et tu sais comment elle est. On ne lui désobéit jamais, n'est-ce pas ?

Elle lui adressa un sourire étincelant et il lui en rendit un tout aussi charmeur.

— Dépêche-toi, poursuivit-elle. Je ne voudrais pas que ma tante s'énerve contre moi. Poppy va arriver d'un instant à l'autre.

Elle se pencha vers sa cousine.

— Tu devrais aller te rafraîchir d'abord, ma chérie, chuchota-t-elle suffisamment fort pour que Liam l'entende. Tu sens la transpiration.

Sur ce, Gretchen entraîna Liam vers la table des Osterhagen en bavardant gaiement. Ils s'assirent côte à côte. Oh ! Pour l'amour du ciel ! Voilà que Gretchen lui faisait goûter un bout de son hors-d'œuvre. Pouah !

Au fond, ce n'était pas plus mal. Désirer Liam s'était avéré infructueux – voire néfaste – autrefois. Inutile de répéter les erreurs du passé. Presque contre son gré,

Poppy se réfugia dans les toilettes. Elle repassa par le bar chercher les boissons. Lorsqu'elle atteignit leur table, Liam avait disparu.

Tant mieux.

Les hommes ne devraient jamais avoir à acheter des tampons hygiéniques, songea Liam avec dépit. D'autant qu'il en existait des dizaines de sortes et à Dieu ne plaise qu'il se trompe de marque. Il aurait dû rester au *Rosebud* à échanger des mondanités mais non, il avait commis l'erreur de rentrer à la maison où il avait découvert sa fille en pleine crise de syndrome prémenstruel. D'où cette expédition chez *Hannaford.*

Il vérifia la liste que Nicole avait rédigée en grosses lettres majuscules comme si elle le prenait pour un débile (ce qui, dans son état actuel, était le cas) et la jeta dans le caddie. Il ne lui manquait plus qu'un article. Il scruta les étagères en se répétant le nom du produit. Non. Rien de tel.

Il sortit son portable et enfonça la touche Maison, redoutant d'avance la réaction de sa fille.

— Je ne trouve pas le dernier truc, ma chérie.

— Papaaaaaa ! J'en ai *besoin* ! J'agonise ! Tu ne peux pas comprendre. Tu es un homme.

Dieu soit loué.

— Écoute, j'ai les trois premiers…

Comme il regrettait que sa fille n'ait plus quatre ans, l'âge idéal… assez grande pour marcher et se nourrir toute seule, assez jeune pour le vénérer. Hélas ! La machine à remonter le temps était hors-service et Nicole pleurnichait sur le canapé, une bouillotte sur le ventre et une boîte de mouchoirs en papier à portée de main.

— Arrange-toi pour me rapporter ce que je t'ai demandé, grommela la prunelle de ses yeux. Pas la peine de revenir avec des *Stayfree* quand je t'ai demandé des

Kotex. La différence est énorme et je souffre déjà assez comme ça, d'accord ?

— En effet, je m'en voudrais de te rendre encore plus malheureuse. J'ai les trois premiers machins mais je ne vois pas le *Midol*. Je suppose qu'ils n'en vendent pas ici. On ne peut pas le remplacer par autre chose ?

— Non, papa ! Je suis sûre qu'il y en a. Cherche un peu, je t'en supplie.

— Ma chérie, je… Allô ? Nicole ?

Génial. Elle lui avait raccroché au nez.

D'ici deux ans et demi, son ange partirait pour l'université. Difficile d'imaginer le vide que procurerait son absence. À cette pensée, un étau se resserra autour de sa poitrine. Il chercha sa respiration. Il ne manquait plus que cela : une crise cardiaque au beau milieu du rayon protections féminines, les secouristes qui déferlaient, la police qui se précipitait chez lui pour annoncer la mauvaise nouvelle à Nicole, ses sanglots de désespoir. Son bébé, orpheline, condamnée à vivre avec les Tate qui feraient de leur mieux pour effacer tous ses souvenirs de son papa chéri…

Le cœur de Liam se mit à battre follement et des gouttes de sueur perlèrent sur son front.

— Du calme, du calme, marmonna-t-il.

— Tu as tes règles ?

Il sursauta, l'air coupable comme s'il venait de voler de la marchandise. Cordelia Osterhagen, pour la deuxième fois de la journée. Il reprit son souffle, l'examina de bas en haut. Elle portait toujours sa tenue de joueuse de base-ball – T-shirt au logo du *Guten Tag*, pantalon et crampons. Elle avait une tache de ketchup sur le sein gauche et… il était étrangement soulagé de la voir.

— Tu me suivais ?

— Oui. Tout le monde sait que tu adores te balader au rayon tampons.

Il jeta un coup d'œil dans le panier de Poppy. Pudding au tapioca, au moins quatre litres de crème glacée, une bombe de chantilly, un morceau de cheddar, un gâteau à la noix de coco, deux pizzas surgelées et un carton de substitut d'œuf.

— On surveille son cholestérol ? railla-t-il.

Elle étrécit les yeux.

— C'est pour mon chien. Qui, au passage, mord quand je lui en donne l'ordre. Que cherches-tu ?

— Du *Midol*. Extra-fort. Pour cette période durant laquelle une fille rêve d'égorger son père et de boire tout son sang.

Poppy ne put s'empêcher de sourire.

— Tu t'es trompé d'allée. Dirige-toi plutôt vers les remèdes contre le rhume.

— Merci.

— Je t'en prie.

Elle poussa son caddie devant elle.

— Dis-moi… est-ce mon imagination ? Ou ta mère essaie-t-elle de me brancher avec ta cousine ? s'enquit-il, dans le vague et inexplicable espoir de la retenir.

Le rouge lui monta aux joues mais elle haussa les épaules et arbora une petite moue.

— Aucune idée.

— Tu crois que je lui plais ?

— Forcément, Liam. C'est la loi, n'est-ce pas ? Toutes les femmes doivent se jeter à tes pieds.

— Ce n'est pas ton cas, riposta-t-il, amusé. Du moins, pas quand tu es sobre.

Elle vira à l'écarlate.

— Ne crains rien, beau gosse. Tu n'es pas mon genre.

— Non ? Tu en es certaine ?

Il haussa un sourcil coquin.

— Absolument ! Remarque, si tu es en quête d'amour, il te suffit de te regarder dans la glace.

Elle était furieuse.

— Pardon, Cordelia. La force de l'habitude.

— Peu importe. J'espère que ta fille ira vite mieux. Apporte-lui du chocolat.

Sur ce, elle démarra au pas de charge sans se retourner. Liam n'était guère accoutumé à ce type de réaction de la part d'une femme. Même celles qui le détestaient se radoucissaient dès qu'il leur dispensait une dose de charme. Cela pouvait sembler prétentieux mais c'était la vérité. Maya Chu ne l'avait-elle pas dragué au *Rosebud* ? Liam n'avait eu que l'embarras du choix depuis ses quatorze ans. Le mariage avait ralenti le rythme mais maintenant qu'il était veuf, ces dames tournaient autour de lui comme une nuée de moustiques. Une mère du conseil des parents d'élèves avait eu l'audace de lui glisser un papier avec son numéro de téléphone pendant la veillée mortuaire d'Emma ! Et six mois plus tard, il recevait une moyenne de six coups de fil par jour de la part de célibataires compatissantes (et trois nanas mariées) lui assurant qu'elles étaient disponibles s'il avait envie de parler, de dîner ou de baiser.

Par conséquent, si Cordelia Osterhagen avait tendance à rougir en sa présence, elle n'en demeurait pas moins l'une des femmes les plus subtiles qu'il eût rencontrées. Tout le contraire de la cousine (quel était son prénom, déjà ? Greta ?).

Il se rendit aux rayons médicaments, repéra enfin le *Midol* de Nicole, pria pour que ces cachets produisent rapidement l'effet désiré. Puis il fit un saut au rayon confiserie prendre une tablette géante de *Lindt Maxi Plaisir* au lait. Ça ne pouvait pas faire de mal.

Lorsqu'il parvint aux caisses automatiques, Cordelia occupait déjà la place juste devant lui. Elle l'ignora.

— Ainsi, tu diriges une entreprise de récupération.

— Oui.

— Tu aurais peut-être quelque chose à me proposer pour la chambre de Nicole ?

Cette fois, elle lui jeta un bref coup d'œil.

— À quoi songes-tu ?

— Je n'en sais rien. L'autre jour, elle m'a fait remarquer combien sa chambre était triste. En Californie, Emma avait peint des nuages sur son plafond. Je n'y ai pas vraiment réfléchi.

— Qu'est-ce qu'elle aime ?

Excellente question. Hormis Cookie Monster, il n'était guère au courant. À Noël, il lui avait offert un calendrier *Hello Kitty*. Ce cadeau lui avait valu un sermon, Nicole l'accusant de la traiter comme un bébé. Pourtant, la semaine précédente, elle était rentrée du centre commercial avec un pyjama… *Hello Kitty*.

— Je suis un peu désemparé, je l'avoue. J'avais envie de quelque chose d'original. Laisse tomber.

— Je fouillerai. J'ai peut-être de quoi te satisfaire.

— Merci.

Ils finirent de scanner leurs articles à peu près en même temps. Apparemment, ils s'étaient garés sans le savoir l'un à côté de l'autre, la Honda bleue de Liam le long d'une camionnette rouge défoncée.

Comme ils s'en approchaient, une tête noir et blanc de la taille d'un poney apparut dans le véhicule de Cordelia. Le chien, énorme, bâilla puis renifla avec enthousiasme, flairant sans doute le substitut d'œuf.

— Belle bête, constata Liam.

— Shilo. C'est un danois.

— Je peux le caresser ?

— Tu ne te fâcheras pas s'il t'arrache le bras ?

— Il mord ?

— Non. Vas-y.

Liam n'avait possédé qu'un seul chien dans sa vie, en Pennsylvanie, quand il avait environ cinq ans. C'était un pit-bull que son père avait entraîné à l'attaque et qui avait passé sa vie attaché à un poteau au milieu du jardin. Son père l'avait baptisé Idiot. Idiot avait mordu Liam à deux reprises, pourtant c'était lui qui était chargé de le nourrir. Terrifié, il lui apportait sa gamelle sur la pointe des pieds.

Avec méfiance, Liam présenta sa main au danois. Shilo la lui lécha puis ferma les yeux. Liam sourit et lui tapota la tête. Beaucoup plus sympathique qu'Idiot, bien que cinq fois plus gros. L'animal occupait l'essentiel de la banquette avant.

— Il doit peser au moins vingt kilos de plus que toi. Comment l'as-tu dressé ?

— Je n'en sais rien. Ça ne m'a pas posé de problème.

Nicole serait-elle heureuse d'avoir un chien ?

— Où te l'es-tu procuré ?

— À la fourrière. À un de ces jours, Liam.

Sur ce, Cordelia grimpa dans son pick-up et démarra en trombe comme si elle prenait la fuite.

Non, décidément, elle n'était pas comme les autres. Mais un quart d'heure plus tard, quand Nicole s'empara de la tablette de chocolat et l'embrassa sur la joue en déclarant qu'il était le meilleur papa au monde, Liam ne put s'empêcher d'éprouver un sentiment de reconnaissance envers la mystérieuse Cordelia Osterhagen.

9

— Ouf ! s'exclama Kate en se laissant choir sur son fauteuil. J'ai mal au ventre. Je dois être en pleine ovulation.

— Tu tiens absolument à en discuter ? rétorqua Jon.

— Sois un homme, mauviette.

— Sois un homme toi-même, Venus Williams ! Je suis gay et prof d'arts ménagers. Je ne serai jamais un homme. Dieu m'est témoin.

Poppy, après avoir terminé un devis pour la démolition d'une grange à Chelmsford, était venue chercher Brianna à l'école pour leur après-midi ensemble. Sachant que Jon et Kate déjeunaient tard, elle s'était invitée et se régalait maintenant de la moitié du sandwich au poulet de Jon (plus un croissant aux amandes, plus des cookies pour le dessert). Ils mangeaient dans le bureau de Kate, jouxtant les vestiaires du gymnase.

— James et moi envisageons de nous rendre à Sedona cet été, annonça Kate en appuyant la tête contre une affiche de Mia Hamm, célèbre joueuse de football. Gym douce, balnéo, méditation, tout le saint-frusquin.

— Le rêve de tout adolescent, railla Jon. Pourquoi pas un séjour randonnée-trek ou des vacances au bord de la mer ?

— Tu n'y connais rien ! Oups ! Voilà la sonnerie… Il est temps d'y aller. Vous m'accompagnez, tous les deux ? Je suis de corvée bus. À propos, Poppy, nous manquons de chaperons pour le bal de fin d'études. Tu es partante ?

— Non. Mais bravo pour ta subtilité.

— Tu devrais venir ! déclara Jon. Nous pourrions y aller ensemble. Tu sais bien que ton frère a horreur de ce genre de manifestation.

— Enfin, mon frère et moi avons un point en commun, ricana Poppy... Non, merci, les copains.

— Allez ! insista Kate.

— Dommage, j'aurais volontiers accepté mais j'ai prévu de me taillader les poignets ce soir-là.

— Ce n'est pas si terrible, dit Kate en fermant la porte de son bureau à clé.

— On s'amuse comme des fous ! renchérit Jon. Je suis toujours le garçon le plus populaire du bal. Si j'étais éligible, je remporterais le titre de roi tous les ans.

À cet instant, une jeune fille bondit vers eux.

— Monsieur White, je regrette tant que vous soyez gay. Je suis complètement *dingue* de vous.

— Prends un ticket numéroté, ma chérie, lui répondit-il gentiment... Tu as préparé le dessin de ton patchwork ? N'oublie pas que tu dois le rendre mardi.

— En tout cas, continua Kate, j'ai besoin de chaperons. Pour l'heure, seul Jack Whalen s'est inscrit et ce, uniquement parce que je le fais chanter.

— Qu'as-tu à lui reprocher ? s'enquit Poppy.

— Il est abonné au magazine *Amours de chats*. Comment peut-on espérer représenter l'ordre quand tous les élèves savent qu'on lit *Amours de chats* ?

— J'adore cette revue, intervint Jon.

— Logique.

Kate poussa la porte menant au bâtiment principal. Le couloir était une véritable ruche : dans une cacophonie de claquements de casier, certains élèves se pelotaient, d'autres s'insultaient, d'autres encore gloussaient pour se faire remarquer ou rasaient les murs pour se rendre invisibles.

Le regard de Poppy s'arrêta sur ce qui semblait être un couple vedette – une jolie blonde aux joues roses de plaisir contemplant d'un air adorateur un beau garçon adossé contre son casier. Ce ne pouvait être que Nicole Murphy. Elle était le portrait de sa mère.

La gorge de Poppy se noua. Quelle étrange sensation de repenser à Emma Tate, la belle et généreuse jeune fille devenue adulte, épouse et mère. De l'imaginer malade, affaiblie… mourante… La dernière fois que Poppy l'avait vue, elle était parfaite. En pleine santé, heureuse, promise à un avenir brillant. Pffft ! Il n'en restait plus rien, sauf une orpheline.

— Nicole Murphy, confirma Kate. Attends, je vais te présenter. Elle sera contente de rencontrer quelqu'un qui a connu sa maman… Mademoiselle Murphy ! Monsieur Talcott ! Comment allez-vous ? Nicole, voici Poppy Osterhagen. Une amie de ta mère.

— Bonjour, murmura Nicole, son sourire s'estompant légèrement.

— Bonjour, répliqua Poppy. Nous n'étions pas vraiment amies. Enfin, si, d'une certaine manière. Elle avait deux ans de plus que moi. Elle était… elle était très gentille.

— Merci. J'ai quelques-uns de ses anciens professeurs. Ils me disent tous la même chose.

— Tu lui ressembles beaucoup. Elle était ravissante.

Nicole accepta ce compliment avec grâce.

— Monsieur Harris, on se *calme* ! tonna Kate. Excusez-moi, les enfants, il faut que j'y aille. À plus tard, Poppy.

Sur ces mots, elle se précipita vers Harris et compagnie.

Le garçon fixait Nicole avec fascination. Cette dernière adressa à Poppy un sourire mi-figue, mi-raisin, signalant la fin de la conversation.

— Enchantée, conclut Poppy.

Elle se détourna et rebondit contre le torse d'un homme. Celui de Liam Murphy, pour être précis.

Dieu, qu'il sentait bon… le savon, et cette odeur de garage, un mélange d'huile et de métal, le tout assaisonné d'une pointe de clou de girofle. Ses cheveux étaient ébouriffés et soit il avait oublié de se raser ce matin-là, soit il était de ceux dont la barbe poussait en quelques heures. Un élan de désir la submergea et son cerveau la mit en garde. Elle s'écarta, fourra les mains dans ses poches.

— Nicole, je t'attends depuis dix minutes ! maugréa Liam.

— Désolée, papa. Mlle Ellington voulait me présenter une amie de maman.

Liam parut apercevoir Poppy pour la première fois.

— Ah ! Bonjour.

Décidément, ce type n'avait rien d'un prince charmant.

— Bonjour.

Il concentra de nouveau son attention sur les ados.

— Qui êtes-vous ? gronda-t-il, l'air féroce.

— Papa, je te présente Tanner Talcott.

Nicole se rapprocha de son copain tandis qu'il tendait la main à Liam.

— Enchanté, monsieur Murphy. Nicole m'a souvent parlé de vous.

— Mettons les points sur les *i* tout de suite, fiston. Je sais ce qui se passe dans ta tête. Je sais à quoi tu penses. Je te connais par cœur, j'ai été exactement comme toi. Je sais ce que tu as dans le pantalon et je te conseille de l'y garder.

— Papa ! Tais-toi ! s'exclama Nicole, cramoisie. Ô mon Dieu, Tanner ? Tu vois ? Je te l'avais bien dit !

Liam ignora sa fille.

— Je t'autorise à lui tenir la main. D'ici un an ou deux, tu auras le droit de lui faire la bise. Est-ce clair ?

Quel spectacle ! Poppy se mordit la lèvre pour ne pas

pouffer de rire. Les deux jeunes contemplèrent Liam puis échangèrent un regard.

— Tu comprends, maintenant ? glapit Nicole. Il est psychotique.

— Absolument, ma chérie… Nicole est mon unique enfant, Tanner Talcott. Mon trésor. Mon ange. Compris ?

— Compris, monsieur Murphy. Alors, Nicole, tu veux bien venir avec moi au cinéma ?

— Avec plaisir. Envoie-moi un SMS.

— Pas question. Téléphone-moi et demande-moi la permission. Mais je vais t'épargner cette épreuve. La réponse est non, assena Liam.

— Un texto, insista Nicole entre ses dents.

— Content de vous avoir rencontrée, murmura Tanner en saluant Poppy d'un signe de tête.

En voilà au moins un qui l'avait remarquée ! Il hissa son sac à dos sur ses épaules, lança un ultime sourire à Nicole et disparut.

— Ce garçon est charmant, commenta Poppy.

Nicole lui adressa un sourire reconnaissant.

— La ferme, Cordelia, grommela Liam.

— Très mignon, en plus, reprit Poppy. Au fait, Liam, tu te rappelles ce que tu m'avais demandé ?

— Non.

— La semaine dernière ? Au supermarché ?

— Ah, oui. C'est vrai.

— Si vous êtes chez vous, je pourrais l'apporter un peu plus tard dans la journée.

— De quoi s'agit-il ? s'enquit Nicole.

Le visage de son père se radoucit. Puis il interrogea Poppy du regard parce qu'évidemment, il ignorait la réponse.

— C'est… quelque chose pour ta chambre, déclara-t-il.

— Sérieusement ? Cool ! Quand pouvez-vous me le déposer, Poppy ?

— Mademoiselle Osterhagen, rectifia Liam d'un ton sévère.

— Appelle-moi Poppy. Dix-sept heures, ça vous convient ? J'ai une course à faire auparavant.

— Génial. Vous savez où on habite ? demanda Nicole.

Oui. J'ai cuvé mon alcool dans votre chambre d'amis il y a quelques jours. Poppy jeta un coup d'œil vers Liam. Pourvu qu'elle ne soit pas écarlate.

— Oui. À tout à l'heure !

Sur ce, elle partit à la recherche de Brianna.

L'après-midi de Liam ne se passait pas comme prévu.

Pour commencer, Rick Balin lui avait rendu visite au garage. Une fois de plus. Il voulait une moto customisée mais Liam avait surtout l'impression qu'il cherchait à revivre leurs années de lycée comme un de ces minables qui avait atteint son apogée à dix-sept ans. Liam se rappelait à peine cette époque – hormis Emma. Il soupçonnait Rick d'avoir un problème avec l'alcool et craignait qu'il ne succombe à une crise cardiaque dans un avenir proche. Loin d'opter pour l'un des trois dessins que lui avait proposés Liam, Rick avait passé une heure et demie à ressasser le bon vieux temps, évoquant des gens dont Liam se souvenait à peine… Jessica une telle, Mitch un tel. Quand Rick s'était enfin décidé à repartir, Liam souffrait d'une migraine atroce.

Ensuite, les Tate avaient téléphoné. Pour la quatrième fois en deux jours, ils voulaient savoir si Nicole était libre pour les vacances de Pâques car ils voulaient l'emmener à Paris. À Paris ! Comme s'il allait laisser son enfant unique traverser l'Atlantique sans lui ! Les Tate souhaitaient par ailleurs que Nicole dorme chez eux le mercredi soir suivant, une requête relativement innocente en soi. Sauf que Liam avait tiré les leçons du passé : s'il leur accordait un centimètre, ils prendraient des kilomètres. Mercredi prochain deviendrait tous les mercredis. Louise se confondrait en excuses : *J'ignorais que cela t'ennuyait – après tout, c'est notre tradition.* Or Louise avait ce don incroyable de créer de nouvelles traditions en moins de trente secondes. L'année de la naissance de Nicole, les Tate étaient venus passer les fêtes de fin d'année. Liam n'y avait vu aucun inconvénient. Malheureusement, il n'avait pas compris que ses beaux-parents prévoyaient de s'incruster à chaque occasion – Thanksgiving, Pâques, le week-end du 4 Juillet, Halloween, Rosh Ha-Shana (non, ils n'étaient pas juifs mais tous les prétextes étaient bons !).

Liam souhaitait que Nicole se rapproche de ses grands-parents. Toutefois, il n'avait pas anticipé à quel point ils deviendraient exigeants. Son refus pour le mercredi suivant avait été accueilli par un silence de plomb et un « au revoir » tremblant, histoire de lui faire comprendre à quel point Louise était blessée. Or personne mieux que Louise ne savait jouer les offusquées.

Pour couronner le tout, il y avait eu ce garçon. Tanner. Le seul fait de se répéter ce prénom suffisait à mettre Liam en rogne. Tanner avait effleuré l'épaule de Nicole. Pas cool. Pas cool du tout. Le père et la fille s'étaient disputés à ce sujet pendant tout le trajet jusqu'à la maison.

— Papa, tu ne peux pas m'enfermer dans un couvent !

— Pourquoi m'en priverais-je ?

— Je vais avoir seize ans. J'ai le droit d'avoir un petit ami !

— Selon qui ?

— Papaaaaaa ! Tout le monde me prend pour une débile !

— Et alors ? Au moins, tu ne risques pas de tomber enceinte.

— Franchement, tu es grotesque. J'irai au cinéma avec Tanner. Tu ne m'en empêcheras pas.

En effet. Ou plutôt… à quoi bon ? Autrefois, George Tate avait brandi les mêmes menaces à l'égard d'Emma. Elle n'en avait été que plus motivée pour filer en douce et retrouver Liam. Hypocrite, lui ? Absolument. N'était-ce pas l'essence de la parentalité ?

Résultat : Nicole boudait dans sa chambre au son de Bruce Springsteen – encore une nouvelle découverte. Les Tate avaient téléphoné deux fois depuis leur dernière conversation et lui avaient envoyé par mail une liste de raisons pour lesquelles ils estimaient avoir le droit d'emmener Nicole en France.

Quant à Liam, il était assis à la table de la cuisine, en train de démanteler le carburateur d'une Harley, ses gestes un peu trop saccadés pour être efficaces.

On sonna à la porte. Quoi, encore ? Sans doute Carol Antonelli, anxieuse de lui parler de son hystérectomie. Lundi, elle lui avait montré sa cicatrice. Liam envisageait sérieusement de déménager.

Il se rendit dans le vestibule au pas de charge, ouvrit. Ce n'était pas Carol mais Cordelia Osterhagen, les bras chargés d'un gros carton. Il avait complètement oublié qu'elle devait passer. Comme par hasard, Carol les épiait sous sa chaîne de sécurité comme si Cordelia s'apprêtait à entrer de force et mettre le feu à l'appartement. Absurde. L'espace d'un éclair, Liam se rappela combien elle lui avait paru légère quand il l'avait transportée jusqu'à sa chambre d'amis. La façon dont ses cheveux lui avaient chatouillé le menton. Cette bouche, si attirante, si…

— Liam ! s'écria Carol. Poppy a un colis pour vous !

— Exact, confirma Cordelia, bien qu'en fait, il soit destiné à Nicole.

— Une gamine adorable ! assura Carol. Charmante ! Et très bien élevée.

— Je la connais à peine mais elle m'a paru sympathique… Euh… Liam ? enchaîna-t-elle en haussant un sourcil… C'est lourd. Tu veux rester là, planté comme une fougère, ou tu me laisses passer ?

Au secours ! Encore une qui allait lui casser les pieds. Il s'effaça.

— Poppy, figure-toi que je dîne au restaurant avec ta mère ! annonça Carol. Cette Gretchen ! Un cadeau du ciel ! Bien sûr, j'adore la cuisine italienne, ce n'est pas pour rien que j'ai épousé Mario Antonelli. Mais Gretchen a un talent fou. Je n'ai pas manqué une seule de ses émissions.

— Comme des dizaines d'autres, grommela Cordelia… Bonne soirée, madame Antonelli. Transmettez mon affection à ma mère !

Elle pénétra dans l'appartement et posa le carton. Vêtue d'une chemise en flanelle sur un pantalon de menuisier marron, elle ressemblait davantage à Norm Abrams, le présentateur de l'émission *This Old House*, consacrée à la rénovation de maisons anciennes, qu'à une représentante du sexe faible. Ces bottes faisaient peur ! Elle avait beau s'habiller comme un homme, elle sentait bon les oranges. Son shampooing ou son savon, sans doute. Car Liam l'imaginait mal s'asperger de parfum.

Une vision lui traversa l'esprit : Cordelia, nue sous la douche, l'eau et les bulles mousseuses ruisselant sur sa peau.

Elle toussota et Liam se rendit compte tout à coup qu'il l'observait avec intensité. Il détourna la tête… C'était bien la première fois que Cordelia Osterhagen lui inspirait de telles images. Sans doute devait-il mettre cela sur le compte d'une longue période d'abstinence.

Son regard se posa sur la porte. Elle n'était pas verrouillée.

D'un point de vue purement intellectuel, Liam savait que Bellsford était une ville plutôt sûre. Il n'avait pas à craindre l'irruption brutale d'un cambrioleur ou d'un maniaque armé d'un couteau. Mais cette fichue porte n'était pas verrouillée. En dépit de tous ses efforts, il était incapable de surmonter son obsession. Autant régler le problème en poussant le loquet.

Il tendit le bras et Cordelia eut un brusque mouvement de recul comme si elle craignait qu'il ne la frappe.

— Je ferme à clé, rien de plus, proféra-t-il d'un ton sec.

— Ah, bon.

Il poussa donc le loquet. Le tira. Le repoussa. Le tira. Le repoussa. Prenant une longue inspiration, il ferma brièvement les yeux. Cordelia le contemplait sans ciller. Allez ! Une petite dernière. Ouf !

— Un souci ? s'enquit-elle.

— Non, non. Je... Nicole est au bout du couloir, à droite.

Il voulut ramasser le carton mais Cordelia le devança.

— C'est fragile, expliqua-t-elle.

— Tu as dit que c'était lourd.

— Lourd et fragile, riposta-t-elle en fronçant le nez comme une gosse contrariée.

Très bien. Elle voulait le porter elle-même, qu'elle se débrouille !

Il la conduisit jusqu'à la chambre de sa fille, frappa.

— Nicole ? Cordelia t'a apporté ton cadeau.

L'adolescente leur ouvrit aussitôt.

— Bonjour ! Merci d'avance. Mais c'est bizarre, je croyais que votre prénom était Poppy.

— En fait, c'est bien Cordelia mais tout le monde m'appelle Poppy. Sauf ton andouille de père.

Nicole s'esclaffa et le cœur de Liam se serra.

— Entrez ! Je suis impatiente de voir ce que c'est.

Cordelia plaça le colis sur le lit puis extirpa de sa poche une pince multifonction, un outil fort utile dont Liam n'avait jamais de sa vie vu une femme se servir. Elle coupa le ruban adhésif. Nicole souleva les rabats, déploya les feuilles de papier de soie.

— Oh ! C'est superbe !

— Attends, je vais te donner un coup de main.

Cordelia sortit l'objet. Liam le reconnut immédiatement et les souvenirs le submergèrent.

C'était une grosse pendule blanche entourée d'un néon rose. Sur le fond était peinte une devise : « C'est l'heure de manger une glace ! »

— J'adore ce côté rétro ! s'exclama Nicole.

Cordelia observa Liam à la dérobée.

— Elle provient de *Chez Suzie*.

Il demeura muet, perdu dans le passé… Il revoyait Emma, moulée dans son uniforme rose, en train de remplir un cornet, sentait la fraîcheur de la chaise en métal sur laquelle il s'asseyait en attendant la fin de son service.

— C'est quoi ? s'enquit Nicole.

— C'était le glacier de Bellsford, expliqua Cordelia. Ta maman y travaillait après ses cours au lycée.

— Vraiment ?

Dans le lointain, Liam entendit Cordelia décrire la boutique et les autres objets qu'elle avait réussi à y récupérer avant la démolition du bâtiment. Un vieux congélateur. La machine à milk-shakes…

— Je vais la suspendre au-dessus de mon lit. Quand je pense que maman voyait cette pendule tous les jours… Papa ? On peut l'accrocher ? murmura-t-elle en caressant le pourtour.

— Euh… bien sûr. Je vais chercher des outils. On va s'en occuper tout de suite.

Nicole bondit vers lui et l'étreignit avec fougue.

— C'est un cadeau magnifique, papa. Je l'adore.

— Remercie Cordelia. C'est elle qui l'a choisi.

Les mains dans les poches, cette dernière le dévisageait. Elle avait froncé les sourcils et se mordillait la lèvre.

— Merci à vous deux, conclut Nicole.

— Je reviens tout de suite, annonça Liam.

Les abandonnant, il se précipita dans la cuisine. Cependant, parvenu devant le placard où il rangeait sa boîte à outils, il se figea, soudain bouleversé. Emma… Comme il l'avait aimée, en ce temps-là ! Il n'en revenait toujours pas qu'elle ait jeté son dévolu sur un garçon comme lui.

— Liam ?

— Oui ?

— Je suis désolée.

Il pivota vers elle.

— Pourquoi ?

— La pendule. J'aurais dû te… prévenir. Je n'y ai pas pensé.

— Tu m'as demandé si je voulais la voir et j'ai refusé. Tu as bien fait, Cordelia. C'est parfait.

— Tu crois ?

— Oui. Merci.

— Je t'en prie.

— Je te dois combien ? demanda-t-il en s'emparant enfin de sa mallette.

— Rien. C'est un cadeau.

— Pour Nicole. Je tiens à te payer. Combien, Cordelia ?

— Rien.

— J'ai les moyens de gâter ma propre fille, Cordelia.

— Laisse tomber, beau gosse, rétorqua-t-elle. Ta femme a toujours été très gentille avec moi et je regrette de ne pas avoir gardé le contact avec elle… De toute façon, cet objet ne vaut pas grand-chose.

Elle se tourna vers le réfrigérateur, couvert de photos. Nicole à quatre ans, déguisée en citrouille pour Halloween. Sur son premier vélo. Le jour où elle avait perdu sa première dent. Il y en avait aussi quelques-unes de Liam avec Emma.

— Excuse-moi si j'ai ravivé des souvenirs pénibles, ajouta-t-elle d'une voix plus douce.

— Ne t'inquiète pas pour ça.

Il la dévisagea une longue minute. Rougissante, elle

détourna la tête et tout à coup, l'humeur de Liam s'allégea. Cordelia était une femme intègre et il était flatté de constater qu'il ne lui était pas complètement indifférent.

— Papa ? Tu me l'installes, cette pendule ? lança Nicole depuis sa chambre.

— J'arrive, mon cœur… Reste ici quelques minutes. J'ai quelque chose à te demander. Mais avant, le devoir m'appelle.

Seule dans la cuisine de Liam Murphy. Trop séduisant pour elle.

Son portable bipa. Elle s'en empara et y découvrit un SMS de Jon.

Non mais je rêve, tu m'as bien dit que tu allais chez Nicole Murphy ? Le père est sexy à mort. Trop jeune pour moi ?

Elle lui répondit :

Suis dans sa cuisine. Vais tâcher de lui voler un truc pour toi.

Une mèche de cheveux ?

Je pensais plutôt à une chaussette. À +. Bises, tapa Poppy en riant intérieurement.

Au loin, elle perçut le rugissement d'une perceuse, suivi d'un martèlement. Elle s'approcha du réfrigérateur pour examiner les photos de plus près. Nicole était jolie comme un cœur. Normal, vu son ADN. Poppy s'attarda sur un cliché d'Emma en compagnie de Nicole quand celle-ci avait environ dix ans. Difficile de croire que cette femme au sourire si éclatant n'était plus de ce monde.

Tiens ! Tiens ! Liam en blouse chirurgicale, tenant dans ses bras une minuscule chose rose. L'air aussi fier qu'hébété, il contemplait sa fille née quelques minutes auparavant. Il paraissait si jeune ! Si heureux. Comment s'était-il débrouillé pour fonder une famille à l'âge de vingt, vingt et un ans ? Poppy avait grandi dans l'univers stable et chaleureux de Max et de Stacia. Jamais elle n'avait envisagé de se marier, encore moins d'avoir un enfant. Liam et Emma s'étaient connus adolescents et avaient réussi à former un couple soudé. Ces photos ne mentaient pas. Poppy écumait les sites de rencontres en quête d'un compagnon comme si elle voulait s'acheter un manteau chez *L.L.Bean*. Liam et Emma s'étaient mariés avant d'atteindre leur majorité.

— Poppy, venez voir !

Poppy regagna docilement la chambre de Nicole.

— Impeccable.

— Je l'adore ! roucoula Nicole. Dites, Poppy, si vous connaissiez ma mère, je suppose que vous connaissiez aussi mon père, à l'époque ?

— Oh ! oui.

— Il était comment ?

— Comment était-il ? Ou pour qui se prenait-il ? plaisanta Poppy avec un sourire.

— Attention à ce que tu vas dire ! menaça Liam.

— Les deux ! Pourquoi ? Il était odieux ? insista Nicole avec enthousiasme, en battant des mains.

— Un vrai voyou. Blouson en cuir, jean déchiré, mauvaises notes, la totale.

— Toutes mes notes n'étaient pas mauvaises, protesta Liam.

— Toutes les filles voulaient sortir avec lui, tous les garçons voulaient être copains avec lui. Il était tellement... *intense*.

— Papa ! À t'entendre, j'ai toujours pensé que tu étais parfait.

— Oh ! il l'était ! confirma Poppy avant de pousser un soupir théâtral... Parfaitement romanesque.

— Beurk !

— Bon, je vais préparer le dîner, proclama Liam.

— Et moi, je vous laisse, déclara Poppy.

— Vous ne pouvez pas rester encore un peu ? J'aimerais que Poppy me parle de maman, ajouta Nicole alors que son père se figeait sur le seuil du couloir.

— Pas de souci.

Il disparut. Poppy l'imagina en train de s'affairer devant ses fourneaux, de dresser le couvert, de s'assurer que sa fille mangeait sainement. Bizarre.

— Vous pouvez… me dire comment elle était ?

Nicole se percha sur son lit, l'air suppliant. Poppy s'installa dans le fauteuil du bureau.

— Certainement. J'allais souvent *Chez Suzie*. Ta mère m'offrait toujours une boule de glace en plus.

Le regard de Nicole s'humidifia.

— Elle raffolait des desserts. Beaucoup plus que papa. Et puis ?

— Nous appartenions à la même paroisse, nous nous croisions donc à la messe. Ton père travaillait dans le restaurant de mes parents. Elle passait de temps en temps le voir. Elle était toujours agréable, souriante. C'était quelqu'un de… profondément sympathique. Sincère. Elle voulait que tout le monde soit heureux. On l'avait surnommée Miss Soleil.

— Vraiment ? Que faisait-elle ?

— Elle organisait sans arrêt des collectes pour les pauvres et des programmes de recyclage au lycée. Et elle… elle me conseillait sur mes tenues.

— Elle avait une garde-robe incroyable, murmura Nicole avec un zeste de mélancolie… À part ça ? Pardon si je vous ennuie. Mais j'aime qu'on me parle d'elle quand elle avait mon âge.

— Je comprends. Eh bien… un jour, elle s'est arrangée pour que je puisse assister au bal de fin d'études des Terminales.

— Ah, oui ? Elle vous a déniché un cavalier ? Vous y êtes allée avec elle et papa ?

— Non. Ils étaient avec d'autres amis. Tu sais ce que c'est.

— Justement, non. Je ne le saurai jamais, d'ailleurs. En ce qui concerne ma vie sociale, mon père est complètement psychotique. Maman aurait été beaucoup plus cool. Elle me permettrait de sortir aujourd'hui.

Poppy ne put s'empêcher de sourire : le mauvais garçon métamorphosé en papa étouffant.

— Il serait temps qu'il refasse sa vie, histoire de me laisser mener la mienne. Vous connaissez quelqu'un qui pourrait lui plaire ? La belle jeune femme du *Guten Tag*, peut-être ?

Le sourire de Poppy se crispa.

— Mmm… pourquoi pas ? Je pourrais me renseigner.

— Si vous restiez dîner avec nous ? Papa ! Poppy peut dîner avec nous ?

— Cesse d'aboyer comme ça, aboya-t-il lui-même depuis la cuisine. Bien sûr, si elle en a envie.

Quel enthousiasme ! Poppy leva les yeux au ciel.

— Alors ? Vous restez ? Vous pourrez me parler de maman *et* de papa. Je n'en reviens pas qu'il ait été aussi minable.

— Minable, c'est un peu exagéré. Il était simplement…

— Simplement quoi, Cordelia ?

Ah ! Le roi de la testostérone en chair et en os.

— Imbu de sa personne, acheva Poppy.

Nicole gloussa.

— Toutefois, le jour où il a connu ta mère, il a changé du tout au tout.

— Tu restes ? s'enquit-il, d'un ton bougon.

— Désolée, j'ai d'autres projets.

Une soirée en tête à tête avec mon chien. Un chien mieux élevé que toi.

— Une autre fois, peut-être ?

— Au revoir, Poppy. Merci encore pour la pendule !

Nicole se rua sur elle pour l'étreindre.

— À bientôt, murmura Poppy en lui tapotant l'épaule. Je suis ravie de te connaître.

— Après toi, dit Liam en s'effaçant pour la laisser passer.

Elle longea le couloir, ramassa son sac à dos qu'elle avait posé dans l'entrée en arrivant.

— À un de ces jours, Liam !

— Attends une seconde.

Elle sursauta. Il était juste derrière elle. Elle se tourna vers lui, sur ses gardes.

Ah ! Cette allure de rock star vieillissante mais toujours aussi sexy… Dissimulait-il un tatouage sous sa chemise ? Elle serait enchantée de vérifier… centimètre par centimètre… *Assez, Poppy !* Les hommes comme Liam ne méritaient pas que l'on s'aplatisse devant eux. N'avait-elle pas déjà assez souffert à cause de lui ?

Tout de même, quand il la dévisageait ainsi… difficile de ne pas en éprouver un certain émoi.

— Veux-tu qu'on aille au cinéma demain soir ?

En état de choc, Poppy s'étrangla.

— P… pardon ? bégaya-t-elle.

— Cinéma ? Demain ?

— Je… euh… quel film ?

— Est-ce important ?

Cette réplique eut sur elle l'effet d'une douche glacée.

— À vrai dire, oui, Liam. Crois-tu que ta seule présence suffise ? Parce que figure-toi, beau gosse, que tu n'es pas si merveilleux que cela.

Lentement, lentement, le coin de sa bouche remonta.

— Quel film aimerais-tu voir ?

— Je… je ne sais pas. Qu'y a-t-il à l'affiche ?

— Tu as vu… ?

Un bourdonnement dans ses oreilles noya la fin de sa

phrase. Poppy s'était raidie, littéralement fascinée par cette bouche si sensuelle… Comment embrassait-il ? Un frémissement lui parcourut l'échine tandis qu'elle imaginait ces lèvres sur les siennes, sur son cou, sa gorge…

— Entendu. Je passe te prendre à dix-neuf heures.

Première nouvelle. Apparemment, elle venait d'accepter une soirée au cinéma avec Liam Murphy. Liam. Declan. Murphy. Non, ce n'était pas une blague. Était-ce un rendez-vous galant ? Une simple sortie entre copains ? Devait-elle lui poser la question ? Quelle importance ?

— *Ciao* ! murmura-t-elle avant de s'enfuir, de peur de dire une bêtise.

10

— Un de ces jours, ce machin va te tomber sur la tête et te tuer, marmonna Henry en contemplant le clocher.

Il se tourna vers Poppy en soupirant, puis sursauta violemment.

— Ô mon Dieu, un chat ! J'avais oublié !

Henry avait une peur bleue des félins, ce qui amusait beaucoup Poppy et Jon.

— Qu'est-ce qui m'a pris de venir chez toi ?

— Ce n'est pas toi qui me rends visite mais Jon, riposta Poppy. J'ai besoin d'un conseil. Et tu n'as rien à craindre, la cloche ne se décrochera pas. Toutefois, par précaution, évite de te placer juste en dessous, d'accord ? Papa et maman m'étrangleraient si leur précieux fils se faisait bobo chez moi.

Ils se rendirent dans la cuisine. Shilo s'affaissa lourdement aux pieds de Henry et fixa le frère d'un air adorateur.

Résigné, Henry ramassa une bouteille de vin, lut l'étiquette, la reposa en hochant la tête avec désespoir. Décidément, sa sœur n'y connaissait rien.

— Libre à toi de m'en apporter du bon ! lança-t-elle.

— Je devrais commencer par t'acheter une maison digne de ce nom. Cet endroit est un piège mortel. Tu peux chasser cette bestiole ?

— Boulette, fiche le camp. Henry ne t'apprécie pas. Et cet endroit n'a rien d'un piège mortel. C'est un lieu de charme.

— Trop d'animaux. Combien en as-tu, Poppy ?

— Un chien, trois chats. Tâche de masquer ta terreur, Henry. Ils la sentent et s'en nourrissent.

Il pâlit et Poppy gloussa.

— On peut cesser de babiller ? intervint Jon. Nous sommes ici pour aider Poppy à se pomponner en vue d'un tête-à-tête. Ses cheveux sont un défi pour les mains les plus douées. Merci. Bien… Nous voulons que tu sois belle mais sans ostentation. Dieu merci, j'ai apporté mes outils.

Il brandit un séchoir et une brosse ronde.

— Avec qui sors-tu, déjà ? s'enquit Henry.

— Tu ne m'écoutes donc jamais ! s'insurgea Jon. Il s'appelle Liam, il est veuf et terriblement sexy. Infiniment mieux que ce poseur que tu fréquentais ces derniers temps, ma chérie.

— Tu fréquentais un poseur ? s'étonna Henry.

— Ignore-le, souffla Jon en hochant la tête… Bien… Je songeais à un look du genre Natalie Portman.

— Quel est son métier ? interrompit Henry.

— Mécanicien. Il customise, répare et construit des motos. Une activité virile dont tu ignores tout, ajouta Jon. Poppy, mon trésor, incline la tête.

— C'est grâce à ces bolides, entre autres, que mes affaires tournent, décréta Henry. La semaine dernière, j'ai amputé un membre d'un Hell's Angel. Je ne t'ai pas raconté, Poppy ?

Jonathan mit l'appareil en marche, force maximum.

— Tu nous soûles avec tes histoires. Alors, Poppy ? Comment allons-nous nous habiller ?

— Grrr… cette manie de tout conjuguer à la première personne du pluriel ! pesta Henry. C'est dans le manuel du gay parfait ?

— Mon chou, s'il en existe un, tu ferais mieux de le lire. Après tout, tu es gay. Malgré les apparences. Franchement, Poppy, ton frère s'habille comme un programmateur informatique macho et cela me navre au plus haut point. Penche de l'autre côté. Merci.

Poppy redoutait la soirée à venir. Si Liam lui avait dit : « Je te trouve attirante et j'aimerais passer du temps avec toi », elle aurait peut-être été rassurée. S'il lui avait dit : « Je m'ennuie à périr et je t'ai proposé de m'accompagner au cinéma parce que tu étais là, sous mes yeux, mais je ne ressens rien pour toi », elle aurait su au moins à quoi s'en tenir. Si seulement les hommes étaient plus directs.

La chaleur du sèche-cheveux lui brûlait les oreilles. Quelle mouche l'avait piquée d'accepter cette invitation ? Liam lui plaisait-il ? Pas certain. Oui, elle le désirait. Comme toutes les femmes.

Mais comment envoyer balader un type dont la seule vue vous fait fondre ? Un type qui vous a littéralement obsédée dans l'adolescence ? Assez ! Elle raisonnait comme une gamine de quinze ans.

— Bon. Côté coiffure, ça va… Quoique… Tu n'aurais pas du gel, par hasard ?

— Je ne sais même pas à quoi ça sert. D'ailleurs, on était d'accord pour ne pas en faire trop.

— Ta tenue ? insista Jon.

Henry était absorbé dans la lecture de ses messages.

— Un jean, un pull.

— Quel jean ? Quel pull ? On se maquille, non ? Allons, ma cocotte, regarde-moi… Ma parole, quel âge a cette ombre à paupières ?

— Elle doit dater de l'administration Bush, admit Poppy.

— Si elle a tourné, tu ne tarderas pas à le savoir. Baisse les yeux.

— Je t'en supplie, ne me transforme pas en pute miniature.

— La confiance règne ! railla Jon. N'oublie pas que je me suis déguisé en Kate Moss pour l'Halloween et que je lui ressemblais comme sa jumelle.

— Mince, je viens de louper un coude broyé, marmonna Henry. J'adore les coudes broyés… Poppy, Jon et moi envisageons d'adopter un enfant.

Poppy se leva d'un bond.

— Les garçons ! C'est fantastique ! Je vais être une tante ! Enfin !

— Tu réagis exactement comme maman, répliqua Henry en riant. À vrai dire, nous entamons à peine les démarches mais nous sommes prêts. N'est-ce pas, Jon ?

— Totalement. Rassieds-toi, Poppy… On a réfléchi. On ne cherche pas forcément un nourrisson. Mais si je peux me permettre, car Henry est incapable de me répondre… t'arrive-t-il de te sentir adoptée ?

— Je le suis.

— Oui, bien sûr. Mais… Je m'interroge. Te poses-tu des questions sur tes parents biologiques ?

— Moi, jamais, décréta Henry.

— Je suis au courant. Je suis marié avec toi depuis dix ans. Et toi, Poppy ?

— J'y pense de temps en temps. Parfois, j'aperçois quelqu'un qui pourrait me ressembler et je me demande si ce n'est pas une lointaine cousine, par exemple. J'aimerais connaître les circonstances qui ont poussé ma mère à m'abandonner. Henry a au moins la chance d'être renseigné sur ce point.

— Oui, la tragédie de l'orphelin.

— Sinon, le problème ne me préoccupe guère. Max et Stacia sont mes parents.

— Tu as fini de cuisiner ma sœur ? J'ai une urgence à l'hôpital. Je ne veux pas la rater.

— Encore une soirée de solitude devant un plat surgelé gastronomique et un DVD.

— Le paradis ! souffla Poppy.

— Tu parles ! Tu vas passer un moment formidable, assura-t-il en déposant un baiser sur sa joue… Téléphone-moi plus tard. Je ne serai pas couché. Quant à toi, le chien, du balai. Sais-tu combien m'a coûté ce pantalon ?

— Poppy, lui recommanda Henry tandis qu'ils se dirigeaient vers la sortie, décroche cette cloche. Un de ces quatre, elle va provoquer un drame.

Elle était pourtant ce que Poppy possédait de plus précieux. Malgré ses efforts pour tranquilliser ses proches, sa demeure était gangrenée de dangers potentiels. Cela étant, le clocher avait plus de cent ans. Avec un peu de chance, il tiendrait encore un moment.

Ses paupières commençaient à la démanger. Apparemment, ce n'était pas pour rien que les fabricants affichaient une date de péremption sur leurs produits cosmétiques. Poppy monta dans sa salle de bains, se démaquilla puis se regarda dans la glace.

Elle ne serait jamais grosse. Vers l'âge de vingt ans, à son immense soulagement, elle avait pris un peu de poitrine. Elle n'était pas moche mais ses cheveux avaient une fâcheuse tendance à friser dès qu'ils poussaient un peu trop. Du coup, sa tête paraissait énorme, disproportionnée par rapport au reste de sa silhouette. Toutefois, sur une échelle d'un à dix, elle se donnait… six, six et demi ?

Gretchen méritait un dix.

Liam, un quarante-neuf.

Pourquoi l'avait-il invitée ce soir ? Les temps avaient changé. Les gens ne se courtisaient plus. Ils remplissaient des formulaires sur leur ordinateur, se rencontraient, repartaient de leur côté ou se mariaient. Quant à Liam Murphy… il était plutôt du genre à plaquer ses conquêtes contre un mur et les embrasser jusqu'à plus soif.

À cet instant, la sonnette retentit. Poppy tressaillit.

Ce bruit était le seul à titiller l'instinct protecteur de son chien. Il dévala l'escalier en aboyant et se jeta contre la porte comme un agent de la brigade des stupéfiants effectuant une descente.

— Shilo ! Couché ! Silence !

Shilo interpréta cet ordre comme une incitation à lui sauter dessus. Elle chancela.

— Couché ! rugit-elle.

Elle parvint à se dégager, rajusta ses vêtements.

Il était là. Liam le Séducteur. Les détails n'avaient aucune importance – d'ailleurs, Poppy était déjà aveuglée par la convoitise. Dieu, qu'il était beau ! Shilo semblait d'accord. Il se coucha sur le dos dans l'attente d'une caresse.

— Bonsoir, susurra-t-il.

Poppy était déjà presque au septième ciel. Il y avait un mur, *juste là*. Au cas où il aurait envie de l'embrasser…

Shilo gémit, sa queue battant furieusement sur le pied de Poppy.

— Bonsoir, parvint-elle à articuler. Tu veux entrer ?

— Ce monstre va me dévorer ?

— Possible. Entre, nous verrons bien.

Il sourit. *Poppy, on se calme. On se maîtrise.* N'empêche que cet homme était… fascinant. Cette barbe naissante, cette chevelure en désordre, cet air circonspect. Comment réagirait-il si elle lui déchiquetait sa chemise et couvrait sa poitrine de baisers ? Shilo se lécha les babines comme en écho des pensées de sa maîtresse.

— Eh bien… euh… je te fais visiter ?

— Volontiers.

Elle lui fit signe de la suivre, prenant soin de ne pas le toucher. De ne pas le regarder. De ne pas perdre la tête.

— C'est ici que j'habite. Dans une ancienne église.

Le chien laissa échapper un jappement d'approbation.

— Ça, j'avais compris, répondit Liam en admirant la hauteur des plafonds. C'est une passerelle ?

— Oui.

— On peut y monter ?

Monter. Là où se trouvait sa *chambre*.

— Bien sûr, murmura-t-elle… Shilo, tu restes ici.

Le chien s'écroula par terre et entreprit de faire sa toilette.

Poppy emboîta le pas à Liam.

— Tu restaures tout toi-même ? s'enquit-il en désignant le parquet à moitié terminé sur lequel ses chats dormaient, tels des coussins disséminés.

Boulette releva brièvement la tête, reprit sa sieste.

— J'ai engagé des artisans pour la plomberie et l'électricité. Mais j'ai beaucoup travaillé moi-même. Je manie très bien la scie.

Passionnant. À ce train-là, ma vieille, tu vas l'ensorceler.

— C'est une corde de cloche ?

— Surtout, n'y touche pas ! s'exclama-t-elle en le poussant de côté.

Il la dévisagea avec étonnement.

— Elle ne marche pas, expliqua Poppy. Elle est un peu… capricieuse. À quelle heure est le film ?

— 19 h 30. Tu es prête ?

— Oui.

Son désir inassouvi rendait toute conversation impossible. Dans la voiture de Liam, Poppy décida qu'il valait mieux rester silencieuse plutôt que de se ridiculiser. D'ailleurs, elle avait le cerveau en ébullition. Que fichait-elle là ? Liam s'intéressait-il à elle ? Allait-il l'embrasser avant la fin de la soirée ? Si oui, comment se comporterait-elle ? Doux Jésus ! Il ne s'imaginait tout de même pas qu'elle accepterait de coucher avec lui dès le premier soir ! Où Shilo et le triumvirat dormiraient-ils ? Possédait-elle un pyjama sans trous et dénué de personnages de dessins animés ?

Ils atteignirent le cinéma. Liam acheta les billets et Poppy se força à lui répondre poliment. Oui, elle prendrait volontiers du pop-corn. Le grand modèle, *por favor.* Un paquet de caramels enrobés de chocolat ? Avec plaisir. Et un soda. Merci.

Elle était dans un état second. Elle avait l'impression

de vivre un rêve. La situation lui paraissait si étrange, si incroyable. Poppy aperçut Kylie Duchamps, une ancienne copine de classe, qui la fixait d'un air sidéré tandis que sa fille adolescente pianotait fébrilement sur le clavier de son portable. Une inconnue lorgna Liam alors qu'il réglait la note du bar.

— Bonsoir, monsieur Murphy !

Une jeune fille de l'âge de Nicole le salua en rougissant jusqu'aux racines des cheveux.

— Bonsoir, Caroline.

Il lui sourit et elle pouffa de rire. Liam tendit ses pop-corn à Poppy.

— Merci.

Elle versa ses bonbons chocolatés dedans afin qu'ils ramollissent et imprègnent le maïs soufflé. Qui osait prétendre qu'elle était nulle en cuisine ?

— Monsieur Murphy, est-ce que Nicole peut venir chez moi un de ces jours ?

Kylie Duchamps surgit aux côtés de Poppy.

— Bonsoir !

Au lycée, elle avait été pom-pom girl. En d'autres termes, elle n'avait jamais adressé la parole à Poppy sinon pour la traiter de Brin-de-fil.

— Ai-je bien reconnu Liam Murphy ? J'avais entendu dire qu'il était de retour en ville. Qu'est-ce qu'il fabrique ici ?

— Je pense qu'il est venu voir un film.

— Ô mon Dieu ! Avec toi ?

— Oui.

Qu'attendait le gouvernement pour imposer une loi interdisant à toute personne de plus de quatorze ans de s'écrier « Ô mon Dieu ! » ? Sauf Jon, bien sûr.

— C'est... Waouh !

Kylie avait appartenu au clan des filles populaires, si ravissantes et sûres d'elles-mêmes. Depuis, elle avait accumulé les kilos et son visage autrefois mignon était bouffi. Parfois, la vie était *juste*.

— Bizarre, non ? ajouta Kylie.

— Quoi ?

— Mamaaaannn ! brailla sa fille, une mini-version de la mère. Je ne veux pas rater les bandes-annonces ! Dépêche-toi !

Kylie l'ignora.

— Je trouve curieux qu'il soit… avec toi. Liam ! Bonsoir ! Cela fait si longtemps ! Tu as l'air en pleine forme. Quel bonheur de te voir ! s'époumona-t-elle en le serrant dans ses bras.

— Maman, on y va ? geignit sa fille.

Liam jeta un regard amusé sur Poppy.

— Je vous connais ? demanda-t-il en se dégageant de l'étreinte des tentacules de Kylie.

— Tu *parles* ! Bien sûr que *oui* ! On était au *lycée* ensemble ! proclama-t-elle en retombant dans sa manie d'antan d'accentuer un mot sur trois.

— Désolé.

— Kylie Duchamps ? Aujourd'hui, je suis mariée. Et *mère* de famille, *en plus* !

— Mamaaaan !

Liam opina.

— Enchanté. Cordelia, tu es prête ?

Il la saisit par le bras et l'entraîna loin de Kylie et de sa môme insupportable.

— Tu es sûr que tu n'as pas envie de ressasser le bon vieux temps ? plaisanta Poppy et s'efforçant d'ignorer l'exquise sensation de chaleur qui l'envahissait à son contact.

Il la touchait. Signe qu'elle lui plaisait, non ? De plus, il lui avait acheté tous ces en-cas.

— Très drôle. Tu n'imagines pas combien de fois cela m'est arrivé.

— Quoi ? De retrouver une fille avec qui tu avais couché ?

— Je n'ai pas couché avec celle-là, grogna-t-il.

— Tu en es sûr ? riposta Poppy en ricanant.

— Tais-toi.

Il lui tint la porte (preuve de sa galanterie), elle pénétra dans la salle et stoppa net.

Ah ! Tout s'expliquait.

Nicole Murphy était assise au quatrième rang, auprès du garçon que Liam avait menacé au lycée quelques jours auparavant. À la vue de son père, elle devint cramoisie d'horreur et d'incrédulité.

— Papa ? Tu n'es pas sérieux ?

— Asseyons-nous ici, Cordelia, proposa-t-il en gravissant les marches jusqu'au cinquième rang.

— Papa, non !

— Tiens ! Coucou, ma chérie. Quelle coïncidence. J'ignorais que tu venais à cette séance... Bonsoir Tanner, ajouta-t-il d'un ton sec, en s'installant directement derrière ce dernier.

Liam avait prémédité son coup. S'il avait invité Poppy, c'était uniquement pour pouvoir épier sa fille. Épatant. Elle aurait dû s'en douter.

— Pardon, murmura un monsieur derrière elle.

Elle se rendit compte qu'elle bloquait l'escalier. Avec un soupir, elle rejoignit Liam. L'imbécile.

— Bonsoir, Nicole. Navrée. J'ignorais que c'était une mission de reconnaissance.

— Pas d'importance, marmonna Nicole.

— Bonsoir... Content de vous revoir, dit Tanner en se retournant vers Poppy avec un grand sourire.

— Tu es très bien élevé.

Nicole pouffa, son père grogna.

— Tu féliciteras ta mère, enchaîna Poppy.

— Merci. J'espère que le film va vous plaire, monsieur Murphy.

— Ce n'est pas *le film* qui captera mon attention.

Liam plongea une main dans sa poche et en extirpa un flacon de solution hydroalcoolique qu'il agita près de la tête de sa fille. Comme il refusait de bouger, elle finit par le lui arracher, s'en verser un peu dans les mains et le lui rendre – sans un regard pour son père.

— Je veux qu'on m'adopte, maugréa-t-elle.

— Moi, je suis adoptée, lui dit Poppy.

Nicole se retourna.

— Vraiment ? Cool ! Vous voulez bien m'adopter ?

— Pourquoi pas ? Tu aimes les chiens ? J'ai un danois.

— Oh ! oui !

— Parfait. Marché conclu.

— Je rigole, je rigole, railla Liam en se désinfectant les mains à son tour… Tu en veux ?

— Non, merci.

— Papa, je n'en reviens pas que tu sois venu. Tanner, je suis sincèrement désolée.

— T'inquiète.

— Nous sommes dans un pays libre, argua Liam.

— Pas moi. Moi, je suis constamment sous surveillance.

— Exact.

Les lumières s'éteignirent et Liam voulut se servir une poignée des pop-corn de Poppy.

— Tu n'avais qu'à t'en acheter pour toi.

— Aïe. Ce n'est pas très gentil.

— Et toi, tu es un mufle de m'avoir invitée ici dans le seul but d'espionner ta fille.

— Merci ! murmura Nicole.

Les bandes-annonces démarrèrent. Liam se pencha vers Poppy.

— Elle a quinze ans. Bozo ici présent est en Terminale. Fais le calcul.

— Quel calcul ? Ce que tu peux être bête, grommela-t-elle en dévorant ses pop-corn.

— Tu vas vraiment manger tout ça toute seule ?

— Oui, Liam. J'ai un métabolisme exceptionnellement rapide. Si je ne me nourris pas assez, je ne serai plus qu'un sac d'os. Et maintenant, tais-toi. Le film va commencer.

Elle fulminait. Elle était furieuse contre lui – mais surtout contre elle-même. Comment avait-elle pu imaginer ne serait-ce qu'une seconde qu'il s'intéressait à elle ? Elle aurait dû flairer le piège. Elle n'était rien pour lui. Elle n'était qu'une sotte, une femme suffisamment désespérée pour accepter de l'accompagner au cinéma.

Par chance, le film était relativement bon. Une histoire de science-fiction sur la nature devenue folle. À un moment, alors qu'une créature hybride déchiquetait la gorge d'un humain, Nicole poussa un petit cri. Aussitôt, Tanner plaça un bras sur ses épaules. Liam donna un coup de pied magistral dans le dossier de son siège. Tanner tourna la tête.

— Enlève ton bras de là, murmura Liam d'un ton menaçant.

Quel abruti. Toutefois, Poppy ne put s'empêcher d'éprouver un frisson d'excitation. Papa Lion protégeait sa progéniture avec une telle conviction que c'en devenait touchant. Tanner jeta un coup d'œil vers Nicole (qui poussa un soupir d'enfant martyr) et s'empressa d'obéir.

La créature hybride achevée (après avoir, mine de rien, semé les graines pour une suite), on ralluma la salle.

— C'était pas mal, convint Liam. Nicole, puisque nous allons au même endroit, autant épargner à Tanner son essence. Je te ramène.

— Ça ne m'ennuie pas, mon pote.

— Mon pote, tu vas m'appeler monsieur Murphy et tu ne conduiras ma fille nulle part. Connais-tu les statistiques concernant les accidents de la route commis par des adolescents ?

— Paroles d'un homme qui n'hésitait pas, quand il avait ton âge, à parcourir la campagne à vive allure avec sa moto, intervint Poppy.

Liam tourna lentement la tête vers elle.

— Merci.

— Je t'en prie, ironisa-t-elle en avalant un ultime grain de maïs soufflé.

— Tanner, je ramène ma fille. Nicole, remercie Tanner.

Elle rajusta son blouson.

— Tanner, merci d'avoir supporté mon idiot de père qui… qui me gâche l'existence et si tu ne m'adresses plus jamais la parole, je comprendrai.

— Je te trouve adorable, assura Tanner.

Poppy applaudit mentalement. Soit il avait du cran, soit il était stupide – voire les deux.

— Oui, elle est adorable, acquiesça Liam. Elle est aussi mineure. Compris ? Touche-la et je porterai plainte si vite que tu ramasseras ta savonnette dans une prison d'État avant de pouvoir dire « ouf ! ».

— Papa, je t'en prie ! geignit Nicole, rouge pivoine.

— On se verra au lycée, promit Tanner.

Il voulut faire la bise à Nicole mais Liam s'interposa.

— Sois prudent, mon garçon.

Tanner s'éloigna, laissant Poppy, Liam et Nicole sur place.

— Pas question que je rentre avec toi, siffla l'adolescente. Tu m'as *humiliée*. Comment as-tu pu… ? Tu ne m'accordes même pas la permission d'aller au cinéma avec un copain ?

— Tu es allée au cinéma avec un copain. Et maintenant, tu rentres à la maison.

— J'irai à pied.

— Alors je roulerai à tes côtés jusqu'à ce que tu entres

dans le hall de l'immeuble et ensuite, je téléphonerai à Mme Antonelli pour lui demander de veiller sur toi.

— Je te hais ! cracha Nicole avec amertume… Excusez-moi, Poppy.

— Comment es-tu venue jusqu'ici ?

— Papa m'a déposée…

Nicole s'empara de son portable, l'alluma.

— Pouah ! C'est monstrueux ! Papa ! Non !

— Quoi ?

— Caroline Connors vient de poster un message comme quoi tu es sexy. C'est dégoûtant.

— Dégoûtant, renchérit Poppy.

Les doigts de Nicole s'activèrent furieusement tandis qu'elle répondait : *Beurk. C'est de mon père que tu parles. Et il est débile.*

Dix minutes silencieuses plus tard, ils se garaient devant l'immeuble de Liam. Nicole descendit de la voiture.

— J'attends que tu allumes. Je serai de retour dans vingt minutes.

Au cas où Poppy aurait encore eu des doutes, la situation était claire : elle n'intéressait absolument pas Liam.

Poppy attendit que Liam redémarre pour prendre la parole.

— Tu ne trouves pas que tu forces un peu la dose ?

— Comme n'importe quel père.

— D'après mon beau-frère, Tanner est un garçon respectable… Je lui ai posé la question hier, précisa-t-elle devant son air interrogatif.

— Je le crois volontiers. Mais s'il ne l'était pas ? Voyons, Cordelia, je ne suis pas dupe. À quoi rêvent les jeunes de dix-huit ans ?

— Ce n'est pas parce qu'il a envie d'une fille qu'il va coucher avec elle. D'autant que Nicole a la tête sur les épaules. Je suis certaine que tu l'as mise en garde contre toute imprudence en ce domaine.

— En effet, concéda-t-il.

— Au fond, ce que tu crains le plus, c'est que Tanner soit comme toi autrefois et que…

— Tu sais quoi ? coupa-t-il. Tu pourras me sermonner tant que tu voudras quand tu seras mère et que tu élèveras seule une adolescente.

— Très bien. Quant à toi, quand tu auras besoin d'une complice pour espionner ta fille, tu n'auras qu'à t'adresser à quelqu'un d'autre.

Elle plongea les mains dans ses poches et fixa le tableau de bord.

— De quoi te plains-tu ? J'ai payé ton billet. Je t'ai offert un silo de pop-corn. Le film semble t'avoir plu.

— Liam…

Les mots restèrent suspendus sur ses lèvres. Que dire ? Qu'elle avait espéré une soirée plus romantique ? Qu'elle était offensée parce qu'il lui avait à peine parlé, qu'elle lui en voulait de l'avoir invitée parce qu'il se doutait (peut-être) qu'elle n'avait rien de mieux à faire ?

Il se gara devant l'église.

— Je suis désolé que tu n'aies pas passé un bon moment. J'essaie seulement de… Bref. Je m'efforce de surveiller Nicole, j'ai pensé que tu serais contente de venir, d'autant que tu sembles l'apprécier.

Poppy demeura muette.

— Cela dit, j'aimerais autant que tu évites d'évoquer mes années de jeunesse imbécile. Nicole n'a pas besoin de savoir à quel point j'étais minable.

— Tu ne l'étais pas.

Encore que… Qu'en pensaient toutes les filles qu'il avait éconduites ? Ne s'était-il pas moqué d'elle parce qu'elle était trop maigre ?

Oui, mais… et le chaton qu'il avait nourri en douce ?

Liam la dévisageait, impassible.

— Je suis désolé, répéta-t-il.

— D'accord. Tu ferais mieux de rentrer.

Sur ce, elle bondit hors de la voiture et courut se réfugier chez elle. Poussant la porte, elle découvrit Gretchen vautrée sur le canapé, en pyjama, en train de vider le dernier bac de crème glacée de Poppy. En d'autres termes, comme chez elle.

11

— Bonsoir ? Où étais-tu ? s'enquit Gretchen.

Elle arracha son regard de l'écran (elle regardait l'émission d'une rivale sur Cuisine TV) et gratifia Poppy d'un sourire factice, l'examinant de bas en haut.

— Gretchen ! Que fais-tu ici ?

Shilo vint à la rencontre de sa maîtresse. Humant une odeur de pop-corn, il entreprit aussitôt d'inhaler ses vêtements en quête de quelques molécules oubliées.

— Comment es-tu entrée ?

— Tes parents m'ont donné la clé. J'ai pensé que ce serait bien qu'on passe quelques jours ensemble. Tu me manques.

— Gretchen, sois sérieuse.

— J'avais envie qu'on passe du temps ensemble. Tu verras, ce sera amusant. Allez, Poppy ! Nous n'avons pas bavardé depuis des lustres.

— Si je comprends bien, tu as l'intention de… t'incruster ? demanda Poppy en s'asseyant dans le fauteuil de l'évêque.

— Bien sûr. J'adore Max et Stacia mais ils sont un peu envahissants, si tu vois ce que je veux dire.

— En effet. Après tout, ce sont mes parents.

— Ils étaient *si* heureux quand je leur ai annoncé que je voulais raviver le passé avec toi… Alors ? Où étais-tu ?

— Au cinéma.

— Seule ?

— Avec des amis.

Plutôt se crever un œil que d'avouer à Gretchen qu'elle était avec Liam. Inutile de tendre une arme à feu chargée à son assassin.

— Cool. Au fait, c'est sympa, chez toi. Tu as des goûts… originaux.

— En somme, tu as décidé sur un coup de tête d'emménager ici.

— N'exagérons rien, Poppy. Je ne resterai qu'une semaine au maximum…

Poppy connaissait Gretchen comme sa poche. Sa cousine s'apprêtait à brandir sa carte maîtresse, celle de la pitié pour une pauvre orpheline.

— C'est vrai, enchaîna-t-elle. Depuis la mort de mes parents, nous ne nous sommes pratiquement pas vues.

Dans le mille.

Cette année-là avait été atroce pour tout le monde, notamment pour Gretchen. Toutefois, elle s'était défoulée sur Poppy en l'assaillant de piques et d'insultes, en lui volant ses trésors – le pendentif en forme de cœur que lui avait offert Max, la couverture bleue en crochet d'Oma. Poppy ne s'en était jamais plainte malgré sa souffrance. La famille passait avant tout.

— Tu as raison, admit-elle à contrecœur. Tu es la bienvenue. Je comprends très bien ce que tu peux ressentir vis-à-vis de papa et maman.

— Génial ! s'exclama Gretchen en battant des mains avant de baisser le volume de la télévision… Tu as quelque chose à manger ? Autre que de la crème glacée ?

— Euh… C'est toi la spécialiste, répliqua Poppy.

— Et l'invitée, rétorqua Gretchen, de nouveau concentrée sur l'écran.

Poppy marqua une pause.

— Je dois bien avoir un paquet de biscottes et un bout de fromage.

— Épatant ! approuva Gretchen. Si tu as de la baguette

et de l'huile d'olive, apporte-les aussi, d'accord ? Seulement si c'est de l'huile vierge première pression.

— J'ai une pizza surgelée. Ça ira ?

Gretchen lui coula un regard dédaigneux.

— Je m'en contenterai.

Une semaine plus tard, Poppy était prête à mettre le feu à l'église – avec Gretchen à l'intérieur.

— C'est à ce point pénible ? s'enquit Elise au sixième jour de l'invasion des Pieds Nus.

— Jusqu'au Memorial Day[1], le restaurant n'est ouvert que du jeudi au dimanche, expliqua Poppy. Elle a pas mal de temps pour elle.

— Comment s'occupe-t-elle ? demanda Mac.

— Elle feuillette des magazines, prend des douches interminables et met ma cuisine sens dessus dessous. Pourtant, elle ne me sert jamais rien à manger.

Poppy but une gorgée de café.

— Elle laisse traîner les serviettes humides par terre dans la salle de bains, les mouchoirs en papier usagés sur la table basse, des verres un peu partout. Elle prétend travailler sur les plans de rénovation du *Guten Tag* mais je n'en ai jamais vu la moindre esquisse. Ah ! Et le comble, c'est qu'elle s'est mise à appeler mes parents maman et papa…

D'autant que Gretchen avait pris la peine de rappeler à Poppy – à deux reprises – la similitude génétique entre Stacia et sa propre mère. Comme si Poppy n'était pas déjà au courant.

— Elle connaît Derek Jeter ? s'enquit Elise. Ils habitaient dans le même immeuble ? à New York ? Et Susan

1. Memorial Day : jour férié aux États-Unis en l'honneur des soldats morts pour la patrie.

Lucci, aussi. Je l'adore ? Ils jouent dans le feuilleton *La force du destin* ?

— À l'entendre, elle connaît tous les acteurs du monde et tous veulent sortir avec elle.

— Ça m'ennuierait de sortir avec un personnage célèbre, déclara Elise en posant sur Mac un regard adorateur… Je suis plus attirée par le style col-bleu ?

Mac marmotta quelques mots incompréhensibles et s'enfuit dans l'atelier.

— Poppy, qu'avez-vous infligé à ce pauvre homme ? Vous l'avez frappé à coups de bâton ? Il se comporte comme un chien battu.

Poppy et Elise se retournèrent vivement à l'arrivée imprévue de Vivian Appleton.

— Bonjour, Vivian. J'allais passer vous chercher !

— J'ai pris un taxi. J'en ai le droit, non ? Les Vautours désapprouveraient – encore six dollars de leur héritage jetés par la fenêtre – et l'aïeule qui refuse de mourir. Pffft ! Pourquoi faites-vous cette tête, jeune fille ? ajouta la vieille dame en prenant place en face d'Elise.

— Ce type ? Le chien battu ? Mac. Je suis follement amoureuse de lui, chuchota Elise.

— Il est un peu âgé pour vous, ma chère.

— Quelle importance ? Dès mon premier jour ici, j'ai su qu'il était l'homme de ma vie. Parfois, on n'y peut rien, n'est-ce pas ? Sauf qu'il ne m'adresse pratiquement jamais la parole ?

— Peut-être parce que vous finissez toutes vos phrases par un point d'interrogation, observa Vivian.

— Vous croyez ?

— Non. Cessez de vous ronger les ongles… Les hommes plus âgés et plutôt moches font souvent de bons maris. Par gratitude. Ne relâchez pas vos efforts, ma chère. Et portez des vêtements un peu plus moulants. Ce machin que vous avez sur le dos ressemble à un sac-poubelle.

— Vous trouvez ?

— Oui.

— Vous êtes tellement sage… Poppy, raconte-lui l'épisode avec ta cousine. Je suis certaine que Vivian pourrait t'aider.

Poppy leva les yeux au ciel puis lui exposa un résumé des faits.

— Vous manquez de jugeote, proclama Vivian. Fichez-la dehors. Elle m'a tout l'air d'un parasite.

— Absolument ! renchérit Elise.

— Ce n'est pas un problème de jugeote, argua Poppy. Ce sont mes parents. Ils s'imaginent que Gretchen et moi nous aimons comme deux sœurs et se réjouissent de nous voir ensemble. Sauf qu'elle m'exaspère. Elle passe ses journées affalée sur le canapé comme une grande blonde affublée de pastèques.

Vivian ricana.

— Exact. De ce côté-là, elle semble avoir été particulièrement gâtée par la nature.

— Ne me dites pas que vous regardiez son émission !

— Une ou deux fois. Je ne suis guère une adepte de la cuisine allemande. Qui l'est ?

— Moi, affirma Poppy, au cas où sa mère rôderait dans les parages (avec Stacia, on ne savait jamais).

— Vous êtes très loyale. Vous m'emmenez déjeuner, oui ou non ?

— Oui. Où souhaitez-vous aller ?

— À *L'auberge*. J'ai envie de manger français. J'ai vécu la guerre, vous savez. Vos parents sont des gens charmants mais je ne mettrai jamais les pieds dans leur restaurant.

— *L'auberge*. Excellente suggestion.

Poppy eut une hésitation. Pour y parvenir, elles devraient emprunter la Route 149, qui passait devant *Les Prés Fleuris*. Vivian avait-elle envie de revoir son ancienne demeure ?

Le fait d'y retourner et de constater à quel point Poppy l'aimait porterait peut-être ses fruits.

— Nous prendrons le chemin des écoliers, décréta Vivian en devinant ses pensées. Cette belle journée se prête merveilleusement à la balade.

12

— Entendu. Mon assistante t'appellera dès que les papiers seront prêts.

Allan Linkletter se leva, la main tendue. Liam la lui serra mais lorsqu'il voulut s'écarter, Allan resserra son étreinte.

— Quelle drôle de coïncidence de se retrouver dans la même équipe de base-ball, n'est-ce pas ?

— Je suppose que oui.

Allan ne le relâchait toujours pas.

— Tu as rencontré ma femme au *Rosebud*, après le match. J'ignorais que tu avais couché avec elle du temps du lycée.

Que répondre ?

— Euh… Qui est ta femme ?

— Taylor Bennington ?

Liam eut du mal à dissimuler un tressaillement. Il se rappelait parfaitement Taylor. Curieusement, elle ne lui avait pas précisé qu'elle était mariée, l'autre soir.

— Taylor Bennington.

Devait-il sourire ? Féliciter Allan sur son choix ?

— Elle m'a dit que c'était sa première fois, insista Allan.

Liam se rappela subitement l'allégresse avec laquelle Taylor s'était attaquée à la ceinture de son jean. Sa première fois ? Il en doutait.

— Tu es certain de vouloir être mon avocat, Allan ?

Ce dernier haussa les épaules et libéra enfin la main de Liam.

— Le passé est le passé. À condition que cela demeure le passé. Car si le passé devient présent, je crains pour ton avenir.

Ce discours évoqua pour Liam un cours d'anglais sur les temps de conjugaison. Au moins, les choses étaient claires. Allan mesurait environ un mètre soixante-dix et de toute évidence, se rendait rarement à la salle de gym. Comme s'il lisait dans les pensées de Liam, il enchaîna :

— J'ai des relations… Enfin non, je n'en ai pas. Mais j'aime ma femme.

— Je ne suis pas à la recherche d'une petite amie.

Encore moins d'une femme mariée.

— Parfait.

Allan afficha un sourire, gratifia Liam d'un coup de poing amical dans l'épaule et l'escorta jusqu'à la porte.

— Je suis très intéressé par cette moto. Je passerai dans la semaine.

— Excellent.

Liam regagna l'ascenseur, appuya sur le bouton d'appel et poussa un soupir.

Une bonne chose de faite. Il avait remis à jour son testament en y incluant la valeur de son entreprise et une nouvelle assurance-vie. Il avait réactualisé ses directives préalables. Quant à la garde de Nicole… il n'y avait que les Tate. Sa seule option serait une belle-mère et Liam n'avait aucune intention de se remarier.

Un an environ après le décès d'Emma, il avait eu une liaison plaisante avec une certaine Paige, qui possédait un magasin de fleurs dans la rue du garage où il travaillait. Ils avaient dîné ensemble plusieurs fois puis fait l'amour. Rien à signaler. Depuis son année de Terminale, il n'avait connu qu'Emma et se retrouver dans les bras d'une autre – toutes ces différences, la texture de ses cheveux, le parfum de sa peau – l'avaient déboussolé. C'était agréable… sans plus.

Ils avaient rompu à l'amiable quand Paige lui avait annoncé qu'elle voulait davantage. Liam ne pouvait pas lui en vouloir. Elle était jeune, elle souhaitait fonder une famille… quoi de plus normal ? Quant à lui, il s'en sentait incapable. Sans rancune.

Les portes s'ouvrirent et Liam s'engouffra dans la cabine. Il avait déjà assez de mal à prendre l'ascenseur chez lui. Le bureau de l'avocat était situé au vingt-troisième étage d'un édifice vieillissant. L'ascension lui avait paru interminable. Ravalant son angoisse, Liam pressa le bouton du rez-de-chaussée et attendit. Le haut-parleur diffusait une chanson mièvre de Neil Diamond rendue encore plus insupportable par un arrangement à la guimauve.

Tout à coup, une violente secousse ébranla l'ascenseur. Liam se rattrapa à la paroi. Merde ! Mais la machine continua à ronronner, bien que Liam crût détecter un ralentissement du moteur. Avait-il raison ? Cédait-il à la paranoïa ? Les câbles étaient solides, non ? Les accidents étaient rares.

Le cœur battant de plus en plus fort, Liam sentit l'étau se resserrer autour de sa poitrine. Il s'efforça de respirer calmement. *Ne t'affole pas, imbécile. Tout va bien. Ce n'est pas le moment de subir une crise de panique. Inspire, retiens ton souffle, expire.* Il connaissait la chanson par cœur. Il devait absolument apprendre à surmonter ces… épisodes. En tant que parent isolé, il ne pouvait pas se permettre de mourir maintenant.

Le mieux serait peut-être de descendre et d'emprunter l'escalier. Dix-huit étages à pied, ce n'était pas grand-chose. En tout cas, c'était mieux que de rester coincé dans ce cercueil en devenir.

L'ascenseur s'arrêta, les portes s'ouvrirent et sur le palier, Liam découvrit Cordelia Osterhagen, l'œil rivé sur son portable. Elle s'avança machinalement, aperçut Liam, s'immobilisa.

— Tiens ! Bonjour.

— Bonjour. Tu montes ? s'enquit-il, avançant la main pour empêcher la fermeture.

Il avait toujours aussi mal mais au moins, il ne faisait pas d'hyperventilation. Pas encore.

— Oui, murmura-t-elle en rangeant son appareil dans la poche de son jean.

Fredonnait-elle une mélodie ?

L'ascenseur repartit. Mince. Il avait loupé l'occasion de s'en échapper.

— Tu connais cette chanson ? s'enquit-il en s'essuyant le front avec sa manche.

— Tout le monde la connaît. C'est ma préférée, alors je t'interdis d'en dire du mal.

— Neil Diamond ? Mouais…

Elle lui coula un regard noir et haussa le ton.

Tu vois, tout va bien, se rassura-t-il. *Tu n'as presque pas pensé à la rupture des câbles, tu n'as pas imaginé Nicole sanglotant sur ta dépouille puis s'installant chez les Tate, trop heureux de récupérer leur petite-fille pour la transformer en…*

Un bruit fracassant retentit et la cabine stoppa brutalement. Merde ! Que se passait-il ?

Puis les lumières s'éteignirent.

— Flûte ! murmura Cordelia.

Liam s'efforça de respirer. En vain.

Allons, allons. Ce n'était pas parce qu'il avait anticipé ce moment que… Mais non, les câbles n'avaient pas lâché. Enfin… pas encore. Mais l'air se raréfiait au fil des secondes.

— C'est embêtant, râla Cordelia. J'ai un rendez-vous dans vingt minutes.

— Tais-toi ! supplia Liam d'une voix étranglée.

Plus elle parlerait, plus elle consommerait de l'oxygène. Et si le système électrique était défaillant, cela signifiait que le système de ventilation était en panne, lui aussi. Ils allaient suffoquer dans le noir. Déjà, les poumons de Liam étaient sur le point d'exploser. Ses jambes flageolèrent et il s'adossa contre la paroi. Et Cordelia ? Était-elle en train de s'étouffer, elle aussi ?

— Cordelia ? Ça va ?

— Évidemment. Attends une seconde.

Il perçut un froufroutement. Puis un rayon de lumière. Fantastique ! Elle était ce genre de personne qui se promenait toujours avec un porte-clés muni d'une minilampe torche. Félicitations. Cela ne réglait pas le problème du manque d'oxygène mais au moins, il ne mourrait pas dans l'obscurité.

Elle éclaira le panneau.

— Tu crois que je devrais appuyer sur le bouton d'urgence ?

— Oui ! Qu'est-ce que tu attends ?

— Du calme, Liam. Nous sommes coincés, rien de plus. Rien à voir avec une rupture de câble ou une catastrophe du genre.

Pourquoi soulevait-elle cette possibilité ? Avait-elle lu dans son esprit ? Était-ce une prémonition ? Il y eut une nouvelle secousse et Liam s'écroula.

— Tu n'as pas l'air en grande forme, fit remarquer Poppy en pointant la lampe sur son visage… Liam ? Tu es blanc comme un linge.

— Appuie sur ce putain de bouton d'urgence ! grogna-t-il au prix d'un effort surhumain.

Un poids lui écrasait le torse, il ne parvenait plus à inspirer.

— Ça ne va pas ?

— Le bouton d'urgence, Cordelia !

Enfin, elle se résolut à l'enfoncer. Une sonnerie résonna

puis ce fut le silence. Pas du tout rassurant. Cordelia s'agenouilla auprès de lui.

— Liam… Mon Dieu ! Tu es moite ! Tu as mal à la poitrine ? C'est ça, n'est-ce pas ?

Oui. Apparemment, il se frottait le cœur avec le poing.

— Non, non ! grommela-t-elle en sortant son portable de sa poche… Allô ? Nous sommes coincés dans l'ascenseur de la tour Mirren et je suis en compagnie d'un monsieur qui semble subir une crise cardiaque ! Je n'arrive pas à… Non, il est à terre et je… D'accord, d'accord !

— Ce n'est pas…

Et si, cette fois, c'était un infarctus et non une crise de panique ?

— Cordelia, je…

— Ne t'inquiète pas, je suis là.

Avec une force surprenante, elle le poussa en position allongée.

— Je t'en supplie, je t'en supplie, ne meurs pas, implora-t-elle en déchirant sa chemise.

Elle pressa une oreille sur son torse.

— Seigneur ! Je n'entends rien ! J'ai l'impression qu'il est en train de mourir !

Lâchant son téléphone, elle se mit à califourchon sur Liam.

— Cordelia… ouf !

Elle commença à pomper.

— Cord… ouf ! Aïe ! Tu me fais mal !

— Tiens bon, Liam. Pense à Nicole ! Ohé, les secouristes ? J'ai perdu mon portable. Dépêchez-vous ! Dépêchez-vous !

— Arrête, grogna-t-il.

Elle était en train de le tuer.

L'ascenseur s'ébranla, émit une sorte de ronflement puis redémarra.

— Dieu soit loué ! s'écria Cordelia en reprenant ses compressions.

La douleur était si intense que Liam en voyait des étoiles. Il parvint à libérer un bras et à attraper Cordelia par le poignet.

— Cesse de te débattre, Liam ! On va te sauver.

Les portes s'ouvrirent.

— Son cœur lâche ! hurla Cordelia.

Les secouristes envahirent la cabine.

13

— Aucun signe d'infarctus, déclara la femme médecin. Il semble que vous vous soyez fêlé une côte, tout bêtement.

C'est ça, pensa Poppy. *Remuez le couteau dans la plaie.*

— Ce n'est pas moi, c'est elle ! protesta Liam.

— Ça *ressemblait* à une crise cardiaque, se défendit-elle. Rendors-toi.

Il avait sombré dans un sommeil profond immédiatement après la première piqûre d'antidouleur. Les hommes. Que des mauviettes. Quand elle s'était brisé deux doigts l'année précédente en tentant avec Mac de déposer une fontaine, elle les avait entourés de ruban adhésif et s'était remise au boulot.

— Ce *n'était pas* une crise cardiaque, insista-t-il comme un môme capricieux.

— Je sais, Liam. Mais dans le cas contraire, je t'aurais peut-être sauvé la vie, figure-toi !

Elle se tourna vers le médecin, en quête de solidarité féminine.

— Il était moite, il se frottait la poitrine, il avait du mal à respirer. Mettez-vous à ma place !

— Vous avez raison, on peut très bien confondre une crise de panique avec un problème d'ordre cardiologique, la rassura-t-elle.

— Tu vois ? s'écria Poppy en dévisageant Liam.

Il avait les yeux exorbités.

— Tu m'as littéralement broyé.

— Oh ! secoue-toi et cesse de gémir.

— Tu ferais une drôle d'infirmière. Pourquoi ne pas me poignarder tout de suite ?

— Ne me tente pas.

— Vous êtes mariés ? demanda le médecin.

— Non ! répliquèrent-ils à l'unisson.

— Excusez-moi… Monsieur Murphy, une assistante sociale va passer. Vous pourrez rentrer chez vous ensuite. En attendant, reposez-vous… Comme vous devez vous en douter, quelqu'un doit le reconduire.

— Je m'en charge, promit Poppy.

— C'est la moindre des choses. Tu devrais faire bien plus que cela. Tu devrais être ma servante.

— Oh ! Pour l'amour d'Elvis.

— Voici une feuille de conseils, intervint le médecin. Si vous avez des questions, appelez son médecin de famille. Bonne chance.

Poppy parcourut le document. On recommandait au patient de limiter ses activités jusqu'à ce qu'il se sente mieux (jamais, à en juger par son attitude jusqu'ici).

Une crise de panique est un épisode brutal de frayeur intense qui se développe sans raison apparente et déclenche de sévères réactions physiques. Le patient peut avoir l'impression de subir un infarctus voire de mourir.

— Exactement, murmura Poppy.

N'empêche qu'elle se sentait un peu coupable. Et même, *terriblement* coupable. Liam avait tenté de lui expliquer de quoi il souffrait. Elle s'en rendait compte maintenant, avec le recul, mais sur le moment, elle n'avait pas capté.

S'il savait de quoi il s'agissait, on pouvait supposer que ce n'était pas la première fois…

Poppy le contempla. Il s'était rendormi, la tête tournée sur le côté. Il n'était pas rasé. Ses cheveux paraissaient encore plus noirs sur l'oreiller blanc. Le regard de Poppy s'attarda sur sa bouche. Difficile de croire qu'elle l'avait enfourché dans l'ascenseur et qu'elle avait déchiré sa chemise. Dommage qu'elle n'y ait pris aucun plaisir.

Bravo. Elle avait envie de lui. Il ne manquait plus que cela. Apparemment, la RCP était un aphrodisiaque. Pourtant la situation n'avait rien eu d'érotique. Un homme en transpiration tentant de repousser la femme qui lui broyait les côtes. Ainsi, Liam Murphy était claustrophobe. Ou alors, il avait peur des ascenseurs. Peut-être les deux. Peut-être cela avait-il un rapport avec le décès d'Emma.

Pauvre Liam.

Poppy s'approcha de lui, remonta la couverture jusqu'à son menton. Il avait un tatouage sur l'épaule (quelle surprise !)… une sorte de nœud celtique. Ses mains étaient grandes, solides.

Il ouvrit les yeux.

— Tu m'as brisé en mille morceaux.

— À quoi sont dues ces crises de panique ? lui demanda-t-elle gentiment.

Une femme trapue aux cheveux gris entra dans la chambre.

— Monsieur Murphy ? Je suis Brenda Lutz, l'assistante sociale de service aujourd'hui. Je venais simplement prendre de vos nouvelles… Bonjour, madame. Vous êtes l'épouse ?

— Non, une amie. Je vous laisse un instant ?

— Reste, marmotta Liam.

— Il n'est pas dans son état normal, expliqua Poppy. On lui a donné des antidouleur pour sa côte.

— Que Madame a fracturée, précisa-t-il, paupières closes.

— Fêlée.

— Je vois… Bien, monsieur Murphy, poursuivit Brenda Lutz en haussant la voix comme s'il était sourd et non drogué… L'essentiel, c'est que, même si vous ne parvenez plus à respirer, si vous avez l'impression que votre cœur va s'arrêter de battre… les risques sont minimes. Vous comprenez ?

— Oui.

— Les crises de panique et le syndrome de l'anxiété sont à prendre très au sérieux, monsieur Murphy. Ces épisodes peuvent être déstabilisants. Parfois débilitants. Terrifiants. Le plus souvent, ils finissent par s'arrêter mais certaines personnes en ont à répétition. Elles ne peuvent plus travailler, dormir, manger, elles ne profitent plus du tout de la vie et…

— Merci pour vos paroles d'encouragement, interrompit Poppy. M. Murphy a été sous pression ces derniers temps mais il va se remettre très vite. S'il en éprouve le besoin, il vous contactera.

L'assistante sociale reprit son souffle, fronça les sourcils.

— À votre guise. Je vous laisse ma carte, au cas où il souhaiterait un entretien privé.

— Je ne manquerai pas de la lui remettre.

Félicitations, chère madame. Comme s'il n'était pas déjà assez effrayé.

— Merci de l'avoir envoyé balader, murmura Liam.

— Il n'y a pas de quoi. Je vais te ramener chez toi. Mets ta chemise.

Il s'assit (en geignant, bien sûr, au cas où elle aurait oublié combien il souffrait à cause d'elle). Lorsqu'il ôta la blouse dont on l'avait affublé, Poppy se figea. Ah ! Ce corps de dieu grec, ces abdominaux en tablette de chocolat, ces bras musclés ! Dommage qu'on ne lui ait pas enlevé son jean… Elle lui tendit son vêtement.

— Qu'est-il arrivé à mes boutons ? demanda-t-il.

— Ils… ils sont perdus. Ne t'inquiète pas, tu es très bien ainsi.

Un agent hospitalier poussa Liam en fauteuil roulant jusqu'à la sortie et annonça à Poppy qu'il attendrait, le temps qu'elle aille chercher son véhicule. Shilo était vautré sur la banquette avant, profondément endormi.

— Navré, camarade, lui dit-elle en le repoussant.

Elle démarra, poussa un soupir. Sale journée. Gretchen avait éprouvé le besoin de faire la cuisine, la veille. En soi, c'était une bonne idée. Malheureusement, elle avait décidé de décrire ses moindres gestes comme si elle tournait une séquence de *La Fräulein aux pieds nus*. En guise de fond sonore, elle avait opté pour une étrange musique de type New-Age qui avait terrifié ses animaux.

Ce matin, elle avait reçu un appel affolé du propriétaire de la grange de Chelmsford : à la toute dernière seconde, les monuments historiques avaient manifesté leur intérêt pour le site. Poppy devait donc remettre une déclaration à son avocat, d'où sa visite à la tour Mirren.

Puis, elle qui pensait sauver la vie du beau gosse, n'avait réussi qu'à lui fêler une côte. Elle n'en était pas fière.

Il était temps de ramener ce pauvre Liam chez lui. Elle se gara devant l'entrée des urgences et l'agent hospitalier aida Liam à l'installer. Shilo, habitué à voyager (ou ronfler) du côté passager, geignait sur la banquette arrière.

Sur le chemin, Liam s'assoupit de nouveau. Sa main – belle, virile – reposait à quelques centimètres seulement de la cuisse de Poppy. Celles de Dante étaient douces. Dante était bel homme, bien sûr mais d'une beauté étudiée, lissée. De nouveau, elle observa Liam. Ah ! Ces cils ! Longs, épais… ridicule. Il était beaucoup plus joli qu'elle.

— Cesse de me fixer comme ça.

Poppy s'empressa de se concentrer sur la route.

Lorsqu'ils furent devant chez lui, elle bondit de la camionnette et alla lui ouvrir la portière.

— C'est l'heure de faire dodo, camarade, lui dit-elle tandis qu'il descendait péniblement.

Il resta sur place un instant, vacilla. Elle glissa un bras autour de sa taille.

— Ça va ? s'enquit-elle en s'efforçant de chasser toute pensée érotique de son esprit.

— Mmm.

Il s'appuya contre elle et elle eut l'impression de s'embraser.

— Je reviens tout de suite, Shilo ! promit-elle d'une voix tremblante.

Dans l'ascenseur, Liam lui parut devenir de plus en plus lourd.

— Tes cheveux sentent bon, chuchota-t-il.

Un frémissement la parcourut.

Par chance, la porte de Mme Antonelli demeura fermée bien que Poppy n'eût aucun mal à l'imaginer de l'autre côté, l'œil collé sur le judas.

— Tu as tes clés, Liam ?

Il avait fermé les yeux.

— Dans ma poche.

Elle y plongea la main. *Pas question de tâter*, se chapitra-t-elle. Difficile à éviter mais elle y mit tous ses efforts. Elle ouvrit. Une sensation de déjà-vu la submergea sauf que cette fois, c'était Liam qui tenait à peine debout. Elle le guida le long du couloir jusque dans sa chambre.

Le lit était recouvert d'un édredon marron, le décor, très masculin. Une superbe photo en noir et blanc de Nicole sur une balançoire trônait sur la table de chevet. Une autre – de Nicole sur la plage – occupait une place d'honneur sur la commode. Hormis ces deux portraits, la pièce était spartiate.

Liam abaissa les couvertures et s'effondra sur le matelas en gémissant. Poppy lui enleva ses chaussures, le couvrit. N'avait-elle pas fantasmé dans sa jeunesse de le border dans son lit ? Elle pouvait soit : 1) rentrer chez elle relater l'événement dans son journal intime *Hello Kitty* ; 2) prendre sur elle et se rappeler qu'elle avait trente-trois ans.

— Tu as besoin de quelque chose ? Veux-tu que j'appelle

ta fille ou que je lui écrive un message ?… Ou sinon, je peux rester et lui expliquer la situation quand elle rentrera.

— Tu peux t'en aller. Mais pas un mot à Nicole.

— Elle n'est pas sotte, Liam. Elle va tout de suite comprendre que tu souffres.

Il ébaucha un sourire, paupières closes.

— Je lui parlerai de la côte fêlée. Mais pas de la crise de panique.

— Tu as toujours eu peur des ascenseurs ? Mon frère, lui, craint les chats.

— Je n'ai pas peur des ascenseurs, j'ai peur de mourir et que ma fille se retrouve toute seule.

— Tu ne vas pas mourir, Liam. Enfin si, bien sûr, comme nous tous mais… pas avant très, très longtemps.

— Sauf que j'ai frôlé le pire l'automne dernier. J'ai eu un accident de moto… Je m'en suis bien sorti mais il s'en est fallu de peu. Le flic m'a avoué qu'il s'attendait à tomber sur un cadavre… Ma moto était complètement déchiquetée.

— Que s'est-il passé ?

— J'étais sur l'autoroute. Un type en Porsche a tenté de…

Il eut un mouvement vague de la main.

— Te dépasser ?

— Oui. C'est ça. Me dépasser. L'instant d'après, j'étais à terre sur la bande d'arrêt d'urgence et ma moto… écrabouillée. Moi, j'avais été…

— Éjecté ?

— Oui.

— Tu portais un casque ?

— Sinon, je serais mort, murmura-t-il. Malgré ça, j'ai souffert d'une commotion cérébrale. Mais je n'ai pas envie d'en parler. Personne n'est au courant.

— Motus et bouche cousue, promit Poppy.

Il changea de position, grimaça de douleur.

Poppy avait du mal à comprendre qu'il ait gardé ce secret pour lui. Peut-être n'avait-il aucun proche à qui se confier ?

Cette pensée accapara son cerveau un instant. Liam vivait dans l'angoisse de disparaître en laissant sa fille seule au monde. Il lui avait avoué que c'était l'une des raisons qui l'avaient poussé à revenir dans le New Hampshire – pour se rapprocher des grands-parents de Nicole. Il avait simplement omis de préciser : « au cas où je mourrais ».

Une étrange sensation étreignit le cœur de Poppy.

— Tu peux me donner un oreiller ?

— Tu en as deux juste à côté de toi.

— Tu dois être gentille avec moi. Tu m'as broyé.

— Je suis très gentille avec toi et je ne t'ai pas broyé, je t'ai fêlé une côte. Le reste de tes os est en parfait état.

Cependant, elle contourna le lit pour récupérer un oreiller.

— Ah, parce que tu es médecin, maintenant ? Comment n'as-tu pas su que j'étais victime d'une crise de panique et non d'un infarctus ?

— Chut. Voici ton oreiller, mauviette.

— Tu peux le glisser sous ma côte. Celle que tu as fracturée ?

Elle soupira bruyamment, abaissa les couvertures – ah ! ce torse magnifique –, cala le coussin en s'efforçant de canaliser son émoi.

— Ça va, comme ça ?

Apparemment oui, parce qu'il lui agrippait les cheveux et l'attirait vers elle pour l'embrasser – Liam Murphy l'embrassait ! C'était à la fois choquant, chaud et totalement… Il immisça la langue entre ses lèvres et elle fondit littéralement. Mon Dieu ! Il avait la peau si douce, brûlante, si… si…

Fini. C'était fini. Poppy s'écarta légèrement. Il avait les yeux fermés.

— Liam ?

Hormis un demi-sourire, il était dans les vapes.

— Liam ?

Peine perdue. Il dormait à poings fermés.

Poppy se redressa. Le visage bouillant, les articulations vibrant d'adrénaline, le cœur gonflé à l'hélium.

Liam Murphy l'avait embrassée.

Et il s'était endormi en plein milieu de leur baiser. Poppy tergiversa : devait-elle se mettre à chanter ou donner un coup de pied sur une chaise ?

14

— Viens ! Viens ! Par ici. Dépêchons-nous avant que les cheveux bleus ne nous piquent notre place, dit Steve.

Vaguement éberluée, Poppy suivit son chevalier servant. Si, si, son chevalier servant. Elle n'allait pas rester plantée là à attendre que Liam Murphy recouvre la mémoire. S'il ne se rappelait pas l'avoir embrassée, il avait deux solutions : se confondre en excuses ou l'inviter à dîner. Cinq jours s'étaient écoulés depuis Le Baiser. Après avoir vérifié, d'un coup de doigt dans ses côtes non fêlées, son état d'inconscience, Poppy lui avait accordé trente secondes pour émerger de sa torpeur, temps pendant lequel elle avait sérieusement tergiversé. Devait-elle l'embrasser de nouveau ? Ou l'étrangler, lui qui, de toute évidence, avait agi par simple réflexe ? Bref… leurs chemins ne s'étaient plus croisés depuis et Poppy s'en réjouissait. Liam avait beau s'occuper de son mieux de sa fille, posséder les cils les plus épais que Poppy ait jamais vus et éveiller tous ses sens, il n'en demeurait pas moins un goujat.

— Épatant ! On fonce ! s'exclama Steve en la traînant jusqu'à une rangée de machines à sous et en la poussant pratiquement dans un fauteuil… Bonne chance !

Sur ce, il drapa son manteau, celui de Poppy ainsi que son sac à dos sur les trois sièges voisins, glissa une carte bancaire dans une fente et se mit à pousser des boutons.

— Juste pour sav…

Les mots moururent sur les lèvres de Poppy. Totalement absorbé, Steve fixait l'écran en bougonnant.

Steve était le cousin d'Elise – elle en avait des dizaines. Il était revenu depuis peu dans la région.

— Il pourrait te plaire ? avait suggéré Elise de sa voix chantante. Qui ne tente rien n'a rien ?

— C'est un type bien ? Pas un serial killer, j'espère ?

Décidément, Poppy mettait la barre de plus en plus haut. Mais Le Baiser avait achevé de la convaincre : elle devait à tout prix chasser Liam Murphy de son esprit. Vu le nombre de fois où elle avait revécu cette scène, toutes les distractions étaient les bienvenues.

— Euh… non ? Bien sûr que non. C'est un type bien. Enfin, je crois. Ça fait longtemps qu'on ne s'est pas rencontrés ? Disons que la dernière fois, on avait… douze ans ? Mais bon. Je pense que tu n'as rien à craindre.

Poppy aurait souhaité une recommandation un peu plus élogieuse mais après tout, quelle importance ? Chacun ses défauts, non ? Une soirée, une seule. Quoi de mal à cela ? Elise avait trouvé une photo de Steve. Il n'était pas trop moche. Que demander de plus ?

Ils avaient échangé des mails puis discuté au téléphone. Poppy aurait préféré une balade dans le parc : le temps était magnifique. Mais Steve avait d'autres projets. Ils étaient donc là, au nouveau casino indien – symbole, selon elle, de la revanche sur l'homme blanc. Ils avaient bavardé quelques minutes mais à présent, Steve voulait passer aux choses sérieuses.

Des centaines de bandits manchots retentissaient à travers la salle en une mélodie étrange et discordante. Une odeur âcre emplissait l'air à cause de la fumée qui s'échappait de la zone fumeurs. Contrairement aux publicités, personne ne dansait et les jeunes se comptaient sur les doigts de la main. À la gauche de Poppy était installée une dame aux cheveux rosâtres, sa bouteille d'oxygène occupant la place suivante. Apparemment, on pouvait jouer sur plus d'une machine à la fois.

— Bonsoir, murmura Poppy.

La dame ne daigna pas lui répondre, se contentant de rajuster son sweat-shirt, d'inspirer une grande bouffée d'oxygène puis d'agiter sa carte, qu'elle portait autour du cou comme un badge d'identité. Elle était visiblement très expérimentée. Un peu plus loin était assis un vieillard avec son déambulateur et juste après lui, une femme arborant une perruque rouge dont les mains nouées enfonçaient les touches avec une force et une agilité surprenantes.

Poppy extirpa un jeton de sa poche, l'inséra, tira sur le levier et perdit. Six minutes plus tard, les vingt dollars qu'elle avait convertis s'étaient volatilisés.

— Ma foi, j'ai l'impression que c'en est fini pour ce soir, proféra-t-elle.

Ni sa voisine ni son chevalier servant ne réagirent.

Poppy se leva et s'adossa contre la machine sur laquelle jouait ce dernier.

— Alors ? Tu es content d'être de retour dans la région ? Elise m'a dit qu'avant, tu habitais le Texas ?

— Je ne me plains pas.

Il lui offrit un sourire bref. Sympa de sa part : il ne l'avait pas oubliée.

— Tu veux être mon porte-bonheur ?

— Volontiers.

Il tira sur le levier. Perdit de nouveau.

— Tu as déjà tout liquidé ?

— Oui. C'est incroyable la vitesse à laquelle mes vingt dollars m'ont filé entre les doigts.

— Vingt dollars ? C'est tout ? s'écria-t-il, incrédule.

Il enchaînait les manipulations, de plus en plus vite, de plus en plus férocement. En vain. Il laissa échapper un juron. Poppy poussa un soupir. La bonne nouvelle, c'était qu'elle n'avait aucun problème d'addiction au jeu. La mauvaise, c'était que Steve en avait un.

— Je n'en reviens pas ! aboya-t-il, l'air sidéré… Carte bancaire refusée ! Génial.

Il gratifia l'appareil d'une tape magistrale, fourra les mains dans ses poches.

Une chose était sûre : Steve ne serait pas le père de ses enfants.

— Crotte ! ronchonna-t-il. Tu as une carte bancaire ?

— Euh… oui.

— Tu veux bien m'avancer un peu de fric ? Une centaine de dollars.

— Non, merci.

— Bon. On se prend une chambre ?

Poppy cligna des yeux.

— Non, merci.

Elise allait l'entendre le lendemain !

— Ben, marmonna Steve en consultant son portable. On pourrait… je ne sais pas, moi… aller marcher. Je suis fauché.

— Si nous repartions chacun de notre côté, Steve ?

En pressant le pas, elle aurait le temps de faire un saut chez Angie pour se commander une pizza. Elle la dégusterait, vautrée sur son canapé, en regardant un film à la télévision et…

— Eh, merde ! Poppy, tu peux te mettre… euh… juste là ? Et surtout, ne te déplace pas, d'accord ?

Il s'accroupit, fit mine de rattacher son lacet, jeta un coup d'œil derrière les jambes de Poppy.

— Fichons le camp d'ici. Vite !

Sur ce, il la saisit par la main et voulut se diriger vers la sortie, le nez baissé comme s'il était Lady Gaga fuyant une horde de paparazzis.

— Steve ! Attends ! Où vas-tu ?… Nom de nom ! paniqua-t-elle en apercevant deux officiers de police en uniforme accompagnés de plusieurs vigiles de l'établissement… C'est toi qu'ils recherchent ?

Elle parvint à s'arracher à son étreinte.

— Steven Aubrey, vous êtes en état d'arrestation ! lança le premier flic, une femme. Ne bougez plus sinon je me sers de ce Taser avant que vous ayez pu dire « ouf ! ».

Steve s'immobilisa.

— C'est inouï ! Ahurissant ! Vous y croyez, vous ? demanda Poppy à la dame à la bouteille d'oxygène.

En guise de réponse, elle perçut un tintement de pièces.

— Ah ! Enfin ! Je t'ai eue ! déclara la joueuse à sa machine, en récupérant ses gains… Vous m'avez porté bonheur, ajouta-t-elle à l'intention de Poppy.

— Elle me l'avait prêtée ! hurla Steve. Elle est sénile. Elle a oublié, voilà tout !

— Elle a oublié que vous avez mis sa bague de fiançailles au clou, aussi ? Les bras derrière la tête, ordure !

Steve marqua un temps puis bondit en avant mais le vieillard lui fit un croc-en-jambe avec son déambulateur et le pseudo-fugitif atterrit aux pieds de l'un des agents de sécurité, qui posa un pied sur sa nuque.

Poppy sentit qu'on la bousculait légèrement.

— M'dame ? Les bras derrière la tête, s'il vous plaît.

— Une seconde, une seconde ! Je connais à peine ce type. C'est sa cousine qui a organisé le rendez-vous. Plutôt réussi, pour une première fois, vous ne trouvez pas ?

— Il a volé la voiture et les bijoux de sa grand-mère. Étiez-vous au courant ?

— Non ! Franchement, Steve, c'est lamentable.

— Cette femme ne sait rien, assura-t-il, la voix étouffée par la moquette. Nous venons de nous rencontrer.

Le deuxième flic lui passa les menottes, se tourna vers Poppy :

— Vous savez les choisir, railla-t-il.

— Ne m'en parlez pas !

— J'en ai voulu à ma mère quand elle est sortie avec son podologue mais là, vous l'emportez largement.

— Personnellement, j'adorerais sortir avec un podologue. Imaginez un peu les massages des pieds ! Je peux baisser les bras ?

— Bien sûr.

L'officier la libéra rapidement après avoir noté son nom et son numéro de téléphone. *Libérée !* N'était-ce pas le comble, pour un premier tête-à-tête ? Enfin ! Cette aventure ne manquerait pas de meubler les conversations – Vivian jubilerait, Jon aussi. Ses parents… un peu moins. D'un autre côté, rien n'obligeait Poppy à leur en parler.

Steve semblait n'avoir rien perdu de son esprit combatif car, lorsque les policiers le hissèrent sur ses pieds, il s'arracha à leur étreinte et se mit à courir. En face de lui se trouvait une famille de Japonais – le père, la mère et l'enfant dans une poussette. Bien qu'étant menotté dans le dos, Steve parvint à saisir cette dernière comme s'il envisageait de l'entraîner avec lui. La mère poussa un hurlement, la rattrapa d'un geste brutal et tout à coup, Steve fut par terre, sous le regard enchanté du gosse.

— Dans le mille, se félicita la femme-flic en soufflant un baiser sur son pistolet paralysant.

— Maintenant, je sais quoi demander pour mon anniversaire, murmura Poppy.

— Je ne devrais pas y prendre un tel plaisir, avoua l'officier mais franchement, il a failli prendre ce môme en otage. Il l'a bien mérité. J'aurais dû viser plus bas.

Tandis qu'on emmenait Steve, Poppy ouvrit son sac à dos et en sortit son portable pour appeler Elise.

— Ton cousin vient d'être arrêté.

— Oh ! non ! Pas encore ?

— Comment ça, « pas encore » ?

— Eh bien… Il m'avait dit qu'il avait… tourné la page ?

— Il a volé la voiture et les bijoux de ta grand-mère.

— Minable. Mais entre nous, Granny aurait dû se méfier, depuis le temps.

Poppy serra les dents.

— La prochaine fois que tu m'organiseras une rencontre de ce genre, nous commencerons par étudier le passé de l'individu en question, compris ?

— Excellente idée. Je note… étude du passé… Poppy. C'est bon.

— À demain.

— Poppy ? Mme Appleton a téléphoné. Elle semblait un peu seule.

Pauvre Vivian. Elle subissait toujours un coup de blues après le passage des Vautours. Ils se pressaient autour d'elle, parlaient trop fort, s'obstinaient à lui mettre une couverture sur les genoux et la fixaient avec l'air de prier pour que son cœur lâche dans la minute. Poppy regrettait de ne pas avoir été auprès de Vivian au lieu d'assister à cet épisode pitoyable au beau milieu du casino.

En attendant, il était tard et elle mourait de faim. Elle s'acheta un bretzel géant enrobé de chocolat et se dirigea vers ce qu'elle pensait être la sortie. Ici, pas de pendules, encore moins de fenêtres. Les gens ne semblaient guère s'amuser. Même la salle des flambeurs était triste. Poppy marqua une pause, jeta un coup d'œil à l'intérieur. Un pari à deux mille dollars minimum. Zut.

« Tiens ! Tiens ! » pensa Poppy en repérant une silhouette familière à une table sur la gauche.

Gretchen.

Elle était perchée sur un tabouret, moulée dans un fourreau asymétrique vert émeraude. Un homme en costume sombre l'accompagnait et tous deux entretenaient une discussion animée. Gretchen aurait-elle un amant ? Il posa une main sur son bras et elle eut un mouvement de recul.

— Vous ne savez pas qui je suis ? glapit-elle. Bas les pattes. Sachez que cette robe est signée Stella McCartney.

— Gretchen ! Hello ! Comment vas-tu ? s'exclama Poppy en se ruant vers elle.

— Vous vous connaissez ? s'enquit l'inconnu.

— Je suis sa cousine, répliqua Poppy. Il y a un problème ?

L'autre croisa les bras.

— Pas si vous pouvez me refiler les trois mille dollars qu'elle me doit.

— Je te rembourserai, promit Gretchen d'une voix étranglée, sur le chemin du retour.

Poppy mit son clignotant.

— Je ne comprends pas, Gretchen… Comment peux-tu miser alors que tu n'as plus un sou ?

— Ce que tu peux être naïve.

Gretchen tourna la tête et fit mine d'admirer le paysage.

— Possible. Mais je suis solvable et je viens de te signer un chèque de trois mille dollars.

— Je t'ai remerciée, non ?

— Gretchen… il faut que tu m'expliques.

— Entendu. Peut-on au moins attendre d'être à la maison ?

Une demi-heure plus tard, Poppy se jetait sur son canapé, vêtue d'un confortable pyjama imprimé de singes. La tête posée sur ses cuisses, Shilo ronflait littéralement de plaisir tandis qu'elle lui caressait le ventre. Gretchen arriva de la cuisine et posa un plateau sur la table basse. Elle arborait un élégant peignoir en satin bleu foncé.

Poppy ramassa sa tasse de chocolat chaud, en but une gorgée, y trempa le doigt pour le faire goûter à son chien.

— Tu sens la liqueur à base de café ? s'enquit Gretchen. Et j'ai utilisé du lait non pasteurisé. C'est plus crémeux, non ?

— Délicieux, marmonna Poppy. Bien… à propos des trois mille dollars.

Gretchen s'installa, rajusta son négligé.

— Oui. Euh… mon argent est bloqué sur un fonds et je suis provisoirement à court de liquidités.

Shilo battit de la queue.

— En somme, tu es fauchée comme les blés.

— Je déteste cette expression, éluda Gretchen en évitant le regard de Poppy.

Jellybean – le traître ! – sauta sur ses genoux et se mit à ronronner.

Poppy demeura muette. Il lui semblait avoir entendu Stacia déclarer que tante Ruth et oncle Ralph avaient laissé à leur fille un joli pécule… et que Gretchen n'aurait jamais à s'inquiéter de ses finances à condition d'être raisonnable.

— Qu'est devenu l'argent de tes parents ?

— Cet héritage a payé mon école de cuisine, mon année en France et ma voiture.

Gretchen s'était offert une Mercedes décapotable juste après le bac. Quand bien même, il devait lui rester un petit quelque chose.

— Des bijoux, aussi, ajouta-t-elle. Et ma garde-robe.

— Tu empochais pourtant un salaire conséquent ?

— On s'imagine que les vedettes de la télé sont riches. C'est un mythe. L'essentiel du fric provient des contrats publicitaires et des produits dérivés. Mais pour se vendre, il faut se donner la tête de l'emploi. Le montant alloué par la production pour mes tenues était ridicule. Et pour vivre à Manhattan, en tout cas dans un quartier décent, il faut y mettre les moyens.

Gretchen avait habité un appartement somptueux dans l'une des tours Trump le long de la rivière Hudson. Un immeuble peuplé de célébrités, comme l'avait soupçonné Elise.

Shilo s'étira, heurtant la tête de Poppy avec sa patte.

— En résumé, tu dépensais plus que ce que tu gagnais.

— Disons que oui. Je suis une personnalité. On attend de moi des choses que tu ne peux pas comprendre.

— Ouvrir un magasin *K-mart*, par exemple ?

— Tu n'imagines pas ce que le public attend de nous, Poppy. Alors, oui, je dépensais plus que ce que je gagnais. La belle affaire. Je suis loin d'être la seule. Même Donald Trump fait faillite de temps en temps.

Elle rejeta sa longue tresse blonde par-dessus son épaule et but une gorgée de chocolat chaud.

Poppy se tut. À quoi bon discuter avec Gretchen quand celle-ci se comparait aux riches et célèbres ? Au bout d'une minute, sa cousine poussa un profond soupir.

— Écoute, Poppy. Je sais que tu me trouves superficielle. Et j'ai été stupide, je l'avoue. Je me suis mise à jouer au black jack – je sortais avec un type qui possédait des parts dans un casino à Atlantic City. Au début, j'ai gagné et c'était… génial. Tu ne peux pas savoir à quel point. Cette sensation de débarquer avec quatre, cinq mille dollars et de savoir que l'on peut repartir avec le double en moins d'une heure…

— Si c'était aussi facile, tu ne serais pas ruinée aujourd'hui.

Gretchen l'ignora.

— Un soir, j'ai emporté sept mille dollars.

— Combien de temps t'a-t-il fallu pour les perdre ?

Lentement, Gretchen revint sur terre.

— Le hic est là, admit-elle. On devient accro. On perd six fois de suite puis on gagne et on se dit : « ça redémarre, je vais pouvoir me renflouer. » Mais ensuite, on ne peut pas s'empêcher de continuer.

Sentant que quelqu'un avait besoin d'un câlin, Shilo abandonna Poppy et alla lécher le genou de Gretchen. Pour une fois, au lieu de le repousser, elle le gratifia d'une tape affectueuse sur la tête. Jellybean, outré que Gretchen accorde son attention à un canin, bondit du canapé et s'éclipsa, l'air dédaigneux.

— Je n'ai pas démissionné, reprit Gretchen, d'une voix presque inaudible. On m'a virée. J'avais emprunté du fric à un type pas très gentil et quand j'ai été incapable de le lui rendre, il s'est précipité chez mes patrons en les menaçant de rendre publique mon addiction au jeu. Ils l'ont payé pour son silence mais ils m'ont renvoyée.

— Combien lui devais-tu ?

— Vingt-cinq mille.

Paupières closes, Poppy soupira.

— Je suis désolée, Gretchen.

— Je ne regrette rien. J'étais malheureuse. Le service marketing m'ignorait complètement. Comment étais-je supposée rassembler plus d'un million de téléspectateurs dans ce créneau horaire ? En concurrence avec Rachel Ray, à qui l'on offre tout sur un plateau d'argent ? Et qui a pris dix kilos rien que cette année ? Ne me lance pas sur le sujet de cette traînée.

— Parfait, laissons tomber mais permets-moi de te poser une question. Si ta vie entière vient de s'écrouler à cause d'un problème d'addiction au jeu, que fichais-tu au casino ce soir ?

— Justement ! Tu crois que ça m'amuse d'habiter ici avec toi dans cette maison où on se les gèle ? D'entendre Max et Stacia m'expliquer – à moi ! – du matin au soir comment confectionner une *Linzer Torte* ?

— Une seconde, Fraülein. Je ne me rappelle pas t'avoir invitée chez moi. Quant à mes parents, tu devrais leur baiser les pieds et récurer leurs cuvettes de W-C.

Gretchen contempla ses mains.

— Tout ce que je cherche, c'est à reprendre mon existence. Je me suis dit que si je parvenais à gagner un peu d'argent, je pourrais recommencer à zéro.

— D'où sors-tu celui que tu as misé ce soir ?

Gretchen marqua un temps.

— De tes parents. Je l'ai puisé dans la somme qu'ils m'ont allouée pour les rénovations du restaurant.

— Tu n'en as pas le droit !

— Et alors ? J'ai agi comme une idiote mais tu ne peux pas comprendre !

— Combien ?

— Deux mille.

Poppy inspira profondément, expira.

— D'accord. Je t'avancerai ce montant. À une condition : tu me rendras le tout, cinq mille dollars – parce que devine quoi ? Je ne suis pas riche, moi.

— Pas possible ? railla sa cousine en haussant un sourcil parfaitement épilé.

— Et devine quoi d'autre, Fräulein ? Tu vas me donner un coup de main ici. Peinture, ponçage…

— Je ne sais ni peindre ni poncer.

— Raison de plus pour apprendre.

15

On était mercredi, 18 h 23, veille d'un long week-end. Il pourrait travailler. Ou manger. Ou encore, préparer le dîner, puis manger, puis travailler. Et pourquoi ne pas regarder la télévision ?

L'école étant fermée le lendemain pour une réunion pédagogique entre les professeurs, Liam avait autorisé sa fille à dormir chez une amie. Elle avait une autre soirée pyjama le vendredi soir. Ce serait la troisième depuis qu'ils avaient emménagé à Bellsford. Bonne nouvelle (elle se faisait des amies) ? Mauvaise nouvelle (à cet instant précis, elle était peut-être en train de s'imbiber de vodka et de gober des cachets d'ecstasy avec une bande de garçons ; après quoi ils s'empileraient tous dans une voiture et finiraient dans un fossé) ?

Certes, il avait déposé Nicole vingt minutes auparavant et longuement discuté avec Emily et Chris Carlisle, les parents de sa copine. Tous deux lui avaient assuré qu'ils seraient sur place toute la nuit. Ils semblaient parfaitement responsables mais… Liam leur avait laissé ses numéros de téléphone (fixe et portable) et son adresse, au cas où. Nicole lui avait coulé un regard noir avant de lui enfoncer un coude dans les côtes – il avait encore mal, grâce à Cordelia Osterhagen qui avait tenté de le tuer.

À ce sujet, ce qui s'était passé après l'épisode aux urgences demeurait flou dans son esprit. Les antidouleur l'avaient littéralement assommé. Pourtant, il avait une drôle d'impression. Il se souvenait de s'être chamaillé avec Cordelia à l'hôpital. Elle l'avait ramené chez lui dans sa camionnette, avec son énorme chien... Mais encore ? Un détail lui échappait. Que c'était irritant.

Bref, Nicole avait promis de lui envoyer un SMS à 21 heures, un autre à 23 heures et de l'appeler le lendemain matin. Après quoi, elle avait menacé de se suicider s'il avait le culot de contacter les Carlisle de son côté pour prendre de ses nouvelles.

— Salut ! Amuse-toi ! Sors, pour changer. Tu n'es pas encore mort ! avait-elle conclu.

Il était donc chez lui. Dans l'appartement. Seul, un pauvre veuf ruminant sur les frasques éventuelles de son enfant. Pas rigolo du tout. Il n'avait aucune envie de travailler. Nicole avait raison, il devrait aller prendre l'air, voir du monde. La vie évoluait. Il n'était pas mort. Pas encore. Liam ramassa son journal et consulta la rubrique « activités sociales ».

Peu après, il se garait devant le bâtiment abritant les locaux de la formation continue pour adultes. L'annonce stipulait que les visiteurs étaient les bienvenus. Apprendre à créer un site web ne figurait pas en tête de sa liste de priorités mais une présence sur Internet ne pouvait qu'être bénéfique pour le développement de son affaire. Sans compter que c'était infiniment mieux qu'un cours de cuisine pour célibataires ou, Dieu l'en préserve, de danse de salon !

Justement, des danseurs étaient là. Flûte ! Taylor Bennington aux dents étincelantes. Son visage s'éclaira lorsqu'elle aperçut Liam mais il se contenta de la saluer de loin et poursuivit son chemin le long du couloir.

Une odeur d'ail l'incita à ralentir. Un chœur de rires provenait de la pièce et il ne résista pas à la tentation d'y jeter un coup d'œil. Par équipes de deux, les participants hachaient, taillaient, éminçaient, goûtaient.

Cordelia Osterhagen ouvrait grand la bouche pour savourer une cuillerée de ce que son partenaire lui proposait. En un éclair, Liam la revit penchée sur lui, sentit presque cette bouche exquise sur la sienne…

— Bonsoir !

Liam sursauta. Un jeune trentenaire avait surgi devant lui.

— Je suis Jonathan White, le professeur d'arts ménagers de votre fille. Nous nous sommes rencontrés l'autre soir au *Rosebud*.

Liam opina et lui tendit la main.

— Content de vous revoir.

Ce type n'était-il pas un proche de Cordelia ?

— Nicole est adorable. J'aimerais en avoir vingt sur le même modèle. Vous avez faim ? Vous voulez vous joindre à nous ?

— À vrai dire, je suis affamé.

— Entrez ! À la fin du cours, nous dégustons les mets que nous avons préparés. À condition que Poppy ne sectionne pas le doigt de son coéquipier, bien sûr.

— J'aimerais pouvoir m'en attribuer le mérite, riposta l'intéressée en se retournant. Malheureusement, ce n'était qu'un coup de chance…

Son sourire s'estompa tandis qu'elle reconnaissait Liam.

— … Ah ! Euh… bonsoir.

— Bonsoir.

Oh ! oui, cette bouche lui rappelait quelque chose.

— Mes amis, voici Liam, le papa de l'une de mes élèves. Ça ne vous ennuie pas qu'il reste avec nous, j'espère ? Nous avons toujours beaucoup trop à manger.

— Bonsoir, Liam ! lança Kate Ellington.

Elle était avec un homme d'un certain âge qui semblait fasciné par sa poitrine – très appétissante, songea Liam.

— Venez, vous allez vous mettre avec Ginny, déclara Jon en le conduisant devant une femme d'une cinquantaine d'années.

— Ouf ! Waouh ! Merci, Jon. Je te revaudrai ça, lâcha-t-elle.

— Bonsoir. Liam Murphy.

— Waouh ! répéta-t-elle en essuyant ses mains sur son T-shirt… Moi, c'est Ginny. Enchantée. Oh ! oui. Vous êtes magnifique.

— Heureux de vous connaître, murmura-t-il avec un sourire.

À la table voisine, Cordelia les ignorait ostensiblement, ainsi que son partenaire, un homme d'allure étrange coiffé d'une chapka.

— Ma côte va bien. C'est gentil de me poser la question, dit Liam.

— Il existe des milliers de cours de cuisine à travers le monde et il a fallu que tu débarques dans le mien, grogna-t-elle.

Durant la demi-heure qui suivit, Liam flirta avec Ginny, qui n'eut de cesse de soupirer et de glousser. Le cours était amusant. Ils apprenaient à cuisiner une sauce bolognaise et un délicieux parfum d'épices emplissait l'air. Liam se débrouillait plutôt bien en ce domaine mais quel plaisir de se retrouver avec des adultes ! Les gens échangeaient plaisanteries, éclats de rire et boutades. Tout le monde, sauf Cordelia, remarqua-t-il. Elle semblait renfermée sur elle-même. Lorsqu'ils rassemblèrent les tables pour s'installer tout autour, Liam s'arrangea pour se placer en face d'elle.

— Je m'étonne que tu éprouves le besoin de suivre des cours de cuisine, fit-il remarquer.

Son pied frôla accidentellement celui de Cordelia et elle sursauta.

— Pardon ?

— Tes parents sont restaurateurs, non ?

D'accord, les clients ne se ruaient pas au *Guten Tag* pour sa carte mais tout de même…

— Oui, en effet. Je suis assez douée, murmura-t-elle en évitant son regard.

Liam sourit.

— Elle ment ! s'exclama le professeur en venant poser un bras sur ses épaules. Poppy est ma belle-sœur et bien que je vive avec son frère depuis l'aube des temps, je peux vous assurer qu'elle ne m'a jamais offert autre chose que des pizzas surgelées.

— Elles sont excellentes, riposta-t-elle.

— Je suis certain qu'elle a d'autres qualités, murmura Liam.

Aussitôt, elle devint écarlate. Le nez toujours baissé, elle engloutit une fourchetée de spaghettis, se força à mâcher. Elle portait deux chemises en flanelle superposées et déboutonnées sur un débardeur. Des vêtements de fille. Liam eut tout à coup très envie de l'en débarrasser. *Ma foi, je sais que ça fait longtemps mais qu'est-ce qui me prend d'imaginer Cordelia toute nue ?* Elle était compacte. Menue. L'expression « soupe au lait » lui traversa l'esprit. Comme si elle avait deviné ses pensées, Cordelia croisa les mains, étira les bras et fit craquer ses phalanges en le fixant, les yeux étrécis.

— Je suis obligée de partir, malheureusement. Ravie de vous avoir connu ! décréta Ginny.

Liam se leva.

— Et réciproquement, répondit-il avant de l'embrasser sur la joue. J'ai passé un excellent moment.

— Pas tant que moi !

Il se rassit.

Les participants commençaient à se disperser. Jon, accoté contre le mur à la sortie, riait avec un élève. Seuls, Cordelia et lui continuaient à manger. Elle avait beau feindre de l'ignorer, elle n'avait pas bougé. Soudain, Liam se rendit compte qu'il n'avait aucune envie de rentrer chez lui.

— Tu as des projets pour ce soir ?

— N… oui.
— Tu mens.
De nouveau, elle plissa ses jolis yeux noisette. Liam avait toujours eu un faible pour les yeux noisette.
— Qu'est-ce qui te fait croire que je n'ai rien prévu ?
— Est-ce le cas ?
— Jon, on devait aller boire un verre ensemble, n'est-ce pas ? Au *Rosebud* ?
Jon interrompit sa conversation, porta son regard de Poppy à Liam.
— Euh… oui ?
— Je peux vous accompagner ? s'enquit Liam.
— Je… Poppy ?
Elle posa sa fourchette.
— D'accord, Liam, tu as raison. Je n'ai rien d'autre à faire ce soir que de rentrer chez moi regarder la télévision avec mon chien et mes trois chats. Content ?
Inclinant la tête, il la dévisagea.
— Tu es fâchée contre moi ?
— Non.
— C'est mal imité.
Le téléphone de Jon sonna.
— Ah ! C'est Henry… Continuez à vous chamailler, les tourtereaux. Poppy, je t'appelle demain. Content de vous avoir revu, Liam.
— De même. Merci de m'avoir autorisé à rester.
Il ne restait plus qu'elle et lui. Visiblement, elle était furieuse mais pourquoi ? Et pourquoi refusait-elle de le lui dire ? Dieu que les femmes étaient compliquées.
— Tu es toujours aussi grognon ?
Elle avala une grosse bouchée de pâtes.
— Non. C'est toi qui fais ressortir mes mauvais côtés.
Elle eut une petite moue et une fois de plus, un frémissement parcourut l'échine de Liam.
— Qu'en dis-tu ? On va boire une bière ? Un café ?

— Liam, rétorqua-t-elle, le visage écarlate, je parie qu'au moins deux dizaines de femmes se sont jetées à tes pieds depuis ton retour en ville. Je parie qu'elles prennent un numéro rien que pour avoir le droit de se tenir près de toi. Pourquoi ne pas t'adresser à l'une d'entre elles ?

— Et toi, refuses-tu de sortir avec moi ?

— Tu veux m'inviter, Liam ? Parce que tu sembles oublier un détail. Ceci est un cours de cuisine pour célibataires. Seules les personnes désespérées s'y inscrivent. Je n'ai jamais été mariée, j'ai trente-trois ans, un chien, trois chats, et ma mère empile dans une chambre des jouets pour mes enfants à naître. As-tu vraiment envie de m'emmener boire une bière ? Attention ! D'ici peu, il se pourrait que je commence à courir les magasins en quête d'une robe de mariée.

Il ravala un sourire.

— Est-ce un « oui » ?

— C'est un « non ».

Le choc. Liam chercha dans sa mémoire la dernière fois qu'on l'avait ainsi écarté. En vain.

— Bon. Je t'accompagne jusqu'à ta voiture.

— Ma camionnette.

— Peu importe.

Un vent humide soufflait depuis la rivière. Liam poussa un soupir. Il allait terminer sa soirée tout seul chez lui.

Le vent ébouriffa les cheveux de Cordelia et elle serra son blouson sur sa poitrine. Tout à coup, elle s'immobilisa, fourra les mains dans ses poches.

— As-tu vraiment envie de boire une bière avec moi ou est-ce que tu te moques de moi ?

Il la contempla. Elle avait les yeux rivés sur la portière de son véhicule.

— J'aimerais beaucoup boire une bière avec toi, Cordelia.

— Pourquoi ?

Il hésita une seconde.

— Parce que je suis un pauvre veuf souffrant de solitude et qui n'a aucune envie de retourner admirer les murs de son appartement désert.

Elle croisa les bras, réfléchit, releva la tête.

— D'accord. Mais si j'accepte, c'est uniquement parce que tu as abattu ta carte de veuf.

— Preuve qu'elle peut me servir.

Cette fois, elle ébaucha un sourire et le cœur de Liam se réchauffa.

— On se retrouve au *Rosebud*.

Sur ces mots, elle grimpa dans son pick-up, tourna la clé de contact. Liam perçut le déclic d'une batterie déchargée.

— Je t'y conduis, proposa-t-il, hilare.

— Zut ! Je n'ai pas ma pince crocodile.

— Ma batterie n'aura jamais assez de jus pour te faire redémarrer.

— J'en suis consciente.

Elle pinça les lèvres et Liam se rendit compte à quel point il *mourait d'envie* d'aller boire cette bière avec elle.

— Voici ce que je te suggère. Demain, je reviens avec le camion du garage. En attendant, ce soir, je te déposerai chez toi. Qu'en penses-tu ?

— Entendu, accepta-t-elle après mûre réflexion.

— Épatant !

Le sourire aux lèvres, Liam se précipita pour lui ouvrir la portière du côté passager de sa propre voiture,

Toutefois, en s'installant, il jeta un coup d'œil sur le tableau de bord. 21 h 20. Aïe. Il avait loupé l'appel de Nicole.

— Une seconde, murmura-t-il tandis que Cordelia mettait sa ceinture.

Il s'empara de son portable. Pas de messages, pas d'appels manqués. Il se mit à pianoter fébrilement. *Tu t'amuses ? Envoie un texto à ton cher papa.* Il patienta un instant. Comme tous les adolescents, Nicole avait son cellulaire implanté dans la main. Elle allait lui répondre rapidement.

Elle n'en fit rien.

— Allez ! marmonna-t-il.

— Un souci ? demanda Cordelia.

— Pas encore.

Il allait lui passer un coup de fil. Nicole avait horreur de cela mais elle n'avait pas respecté ses engagements, à elle d'en assumer les conséquences.

— *Bonjour ! Vous êtes sur le répondeur de Nicole Murphy. Désolée de ne pas pouvoir vous répondre. Vous savez ce qu'il vous reste à faire.*

— Nicole, c'est ton père. Appelle-moi.

— Nicole, c'est ton père, imita Cordelia en riant sous cape. Je parie qu'elle connaît ta voix par cœur, depuis le temps.

— Ce n'est pas drôle. Elle est à une soirée. Il paraît qu'aucun garçon n'est invité mais j'ai des doutes.

— Contacte les parents.

— Bonne idée.

Malheureusement, les Carlisle étaient sur liste rouge. Très louche. Il aurait dû leur demander leur numéro en déposant Nicole. Il leur avait laissé les siens, bien sûr, et Nicole avait son propre appareil. Pourquoi n'avait-il pas pensé à prendre les coordonnées des Carlisle ? Pourquoi ne les lui avaient-ils pas fournies spontanément ? Hein ? Peut-être parce qu'ils n'y tenaient pas. Les trafiquants de drogue ne communiquaient jamais leurs coordonnées, n'est-ce pas ? Et ils recrutaient leurs futurs clients parmi les jeunes. Or Nicole était une enfant, donc une manne potentielle et bien que ce fût tiré par les cheveux, on ne se méfiait jamais assez…

— On va passer chez eux, d'accord ? Histoire de s'assurer que tout va bien.

Liam démarra en trombe, les pneus crissant sur le macadam.

— Génial. Encore une soirée à épier la fille de Liam, grommela Cordelia. Tu me laisses descendre au carrefour ? J'ai oublié quelque chose sur le feu. J'y pense à l'instant.

Il ne répondit pas. Dans le meilleur des cas, Nicole se comportait en ado comme les autres et avait tout simplement oublié de le contacter – elle connaissait pourtant les règles du jeu, nom de nom ! Dans le pire des cas ? Vodka. Ecstasy. Garçons. Accident. Membres arrachés et/ou mort.

Ils bifurquèrent dans l'avenue Lighthouse.

— Pour l'amour du ciel, ralentis ! gémit Cordelia en se raccrochant au tableau de bord.

Liam resta silencieux, trop occupé à transpirer. Les rideaux du rez-de-chaussée étaient tirés. Tous. Très, très louche. Les mains crispées sur le volant, il fixa la façade de la maison.

— Tu vas entrer ?

— Pardon ? Non, non. Je vais juste… vérifier.

— Vérifier quoi ?

Liam descendit.

— Je vais… jeter un coup d'œil. Parce que s'ils s'adonnent à des activités illicites, je veux en avoir la preuve.

— Des activités illicites ? Liam, tu es complètement… Reviens !

Il l'entendit à peine. S'il découvrait des garçons derrière ces rideaux, Nicole ne reverrait plus jamais les étoiles parce qu'il l'enfermerait à double tour dans sa chambre jusqu'à la fin de sa vie. Il…

Il sentit qu'on lui agrippait le bras.

— Qu'est-ce que tu fiches, espèce d'imbécile ? s'indigna Cordelia.

— Je vais grimper dans cet arbre et…

— Tu es *malade* ? Tu veux espionner un groupe de jeunes filles ? Je vais t'en donner, moi, des *activités illicites*.

Si tu montes là-haut, j'alerte les flics et ils t'arrêteront pour voyeurisme.

— Je ne vais tout de même pas frapper à la porte et demander à ces gens s'ils recèlent de la drogue.

— Liam, ta gosse a oublié de t'envoyer un texto. Détends-toi.

— C'est ça, glapit-il. Détends-toi. Je ne connais pas ces gens, ma fille est à l'intérieur, elle est tout ce que j'ai au monde. Je me dois de la protéger.

L'étau se resserrait autour de sa poitrine. Il se frotta le sternum avec le poing, se figea en constatant que Cordelia avait surpris son geste.

— Liam, déclara-t-elle d'une voix douce. Nicole est en sécurité. Elle est à une soirée pyjama avec ses copines. Du calme.

— Vraiment ? Elle est en sécurité ? Elle n'a rien à se reprocher ? Alors pourquoi ne m'a-t-elle pas envoyé un texto comme convenu ? Est-elle seulement encore là ? Pourquoi ne décroche-t-elle pas son téléphone ? Pourquoi les Carlisle sont-ils sur liste rouge ? Les rideaux sont tirés et…

— Assez, soupira-t-elle. Je vais grimper dans cet arbre et si j'aperçois des garçons, des ravisseurs ou des assassins ninja, je te préviens. D'accord ?

— Bonne idée, approuva-t-il à contrecœur.

— Faux. C'est une très mauvaise idée, Liam. Mais au moins, tu ne finiras pas en prison. J'ai eu mon lot pour ce mois-ci. Fais-moi la courte échelle, gros bêta.

Grimper dans un arbre par une soirée venteuse du mois d'avril pour épier une soirée pyjama… Force lui était d'admettre que l'aventure était originale. D'une part, elle adorait grimper aux arbres. Espionner aussi, finalement. Liam ne s'était pas trompé : de cette branche, elle avait une vue directe sur la fenêtre tant convoitée.

— Bon ! lança-t-elle au père le plus névrosé de la planète… Je vois quatre filles. Nicole a-t-elle un pyjama vert *Hello Kitty* ?

— Oui.

— Elle est là. On dirait qu'elles jouent à la Wii. Une partie de golf, il me semble. Ou de bowling. Ah ! Voici qu'arrive une femme… la quarantaine… elle porte un grand bol contenant… des aiguilles ?

— Tu es sérieuse ?

— Ah non ! Ce n'est que du pop-corn. On appelle quand même le GIGN ?

Les bras croisés, Liam regardait la façade.

— Je peux descendre, maintenant ?

— Oui.

Poppy le rejoignit.

— Je suis désolé, marmonna-t-il, l'air anéanti.

— Ne t'inquiète pas, le rassura-t-elle en le gratifiant d'une tape amicale sur l'épaule. Nicole est une fille bien. Et toi, un père formidable bien qu'un tantinet obsessionnel.

— C'est ça.

— Allez ! Je suis sûre que beaucoup de parents s'imaginent le pire.

— Tu ne crois pas si bien dire.

— Mais ils se contrôlent mieux que toi.

Enfin, il pivota vers elle et lui sourit.

— Merci de ton aide.

— Je t'en prie… Le temps est humide. Si on y allait ? Si ça ne t'ennuie pas, la bière, ce sera pour une autre fois. Je préfère que tu me ramènes directement chez moi.

Poppy se dirigea vers la voiture mais il se précipita devant elle, lui barrant le chemin.

— Quoi ? Tu ne vas pas me demander de remonter dans cet arbre, j'espère ?

— Non.

Il l'observait… Plus précisément, il avait les yeux rivés sur sa bouche. Le cœur de Poppy fit un bond.

— On y va ? insista-t-elle d'une voix un peu trop forte.

Il opina mais ne bougea pas.

— Est-ce que je t'ai embrassée, l'autre jour ?

Poppy s'étrangla, le visage soudain bouillant. Elle scruta les alentours, la maison, l'arbre, la voiture.

— Réponds-moi.

Ah, cette voix ! Grave, riche, si séduisante.

— Euh… plus ou moins.

Il ne dit rien mais elle le vit esquisser un sourire. Elle s'humecta les lèvres. Une erreur, car aussitôt, il fixa sa bouche comme si… comme s'il avait envie de…

— C'était comment ? s'enquit-il.

— Ma foi… tu étais sous médicaments. J'ai connu mieux, souffla-t-elle.

Elle avait du mal à respirer. S'il lui marchait sur le pied, elle serait capable de concevoir un enfant.

— Tu m'offres une deuxième chance ?

— Euh…

Il se rapprocha et elle sentit la chaleur de son corps.

— Je trouve injuste que tu t'en souviennes et pas moi, expliqua-t-il.

— La vie est souvent injuste.

— Tu permets que je t'embrasse, Cordelia ?

Son cerveau lui aboya une mise en garde… avait-elle déjà oublié ses antécédents, son écurie actuelle de femmes plus qu'intéressées, ses… ses… ses yeux étaient magnifiques. Et ce sourire ! Un demi-pas vers lui et ils se toucheraient.

— Finissons-en.

Elle fourra les mains dans ses poches et attendit.

Liam la prit dans ses bras et elle fondit. Il encadra son visage et la dévisagea d'un air sérieux. Paupières closes, elle accueillit son baiser, si doux, si délicieux qu'elle dut crisper les poings pour ne pas le saisir par la ceinture et le jeter au sol. Que c'était bon ! Leurs bouches semblaient faites l'une pour l'autre.

Puis ce fut fini et Poppy se força à rouvrir les yeux. Il la contemplait, une lueur vacillant dans ses prunelles.

— Pas mal, annonça-t-elle. Mais après toute cette excitation, je m'interroge. Je me demande si je ne suis pas un peu déçue.

À son immense surprise, Liam rit aux éclats.

— Tu es impayable.

— L'œuvre de ma vie est donc achevée, décréta-t-elle, tremblante.

— Je… te ramène chez toi ?

— Tu me déposes, oui. Pas la peine de te mettre des idées dans la tête.

— Je n'oserais pas.

Poppy était assez étonnée de pouvoir formuler des phrases cohérentes, tant ses oreilles bourdonnaient. Ses membres étaient brûlants, son cœur battait la chamade.

— Tu assistes à la parade ? s'entendit-elle lui demander en chemin.

— Je suppose que oui. Le *Guten Tag* défile toujours ?

— Absolument.

Il se gara dans l'allée et Poppy ouvrit sa portière.

— À bientôt !

— Bonne nuit.

Elle courut se réfugier à l'intérieur, claqua la porte derrière elle et s'affaissa sur le sol. Shilo l'accueillit d'un jappement depuis le salon avant de s'écrouler de nouveau devant le poêle. Par chance, Gretchen avait prévenu qu'elle travaillerait tard.

Maintenant qu'elle était en sécurité, Poppy pouvait savourer la réalité de cette étreinte. Si elle réagissait ainsi après un *chaste* baiser, que…

On frappa et elle sursauta violemment.

— Qui est-ce ?

Shilo, acquis pour assurer sa protection, lâcha un ronflement.

— Liam.

Poppy lui entrouvrit.

— Oui ?

— Tu as oublié ça.

— Ah ! Merci.

Il lui tendit son sac à dos en cuir éraflé.

— Bonne nuit.

— Toi aussi… Liam ?

Il se retourna vers elle et sans réfléchir, elle saisit le pan de son blouson. Le tirant d'un coup sec à l'intérieur, elle l'embrassa avec ferveur, une main ratissant ses cheveux soyeux, l'autre s'aventurant sous son T-shirt. Dieu merci, il l'enlaçait en retour, la poussant contre le mur du vestibule. Il se pressa contre elle, déposa une pluie de baisers dans son cou.

— Je l'avoue, je suis un peu surpris, déclara-t-il enfin en s'écartant légèrement.

— Mmm…

Si elle tenait encore debout, c'était uniquement parce qu'il la soutenait.

— Je n'étais même pas sûr de te plaire.

— Qui te dit que tu me plais ?

— Est-ce que je te plais assez pour que tu m'invites à rester un moment ? insista-t-il en se pressant légèrement contre elle.

Au secours ! Une simple pression et elle était déjà à mi-chemin vers le paradis.

Elle chercha une raison de refuser. Sans succès.

— Tu veux que je m'en aille ? chuchota-t-il en laissant courir un doigt sur sa gorge.

— Non.

— Tu en es sûre ?

— Oui.

C'est maintenant ou jamais, Poppy. Elle le saisit par la main et l'entraîna dans la salle de séjour.

— Shilo, tu te souviens de Liam…

Le chien émit un grognement et reprit sa sieste tandis qu'elle traversait la cuisine jonchée des détritus de Gretchen. *Ne lui laisse pas le temps de changer d'avis !*

Parvenue au sommet de l'escalier, Poppy poussa la porte de sa chambre. Elle s'immobilisa brutalement, lâcha le bras de Liam. Puis, rassemblant tout son courage, elle lui fit face.

Liam Murphy. Elle avait eu beau le désirer dans sa jeunesse, jamais elle n'avait imaginé qu'un jour un pareil événement se produirait. Qu'il la choisirait. Qu'il la regarderait ainsi, avec intensité et gravité.

Lorsqu'il effleura de nouveau ses lèvres, avec douceur, presque avec révérence, elle craqua.

Elle était amoureuse.

Une fois de plus.

16

Liam scruta le réveil dans l'obscurité. Minuit treize. Il s'était assoupi quelques minutes. Après tout, songea-t-il avec un sourire, il avait bien mérité une petite sieste. Ça c'était plutôt bien passé.

À vrai dire, ça c'était passé merveilleusement.

Tendant le bras, il fut un peu surpris de constater que l'autre moitié du lit était vide. Après ce round olympique d'ébats amoureux, il s'attendait à ce qu'elle dorme profondément. Tiens ! Un chat… Le félin émit un miaulement et sauta à terre.

— Cordelia ?

Pas de réponse. Dommage parce qu'il avait très envie de l'embrasser. Et pas seulement de l'embrasser. Il ne regrettait pas d'avoir découvert ce qui se cachait sous toutes ces couches de flanelle. Elle était mince, parfaitement proportionnée. Solide, aussi. Il n'avait pas eu peur de l'écraser. Sa peau était douce comme une peau de pêche et elle sentait bon. Quant à cette bouche…

Liam se leva, chercha à tâtons son jean, l'enfila. Peut-être était-elle sous la douche ? Et s'il l'y rejoignait ?

La salle de bains était déserte. Zut. Il descendit l'escalier, intrigué. Certes, Cordelia ne semblait pas du genre hyper-câline mais de là à s'enfuir si vite… À une époque, c'était lui qui s'était dérobé. Aujourd'hui, loin de s'en féliciter, il se rendait compte qu'il s'était comporté comme un goujat. Incroyable, ce qu'il avait changé depuis qu'il était devenu papa.

L'un des chats, celui à la grosse tête, se hérissa et fila se réfugier à l'étage. Drôle de demeure, cette vieille église. Une lumière était allumée dans la cuisine, bien que Cordelia ne parût pas s'y trouver non plus. Quoique… cette porte légèrement entrouverte… Percevant le froissement d'un papier d'emballage, il la poussa. Au beau milieu de l'office, vêtue d'un peignoir, cheveux ébouriffés, Cordelia engloutissait quatre gâteaux secs à la fois sous l'œil envieux de son chien.

— Salut, murmura Liam en croisant les bras.

Elle sursauta.

— Ouf ! s'exclama-t-elle en laissant échapper quelques miettes.

Rougissante, elle fourra les mains dans les poches de sa robe de chambre bleu et vert qui rappela à Liam celle d'un vieil oncle alcoolique. Elle était pieds nus. Adorable à souhait.

— Salut.

— Je me demandais où tu étais.

— Eh bien, je… j'avais une petite faim. Tu veux quelque chose ?

— Non, merci.

Reculant d'un pas, il la contempla.

— Tu vas rester là toute la nuit ?

— Non.

Toujours écarlate, elle alla s'asseoir à la table. Il l'y rejoignit.

Elle était visiblement mal à l'aise. Et Dieu qu'elle était mignonne ! Ces grands yeux, ce menton impertinent. Il l'aurait volontiers comparée à un elfe – tout en sachant que la plupart des femmes s'en offusqueraient. Elle fixa le sucrier.

— Ça va ? demanda-t-il.

— Oui. Pourquoi ?

— Je l'ignore. Ce n'est pas moi qui me cachais dans l'office.

— Je ne me cachais pas. Je ne voulais pas te réveiller, c'est tout.

— C'est gentil.

— Ma cousine ne va pas tarder à rentrer, poursuivit-elle, l'œil toujours rivé sur le sucrier.

— Tu veux que je m'en aille ?

— Ma foi… tu peux si tu le veux.

Elle n'osait pas le regarder. Liam réprima un soupir. Pourquoi les femmes ne venaient-elles jamais munies d'un mode d'emploi ? Celle-ci lui avait quasiment sauté dessus, tout à l'heure dans le vestibule et à présent, elle se dérobait.

— Cordelia, je pense que nous avons passé un excellent moment. Ai-je tort ?

— Non. C'était formidable. Merci.

Elle se mordit la lèvre et il dut se retenir pour ne pas la tirer par la ceinture de son horrible peignoir, en écarter les pans, la soulever sur la table et…

— Tu penses à Emma ? s'enquit-elle.

Liam tressaillit, sidéré.

— Ce serait normal. Je ne t'en voudrais pas. Tu l'aimais, elle était ta femme. Je comprends parfaitement.

Ah ! Emma.

— C'est juste que… Toi et elle, vous avez été ensemble si longtemps. Je suppose que tu penses souvent à elle. Est-ce le cas ?

— À force de t'entendre prononcer son nom, là tout de suite, oui.

— Et avant ?

— Avant ? Dans la chambre ?

— Oui, murmura-t-elle, cramoisie.

— Non.

Il n'avait pas songé à Emma une seconde. Enfin si, d'une certaine manière. Emma était son unique point de référence, la seule avec qui il avait fait l'amour pendant des années. Son image ne le hantait pas pour autant mais… elle était là, dans son cœur. À présent que Cordelia en parlait… Non. Elle était plus menue. Plus énergique. Elle avait les cheveux courts alors qu'Emma les avait longs.

Cordelia resserra son peignoir.

— Tu as froid.

— Non. Et toi ? Tu es… torse nu.

Liam ravala un sourire.

— Je me sens bien.

— Tant mieux… Suis-je la première avec qui tu as… fait l'amour ? Depuis Emma ?

— Non.

Elle hocha la tête…

— J'ai eu une aventure à San Diego. Environ un an après le décès d'Emma. Histoire de me défouler.

— Mmm…

— Cordelia ! s'exclama-t-il, perdant patience. T'ai-je fait peur ? J'avais l'impression que tu prenais du plaisir, là-haut.

— Oh ! oui ! Absolument. Je m'interrogeais simplement sur tes sentiments. À cause de ton passé avec… Emma.

— Je n'ai pas pensé à elle ! aboya-t-il. Tu te tourmentes pour rien.

— C'est inévitable, il me semble.

— Je suis un homme, Cordelia ! Je me concentre sur ce que j'ai devant moi.

— Pas la peine de hurler, imbécile, glapit-elle. Tu effraies mon chien… Je suis désolée, enchaîna-t-elle d'un ton exprimant tout le contraire. Je… je ne suis jamais sortie avec un veuf. Et j'ai tant de bons souvenirs d'Emma. Elle était si gentille.

Génial ! Elle allait pleurer. Grrrr… Les femmes !

— Elle l'était. Et je l'aimais… Mais avec toi, je n'ai pensé qu'à toi, ajouta-t-il avec douceur.

— Sincèrement ?

— Oui, Cordelia. Je te le répète, je suis un homme. Nous sommes très primitifs. Tu es là, je t'apprécie et j'aimerais retourner au lit avec toi au lieu de rester planté dans cette cuisine glacée à entretenir une conversation absurde. Toutefois, si tu préfères discuter, je n'y vois aucun inconvénient. Je pense à Emma chaque jour. Elle fait partie de moi. Elle est la mère de ma fille. Je ne l'oublierai jamais. Mais je n'ai établi aucune comparaison entre elle et toi. Je ne pensais qu'à toi, qu'à ta bouche… j'y pense encore.

Na ! Il lui avait cloué le bec. Elle cligna des yeux.

— Ah bon, finit-elle par balbutier.

— Ça te laisse à court de mots, n'est-ce pas ?

Elle émit un petit rire, opina.

Liam se releva de sa chaise puis s'agenouilla devant elle.

— J'en suis heureux, chuchota-t-il avant de réclamer ses lèvres. Si nous remontions et que je t'enlève ce peignoir hideux ?

— Excellente idée, beau gosse.

Liam se réveilla en sursaut et se tourna vers le réveil. 7 h 20. Le soleil inondait la pièce, illuminant les poutres et quelques toiles d'araignées.

Il devait rentrer chez lui. Nicole serait de retour à 10 heures.

Cordelia dormait toujours, les cheveux hérissés, ses longs cils lui caressant les joues. À croquer. Ses lèvres étaient un peu enflées et il lui avait éraflé le cou avec sa barbe naissante. La prochaine fois, il se raserait d'abord.

La *prochaine fois*. Il marqua une pause.

Cordelia Osterhagen était issue d'une famille respectable.

Elle rêvait sûrement de se marier, d'avoir des enfants, de décorer son intérieur. Pourquoi pas ? Mais pas avec lui.

Sans être infernale, la vie de couple lui avait paru compliquée. Pas à cause des circonstances, de la grossesse imprévue – au contraire, ces premières années avaient été les plus belles. Cependant, très vite, il avait senti qu'Emma s'éloignait, que son amour pour le mécanicien qui l'avait mise enceinte s'étiolait au fil des ans.

Et puis, il y avait Nicole.

Il se leva et s'habilla en silence puis se pencha pour secouer légèrement Cordelia.

— Coucou ! Excuse-moi mais il faut que j'y aille. Nicole ne va pas tarder.

— D'accord, murmura-t-elle d'une voix ensommeillée.

Puis elle se redressa brusquement, lui cognant le front par mégarde.

— Aïe ! Pardon !

— Ce n'est rien, marmonna-t-il en se frottant… À bientôt ?

— Euh… oui, c'est ça.

Il connaissait ce regard par cœur. *Qu'allons-nous devenir ? Est-ce que tu vas m'appeler ? Quand nous reverrons-nous ? Cet épisode signifie-t-il quelque chose pour toi ?* Zut.

Elle remonta les couvertures jusqu'à son menton et détourna la tête. Un silence de plomb les enveloppa. Liam se percha sur le bord du matelas pour enfiler ses bottes.

— C'était une nuit délicieuse.

— Oui, convint-elle.

Elle s'empourpra et le cœur de Liam se serra. La veille, quand elle s'était jetée sur lui… comment refuser ?

— Cordelia…

— Je sais, tu n'es pas prêt à t'engager, tu as ta fille, tu émerges à peine de ton deuil, une liaison sans lendemain serait idéale mais rien de plus.

Aïe ! Il pressentit un piège. Elle ne paraissait ni fâchée ni au bord des larmes mais avec les femmes, mieux valait se méfier.

— Je… plus ou moins.

— Parfait. À un de ces quatre.

Elle retomba sur le dos et ferma les yeux.

Il la contempla, soupçonneux. Peut-être s'apprêtait-elle à lui planter un couteau dans le dos ? Ou peut-être l'avait-il réellement blessée. À moins qu'elle se fiche pas mal de le revoir ou non. Ou encore… qu'elle se soit tout simplement servie de lui pour assouvir un désir sexuel.

— Tu es libre dimanche ? lâcha-t-il malgré lui.

Elle souleva une paupière.

— Possible.

— Tu veux qu'on fasse quelque chose ensemble ?

— Quelque chose de hardi qui ne t'engage en rien ?

— C'est curieux, j'ai l'impression que tu te moques de moi. On peut se revoir, tout simplement ?

À sa grande surprise, elle rit aux éclats, s'assit et lui tapota le genou.

— Avec plaisir, beau gosse. Et maintenant, file. J'ai du boulot.

Il hésita jusqu'à ce qu'elle le pousse du bout du pied et s'éclipsa, l'esprit confus, vaguement suspicieux et… plutôt heureux.

17

— Ô mon Dieu ! Tu as couché avec lui ? Raconte ! Je veux connaître les moindres détails !

Poppy ébaucha un sourire. Elle jubilait intérieurement. Elle se sentait assouvie, satisfaite. Et encore un peu émoustillée. Oui, elle avait couché avec Liam Murphy et il avait manifesté le souhait de la revoir bientôt. Certes, il avait clairement exprimé son refus de s'engager mais tous les hommes réagissaient ainsi, non ? Du moins au début. Certains continuaient à le répéter. Mais Liam était différent.

— Il a des poils dans le dos ? Je t'en supplie, réponds-moi non.

— Non mais il a un tatouage sur l'épaule. Une sorte de nœud celtique.

— Assez banal mais passons… Bonjour, Lorraine, auriez-vous l'amabilité de m'apporter un peu plus de café s'il vous plaît ? Il est si bon !

Poppy et Jon dégustaient un petit déjeuner chez *Rooney*, un minuscule établissement situé rue Miner. En principe, le week-end du Memorial Day, il fallait patienter plus d'une heure pour obtenir une table mais Jon entretenait d'excellents rapports avec toute personne impliquée dans les secteurs de la restauration, de la mise en beauté, de la distribution et de l'éducation nationale. Il lui avait donc suffi d'agiter la main pour qu'on les conduise immédiatement dans un coin sur la terrasse et qu'on leur offre d'emblée deux viennoiseries de la part du chef.

— À propos, enchaîna Jon, je t'offre une machine à expresso pour ton anniversaire. J'en ai par-dessus la tête de boire de l'eau de vaisselle chez toi… Et maintenant, revenons à nos moutons. Je t'écoute.

— Une machine à expresso ! Génial ! Merci, Jon… Voyons, où en étais-je ? murmura-t-elle en goûtant son omelette… Autrefois, j'avais surnommé Liam « Don de Dieu ». Le don de dieu aux femmes, tu comprends ? J'avais vu juste. Je ne regrette pas d'avoir patienté.

— Deux décennies…

— Presque.

— Est-ce qu'il embrasse bien ? Tu crois qu'il accepterait de m'embrasser afin que je me fasse une idée ?

— Jon, tu es incorrigible ! Non, je suis certaine qu'il refuserait et oui, ses baisers sont… grisants.

— Youpi ! Enfin de quoi distraire mon imagination quand Henry passe la nuit à l'hôpital.

Jon la contempla par-dessus le rebord de sa tasse.

— Quoi ?

— Rien.

— Si, si, je le sens. Tu as des réserves.

— Eh bien… en tant que ton meilleur ami – et beau-frère – et professeur de cuisine, j'ai… une question.

— Laquelle ?

Elle s'attaqua à une deuxième bouchée de son omelette mais celle-ci semblait avoir tout à coup perdu de son goût.

— Du temps du lycée, Liam était plutôt du genre séducteur, non ?

Elle opina.

— Un mauvais garçon. Il prenait tout ce qui s'offrait à lui. Jusqu'au jour où il a rencontré Emma Tate. Celle qu'il a fini par épouser.

— Comment était-elle ?

— Irréprochable. Très gentille. C'est elle qui s'est débrouillée pour que j'aille au bal de fin d'études.

Jonathan haussa les sourcils.

— Ah. Le bal de fin d'études. Celui où tu t'es tant amusée ?

— Mon cavalier m'a posé un lapin. Ça arrive.

— Je pense que c'était plus grave que cela, vu que tu déclines toutes mes invitations à chaperonner nos soirées d'élèves. Bref, revenons-en à l'apprivoisement du mauvais garçon. Il trouve sa dulcinée et ils vivent ensemble dans le bonheur jusqu'à ce qu'elle meure. C'est cela ?

— À ma connaissance, oui.

— Est-il toujours… comment dire… aussi coureur de jupons ? Si oui, je te promets, je le cogne.

Poppy rit tout bas.

— Le professeur d'arts ménagers brutalise le mécanicien. Ça me plaît… Non. Je l'ai vu bavarder avec des femmes mais pour l'heure, il me semble surtout préoccupé par sa fille.

— Je l'ai entendu dire, moi aussi… (Il marqua un temps, puis :) Tu es amoureuse de lui, Poppy ?

Cette fois, elle engloutit une énorme bouchée de frites, histoire de gagner du temps.

— Tu sais… nous n'en sommes qu'au tout début. Ça ne date que de mercredi soir.

— Possible mais tu as l'air d'être très amoureuse.

— Je t'en prie, marmonna-t-elle, rougissante.

— Aïe ! Aïe ! Aïe ! gémit Jon.

— Liam n'est pas vraiment un étranger pour moi. J'étais folle de lui, dans ma jeunesse.

— Qui ne le serait pas ? riposta son beau-frère avec douceur. Toutefois, sois prudente. S'il éprouve les mêmes sentiments envers toi, tant mieux. Sinon, tu vas retomber dans la même situation qu'avec Dante.

— Je n'aimais pas Dante. Enfin, j'ignore si j'aime Liam mais…

Mais rien. Depuis l'instant où elle l'avait croisé au *Guten Tag* un mois et demi auparavant, il hantait ses pensées. Même avant cette nuit d'ébats, elle avait ressenti une sorte de décharge électrique chaque fois qu'ils se croisaient, chaque fois qu'elle songeait à lui. Hormis Ron, qui s'était avéré gay, Poppy n'avait jamais connu le grand amour. Dante l'avait attirée physiquement et possédait de nombreuses qualités mais leur relation était toujours demeurée superficielle.

Depuis hier matin, elle était emplie d'une joie inexplicable. Chaque fois qu'une image de leur nuit lui traversait l'esprit, elle était submergée par un flot de chaleur si intense qu'à deux reprises, elle s'était interrompue en plein milieu d'une phrase… au grand désarroi d'Elise. Même Gretchen s'en était rendu compte.

— Poppy, qu'est-ce que tu as ? lui avait demandé sa cousine la veille, au restaurant. Tu es toute rouge !

Résultat : Stacia s'était ruée sur le thermomètre.

Oui. Elle était amoureuse. Jon ricana.

— Allô ? Ici la Terre, ma chérie. Je suis ravi pour toi et j'espère qu'il te mérite. Je n'ai jamais trouvé Dante Bellini à ta hauteur. D'accord, ses pâtes sont une merveille et si jamais tu avoues à ta mère que j'ai mangé chez lui, je le nierai jusqu'à mon dernier souffle mais il n'en est pas moins un poseur.

— Justement, en parlant de lui, il me semble que le moment est venu pour moi de rompre officiellement avec lui. Au cas où il aurait un doute.

— Il t'a téléphoné depuis que vous avez décidé de prendre du recul ?

— Non.

— D'après moi, il s'en remet très bien. Tiens ! Pourquoi

ne pas saisir ta chance ? À cet instant précis, je le vois descendre de sa voiture de pédant.

Poppy tourna la tête. En effet, l'Audi bleu marine de Dante venait de se garer en face, devant l'*Inferno.*

— Je m'occupe de la note, continua Jon. Vas-y. Mets les points sur les *i*. Emporte mon bagel. Je dois me mettre en collant pour la parade, je ne sais pas ce qui m'a pris de manger autant. Ton frère et toi êtes des monstres de la nature. C'est injuste.

— Un collant ?

— Évidemment ! Qui joue le rôle du prince, selon toi ?

— Décidément, les stéréotypes ont la vie longue... Merci pour le petit déjeuner.

Elle s'empara du bagel, gratifia Jon d'une tape sur l'épaule et traversa la rue. C'était une superbe journée de printemps, douce et ensoleillée. Une météo idéale pour le défilé si elle tenait jusqu'au lendemain. Aujourd'hui était prévue une brocante, suivie d'un concert dans le parc et un feu d'artifice au bord de la rivière. Avec Mac et Elise, elle tiendrait un stand sur lequel elle présenterait quelques pièces de *Renov'art'* – vitraux, enseignes, médaillons de plafond et d'autres objets facilement transportables. En général, ils vendaient presque tout et elle adorait chiner chez les autres. Liam serait peut-être là avec une de ses motos. Elle n'avait plus eu de ses nouvelles depuis qu'ils s'étaient quittés.

Aucune importance (enfin si, un peu). Les oiseaux gazouillaient, les fleurs embaumaient l'air de leurs parfums, le monde était beau. Incroyable, à quel point quelques galipettes vous remontaient le moral. Surtout des galipettes aussi... paradisiaques ? Le mot était-il trop fort ? Non, décida-t-elle.

Ah ! Les baisers de Liam ! À en croire *Sex and the City*, les mauvais garçons prenaient cette étape à la légère. Mais Liam avait pris tout son temps. Dans ses bras, elle avait littéralement fondu. Il avait su la rendre heureuse. Elle s'était sentie belle. Il lui avait souri en l'embrassant. Il avait entremêlé les doigts dans ses cheveux en lui chuchotant qu'elle sentait bon l'orange. Au souvenir de sa voix, grave et riche, elle fonça droit dans un lampadaire.

— Je t'ai vue ! lança Jon.

Elle le salua de loin avant de pousser la porte de l'*Inferno*. En pénétrant dans la salle, comme chaque fois, Poppy se réjouit d'y voir la statue de sainte Agnès de Rome tenant son agneau, la gargouille dans le coin, le somptueux bar en noyer (quel mal elle s'était donné pour le déposer puis le remonter !). Le décor dégageait une impression à la fois d'opulence, d'intimité et de bon goût.

Un fracas de casseroles lui parvint depuis la cuisine, où quelqu'un hurlait en italien.

— Y a quelqu'un ?

Les cris se turent.

— Désolé, nous n'ouvrons pas avant… Ah ! C'est toi ! s'exclama Dante en surgissant, vêtu d'un costume blanc et d'une chemise bleu nuit.

— Bonjour, Dante. Tu peux m'accorder quelques minutes ?

— Bien sûr.

Il lui tira une chaise et ils s'installèrent autour d'une table. Poppy le dévisagea et esquissa un sourire. Tout à coup, elle avait un peu de mal à croire qu'ils étaient sortis ensemble. D'accord, elle était fabuleuse (Liam Murphy n'avait-il pas couché avec elle ?) mais tout les opposait, ne serait-ce que leur façon respective de s'habiller, lui toujours élégant, elle toujours en tenue décontractée. Il ne souriait pas.

— Comment vas-tu ? lui demanda-t-elle.

— Bien. Et toi ?

— En pleine forme. Tu es prêt pour le week-end ?

— Oui.

L'*Inferno*, contrairement au *Guten Tag*, ne participait pas à la parade. Beaucoup trop kitch. Dante Bellini avait préféré organiser une dégustation de vin dans le parc sous une tente fastueusement ornée de vignes. Rien à voir avec le thème que Stacia avait choisi pour le char de cette année : *La petite gardeuse d'oies*, d'après le conte des frères Grimm.

Dante la contemplait de ses yeux noirs et luisants.

— Qu'est-ce qui t'amène, Poppy ?

Cherchait-il, par sa froideur, à masquer son orgueil blessé ? Certes, ce n'était pas lui qui avait souhaité renforcer leur relation mais peut-être avait-il espéré qu'elle reviendrait ?

— La dernière fois que nous nous sommes vus, nous avons eu… une conversation ?

— Oui.

Elle se crispa. Dieu que ce genre de discussion était difficile ! Par où commencer ?

— Eh bien, bredouilla-t-elle, de toute évidence nous ne sommes pas sur la même longueur d'onde (*et j'ai couché avec un homme dont je suis follement éprise*). Je voulais officialiser notre rupture.

— L'officialiser ?

Poppy fixa la nappe à carreaux.

— Nous nous sommes dit que nous allions… prendre du recul… ce que nous avons fait et… Il me semble que le mieux serait de tout arrêter. Au cas où tu n'aurais pas compris.

Il se balança sur son siège en croisant les bras.

— Aucun problème. Autre chose ?

Aïe. Elle secoua la tête.

— Non.

— Alors bonne journée.

Sur ce, il se leva, disparut dans la cuisine et se remit à aboyer des ordres.

Poppy se leva à son tour, rangea délicatement sa

chaise et se dirigea vers la sortie en se retenant pour ne pas prendre ses jambes à son cou. Un frémissement la parcourut. Elle avait honte. À son immense désarroi, elle venait de comprendre que Dante n'avait jamais voulu d'elle autre chose que ce qu'il avait obtenu.

Avait-elle réellement imaginé qu'il la choisirait comme petite amie ou (si, si, elle y avait pensé) épouse ? Avait-elle vraiment cru à l'évolution de leur liaison ? Elle venait d'en finir avec lui, elle en avait pris l'initiative et pourtant, elle se sentait minuscule, terriblement vulnérable.

Dante Bellini avait profité d'elle, point à la ligne. Elle était disponible. Elle n'avait rien exigé…

Dis-moi, lui chuchota la petite voix de sa conscience, une voix qui ressemblait désespérément à celle de Gretchen… *en quoi la situation avec Liam est-elle différente ?*

18

Stacia poussa un profond soupir, posa brutalement une louche géante, éclaboussant les fourneaux de graisse et fixa Poppy d'un air sévère.

— Nous devons parler de ton anniversaire. La date approche.

— Maman, la parade débute dans une heure. Il faut que je me change.

Sa mère n'était pas contente. Son père non plus, d'ailleurs. Max se cachait dans le bureau et s'était contenté de grogner quand elle y avait passé la tête pour le saluer.

— Maman, j'étais chez toi mardi et…

— Donc, je compte nous trois, les garçons, Gretchen. Je te préparerai ton plat préféré. Un *Brathering mit Bratkartoffel.*

— Mmm !

Poppy faillit grimacer. Un beau jour, Stacia s'était mis dans la tête que Poppy adorait ce mets composé d'un hareng mariné, que l'on servait rôti et accompagné de pommes sautées. C'était son menu traditionnel d'anniversaire depuis au moins quinze ans et Poppy n'osait pas avouer à sa mère qu'elle détestait cela.

— Je refuse que l'on se rende dans un de ces ridicules restaurants ethniques, annonça Stacia, sans se soucier de l'ironie de son propos alors même qu'Otto surgissait en cuisine, affublé d'une culotte courte et d'un chapeau bavarois vert.

En l'honneur du week-end du Memorial Day, le *Guten Tag* servait un brunch : œufs, poisson, saucisses et patates.

— Bonjour, Otto ! Tu seras sur le char tout à l'heure ? s'enquit Poppy.

— Pas de chance, répliqua-t-il en lui adressant un clin d'œil dans le dos de sa mère. Ma femme a été opérée de la vésicule biliaire avant-hier. Elle a besoin de moi à la maison.

— Tu n'as pas envie d'y aller, n'est-ce pas ? Bien sûr que non. Quelle mouche l'a piquée ! ronchonna Stacia, bouledogue indigné et reine du coq-à-l'âne.

— Excuse-moi, maman. Aller où ? Quelle mouche a piqué qui ?

— À l'*Inferno* ! Comme si j'y mettrais les pieds ! Jamais de la vie. Kitty McGrew y a mangé la semaine dernière. En quel honneur ? Je l'ignore. Je croyais que nous étions amies. Bref… Au fait, tu connais la fille de Kitty ? Ellen ? Elle s'est mariée avec un banquier. Ç'aurait pu être toi, ma chérie. Comment te débrouilles-tu pour être encore célibataire ? Tu es lesbienne ? Notre fils est gay. On assumerait.

Otto sourit, agita la main en direction de Poppy et s'éclipsa par la porte de derrière.

— Maman, je sais que Henry est gay puisque je suis sa sœur. Et non, je ne suis pas lesbienne.

Brièvement, elle se revit dans les bras de Liam et une agréable sensation envahit son corps. Toutefois, il ne l'avait toujours pas rappelée depuis et avait brillé par son absence à la brocante.

— Tu râlais à propos de l'*Inferno*, maman. Où voulais-tu en venir ?

— Figure-toi que ta cousine a pensé que tu aimerais y aller. Pour ton anniversaire. Je lui ai répondu que tu préférerais mourir.

— Tu as tort. Je préférerais me restaurer à l'*Inferno* que de mourir, maman. Pour ton information.

Même à la lueur de la conversation de la veille…

Stacia plaça une galette de pommes de terre devant Poppy (un peu trop salée mais tant pis).

— Je l'ai tout de suite remise à sa place. Que tu aies traité avec cet homme, je peux le concevoir. Si j'ai bien compris, c'était une affaire en or pour toi, ma chérie, donc je te pardonne. De là à y *manger* ? Au secours ! Pauvre Gretchen, elle a le cœur sur la main. Elle ne peut pas imaginer à quel point ce Dante Bellini nous a insultés. Je lui en donnerai, moi, du « restaurant kitchissime » ! Non, vraiment, Gretchen est trop bonne.

Sur quelle planète Stacia vivait-elle ?

— Un repas en famille à la maison, ce sera parfait, maman.

— Tant mieux. Tiens ! Et si j'invitais Liam et sa ravissante fille ? Lui et Gretchen formeraient un couple splendide, tu ne trouves pas ?

Poppy faillit s'étrangler sur sa bouchée de galette.

— Euh… non, je ne trouve pas.

— Dans ce cas, tu es cinglée. Ils fabriqueraient des enfants magnifiques. Max ! Viens par ici ! Ta fille veut te voir !

— Qu'elle vienne à moi, gronda-t-il. Poppy ? Tu n'as plus de jambes ?

— Si, si, papa. J'arrive.

Elle pénétra dans le bureau, où son père fixait son écran d'un air renfrogné.

— Tu sais télécharger ? Quel est l'imbécile qui a inventé les ordinateurs ?

— Je vais t'aider.

— Merci, marmonna-t-il.

Il lui offrit un sourire réticent et tapa sur sa cuisse.

— Tu n'es pas trop grande pour t'asseoir sur les genoux de ton vieux père.

— J'aurai bientôt trente-quatre ans, papa.

— Parfait. Enfonce le couteau dans la plaie si ça t'amuse.

Poppy s'installa, l'embrassa sur la joue et se mit au travail.

— Que veux-tu télécharger ?

— Une photo de Gretchen. Il semble qu'on devrait la mettre davantage en valeur. Vu que c'est une célébrité et blablabla.

— Bien entendu.

Pas difficile de deviner qui avait eu cette idée. Poppy cliqua sur un dossier pour en extraire le cliché que Max recherchait.

— Où en êtes-vous concernant la rénovation du restaurant ?

— Ta cousine fourmille de propositions.

— Ne changez que ce que vous voulez changer, papa. Vous avez déjà eu un mal fou à vous adapter après les travaux à la maison.

Quelques années auparavant, les Osterhagen avaient été victimes d'un petit incendie (des bougies oubliées alors qu'ils se faisaient des câlins, ce qui ne manquait pas de provoquer l'hilarité de Henry et de Poppy chaque fois qu'ils évoquaient l'incident). Résultat, ils avaient dû refaire à neuf le rez-de-chaussée et ne s'en étaient toujours pas remis. Six ans plus tard, ils continuaient à se diriger vers le mur où s'était trouvée la porte menant au sous-sol.

— C'est celle-ci qu'elle veut ! annonça Max.

Poppy la téléchargea sur la page d'accueil du site du *Guten Tag*. Gretchen et sa voluptueuse poitrine teutonne envahirent l'écran.

— Bonjour Stacia ! Bonjour Max !

Quand on parle du loup...

— Bonjour, ma chérie. Poppy me donne un coup de main pour le site Internet.

— Bien, bien ! Ma foi, tu es adorable, ainsi ! s'exclama Gretchen en la gratifiant d'un sourire à mille watts… Tu as l'air d'avoir onze ans, assise sur les genoux de papa !

— Merci, répliqua Poppy avec une pointe d'ironie.

Le sourire de Gretchen s'estompa et elle dévisagea Poppy.

— Comment avancent tes recherches sur tes parents biologiques ?

Max bondit de son fauteuil, Poppy atterrit par terre et un bruit fracassant leur parvint de la cuisine. Une nanoseconde plus tard, Stacia surgissait sur le seuil, l'expression tragique.

— Quoi ? Tu recherches tes parents biologiques ?

— Non, dit Poppy en se relevant… Gretchen, j'ignore de quoi tu parles.

— Ce bouquin sur « comment retrouver ses parents biologiques » ? Il était sur une étagère dans ta cuisine.

— Ah, oui ! Il appartient à James.

Les yeux écarquillés, Gretchen se tourna vers Max et Stacia, puis de nouveau vers Poppy comme si elle s'efforçait désespérément de garder un secret.

— D'accord, d'accord. Euh… Stacia, j'ai dû me tromper. C'est James qui l'a laissé chez elle par mégarde. Naturellement.

— Je t'assure que oui, maman, insista Poppy avant de fusiller sa cousine des yeux… Je ne recherche personne.

— Si tu en avais envie, nous ne te le reprocherions pas, riposta Stacia d'une voix de stentor. C'est parfaitement compréhensible.

— Ce n'est pas le cas, maman.

— Vouloir connaître ses origines est légitime. Cela ne nous offusquerait en rien. Nous savons que tu nous aimes, intervint Max comme s'il récitait l'extrait d'un pamphlet intitulé « Quand votre enfant adopté exige des réponses ».

— Ce n'est *pas le cas*. James a laissé ce livre à mon atelier l'autre jour, je l'ai rapporté chez moi et je n'y ai plus songé.

— Je suis désolée d'avoir soulevé le problème, Poppy. Sincèrement.

Gretchen la gratifia d'un clin d'œil et l'espace d'un instant (très satisfaisant) Poppy imagina sa cousine attaquée par deux dizaines de ratons laveurs en furie. Depuis la soirée au casino, Gretchen se montrait de plus en plus hostile – et futée. On ne pouvait rien lui reprocher, pourtant elle agissait par pure malice.

— Bien, conclut Stacia en fixant Poppy. Il est temps de s'habiller pour la parade. Allons-y, les filles. Poppy, où est cette pauvre Brianna ? Elle vient ?

— Je suis là, madame Osterhagen, murmura cette pauvre Brianna en levant les yeux au ciel.

— Tant mieux. Vos costumes sont dans l'arrière-salle. Gretchen, mon chou, attends un peu de voir le tien ! Il a été livré hier !

— Poppy, je te déteste ! susurra Brianna. J'appelle l'association Grands Frères/Grandes Sœurs demain et je leur demande de te virer.

— Chut ! Tu as de la chance : personne ne pourra voir ton visage. Moi, j'ai le rôle de la méchante servante. Tu préférerais l'endosser à ma place, jeune fille ?

— Plutôt crever.

Brianna n'avait pas tort. Le déguisement de Poppy était en fait l'uniforme de serveuse qu'elle avait porté du temps où elle travaillait au *Guten Tag*, à l'âge de dix-sept ans. Blouse à frous-frous blanche (enfin, blanche autrefois, jaunie aujourd'hui). Boléro vert brodé d'elfes, jupe à volants, collants verts et sabots peints.

— Tu verras, Brianna, ce sera beaucoup plus amusant que de rester chez toi à te tourner les pouces.

— Tu parles ! Je suis une oie, Poppy ! On va me

déguiser en oie ! Tu avais omis ce détail quand tu m'as embarquée dans cette aventure.

— Traîne-moi devant les tribunaux. Tiens ! Prends une pâte d'amande. Elles ne sont pas mauvaises. La parade débute dans dix minutes, mets-toi dans le coup !

— Je te déteste, grommela Brianna en se servant.

Quand Poppy et Henry étaient respectivement âgés de trois et neuf ans, les Osterhagen avaient décidé de créer un char pour le défilé du Memorial Day. Ils avaient opté pour le thème « Hansel et Gretel », les deux enfants saluant la foule, Henry y jetant par-ci, par-là des poignées de miettes de pain. Succès garanti. Depuis, les Osterhagen exploitaient les contes des frères Grimm. L'arrière-salle du restaurant était remplie de déguisements d'animaux plus ou moins dépenaillés : souris, chevaux, loups et… oui, des oies. Les protagonistes étaient chargés de jeter des pâtes d'amande aux passants, qui avaient tendance à les esquiver plutôt qu'à les attraper.

Échapper à la corvée char équivalait à la haute trahison bien que tous les membres du personnel aient inventé les prétextes les plus loufoques pour se dérober. Henry s'arrangeait systématiquement pour être de garde mais on le lui pardonnait puisqu'il était un brillant chirurgien. Seuls, Jon et Poppy y prenaient plaisir… et aujourd'hui, Gretchen. Depuis quelques années, *Renov'art* collaborait au projet. Poppy avait déniché un énorme traîneau dans un village de Père Noël abandonné de Lake George. Celui-ci était monté sur une remorque tirée par un vieux tracteur au volant duquel trônait Mac. Cette année, les flancs du char arboraient une nouvelle bannière : *La petite gardeuse d'oies par les Frères Grimm, avec en vedette, la Fräulein aux pieds nus, Gretchen Heidelberg ! Sponsorisée par vos amis du Guten Tag et Renov'art !*

De nombreux autres commerçants participaient au défilé. Le char de la librairie était en forme de livre ouvert.

Celui des enfants du mouvement 4-H, voué au respect de la nature, transportait le plus souvent une chèvre ou un veau. La marina présentait régulièrement un magnifique voilier. Rick Balin se perchait sur le pont, une malheureuse jeune femme en bikini frissonnant à ses côtés. Suivaient les orchestres des écoles, les équipes de base-ball, quelques vétérans. Cependant, devenu une sorte d'icône, le char *Guten Tag* clôturait toujours le cortège.

— Qu'est-ce qu'on rigole ? N'est-ce pas ? Merci de m'avoir invitée, madame Osterhagen ! s'écria Elise.

Habillée en oie, elle aussi, elle se planta devant Mac et cacarda. Gêné, il détourna la tête.

— Si j'aperçois quelqu'un que je connais, je me jette devant le char de la Maternelle et tous ces pauvres gosses me regarderont mourir, menaça Brianna.

— Si tu fermes ton bec, personne ne peut voir ton visage, rétorqua Poppy. Je subis ce traumatisme depuis l'âge de trois ans, figure-toi. Ne compte pas sur moi pour te plaindre. Tu voulais venir, tu es là.

— Oh ! Brianna, comme tu es mignonne ! s'exclama Jon en bondissant sur la remorque. Où est ma princesse ?

— Il se cache quelque part aux urgences, répliqua Poppy.

— La chance ! bougonna Brianna. Je me casserais volontiers la jambe pour me sortir de ce cauchemar.

— Jon, tu es en retard ! lui reprocha Stacia.

— Je me coiffais. N'est-ce pas réussi ? Ne suis-je pas le portrait craché d'un prince prussien ?… À propos de beaux gosses, ajouta-t-il tout bas à l'intention de Poppy… Tu as eu des nouvelles de tu-sais-qui ?

— Non. Ce n'est pas grave. En principe, nous devons nous voir demain.

Tout de même, il aurait pu au moins l'appeler. Elle n'était pas du genre à ruminer près du téléphone. Pourtant, c'était exactement ce qu'elle avait fait, la veille. Idiote.

Jon eut la bonne grâce de changer de sujet.

— D'où sort cette bannière ?

— Gretchen l'a commandée elle-même ! s'émerveilla Stacia, assise à l'avant du char dans le rôle de la reine... N'est-ce pas généreux de sa part ? Désormais, tout le monde saura que le *Guten Tag* emploie un chef célèbre !

— Du moins, ceux qui ne le savaient pas encore, railla Jon en adressant un clin d'œil complice à Poppy et à Brianna.

— Qu'est-ce qu'on doit faire, au juste ? demanda cette dernière.

— On agite la main et on jette des pâtes d'amande à la foule. Attention de ne pas viser les gens, elles sont un peu dures.

— Pouvez-vous vous taire, s'il vous plaît ? gémit Gretchen. Nous devons nous mettre dans la peau de nos personnages.

— Non, mais je rêve ! grogna Brianna.

— Je ne connais pas le conte, avoua Jon. Tout ce que l'on m'a dit, c'était que je devais être beau. Me voici donc.

Le tracteur s'apprêtait à franchir la ligne de départ du parcours officiel, qui s'étirait sur trois kilomètres à travers la ville et se terminait au Memorial Bridge Park, lieu des cérémonies. Devant eux, le cortège s'ébranla. Gretchen se retourna.

— L'histoire, Jon, c'est que je suis la véritable princesse et Poppy...

— La méchante servante, compléta celle-ci.

— Pas exactement et j'allais y venir, répondit Gretchen d'un ton sec. Poppy, ma suivante jalouse, et moi-même sommes en chemin pour le royaume voisin où je dois épouser un prince. Mais elle me vole mes vêtements et tente de se faire passer pour moi. Entre-temps, je m'occupe des oies du château mais le roi a compris le subterfuge, il rétablit la situation et je me marie enfin avec toi, Jon.

— À la bonne heure ! plaisanta Poppy.

— Que devient la suivante ? s'enquit Brianna.

— On me met dans un tonneau tapissé d'ongles pointus et on me traîne à travers le village jusqu'à ce que je meure. Charmant, n'est-ce pas ? Je ne manquerai pas de lire ces contes à mes enfants, un jour.

— Pourquoi Poppy n'est-elle pas la princesse ? s'insurgea Brianna.

Poppy éprouva envers elle un élan d'amour. Malgré ses airs d'adolescente rebelle, Brianna était un amour.

— Ce n'est pas mon truc. Je préfère mon personnage. Il est plus intéressant.

— Résultat, c'est la Dame aux Gros Nénés qui hérite du beau rôle, pesta Brianna.

En effet, la poitrine opulente de Gretchen débordait de son bustier à un point jamais vu dans le New Hampshire depuis que l'on y avait interdit la prostitution. Son costume était décolleté, moulant, blanc, pourvu des inévitables paillettes, couronne et bâton étincelants dans le plus pur style Las Vegas.

Max se retourna en souriant.

— Tu es toujours ma princesse, ma chérie, assura-t-il.

— Merci, papa.

— Cessez de bavarder, tous ! À vos places ! glapit Gretchen.

Elise se rendit docilement à l'arrière du char.

— C'est génial, non ? confia-t-elle à Brianna.

— Si j'avais un fusil… commença Brianna.

Mais Poppy lui ferma le bec.

— Bon ! Les enfants, on se donne à fond ! commanda Gretchen d'une voix féroce. Brianna et Elise, ça ne vous ennuie pas de cacarder de temps en temps ? Pas trop fort… On démarre dans cinq, quatre, trois…

Elle abaissa les doigts, se contentant d'articuler le deux et le un comme si elle était sur un plateau de télévision. Le char démarra.

— Bonjour à tous ! Ravie de vous voir ! Joyeuse Fête du Fondateur ! Merci d'être venus aussi nombreux !

— Je peux la mitrailler de pâtes d'amande ? demanda Brianna, la voix étouffée par son masque.

Jon ricana.

— Non, répliqua Poppy. Jette-les – en douceur – sur les badauds.

Mis à part le problème des rôles, Poppy aimait beaucoup participer à la parade. Elle connaissait un grand nombre des spectateurs, bien sûr, et la renommée de Gretchen lui valut l'assaut de deux adolescentes en quête d'un autographe. Brianna se révéla une tireuse d'élite, visant ses camarades de classe sous son déguisement. Kate et James étaient là, Kate se mouchant bruyamment. Brianna lança une quinzaine de bonbons à James qui les attrapa au vol et la remercia d'un V de la victoire. Les élèves de Jon l'interpellèrent. Elise s'amusait comme une folle, riant aux éclats et cacardant à intervalles réguliers. De temps en temps, elle se penchait sur le côté pour surveiller le dos de Mac, au volant du tracteur.

— Bonjour, Vivian ! s'écria Poppy en la repérant avec ses copines.

Vivian plaqua une main sur sa bouche, feignant l'horreur et Poppy s'esclaffa.

— Vous rirez moins demain ! affirma la vieille dame.

Sur ce, elle s'empara de son téléphone portable. Poppy songea que la photo serait sur Facebook dans la minute.

Malheureusement, un banc de nuages envahit le ciel et la température chuta brutalement de plusieurs degrés. En blouse à manches courtes, Poppy tremblait de froid. Elle fixa d'un œil envieux la tenue bien rembourrée de Gretchen, confortablement assise entre ses parents bien replets.

Le défilé bifurqua dans la rue Miner sous les applaudissements du public. La Fräulein aux pieds nus baignait littéralement dans le bonheur.

— Merci d'être là ! Je suis si contente de vous voir tous ! Joyeux Memorial Day !

Ils passèrent devant l'*Inferno*. L'édifice ancien en briques et en pierre était splendide. La façade était ornée de jardinières débordant de vigne vierge et de fleurs violettes. Les fenêtres à petits carreaux scintillaient. Tous les membres du personnel étaient habillés de noir. Max et Stacia ignorèrent studieusement l'établissement pour saluer les spectateurs en face.

Au même instant, Dante émergea du bâtiment, son costume blanc contrastant violemment avec ceux de ses employés. Le cœur de Poppy se serra tandis qu'une fois de plus, les similitudes entre lui et Liam lui sautaient à la figure. Tous deux étaient beaux à couper le souffle, ni l'un ni l'autre ne voulait s'engager… Cependant, elle était sur un char. Il était de son devoir de compenser l'attitude dédaigneuse de ses parents. Elle agita la main. Dante croisa les bras et secoua la tête.

— Ces oies n'ont plus d'âge, commenta-t-il, suffisamment fort pour être entendu depuis la remorque. Je parie que d'ici peu, elles figureront sur la carte du *Guten Tag*.

Autour de lui, ses sbires ricanèrent.

Poppy se retourna vers ses parents. Stacia avait la bouche grande ouverte. Max virait du blanc au cramoisi. Gretchen regardait droit devant elle, écarlate, elle aussi.

Poppy observa de nouveau Dante. À présent, ils se rapprochaient du *Guten Tag*. Malgré elle, elle interpella Dante :

— Chez toi, les spaghettis sont mangeables mais on ne s'amuse pas beaucoup.

Elle marqua un temps, puis hurla aussi fort que possible :

— A-tchik-a-tchik-a-tchik !

— Aïe-aïe-aïe ! répondit la foule.

Après tout, la plupart des habitants de Bellsford avaient pris au moins un repas au *Guten Tag*. Et s'ils n'avaient pas eu droit à un menu gastronomique, ils avaient passé un bon moment. Une soirée inoubliable. On les avait traités comme des membres de la famille.

— A-tchik-a-tchik-a-tchik ! renchérit Jon.

De nouveau, les spectateurs réagirent. Poppy s'inclina pour serrer la main de sa mère.

— Ça va ?

— Très bien, merci ma chérie.

— Bon boulot, mon bébé, ajouta Max.

Gretchen affichait un sourire artificiel et agitait machinalement la main. Elle était rouge pivoine.

Poppy pivota sur elle-même. Au loin, Dante pointa sur son poitrail.

— Magnifique, ta tenue !

Poppy s'examina.

Au secours ! Sa blouse était déchirée. Le tissu, usé par les ans, s'était fendu en plein milieu et les pans gisaient de part et d'autre. Elle les rassembla précipitamment, en vain.

— Zut !

— Défaut de costume, murmura Brianna. Heureusement que tu portes un soutien-gorge.

C'est ça. Un soutien-gorge sans âge, grisonnant, rattaché avec une épingle à nourrice. Poppy avait dû le dégoter du fond de son tiroir ce matin-là, Gretchen ayant oublié de mettre la machine à laver en route.

— Jon ! Aide-moi, supplia-t-elle en se détournant.

Brianna la flanqua d'un côté, Elise de l'autre.

— Mon royaume contre un nécessaire à couture, constata-t-il. Quelqu'un a une cape à nous prêter ? Non ? Tant pis. Poppy, place-toi ici et ne bouge plus. Il ne nous reste plus que deux kilomètres à parcourir, me semble-t-il ?

Gretchen et les Osterhagen seniors avaient repris leurs rôles, inconscients de la détresse de Poppy.

— Cordelia !

Relevant la tête, elle vit Liam surgir sur le trottoir. Il ôta son blouson en cuir et le tendit à Jon.

Une sensation de chaleur inonda Poppy. Liam la sauvait ! Malheureusement, cela signifiait aussi qu'il avait vu le plus moche de ses soutiens-gorge.

— Merci !

— Vous êtes un prince, Liam ! affirma Jon. Un véritable prince.

— Liam ! Viens boire une bière chez nous après le défilé ! s'écria Stacia de son perchoir. Amène ta fille !

— Entendu !

Liam adressa un clin d'œil à Poppy et rejoignit Nicole.

Son blouson était lourd et chaud. Il dégageait son odeur. Jamais Poppy ne s'était sentie aussi confortable.

— Si tu n'étais pas déjà amoureuse de lui, je parie que tu l'es aujourd'hui, décréta Jon. Moi aussi.

— Il t'a secourue, fit remarquer Brianna, un peu surprise.

Trois heures et cinq discours plus tard, le Memorial Day prit fin officiellement. La salle du *Guten Tag* était pleine. Otto avait quitté le chevet de sa femme et enchaînait les polkas à l'accordéon. Poppy n'avait pas quitté le blouson de Liam. S'il n'en tenait qu'à elle, elle ne l'enlèverait jamais. Si possible, elle demanderait à être enterrée ainsi.

Liam ne s'en rendrait nullement compte : il était trop occupé à surveiller Tanner Talcott qui, à la table voisine, discutait cours de littérature avec Nicole. Il semblait avoir à peine aperçu Poppy depuis son arrivée. Elle, en revanche avait l'esprit en ébullition. *Liam, te voilà enfin ! Merci pour ton blouson. Au passage, je possède plusieurs soutiens-gorge particulièrement jolis que je te montrerais volontiers un peu plus tard. Merci aussi pour cette nuit d'ébats merveilleuse. Est-ce qu'on se voit toujours demain ? Tu te souviens m'avoir demandé si j'étais libre dimanche ? Je le suis toujours et demain, nous sommes dimanche. Or je n'ai eu aucune nouvelle de toi depuis que tu as quitté mon lit l'autre matin.*

James et Kate apparurent, suscitant un round de salutations exubérantes.

— Le char était superbe ! décréta Kate en prenant place auprès de Poppy. C'était le plus beau du défilé. James, dis à Poppy à quel point j'ai aimé le char du *Guten Tag*.

— Énormément, convint ce dernier en haussant un sourcil.

— C'est dingue, je viens à peine de m'asseoir et il me prend une de ces envies de faire pipi… James ? Tu m'accompagnes ?

— C'est bon, maman.

Kate s'éloigna.

— J'ai toujours ton bouquin, James, dit Poppy. Tu l'as oublié à l'atelier l'autre jour.

— Le machin sur la recherche des parents biologiques ? Cool.

— Liam ! Liam, mon chéri, par ici ! tonna Stacia à l'autre extrémité de la pièce.

— Excusez-moi une seconde.

Il se mit debout, chuchota quelques mots à Nicole, fusilla Tanner des yeux et se faufila jusqu'à Stacia. En chemin une ravissante brune l'arrêta en posant une main sur son bras avec un énorme sourire. Poppy dut arracher son regard à ce charmant tableau.

Leur nuit magique semblait remonter à des siècles.

Elle jeta un coup d'œil vers Brianna et James, qui fixaient Tanner et Nicole.

— Le couple vedette, marmonna Brianna.

— Absolument, confirma James. Trop parfaits pour nous autres, pauvres mortels.

— Vous aussi, vous formez une jolie paire, protesta Poppy.

— C'est ça, railla Brianna. On ose jouer la différence, James ?

Tous deux levèrent les yeux au ciel.

Le rire de Gretchen retentit et Poppy redressa la tête. Liam avait rejoint les Osterhagen et Gretchen s'effleurait le buste, au cas où Liam ne l'aurait pas remarqué. Il sourit, Max prononça quelques mots et tout le monde rit aux éclats.

— J'ai ma DS dans mon sac à dos, annonça James à Brianna. On se fait une partie de *Dragon Master* ?

— Volontiers. Tu es d'accord, Poppy ?

— Bien sûr. Amusez-vous, tous les deux. James, je rassurerai ta mère.

— Ne te sens pas obligée, rétorqua-t-il en riant.

Ils s'éclipsèrent et Poppy se félicita de cette amitié naissante. Brianna souffrait de sa solitude. Sa situation familiale, sa garde-robe minable et ses vingt-cinq kilos en trop ne lui facilitaient pas l'existence au lycée. James paraissait équilibré malgré les tentatives constantes de Kate pour créer une symbiose entre eux. Au fond, elle s'en sortait bien. James était doux, généreux et désabusé. Un ado pas comme les autres mais très attachant.

Poppy scruta les alentours. Génial. Voilà qu'elle se retrouvait toute seule à une table de huit. Par chance, elle avait une montagne de boulettes de pommes de terre sous le nez. De quoi se consoler. Soudain, Henry et Jon s'approchèrent.

— Comment allons-nous ? s'enquit Jon en posant une bière devant elle.

— Très bien. Quoi de neuf à l'hôpital, Henry ?

— Une amputation sous le genou. Sans vouloir me vanter, je m'en suis admirablement tiré. Tu veux voir les photos ?

Il fouilla dans sa poche en quête de son portable.

Habituée à ce genre de démonstration, Poppy s'exécuta docilement tandis que Jon se cachait les yeux.

— Alors ? Le char ?

Poppy et Jon échangèrent un regard.

— Ma foi, c'était… bredouilla la première.

— Un cauchemar chagallien, s'interposa quelqu'un.

C'était Liam. Il tendit un verre de soda à sa fille et vint s'asseoir à la table de Poppy. Leurs genoux se frôlèrent et elle se sentit rougir.

— Un cauchemar chagallien, répéta-t-elle. Quelle culture.

— J'ai vécu à Los Angeles. Je suis très cool, murmura-t-il, l'œil rivé sur sa bouche.

— Zut ! Maman nous appelle, dit Jon. Viens, Henry. On a besoin de nous.

— Je viens de me poser !

— Allez ! Sois un bon fils. À tout à l'heure, vous deux ! Évite de manger des boulettes de pommes de terre devant lui, conseilla-t-il en embrassant Poppy sur la joue. Ta mâchoire détachable fait peur.

Sur ce, il s'éloigna avec son compagnon. Liam observait sa fille et Poppy s'efforçait de ne pas le regarder, lui. Difficile. Il était sûrement le plus bel homme sur cette terre et elle ne pouvait guère en vouloir à toutes ces femmes qui tentaient d'attirer son attention.

— Merci encore pour le blouson, finit-elle par murmurer. Je te le rendrai demain.

— Pas de problème.

Poppy se rendit compte tout à coup que ses vêtements étaient dans l'arrière-salle et qu'elle pouvait se changer immédiatement. D'ailleurs, elle l'aurait fait mais apparemment, elle se comportait de façon aussi stupide que l'adolescente maladroite qu'elle avait été quinze ans auparavant.

— Papa ? Tu m'autorises à faire le tour du pâté de maisons avec Tanner ? demanda Nicole.

— Non.

— Papa, nous sommes en plein jour, le centre-ville est bondé. Je ne crains rien. N'est-ce pas, Poppy ?

— En effet, convint celle-ci, ce qui lui valut un sourire de la part de Nicole.

Tanner opta pour la voie la plus sage : le silence.

Liam posa son regard sur Poppy. Elle lui sourit. Pas lui.

— Quinze minutes, concéda-t-il enfin. N'oubliez pas que je vous surveille. Compris, fiston ?

— Oui, monsieur Murphy. Quinze minutes.

Tanner se leva si vite qu'il faillit en renverser sa chaise.

— Je vous surveille, insista Liam.

— Merci, papa !

Nicole s'éloigna en sautillant et Liam prit une profonde inspiration.

— Bravo, approuva Poppy.

Il grogna.

— Génial, grommela-t-il un instant plus tard. Ils se tiennent par la main.

— Comme c'est charmant.

Il lui coula un regard noir puis soupira.

— Au fait, je préfère que Nicole ne soit pas au courant de notre… relation.

— Bien sûr.

— Quels sont les événements à venir ?

— Demain, dimanche, ce sont les courses des remorqueurs.

— Épatant.

Ah ! Les hommes ! Aussi perspicaces que des murs en béton.

— Ta mère cherche à tout prix à m'acoquiner avec Greta, finit-il par admettre.

Poppy faillit exploser d'amour. Il avait écorché le prénom de sa cousine ! Comme c'était touchant !

— Tu sais, ma mère marierait volontiers le monde entier… Cela étant, rectifia-t-elle avec empressement, tout le monde n'est pas fait pour… la vie en couple.

Encore un silence. Pour finir, Liam se leva.

— Je vais guetter Nicole…

Soudain, il contempla Poppy comme s'il la voyait pour la première fois de la journée.

— On se voit demain ? Je peux passer te prendre aux alentours de midi.

Poppy sourit malgré elle.

— Volontiers.

Il se pencha et l'espace d'une seconde, elle crut qu'il allait l'embrasser, là, devant tout le monde. Il se contenta de glisser quelques billets sous l'assiette pour le garçon de table.

— Tu étais mignonne comme tout sur ce char.

Ce commentaire était tellement inattendu qu'elle en demeura muette. Il lui offrit un ultime sourire et disparut. Poppy resta figée pendant de longues et exquises minutes à savourer son compliment.

19

— Amuse-toi bien, ma chérie, dit Liam le lendemain, en embrassant sa fille sur le front.

— Merci, papa !

— Pas de folies avec la carte bancaire de Grand-mère, d'accord ?

— Promis, juré.

— Nous allons faire du shopping, ma chérie, intervint Louise en lui caressant les cheveux… Tu peux t'acheter ce que tu veux.

— À condition d'être raisonnable, Nicole, insista Liam.

Lors de leur dernière séance du genre, ses beaux-parents avaient offert à Nicole un sac d'une valeur de huit cents dollars.

— Mon chou, Grand-père t'attend dans la voiture. J'ai une question à poser à ton père.

Nicole, régressant au stade de gamine de six ans, obéit. Elle gambada jusqu'à l'ascenseur, pénétra dans la cabine et souffla un baiser à son père juste avant la fermeture des portes.

Aussitôt, Louise releva le menton et fixa Liam de cet air désapprobateur qu'elle lui réservait depuis qu'il avait frappé à leur porte pour emmener Emma au cinéma, tant d'années auparavant.

— George et moi souhaiterions passer davantage de temps avec notre petite-fille.

Le cœur de Liam se serra.

— Vous la voyez déjà beaucoup. Un dîner hebdomadaire tous les dimanches, sans compter les fois où elle passe la nuit chez vous… Cela me paraît suffisant.

— Nous voulons la recevoir un week-end sur deux et au moins une fois par semaine après l'école.

— C'est… inenvisageable, Louise. Nous sommes toujours enchantés de vous voir (un mensonge) mais Nicole a beaucoup d'activités extrascolaires. Quant aux week-ends, elle est souvent occupée. Toutefois, en cas d'événement particulier, n'hésitez pas à m'en parler.

— Elle est notre unique petite-enfant. Notre seul lien avec Emma.

Ce n'était pas une supplication mais une accusation, comme si Liam était responsable de la maladie de leur fille. Ils avaient beau aimer Nicole de toutes leurs forces, Liam serait toujours le type né du mauvais côté de la barrière qui avait engrossé leur précieuse Emma. Si Nicole n'avait pas existé – si Liam n'avait été que le veuf de leur fille disparue – les Tate ne lui auraient sans doute plus jamais adressé la parole.

— J'en suis conscient, Louise, répondit-il avec autant de douceur que possible. Si nous avons emménagé à Bellsford, c'est pour nous rapprocher de vous.

— Nous t'en sommes reconnaissants, Liam. Cependant, nous voulons passer davantage de temps avec elle.

Il hocha la tête.

— L'été approche. Je suis sûr que Nicole sera ravie de séjourner chez vous pendant ses vacances.

Le visage de Louise se durcit.

— Nous voulons aussi lui offrir une voiture pour son anniversaire. Une Mercedes. Les bilans de sécurité de la marque sont excellents.

— Pas question.

— Pourquoi ? brailla-t-elle. Tu ne nous autorises

jamais à lui donner quoi que ce soit ! L'an dernier, nous voulions l'emmener à Londres et tu as refusé.

— Vous vouliez l'emmener à Londres pendant *un mois*. En pleine année scolaire. Quant à la voiture, ma réponse est un non ferme et définitif. D'ailleurs, Nicole n'obtiendra pas son permis avant l'automne prochain.

— Très bien. Après tout, c'est toi le père, cracha-t-elle.

— Merci, rétorqua-t-il d'un ton à peu près aimable. Si vous pouviez la déposer à 20 heures, ce serait formidable. Elle a classe, demain.

Avec un peu de chance, ils arriveraient vers 22 heures.

— Très bien, réitéra-t-elle sans conviction.

Sur ce, Louise tourna les talons. Liam attendit qu'elle fût dans l'ascenseur avant de retourner dans l'appartement. Il verrouilla la porte. La déverrouilla. La verrouilla de nouveau. Puis il fonça jusqu'à l'évier, tourna le robinet d'eau chaude, se savonna. Compta jusqu'à quarante-cinq. Les Tate n'étaient jamais satisfaits. Il avait traversé le continent pour se rapprocher d'eux, il leur confiait régulièrement sa fille, subissait sans broncher leurs dîners insipides et leurs insultes à peine voilées mais ce ne serait jamais assez. Cependant, ils étaient son plan de secours pour sa fille unique. Qui deviendrait bientôt une adulte.

Ses mains étaient lavées et séchées. Sa porte verrouillée. Ses mâchoires, serrées.

À quelle heure avait-il promis de passer chercher Cordelia ? Et s'il y allait maintenant ?

Vingt minutes plus tard, il se garait dans l'allée, le moral en légère hausse. L'étrange demeure était isolée, entourée de plusieurs bosquets d'arbres. L'église méritait quelques travaux de restauration mais elle resplendissait à la lueur du soleil, comme ces petites fleurs mauves qui jaillissaient par touffes dans l'herbe. L'endroit était agréable à vivre.

Il frappa et la porte s'ouvrit presque immédiatement. La Fräulein surgit devant lui, à peine vêtue.

— Bonjour, Liam ! s'exclama-t-elle en laissant une main glisser sur le chambranle.

— Bonjour.

Il entendit un aboiement et le chien géant galopa droit sur lui. Mais la cousine le rattrapa par le col. La créature aboya de nouveau et remua vivement la queue, renversant un objet, avant de lui offrir sa patte. Pas terrible, comme gardien.

Entre-temps, la cousine semblait sur le point de le dévorer tout cru.

— Comment allez-vous ? murmura-t-elle en l'examinant de bas en haut.

— Très bien, merci. Cordelia est là ?

— Oui. Qu'est-ce que vous êtes mignons, tous les deux. Entrez, je vous en prie.

Elle se détourna et Liam la suivit, le regard s'attardant machinalement sur ses déhanchements.

— J'ignorais que vous sortiez ensemble, vilain garçon, minauda-t-elle.

— Nous sommes amis.

— Amis proches ? s'enquit-elle d'un ton suggestif, en dégageant sa chevelure puis en tapotant le canapé… Venez vous asseoir. Détendez-vous.

Si le chat blanc à grosse tête accepta l'invitation, Liam s'abstint. Il scruta les alentours. Il n'avait pas vu grand-chose, l'autre soir, Cordelia l'ayant pratiquement traîné jusqu'à son lit. Loin de lui l'envie de s'en plaindre. Cependant, le décor était original, les objets insolites, innombrables… un fauteuil qui ressemblait à un trône, un chandelier fabriqué à partir de bois de cerfs, une statue d'ange renfrogné…

— Où est Cordelia ?

— Là-haut. Quand elle m'a annoncé… je vais être franche avec vous, elle était tellement intimidée, on aurait cru que c'était son premier rendez-vous galant !…

Remarquez, c'est peut-être le cas ? J'ai dû lui arracher des aveux parce qu'il me semblait bien vous avoir vu sortir d'ici l'autre jour. Et quand je vous ai aperçus ensemble hier, au *Guten Tag*, j'ai additionné deux plus deux.

— Vous êtes géniale, ironisa-t-il.

— Merci, ronronna-t-elle. Bref, vu son inaptitude à se pomponner, je me suis permis de lui donner quelques conseils. Pauvre Poppy ! souffla Gretchen en s'étirant langoureusement… Quand vous la verrez, vous me remercierez.

Sacré phénomène, la cousine.

— Poppy ! Ton cavalier est arrivé !

Une porte se ferma à l'étage et un bruit de pas leur parvint. Des pas hésitants. Pendant ce temps, la cousine et le chien fixaient l'entrejambe de Liam. *Grouille-toi, Cordelia, avant que l'un de ces deux-là me saute dessus.*

Elle apparut et le chien se mit à aboyer furieusement. Liam tressaillit.

— Euh… bonjour, bafouilla-t-il.

— Bonjour, grogna-t-elle. C'est trop ?

Au son de sa voix, le chien se mit à geindre.

— Shilo, ce n'est que moi.

Il grogna, aboya de nouveau.

— Tu es adorable ! approuva la cousine en battant des mains.

Faux. Cordelia n'était pas adorable du tout. On aurait dit une gosse qui avait mis le nez dans les affaires de sa mère. Ou une prostituée mineure. Ses longs cils étaient enrobés de rimmel, ses paupières fardées de mauve. Ses cheveux étaient lissés à l'aide d'un produit qui les rendait à la fois gras et raides. Pire, sa bouche, si jolie au naturel, disparaissait sous des couches de rouge huileux. Elle portait une minijupe mal ajustée et un chemisier transparent par-dessus un soutien-gorge noir. Vulgaire néanmoins sexy. Seulement… ce n'était pas elle. Liam plongea son regard dans le sien.

— Je te préférais avant. Personnellement.

— Moi aussi. Je reviens tout de suite.

— Moi, je te trouve superbe ! lança la cousine… Bon. Dommage pour mes efforts.

Dix longues minutes plus tard, Poppy était de retour, cheveux humides, vêtue d'un jean, d'une chemise en flanelle sur une chemise en coton et chaussée de bottes d'ouvrier. Nettement mieux.

— Je suis prête, dit-elle en s'emparant de son sac à dos.

— Amusez-vous, les enfants ! gazouilla la cousine.

— Navrée, marmonna Cordelia dès qu'ils furent dehors. J'ai eu un moment d'égarement. Stupidement, j'ai pensé que je pouvais ressembler à…

— Une pute ? suggéra Liam.

Elle lui coula un regard noir puis sourit.

— Aucune idée. À force de me farcir Gretchen, je perds toute notion de la réalité. Elle est tellement apprêtée. Elle m'a dit que je m'y habituerais mais avec toutes ces saletés sur la figure, j'y voyais à peine.

Elle tenait dans sa main une barre chocolatée, dans laquelle elle mordit avec appétit.

— Tu as tes propres atouts.

De surprise, elle lâcha sa friandise. Elle la ramassa, l'inspecta brièvement, engloutit une deuxième bouchée.

— Chut ! murmura-t-elle devant son air effaré. C'est une amie de l'université qui me l'a envoyé. Du chocolat de chez *Cioccolato*. San Francisco. Absolument divin. Tu en veux ?

— Sans façon.

— Tant pis pour toi.

À présent, ses lèvres étaient maculées de chocolat. Liam se rendit compte qu'il était… excité.

— Ta cousine vit avec toi ? s'enquit-il dans l'espoir de se concentrer sur autre chose.

— Pour le moment, oui. À mon grand malheur. Elle est entre deux manoirs.

Il s'esclaffa.

— Elle ressemble énormément à ta mère. Plus que toi.

— Normal. Je suis adoptée.

— Vraiment ? Je n'étais pas au courant.

— Oui. Mon frère aussi.

— Ça, je l'avais deviné puisqu'il est d'origine… vietnamienne ?

— Exact.

— Et toi ?

— Aucune idée. Je suis née sous X. Où allons-nous ?

Liam se ressaisit.

— Où veux-tu aller ?

Elle réfléchit un instant.

— J'ai un truc à vérifier. Ça pourrait t'intéresser. Tu m'accompagnes ?

— Volontiers.

— Je vais chercher Shilo. Si ça ne t'ennuie pas.

— Pas du tout.

Elle regagna l'église au pas de course, ouvrit la porte, appela son chien qui bondit dehors, fou de joie.

— On prend ma camionnette ? suggéra-t-elle tandis que le canin de la taille d'un poney tournoyait auprès d'elle.

— Pourquoi pas ma voiture ?

Liam ouvrit la portière arrière et Shilo s'y précipita. Il était trop imposant pour tenir sur la banquette arrière, il appuya donc la tête sur le rebord, son museau touchant presque le sol.

— Je m'étonne que tu ne sois pas venu à moto. Le temps est superbe.

— Je ne l'utilise pratiquement plus.

— Depuis l'accident ?

Il tressaillit.

— Qui t'en a parlé ?

— Toi, beau gosse, répondit-elle avec un sourire. Quand tu étais sous l'influence de remèdes antidouleur.

— C'est ça. Parce que tu m'avais fracturé une côte.

Il démarra.

— Fêlé, rectifia-t-elle. Et ne t'inquiète pas, je t'ai juré de garder ce secret pour moi. Au « stop », tu tournes à gauche.

— Dis-moi, Cordelia, tu as toujours été aussi mauvaise au base-ball ?

Elle lui donna un coup de coude dans le bras.

— J'ai failli frapper la balle, l'autre jour. Il s'en est fallu de quelques millimètres.

— Quel exploit, railla-t-il.

— Tout le monde ne peut pas être parfait comme toi, Liam. Il paraît que tu as marqué quatre points contre l'équipe *Oasis*.

— C'est vrai, admit-il.

— Tant mieux. Je suis contente de savoir que tu as des distractions… Encore à gauche… Où est ta fille, aujourd'hui ?

Le sourire de Liam s'estompa.

— Avec ses grands-parents.

— Comment sont-ils ? Avec elle, j'entends ?

Malgré lui, Liam s'entendit raconter à Cordelia une version élaguée des exigences des Tate, leur propension à pourrir Nicole. C'était agréable de pouvoir se confier à quelqu'un. Depuis son arrivée à Bellsford, il s'était fait peu d'amis. Allan, l'avocat, était un type bien mais sa femme, Taylor, le mettait fort mal à l'aise. Rose, la barmaid, possédait une Harley somptueuse et profitait de ses visites au garage pour flirter avec lui. Les filles de la boulangerie-pâtisserie étaient sympathiques.

Mais en présence de Cordelia (était-ce le lien avec

ses parents ?)… il se sentait en sécurité. Elle était à son écoute. Il y avait bien longtemps qu'on ne lui prêtait plus une telle attention.

— C'est juste là, à droite. Tu peux t'arrêter.

Un interminable mur en pierre bordait une pelouse en pente douce. Au sommet était perchée une maison, à peine perceptible entre les arbres dont les feuilles étaient en pleine éclosion. Une gigantesque demeure victorienne, apparemment. Shilo, qui avait sommeillé sur la banquette arrière pendant tout le trajet, se réveilla d'un seul coup et passa la tête entre les deux sièges avant. Un immense portail en fer forgé surmonté d'une arche gravée des mots *Les Prés Fleuris* marquait leur destination.

Cordelia descendit de la voiture, ouvrit un boîtier en métal, tapa un code et remonta. Les grilles s'ouvrirent et Liam s'engagea dans l'allée dallée.

— Tu connais les propriétaires ?

— Oui. Vivian Appleton. Elle a vécu ici jusqu'à ce que son grand âge l'en empêche… Regarde-moi ces jonquilles ! Elles perçaient à peine la semaine dernière !

La bâtisse, massive et somptueusement décorée, était peinte en beige et bleu. Des fenêtres par dizaines, une double porte d'entrée, une véranda arrondie… Et, oui, des centaines, des milliers de jonquilles qui vacillaient sous le soleil.

Cordelia libéra son chien et courut jusqu'à un escalier menant à une terrasse.

— Par ici ! L'entrée principale est condamnée.

Shilo, visiblement à l'aise, renifla avec enthousiasme. Liam emboîta le pas à Poppy.

— L'intérieur est vide mais magnifique. Les héritiers ont l'intention de tout démolir et j'espère obtenir les droits de récupération.

— Détruire cette merveille ? Tu plaisantes ?

Cordelia pivota vers Liam.

— Je sais, c'est une honte. Viens, que je te fasse visiter.

Elle composa un deuxième code, entra.

Quel trésor ! Tout était beau, bien qu'en mauvais état : l'escalier en noyer, les portes-fenêtres à petits carreaux, les médaillons de plafond, les moulures… la liste était infinie. Cordelia lui désigna divers éléments particulièrement remarquables mais elle semblait aussi éblouie que lui, comme si elle découvrait les lieux pour la première fois, elle aussi. Le soleil filtrait à travers les vitraux, mouchetant le sol – et le chien, qui les avait suivis – de couleurs.

— La municipalité n'envisage pas de sauver cette maison pour la transformer en musée ou je ne sais quoi ? s'étonna Liam.

— Crois-moi, j'ai tout essayé. Mais tu connais la région. On ne peut pas faire un pas sans tomber sur une demeure historique dans laquelle George Washington ou Franklin Pierce ont grignoté un en-cas. Les budgets sont à sec, murmura-t-elle en caressant un manteau de cheminée en marbre. Vivian espérait qu'un neveu ou une nièce déciderait de s'installer ici mais personne n'est intéressé. Un promoteur immobilier leur a offert un pont d'or. D'après moi, Vivian craint qu'ils ne la déclarent sénile ou lui rendent la vie impossible si elle ne leur laisse pas la propriété. Ou tout simplement, qu'ils l'abandonnent.

— Quel dommage.

— Oui.

Elle resta silencieuse un moment puis son visage s'éclaira.

— Tu veux voir la maison du gardien ? Une famille entière l'habitait autrefois, cinq enfants, le gardien et sa femme qui travaillait comme cuisinière.

Le pavillon était situé un peu plus loin, à l'ombre d'un gigantesque épicéa.

— Vivian s'est installée ici un temps, expliqua Poppy, mais après son attaque cérébrale, c'est devenu trop compliqué. N'est-ce pas charmant ? Tu t'imagines vivre ici ?

Liam avait du mal, tant le lieu était à l'opposé de ce qu'il avait connu dans sa jeunesse. Une chambre pour lui tout seul, plutôt qu'un canapé miteux qui empestait la bière ou un matelas par terre. Un jardin rempli d'arbres et de fleurs plutôt que de pièces détachées de voitures. Des parents qui préparaient des repas au lieu de rapporter des hamburgers – quand ils y pensaient.

— C'est magnifique, convint-il.

— Viens, on va se promener dans le parc. Il est somptueux. J'espère qu'ils conserveront les plates-bandes quand ils construiront leur lotissement à la noix.

Ils ressortirent, Cordelia désignant telle ou telle espèce rare d'arbre, ce qui allait pousser ici ou là au cours de l'été. Ils marchaient sans se toucher, une brise douce leur caressant le visage. Le chien trottinait, s'éloignait, revenait, bousculait la main de Cordelia avec son museau comme pour lui signaler qu'il était de retour. À la lisière du bois, deux biches broutaient. Shilo laissa échapper un jappement mais se garda de leur courir après.

Le téléphone de Liam bipa. Il le sortit de sa poche, consulta l'écran… et serra les dents.

— Un souci ?

— Non… Les Tate ont offert à Nicole une paire de boucles d'oreilles. Des diamants à deux carats. Elle m'envoie une photo, ajouta-t-il en tournant l'appareil vers Poppy.

— Ma foi ! Très jolies.

— Oui. Sauf qu'une gamine de quinze ans n'a pas à porter des bijoux d'une valeur de cinq mille dollars – et ses grands-parents le savent pertinemment. J'interdirai à Nicole de les mettre au lycée, elle s'emportera et les Tate s'empresseront de prendre sa défense en me désignant comme le méchant de l'histoire.

— Vu que tu es son père, cela me paraît inévitable.

— Oui.

Parvenus au bout de la propriété, ils s'arrêtèrent devant

une cabane en pierre entourée de sapins. Cordelia saisit son trousseau de clés et déverrouilla la porte.

— Autrefois, c'était la station de pompage, annonça-t-elle. Et voilà !

Elle brandit une couverture, l'étala sur l'herbe, s'assit dessus.

— Je viens souvent ici déjeuner… Installe-toi, beau gosse. Tu m'as l'air bien tendu.

Il hésita avant de s'exécuter. Les arbres frémissaient. Un geai bleu hurla au loin. Cordelia avait raison. Liam était tendu. Il avait le cou si raide qu'il avait du mal à bouger la tête.

— Cale ta nuque sur mes jambes. Tais-toi, ajouta-t-elle, les joues roses.

Liam la dévisagea en réprimant un sourire. Dès que Cordelia disait ou faisait quelque chose qui pouvait être interprété comme étant suggestif, voire (au secours !) *romantique*, elle rougissait. Hormis deux coups de coude dans le bras, elle ne l'avait pas touché de la journée. Pourtant, elle était écarlate comme si elle venait de le demander en mariage.

Curieusement, Liam en fut bouleversé. Il s'allongea sur le dos.

— Ferme les yeux, ordonna-t-elle.

— Tu es bien autoritaire.

— Chut. Et maintenant, tends l'oreille. Écoute la nature.

Au loin, il perçut le rugissement d'une Harley au pot d'échappement scié. Puis il entendit les piaillements des oiseaux, le croassement d'un corbeau… suivi d'un halètement et d'un bruit sourd tandis qu'un poids s'affaissait contre son flanc.

— Shilo t'apprécie beaucoup, constata Cordelia.

— J'ai l'impression qu'il apprécie tout le monde et n'importe qui.

— Tu as raison.

Il drapa un bras autour du chien, qui le récompensa en posant la tête sur sa poitrine. Force lui était de l'admettre… tout cela était fort agréable. Ses épaules semblaient se dénouer, le soleil était chaud. Il sentit les doigts de Cordelia dans ses cheveux et, une main en visière, leva les yeux vers elle. Comme prévu, elle était cramoisie. Il sourit.

— Pour toi, ce serait un contrat important, devina-t-il.

— Oui. Un coup de maître. Toutes les entreprises de récupération de la Nouvelle-Angleterre en rêvent et Vivian s'amuse comme une folle à nous mener par le bout du nez.

— C'est un drôle de métier.

— Je suppose que oui.

— En quoi te plaît-il ?

Elle ne répondit pas tout de suite.

— Eh bien… c'est étrange, je ressens un mélange de bonheur et de tristesse. D'un côté, on détruit quelque chose – une grange, une maison, un immeuble, et c'est tragique parce que l'on met une croix sur leur passé. Quand Mac et moi vidons une demeure, c'est presque… religieux. Tous ces objets, les histoires qu'ils représentent. Mais on peut en sauver certains et leur redonner une nouvelle jeunesse… Excuse-moi, ça peut sembler idiot. Ce n'est qu'un métier. Un boulot passionnant.

— Tu n'as pas à t'excuser, protesta-t-il.

— Et toi ? Pourquoi les motos ?

— C'est tout ce que je sais faire.

— J'en doute.

— Hormis la profession de gigolo, riposta-t-il en s'asseyant… Je plaisante.

— Mouais…

Elle avait un trou dans son jean. Elle entreprit d'en tripoter les fils, l'air grave.

— Tu as tort de te rabaisser, Liam.

Il s'attendait à tout sauf à ça. Gêné, il détourna la tête.

— J'ai un cadeau pour toi, ajouta-t-elle en fouillant

dans son sac à dos… Je l'ai depuis un bon moment et en retombant dessus l'autre jour, je me suis dit… bref, c'est pour toi.

Il ôta soigneusement l'emballage, révélant une médaille en cuivre gravée du dessin d'une moto ancienne, émise en l'honneur du *Gipsy Tour, 1917.*

— Où l'as-tu trouvée ?

— Dans un vieux garage du côté de Tilton. Elle provient de la toute première semaine de la moto de Laconia. Tu sais, ce rallye organisé à Winnipesaukee ?

— Oui, je connais.

— Logique. En tout cas… J'ai pensé que cela t'amuserait.

— C'est un magnifique cadeau, Cordelia.

Elle acquiesça, les joues brûlantes. Le trou dans son jean grandissait à vue d'œil.

Il posa la médaille, pivota vers elle.

— Merci infiniment. Cela me touche. Approche-toi, que je t'embrasse.

Elle le contempla une minute, renonça au massacre de son jean et s'abandonna à un baiser exquis.

— Merci, répéta-t-il en la serrant de plus près.

Il fit glisser une main jusqu'à son sein, en savoura la forme compacte sous sa paume et réclama de nouveau ses lèvres.

Soudain, elle s'écarta légèrement.

— Toi l'ex-mauvais garçon, aurais-tu autre chose que de l'argent dans ton portefeuille ?

Liam rit tout bas.

— À vrai dire, oui. Je me doutais que la chance serait avec moi aujourd'hui.

— Dans ce cas…

Liam la débarrassa de ses chemises, du reste de ses vêtements et lui fit l'amour sur la couverture, les arbres frémissant au-dessus de leurs têtes.

Le chien, Dieu merci, avait trouvé de quoi s'occuper ailleurs.

Ils passèrent l'essentiel de l'après-midi dans la propriété puis s'arrêtèrent dans un restaurant au bord de la route, où Cordelia engloutit une quantité incroyable de nourriture avant de commander deux cheeseburgers à emporter pour son monstre canin. Sur le chemin du retour, elle alluma la radio, sélectionnant une chaîne spécialisée dans la diffusion de tubes des années 1970. Elle chantonna en regardant défiler le paysage.

— Non ! s'exclama Liam. Neil Diamond ? Encore ? Je croyais qu'il fallait avoir plus de soixante ans pour aimer ce chanteur. Et ne me dis pas que tu es fan d'Engelbert Humperdinck.

— Engelbert est rarement apprécié à sa juste valeur mais Neil est une icône. Cette chanson est formidable. "I am, I said", entonna-t-elle un peu plus fort, "to no one there…"

Liam s'esclaffa. Au fond, elle n'avait pas tort.

Lorsqu'ils furent devant chez elle, il l'accompagna jusqu'à sa porte.

— J'ai passé une excellente journée, déclara-t-il en toute sincérité.

— Moi aussi.

Shilo (ainsi nommé – si, si – en hommage à une chanson de Neil Diamond) poussa son énorme tête entre eux.

— Vas-y, mon chien, entre… Euh… tu peux entrer aussi, si tu veux.

Une sonnette d'alarme retentit dans le cerveau de Liam. Certes, il avait passé une excellente journée mais il ne voulait surtout pas donner de faux espoirs à Cordelia.

— Je ferais mieux d'y aller.

— Merci pour le repas.

— Merci pour la médaille. Et la partie de jambes en l'air.

Merci de m'avoir aidé à me détendre, de m'avoir remonté le moral, de m'avoir déniché un cadeau unique, de m'avoir montré ton endroit préféré. Au passage, pas la peine de tomber amoureuse, Cordelia. Toutes mes conquêtes l'ont regretté.

— Je t'en prie.

— À un de ces jours, conclut-il.

Il s'en voulait mais mieux valait la mettre au pas tout de suite. À en juger par son expression, elle avait reçu le message cinq sur cinq.

— Attends une seconde ! J'allais oublier.

Elle disparut à l'intérieur, resurgit un instant plus tard avec son blouson en cuir.

— Merci de me l'avoir prêté.

Liam eut une hésitation.

— Garde-le pour le moment. J'en ai deux.

Non, mais qu'est-ce qui te prend, pauvre imbécile ?

— J'en ai plusieurs, moi aussi, tu sais.

— Garde-le tout de même.

Oui, décidément, il était le champion des imbéciles. Mais il fut récompensé d'un sourire.

— D'accord, beau gosse. À un de ces jours.

Il mourait d'envie de l'embrasser. Au lieu de quoi, il la gratifia d'un coup de poing amical sur l'épaule.

— C'est ça !

20

— Je suis amoureuse. Indéniablement, confia Poppy, un soir, à Jon et Henry.

Son frère et son beau-frère l'avaient invitée à dîner (ou plutôt, pour être précis, Jon l'avait conviée – et Henry était présent). Poppy avait pris place sur le canapé traditionnel à dos de chameau qu'elle avait chiné pour son beau-frère plusieurs années auparavant. Il l'avait recouvert d'un somptueux tissu imprimé bleu et or. D'exquis effluves de citron vert et de coriandre se répandaient à travers leur charmante demeure coloniale.

Désormais, Poppy et Liam se voyaient à raison de deux soirées par semaine quand Nicole était chez ses copines ou ses grands-parents. Un soir, il l'avait emmenée dîner à Portsmouth. Un dimanche après-midi, ils avaient loué un bateau à moteur et exploré l'estuaire, à l'affût de hérons et d'aigrettes. Une fois, il était resté toute la nuit, Gretchen étant chez une amie et Nicole, chez les Tate. Ils avaient fait l'amour, mangé, refait l'amour puis regardé des films jusqu'à ce que Poppy s'endorme, la tête sur les jambes de Liam, les chats blottis enroulés sur son ventre et Shilo vautré sur ses pieds. Se réveiller aux caresses de Liam Murphy devant *Iron Man* à la télévision… paradisiaque !

Si Liam n'était pas totalement épris, il n'en était pas loin. Il paraissait heureux. Ensemble, ils s'amusaient beaucoup, se taquinaient, s'embrassaient avec ferveur. Liam semblait même prendre un certain recul par rapport à sa fille. Un jour, Poppy l'avait entraîné jusqu'au sommet du clocher et ils s'étaient assis là, main dans la main, à déguster un verre de vin et admirer la vue. Que rêver de mieux ?

— Désolée, ma chérie, tant que vous restez cachés, ce n'est pas de l'amour, proclama Jon. L'intention romantique se doit d'être dévoilée au grand jour. Par exemple, s'il était ici avec toi ce soir, auprès des hommes les plus importants de ton existence, ce serait déjà un bon début. N'est-ce pas, Henry ?

— Pardon ? s'enquit ce dernier en levant le nez de son bouquin – *Amputations traumatisantes en milieux non stériles.*

— Rencontrer les proches de son partenaire, révéler sa relation. Tu te rappelles ? Quand tes parents sont venus nous rendre visite à l'université… Nous traversions le parc pour les rejoindre, il y avait du monde partout et Henry m'a pris la main. C'est là que j'ai su que c'était sérieux.

— Qu'est-ce qui était sérieux ? marmonna Henry en fronçant les sourcils.

— Laisse tomber, soupira Jon. Poppy, Liam t'a-t-il déjà embrassée devant quelqu'un ?

Elle fit mine d'y réfléchir.

— Non. Toutefois, nous nous sommes rencontrés par hasard à la boulangerie-pâtisserie hier et nous avons bavardé.

— À propos de… ?

— De… de base-ball, avoua-t-elle. Il avait marqué cinq points à lui tout seul. L'équipe de la quincaillerie *Stubby* a remporté le match à dix-sept contre six.

— Contre qui ?

— Les *Tifs et motifs* du salon de coiffure.

— Tout s'explique. Mais entre nous, qui a la chance de prendre la batte à cinq reprises au cours d'une seule partie ?

— Pas moi, c'est sûr, admit Poppy.

— Bref, revenons à nos moutons. Devant les autres… Est-ce qu'il t'appelle par des petits noms ? Est-ce qu'il t'embrasse dans le cou ?

— Non.

— Alors ce n'est pas de l'amour. Pas encore. Ou alors, il n'a pas le courage de le manifester.

— De qui parle-t-on ? demanda Henry.

— Pffft ! s'emporta Jon. Poppy, tu vois ce que je dois supporter ? Je travaille toute la journée. Quand je rentre à la maison, je m'attends à ce que mon compagnon m'écoute mais non, je pourrais prendre feu devant lui, il ne remarquerait rien.

— Henry, un mot gentil pour ton chéri, ordonna Poppy.

— Jon, tu es le meilleur.

— Continue, s'il te plaît.

— Tes goûts vestimentaires sont irréprochables, notre maison est digne d'un magazine de décoration, tes repas dignes des dieux. Tu es compréhensif et attentionné et je remercie le ciel chaque matin que nous nous soyons trouvés, murmura Henry, en reportant le regard sur son livre.

— Impressionnant ! souffla Poppy. Tu m'épates, frérot.

— Le texte est de moi, expliqua Jonathan en gratifiant Henry d'une tape affectueuse sur la tête… Comment se porte cette pauvre Gretchen, ces temps-ci ? enchaîna-t-il en remplissant le verre de vin de Poppy… Est-elle malade de jalousie de savoir que tu couches avec le plus bel homme de la ville – mis à part ton serviteur ?

— Jon, Poppy est ma sœur. Je t'en supplie, évitons d'aborder le sujet de sa vie sexuelle.

— De quoi discutons-nous depuis une trentaine de minutes, à ton avis ? Concentre-toi sur ta lecture et laisse-nous tranquilles. Poppy ? Elle est jalouse ?

Poppy but une gorgée de son vin.

— Curieusement, non. Elle est très occupée.

En effet, à bien y réfléchir, le désintérêt de sa cousine lui paraissait étrange. Depuis le jour où elle avait tenté de transformer Poppy en bombasse, elle l'ignorait complètement. Poppy était souvent endormie quand Gretchen rentrait à la maison, elles se croisaient (par bonheur) rarement. Ceci expliquait peut-être cela, tout simplement.

— Cette fille est une intrigante, Poppy, lança Henry. Méfie-toi d'elle.

— Je suis d'accord, renchérit Jon. À propos, je t'en supplie, viens au bal de fin d'études avec moi. Monsieur ici présent refuse obstinément.

— Il a raison, je n'irai pas, assura Henry.

— Jon, non. Je suis désolée mais ce n'est vraiment pas mon truc.

— Pas son truc ! lança Henry. Elle garde un très mauvais souvenir de son tout premier bal.

— Raconte ! s'exclama aussitôt Jon. On t'a arrosée de sang de cochon quand tu as reçu ta couronne ?

Poppy leva les yeux au ciel.

— Mon cavalier m'a laissé tomber pour son ex. Pas très original.

— Un garçon s'est moqué de sa maigreur, intervint Henry sans cesser de lire. À l'époque, elle devait peser quarante kilos toute mouillée. Il l'a comparée au mannequin Twiggy, l'a traitée de sac d'os, bâtie comme un gamin de dix ans et…

— Dis donc, le savant ! Pas la peine de ressasser le passé, d'accord ? protesta Poppy.

Elle vida la moitié de son verre. Quelle plaie, ces frères dotés d'une mémoire d'éléphant !

— … et les filles en ont rajouté. Poppy a commencé par se cacher dans les toilettes. Ensuite, elle s'est rendue à pied sous une pluie battante jusqu'à la supérette. Elle a appelé au secours son héros, alias moi-même, le frère aîné, qui l'a emmenée manger des crêpes et menti aux parents pour les ménager.

Il tourna sa page, poursuivit sa lecture.

— Aïe ! Écoutez-moi ça. Un requin a arraché la moitié du bras d'un surfeur. Le secouriste a dû recoudre l'artère sur la plage sans quoi la victime aurait perdu tout son sang. Alors ça, ça m'aurait plu. Ce genre de chance ne se présente jamais à moi.

Jon afficha un air horrifié approprié.

— Je me demande laquelle de ces histoires est la plus tragique. Celle du bal ou celle de la morsure.

— La seconde, Jon, déclara Poppy.

Il secoua brusquement la tête.

— Voici ce que je te propose : tu m'accompagnes, je serai un chevalier servant idéal et ce sera une belle revanche pour toi. Tu verras, ce sera amusant. Je te le promets ! Je t'en prie, je t'en prie, je t'en prie, Poppy… Ne m'oblige pas à y aller seul et à refouler les avances du professeur de latin. Elle veut à tout prix me convertir – à l'hétérosexualité ou au Luthéranisme, je n'en suis pas certain.

— Non. Navrée.

— Je t'ai déjà inscrite.

— Désinscris-moi.

— Je te cuisinerai tous tes repas. Pendant une semaine.

Poppy rumina quelques instants. Maintenant qu'elle était avec Liam, l'incident d'autrefois lui paraissait moins méchant (à condition d'oublier qu'il l'avait plus ou moins provoqué). Jon avait raison. Pourquoi ne pas refermer le couvercle, une fois pour toutes ? *Et* profiter des talents culinaires de son beau-frère.

— Deux semaines.

— Marché conclu.

— Tu peux me préparer ton machin au poulet ? Avec du jambon ?

Jon lui sourit.

— Ça s'appelle un filet cordon-bleu, mon chou et oui, avec plaisir. Professeur de latin, tu ne m'auras pas ! Si on dînait, à présent ? Henry, s'il te plaît, fais au moins semblant d'avoir remarqué mon centre de table, ajouta-t-il en indiquant la superbe composition florale de pivoines rouge bordeaux, brindilles bouclées et vigne vierge dans une coupe en argent.

— Joli, approuva Henry.

— Joli ? Joli ? Je demande le divorce. Asseyez-vous, tous les deux.

Plus tard dans la soirée, confortablement installée sur son canapé pour regarder la télévision, Poppy repensa aux paroles de Jon concernant Liam. Après tout, Jon était à la fois un homme, son meilleur ami et son beau-frère. Il méritait la triple couronne de la sincérité. Si Liam semblait apprécier la compagnie de Poppy, il prenait soin de maintenir une certaine distance entre eux. Ainsi, il ne l'avait encore jamais invitée chez lui, par exemple. Il ne la voyait que lorsque Nicole était occupée ailleurs.

Toutefois, il lui avait laissé son blouson. D'ailleurs, à cet instant précis, elle l'avait auprès d'elle. Le cuir usé était imprégné de son odeur. De quoi se plaignait-elle ?

Soudain, elle entendit la porte de derrière s'ouvrir. Aussitôt, elle coupa le son. Elle s'apprêtait à annoncer sa présence quand elle entendit Gretchen murmurer :

— Pas de bruit. Ma colocataire est probablement endormie.

Colocataire. Pas *cousine*. Encore moins : *je loge chez elle parce que j'ai un problème d'addiction au jeu et que j'ai dépensé tout mon argent*. Poppy perçut le ronronnement d'une voix masculine. Gretchen gloussa.

Eurêka ! Pas étonnant que Gretchen soit aussi agréable ces temps-ci. Elle s'envoyait en l'air de son côté. Poppy décida de s'éclipser dans sa chambre sur la pointe des pieds. Malheureusement, ils étaient dans la cuisine, d'où partait l'escalier. Le plus sage serait sans doute de rester où elle était et de *les* laisser monter en toute discrétion.

Gretchen pouffa de rire.

— Viens dans le salon !

Zut ! songea Poppy.

— Gretchen ? C'est toi ?

Sa cousine apparut sur le seuil, les cheveux en bataille, les joues roses.

— Poppy ! Je te croyais couchée ! Je… je suis avec un type.

— Bonsoir, le type ! lança Poppy avec un grand sourire.

Shilo battit de la queue.

Le type surgit.

Le sourire de Poppy se figea.

— Ah ! Euh… Dante. Bonsoir.

De toute évidence, il était aussi mal à l'aise qu'elle. Il la salua d'un signe de la tête.

— Poppy. Content de te voir. Je… J'ignorais que vous viviez ensemble, toutes les deux.

Normal. Dante n'avait jamais daigné venir chez elle quand ils étaient ensemble, un détail qui l'avait froissée.

— C'est provisoire, s'empressa de préciser Gretchen. Nous sommes une famille très unie.

— Sympa.

Deux choses semblaient claires. Primo, Gretchen n'était pas au courant de leur ex-relation. Deuzio, d'une façon ou d'une autre, elle lui avait pardonné son insulte pendant la parade.

— Dante, puis-je te proposer un verre de vin ? sussura-t-elle en posant une main sur son torse… J'ai un excellent cabernet. Tu le trouveras sur le comptoir.

— Volontiers. Poppy, tu en veux ?

— Non, merci.

— Bien, marmonna-t-il avant de disparaître dans la cuisine.

Gretchen se jeta dans un fauteuil et croisa les jambes.

— Poppy, je sais que cela peut paraître bizarre, lui confia-t-elle. Mais nous nous sommes croisés au marché bio, il y a deux semaines, et la vérité, c'est que je l'ai remis à sa place. Il m'a téléphoné ensuite pour me présenter ses excuses et nous avons fini par nous retrouver autour d'un verre. Je sais, j'ai l'air de coucher avec l'ennemi mais il me plaît énormément.

— Je comprends. Mais Gretchen, il faut que je te…

— Je t'en supplie, pas un mot à Max ni à Stacia, interrompit sa cousine en calant une mèche de ses longs cheveux blonds derrière l'oreille… Vois-tu, ces derniers temps, j'ai accumulé les déboires et cette histoire me remonte le moral. Nous n'en sommes qu'au tout début mais… je suis très éprise de lui, Poppy. Comme toi, de Liam, j'imagine.

Elle lui offrit un sourire sincère et le cœur de Poppy se serra.

— Oui, bien sûr… Tu es une adulte. Et cette rivalité entre restaurants est ridicule.

— Exactement ! Oh ! Poppy ! Je savais que je pouvais compter sur toi. Merci. Sache que je n'ai rien dit à Stacia au sujet de ta relation avec Liam parce qu'elle serait déjà en train de planifier le mariage… Au fond, c'est rigolo. Nous avons chacune un amoureux secret. Enfin, secret pour le moment.

Poppy crispa ses orteils. Voilà que Gretchen lui offrait son amitié !

— Nous allons te laisser. Je pensais que tu passais la nuit chez Liam et Dante avait envie de voir l'endroit où j'habitais… Peu importe. Nous irons chez lui. Il a une maison magnifique au bord de l'eau à Midnight Cove.

Poppy dut se retenir pour masquer son désarroi. Si elle

avait pu effacer le chapitre Dante de sa vie, elle l'aurait fait avec bonheur. Mais ne rien dire à Gretchen lui semblait… malhonnête. D'un autre côté, peut-être valait-il mieux taire certaines choses. Surtout quand elles ne signifiaient rien.

— Dante, mon chéri, laisse tomber le vin… Allons plutôt chez toi.

— Bonne idée, répondit-il en la rejoignant dans le salon.

— Accorde-moi une minute, le temps que je monte chercher quelques affaires.

Seule face à Dante. Quelle plaie. Poppy remit le son de la télévision et fixa obstinément l'écran.

— La situation est plutôt ironique, chuchota-t-elle.

Il la contempla avec méfiance.

— Elle n'est pas au courant de notre… relation.

— C'est ce que j'avais cru comprendre.

— Je préférerais qu'elle n'en sache rien.

— Tu m'étonnes, railla Poppy.

— Tu vas le lui dire ? Parce que j'aimerais mieux…

Poppy serra les dents.

— Figure-toi que je me fiche pas mal de tes états d'âme. Gretchen est ma cousine. La nuit portant conseil, je déciderai demain si je dois, oui ou non, lui en parler.

— À quoi cela servirait-il ? Entre toi et moi, ce n'était pas sérieux. Notre aventure ne change rien.

Aïe ! Dans le mille.

— Tu ne connais rien aux femmes. De surcroît, tu es un goujat.

— Poppy… Tu as peut-être raison. Le hic, c'est que Gretchen est… Je suis très amoureux. Si tu lui en parles maintenant, tu risquerais de tout gâcher.

À l'étage, un robinet coulait. Poppy quitta le canapé et croisa les bras.

— Écoute-moi attentivement, Dante. J'agirai à ma guise. Peu m'importent tes sentiments ou tes espoirs. Tu ne comptes pas pour moi. Elle, si. Par conséquent, si j'estime qu'elle a besoin de connaître la vérité, je la lui révélerai. Sinon, je me tairai. C'est clair ?

— Parfaitement.

— Je suis prête ! s'écria Gretchen.

Changée, recoiffée, elle tenait à la main une mallette.

— Louis Vuitton ! s'émerveilla Dante. Magnifique.

Poppy ricana. Au fond, ils allaient très bien ensemble.

— À demain, Poppy, lança Gretchen.

Devant son sourire, l'espace d'un éclair, Poppy entrevit ce que ce pourrait être de l'avoir pour amie… une cousine aussi proche qu'une sœur.

21

— Elise, attaqua Poppy quelques jours après avoir appris la liaison de Dante avec Gretchen. Supposons que tu aies eu… une aventure avec un type. Tu as couché plusieurs fois avec lui mais ça n'a pas marché. Vous vous êtes quittés à l'amiable. Pas de cœurs brisés, pas de drame. Puis, tu t'aperçois qu'une amie à toi a commencé à le fréquenter mais qu'elle n'est pas au courant de ton histoire avec lui. Tu lui avouerais tout ?

— Absolument ! s'exclama Elise.

— Vraiment ? Parce que je me demande si – dans la mesure où l'aventure en question n'a pas compté mais où sa confession risque de blesser l'amie – ce ne serait pas davantage méchant qu'autre chose.

— Tu plaisantes ? Imagine que j'aie couché avec Liam ? Comment réagirais-tu ?

Poppy marqua un temps.

— As-tu couché avec Liam ?

— Non, bien sûr que non ! s'esclaffa Elise. Je ne l'ai même jamais rencontré. N'empêche, si tu veux mon avis, tu devrais cracher le morceau. Tu veux qu'on déjeune ensemble ? Je meurs de faim.

— Volontiers. Chez qui commandes-tu ?

— *China City* ?

— Parfait. Je prendrai deux nems, des nouilles au sésame, un poulet Tsao. Et une part de riz frit au porc.

Au fond, le plus sage serait sans doute d'avoir une

conversation avec Gretchen. Une chose était sûre : depuis qu'elles avaient fait amie-amie, l'atmosphère à la maison était étrange. Du jour au lendemain, sa cousine s'était mise à ramasser ses vêtements et nettoyer la cuisine. Le comble, c'était que Gretchen se pliait en quatre pour lui faire plaisir.

— Je vous ai concocté quelques gourmandises, avait-elle annoncé le matin même. Au cas où vous passeriez la soirée ensemble… C'est sérieux, entre vous ? avait-elle ajouté avec un sourire empreint de gentillesse.

— Je n'en suis pas certaine. Je pense que oui.

— Vous formez un très joli couple. À présent, je file. Ce soir, on sert un *Sauerbraten*. Crois-moi, ces plats mijotés exigent des heures de préparatifs. À propos, la carte s'est améliorée ces temps-ci, tu ne trouves pas ?

— Entièrement d'accord, avait répondu Poppy.

D'un autre côté, elle n'était pas réputée pour la finesse de son palais.

— J'ai retrouvé un bocal de choucroute datant de 1996, tu te rends compte ? s'écria Gretchen en riant. J'ai dit à Stacia : « Tu veux nous tuer tous ? »

Le dimanche, le *Guten Tag* n'ouvrant qu'à partir de dix-sept heures, Poppy se rendit chez ses parents pour le déjeuner. Gretchen s'apprêtait à lâcher sa bombe et avait supplié sa cousine de venir en qualité d'alliée.

Les Osterhagen habitaient un quartier américain classique et paisible. Poppy se rappelait les soirées d'Halloween où elle était rentrée avec une taie d'oreiller pleine de friandises (que Stacia purgeait systématiquement, à l'affût de lames de rasoirs et autres poisons).

Elle monta les marches du perron en courant.

Henry et Jon étaient déjà là. Gretchen s'affairait dans la cuisine, affublée d'un des tabliers de Stacia.

— Qu'est-ce que ça sent bon ! approuva Poppy.

— J'ai opté pour une nouveauté, aujourd'hui, annonça Gretchen en posant un énorme plat sur la table.

Stacia eut beau faire la grimace, les autres se jetèrent sur leurs tagliatelles comme une horde de sauterelles. Vingt minutes après s'être assis, ils avaient pratiquement tout dévoré, bien que Poppy parvînt à s'emparer de la toute dernière pâte, au grand dam de Henry.

— Ma foi, Gretchen, j'ignorais que tu cuisinais aussi bien, s'émerveilla Jon en s'enfonçant dans son siège.

Max se pencha en arrière et desserra sa ceinture.

— En général, j'évite les spécialités italiennes mais là, je l'avoue, je suis bluffé.

— Délicieux, ma chérie, intervint Stacia. Presque aussi bon que tes *spätzles*, l'autre jour. Quant à ton escalope viennoise ! Fabuleuse !

— Alors, Gretchen ? Quoi de neuf ? s'enquit Poppy, pressée d'en venir aux choses sérieuses.

Sa cousine lui offrit un sourire reconnaissant.

— Eh bien… j'ai une grande nouvelle.

— Tu es enceinte ? s'affola Stacia.

Jonathan ricana.

— Non, non. Je ne suis pas enceinte.

Henry brandit son portable.

— Mon chéri ! Un pauvre bougre s'est fait happer le pied par sa tondeuse. Quatre orteils arrachés ! Il faut que j'y aille. Désolé !

Le frère de Poppy se leva d'un bond, le visage rayonnant.

— Henry n'est pas normal, grommela-t-elle.

— Chut ! la réprimanda Stacia. Ton frère est un génie. Il a des mains de fée.

Poppy échangea un regard avec Jon. *C'est vrai*, articula-t-il avant de lui adresser un clin d'œil.

— Donc, Gretchen, tu disais…

— Oui… Je… Je fréquente quelqu'un depuis peu.

Je craignais que nous n'ayons rien en commun mais je découvre le contraire. Nous allons nous installer ensemble.

Stacia laissa échapper un cri et plaqua une main sur sa bouche, enchantée.

— C'est Liam ?

Gretchen observa Poppy à la dérobée.

— Non. C'est… à notre surprise à tous les deux, il s'agit de… de Dante Bellini.

— Nom d'un… ça alors ! lâcha Jon… Tu es drôlement courageuse.

Max demeura muet.

— L'espace d'un instant, j'ai cru t'entendre dire Dante Bellini, dit Stacia d'un ton sec.

— En effet, confirma Gretchen d'une toute petite voix.

— Je trouve cela très romantique, déclara Poppy. Je décèle des ondes à la Montaigu-Capulet.

Silence de plomb.

— Roméo et Juliette… ? Tout le monde connaît ?

— Gretchen Katarina Heidelberg ! tonna Stacia. Tes parents seraient…

— Maman, tais-toi, je t'en prie, interrompit Poppy. Écoute. Dante possède un restaurant qui connaît un succès certain. Il a eu des mots malheureux concernant le *Guten Tag* mais il n'a rien d'un criminel. D'ailleurs, s'il l'était, Gretchen ne sortirait pas avec lui. N'est-ce pas ?

— Tout à fait. Euh… Tante Stacia, oncle Max, il est charmant, vous savez. Et je…

— Je n'en reviens pas d'avoir mangé un plat italien ! gémit Stacia. Je me sens souillée.

— Calme-toi, mon cœur, dit Max en lui tapotant la main. Gretchen est une adulte. Et la remarque de Poppy est juste. M. Bellini nous nargue mais Gretchen l'apprécie. Ce qui signifie que nous devons l'apprécier aussi.

Stacia secoua vigoureusement la tête.

— Je ne sais pas si j'y parviendrai, déclara-t-elle, la

voix empreinte d'une note de désastre wagnérien… Il a été odieux avec nous.

— Oui, maman mais combien de fois m'as-tu répété que Gretchen était bonne et généreuse ? Qu'elle savait déceler ce que les gens avaient de meilleur ? Peut-être donne-t-elle à Dante l'envie de changer.

Jon fit mine de s'étrangler et Poppy lui donna un coup de pied sous la table.

Stacia haussa les épaules.

— Ta propre mère n'a-t-elle pas commencé par rejeter papa ? ajouta Poppy.

Stacia dévisagea son mari.

— Un peu, oui.

— Tâchez au moins de lui laisser une chance, suggéra Gretchen.

— Je ne suis pas étroite d'esprit, proclama Stacia (Poppy ravala un fou rire). Si cet homme te plaît, j'en déduis qu'il a des qualités. En dépit des apparences.

— Merci, merci, Stacia.

Gretchen accrocha le regard de Poppy. *Merci !*

Plus tard dans l'après-midi, Poppy s'allongea sur le lit de la chambre d'amis tandis que Gretchen emballait ses affaires. Bientôt, elle serait de nouveau tranquille chez elle. Et les chats pourraient récupérer leur lieu de sieste préféré.

— Sans vouloir t'offenser, je suis ravie de m'en aller d'ici, déclara Gretchen.

Poppy leva les yeux au ciel. Cette manie que les gens avaient de vous dire « sans vouloir t'offenser » juste avant de vous insulter !

— Honnêtement, cet endroit n'est pas pour moi. Remarque, une fois les rénovations terminées, je changerai peut-être d'avis. Oh ! Poppy ! Tu devrais venir voir la maison de Dante ! Je te la ferai visiter. Elle est somptueuse.

— Un de ces jours, peut-être.

— Tu veux ce bracelet ? s'enquit Gretchen en lui tendant un machin bleu et étincelant… Il ne me va pas.

— Merci, marmonna Poppy.

Elle ne le porterait jamais mais le geste était gentil. Gretchen ferma sa valise.

— Voilà ! Je pense n'avoir rien oublié.

Elle s'approcha de la commode, s'empara d'une enveloppe.

— Tiens. C'est la moitié de ce que je te dois.

— J'espère que tu ne l'as pas gagné à la roulette.

— Très drôle, grogna Gretchen… Non, c'est une partie de mon salaire.

Poppy haussa un sourcil.

— Ma parole, tu es généreusement rémunérée.

— Je suis célèbre, figure-toi. Grâce à moi, le restaurant tourne de mieux en mieux.

Sacrée Gretchen ! Elle avait beau s'être radoucie ces dernières semaines, elle n'en demeurait pas moins Gretchen. Soudain, elle vint s'asseoir auprès de Poppy.

— J'ai quelque chose à te confier, au risque de te blesser. Mais ayant vécu avec toi et surtout depuis que nous nous sommes rapprochées, je me sens dans l'obligation de te dire…

— Quoi ? Que je n'ai aucun sens de la mode ? Je le sais.

Gretchen demeura grave.

— Je te parle sérieusement.

Dehors, le soleil brillait et la brise faisait tinter les cloches du carillon japonais suspendu à la branche d'un arbre. Poppy se redressa.

— Qu'y a-t-il ?

Gretchen inspira profondément.

— Poppy, tu n'as jamais tenté de retrouver tes parents biologiques, n'est-ce pas ?

— Non.

— Pourquoi pas ?

— Max et Stacia m'ont élevée. Bien sûr, je me suis posé des questions sur mes origines mais au fond, je suis heureuse qu'ils m'aient abandonnée. De toute façon, je suis née sous X. Je n'ai aucun moyen de contacter la femme qui m'a mise au monde et inversement.

Gretchen la fixa attentivement.

— Poppy… la vérité, c'est qu'elle a essayé.

Poppy cligna des yeux.

— Quoi ? Jamais de la vie.

— Elle t'a envoyé une lettre.

— N'importe quoi ! Qu'est-ce que tu racontes, Gretchen ?

— Je vais passer pour une chipie mais… c'est arrivé l'année où je vivais avec vous, en Terminale. Tante Stacia a reçu un courrier de la part d'un avocat. Elle était dans tous ses états et j'ai cru… j'ai cru qu'il y avait eu un accident.

Poppy retint son souffle. Les pâtes du déjeuner lui pesaient tout à coup comme un bloc de ciment.

— Ma mère ne m'aurait jamais caché cela.

Gretchen contempla le plancher.

— J'ai attendu que tout le monde soit sorti et je sais que je n'aurais pas dû mais je pensais que cela concernait mes parents. Je me suis glissée dans la chambre et j'ai récupéré la lettre. Elle était dans le tiroir à lingerie de Stacia, sous ses gaines. Je l'ai lue. Enfin, une partie. Dès que je me suis rendu compte de quoi il s'agissait, j'ai tout remis en place. Et je te le jure, je n'y ai plus jamais touché.

— Qu'as-tu appris ? demanda Poppy d'une voix qui lui semblait trop aiguë.

Gretchen lui serra la main.

— Ta mère biologique était étudiante quand elle est tombée enceinte. Elle donnait quelques détails relatifs à elle-même et à ton père. Et sur le plan médical.

— Quoi ?

— Je ne m'en souviens plus, précisément. Rien de particulier.

— C'est tout ?

Gretchen hésita longuement.

— Je n'ai parcouru que quelques lignes. J'aurais sans doute dû t'en parler à l'époque mais si Max et Stacia s'y refusaient… bref, je me suis dit que ce n'était pas mon problème. Mais il m'a semblé que je devais te mettre au courant aujourd'hui.

22

Liam était un peu désemparé. Nicole avait annulé son après-midi avec les Tate sous prétexte qu'elle avait trop de devoirs. S'il était plutôt soulagé de ne pas avoir à affronter ses beaux-parents, il avait prévu de voir Cordelia en son absence. Il pouvait reporter leur rendez-vous – Cordelia ne lui en voudrait pas –, mais Nicole étant enfermée dans sa chambre avec ses bouquins, pourquoi se priver de ce plaisir ? Sa fille n'avait de cesse de lui répéter qu'il devait sortir, aller de l'avant.

Et il avait très envie d'être auprès de Cordelia.

Il ne s'était pas attendu à la trouver aussi… divertissante. Attentionnée. Imprévisible. Un instant, elle l'insultait allègrement, celui d'après, elle le contemplait de ses grands yeux noisette. L'autre jour, elle lui avait préparé des cookies – un exploit.

— Comment sont-ils ? s'était-elle inquiétée.

— J'en ai mangé de moins bons.

Elle avait fait la moue et d'un geste preste, lui avait arraché le gâteau de la main pour le jeter à la poubelle.

— Espèce d'ingrat. Puisque c'est comme ça, tu n'en auras plus.

— Ah, bon ? Qui va m'en empêcher ? avait-il rétorqué avec un sourire.

— Moi. Si tu en veux un autre, il faudra le mériter.

Ils avaient fait l'amour sur la table de la cuisine.

Justement, à ce sujet… il n'avait pas imaginé à quel point

leurs ébats seraient… satisfaisants. Ils étaient ensemble depuis un mois maintenant – en toute indépendance. Pourtant, Liam se sentait l'âme d'un adolescent lubrique.

Le hic, c'était qu'il soupçonnait Cordelia de s'attacher de plus en plus à lui.

Il longea le couloir et frappa à la porte de la chambre de sa fille.

— Nicole, tu en as encore pour longtemps ?

— Papa, j'essaie de rédiger une dissertation. Je t'en supplie, arrête de me déranger !

Assise à son bureau, elle le fusilla du regard. Il constata avec plaisir que des affiches d'Audrey Hepburn avaient remplacé celles d'Edward le Vampire. La pendule de *Chez Suzie* brillait au-dessus de son lit.

— Veux-tu qu'on fasse quelque chose ensemble plus tard ?

— Non. J'en ai pour la journée. Autant m'enchaîner ici et travailler jusqu'à en tomber dans les pommes. Tu n'as qu'à me jeter une portion de viande crue. Cette prof est malade ! Elle pense que nous n'avons rien de mieux à faire que de bosser.

— D'accord. Dans ce cas, je vais peut-être aller me balader pendant deux heures.

— Vas-y. Laisse-moi tranquille sinon je vais échouer dans toutes mes matières.

— Ça ne t'ennuie pas de rester ici toute seule ?

— Papaaaaaaaa ! Je n'ai plus six ans.

— Je te pose la question, tout simplement. Si tu veux que je reste, aucun problème.

— Non… Excuse-moi. Ce travail est difficile.

— Mais tu es intelligente. Tu vas t'en sortir, assura-t-il.

— Merci, grommela-t-elle. Papa ? Tu as réfléchi, pour le bal de fin d'études ?

— Oui. Tu es trop jeune.

— J'ai seize ans.

— Quinze ans et onze mois.

— Grand-père et Grand-mère ne me trouvent pas trop jeune. Ils ont même promis de m'acheter une robe.

— Ce n'est pas le meilleur moyen de faire pencher la balance en ta faveur.

Le visage de l'adolescente s'assombrit.

— Bien. C'est toi le chef.

Elle se concentra sur son ordinateur.

— Je vais continuer à m'escrimer comme une esclave sur ce devoir. Je ne m'amuserai *jamais* parce que mon père m'empêche de mener une vie normale et d'avoir un petit ami… D'ailleurs, Tanner n'est même pas mon petit ami : il ne m'a encore jamais embrassée.

Les menaces de Liam devaient porter leurs fruits. L'opinion de Liam vis-à-vis de Tanner grimpa de mille points d'un coup. Nicole se remit à taper furieusement sur le clavier du portable ultrafin que venaient de lui offrir les Tate. C'était une fille bien, une élève sérieuse.

— Quel est le sujet de ton devoir ?

— Les thèmes du contrôle patriarcal dans *Les sorcières de Salem*. Quelle ironie, n'est-ce pas ?

Il la dévisagea. Sa fille était désormais officiellement plus cultivée que lui et cela ne lui plaisait pas du tout.

— Ce n'est pas drôle.

— Bien sûr que si, papa. Et maintenant, va-t'en, que je puisse téléphoner à Tanner pour lui dire que la voie est libre, qu'il peut venir avec la drogue et les membres du gang.

— Encore moins drôle. Interdiction de recevoir des visites. Je vais prévenir Mme Antonelli que je te laisse.

— Comme tu voudras. Où vas-tu ?

— J'ai envie de faire un tour à moto.

Nicole opina, inconsciente de l'impact monumental de cette déclaration.

— Mets ton casque.

— Je t'appellerai.

— Pfffff ! Je n'en doute pas un seul instant… Je t'aime, papa.

Un flot d'amour submergea Liam. Nicole était la fille la plus merveilleuse du monde. Par ce magnifique dimanche après-midi, elle se consacrait entièrement à ses devoirs. Quel courage ! Elle avait vécu un enfer, vu sa maman mourir, pourtant elle obtenait de bonnes notes en classe, jouait au hockey sur gazon, faisait partie de l'équipe de débat (sa vocation, songea-t-il). Et bien que fâchée contre lui, elle n'hésitait pas à lui dire qu'elle l'aimait.

— Tu pourras aller au bal.

Après un bref silence, elle poussa un hurlement de joie.

— Quoi ? Papa ! Tu plaisantes ? Non, ne réponds pas. Oh ! papa, merci, merci, merci !

Elle se jeta à son cou et lui couvrit le visage de baisers.

— Sache que je t'imposerai une multitude de règles, dit-il en riant… Peut-être même un GPS.

— Je m'en fiche ! Oh ! papa, tu es le meilleur !

— Tanner et moi aurons une longue, longue conversation.

— Normal ! acquiesça-t-elle en s'écartant. Merci, papa !

— Oui, normal, marmonna-t-il, la gorge nouée… Je te téléphone tout à l'heure… Et c'est moi qui t'achèterai la robe. Pas tes grands-parents.

D'humeur mitigée, Liam se dirigea vers le garage. D'un côté, il était content de pouvoir offrir à Nicole ce qu'elle voulait. D'un autre, il venait de lui donner la permission de se rendre au bal de fin d'études avec un adolescent – donc de la mettre en danger.

Si Emma avait été vivante, elle aurait probablement cédé, elle aussi. Elle-même avait été élue reine. Ils y étaient ensemble, bien sûr, Emma en robe de satin ivoire décolletée dans le dos, la peau si douce sous ses paumes pendant qu'ils dansaient… Hormis ce détail, il ne conservait de cette soirée que des souvenirs flous. Mais il se rappelait s'être beaucoup amusé. Surtout *après*…

Liam décida de penser à autre chose. Il s'apprêtait à braver un défi de taille. Sa moto.

Il pénétra dans le garage, où les odeurs de graisse et de métal lui étaient aussi familières que le parfum des cheveux de Nicole. Là, devant lui, se trouvait la Triumph, réplique de celle qu'il avait pulvérisée.

La dernière fois qu'il avait enfourché sa moto, il avait failli mourir. Il avait souffert d'une commotion cérébrale et de multiples hématomes pendant un mois. Mais s'il ne se prenait pas par la main maintenant, il ne le ferait jamais. C'était une superbe journée de printemps et il avait rendez-vous avec une… amie. Il s'empara d'un deuxième casque et le rangea dans le coffre.

Il poussa l'engin dehors, referma le garage à double tour, prit place. Jusqu'ici, tout allait bien. Casque bien fixé. Liam s'efforça de respirer calmement, soulagé de constater qu'il maîtrisait sa peur – pour l'heure. Son cœur battait la chamade, ses genoux fourmillaient. Il tourna la clé de contact et le moteur se mit à rugir.

Puis, comme par miracle, il replia le poignet et démarra, libre comme l'air. Pas la moindre sensation de peur ni d'angoisse. Au contraire, il avait un peu l'impression de retrouver une vieille copine après plusieurs années d'éloignement. Il était parfaitement à l'aise comme s'il n'avait jamais cessé de rouler, jamais eu d'accident.

Lorsqu'il se gara dans l'allée, Cordelia était en train de charger sa camionnette. La main en visière, elle vint vers lui. Elle était pâle, le front plissé.

— Bonjour, Liam. Je… j'avais oublié que nous devions nous voir.

Puis elle inclina la tête et arbora un large sourire, comme si une lumière venait de s'allumer en elle.

— Êtes-vous sur une moto, Liam Declan Murphy ?

— Il semble que oui… Tu veux faire un tour ?

— Avec plaisir.

Elle se précipita à l'intérieur, ressortit en enfilant le blouson de cuir qu'il lui avait laissé.

— Comment vas-tu ?

— En pleine forme.

Elle mit son casque, se cala derrière lui, noua les bras autour de sa taille. Liam emprunta les petites routes où ils pouvaient jouir pleinement de la beauté du printemps. Les feuilles étaient d'un vert si tendre qu'elles semblaient immergées dans l'eau. Ils passèrent devant des murets en ruines, des prés jonchés d'arbres fruitiers en fleurs, un étang si bleu qu'il en était presque aveuglant. L'air était doux, le soleil exquis, le ronronnement de la Triumph rassurant.

Au bout d'une demi-heure environ, Liam ralentit près d'un vieux cimetière. Il arrêta le moteur et enleva son casque. Cordelia en fit autant, recoiffa machinalement ses cheveux courts en détournant le regard.

— Alors ? Ça te plaît, la moto ?

— Beaucoup.

Pourtant, elle avait une drôle de voix et elle avait une petite mine.

Au secours ! songea Liam. Il inspira profondément.

— Tout va bien ?

Elle opina.

— Tu es enceinte ?

— Non ! Non ! Pas du tout. J'ai appris une nouvelle, voilà tout.

Sur ce, son joli minois se froissa. Elle ravala le nœud qui lui étreignait la gorge.

— Viens par ici, murmura-t-il, soudain inondé par l'envie de la protéger – voire le désir de casser la figure de la personne qui l'avait fait pleurer.

Car ses yeux étaient humides de larmes.

Il y avait un banc en granit sous un arbre. Le feuillage frissonnait délicatement sous la brise. Cordelia se frotta les paupières et pinça les lèvres.

— Raconte-moi.

— Ma mère biologique m'a écrit une lettre.

En était-elle heureuse ? Dépitée ?

— Grande nouvelle, en effet.

Elle hocha la tête, deux larmes de plus roulant sur ses joues.

— Oui… C'est juste que…

Elle se pencha en arrière et contempla le ciel.

— … c'est aussi une nouvelle qui date. Il semble que ma génitrice m'ait adressé ce courrier quand j'étais en Terminale et que mes parents ne m'en aient jamais parlé. Gretchen me l'a annoncé aujourd'hui. Elle avait jeté un coup d'œil sur la lettre à l'époque. Je suis partagée entre la colère et la surprise. Je n'ai jamais imaginé que cette femme pourrait avoir envie de me connaître. Or pendant toutes ces années, peut-être en a-t-elle rêvé.

Ne sachant quelle attitude adopter, Liam posa un bras sur ses épaules et elle se blottit contre lui, la tête sur son épaule.

Au bout d'un instant, elle s'arracha à son étreinte et s'aventura dans le cimetière.

— Désolée ! lança-t-elle… Normalement, je ne suis pas une pleurnicheuse.

— Tu n'as rien à te reprocher. Tu viens de recevoir un sacré coup sur la tête.

Il lui emboîta le pas, pensant qu'elle avait envie d'en discuter – comme la plupart des femmes. Toutefois, elle ne prononça pas un mot et Liam, une fois de plus, regretta de ne pas avoir un mode d'emploi à sa disposition.

— Tu vas essayer de la rechercher ? Ta mère biologique ?

Elle lui jeta un coup d'œil.

— Mystère. D'ailleurs, comment savoir si ses coordonnées sont encore valables ou… Sans compter que cette lettre, je ne l'ai même pas lue. Il est possible que ma mère l'ait jetée.

Elle s'immobilisa devant une tombe en marbre dont le temps et l'érosion avaient effacé les inscriptions.

— Je suis effondrée. Elle doit imaginer que je l'ai reniée. Si elle m'a écrit, il y a… combien ? quinze ans ?

— Tu souhaiterais la connaître ?

Poppy haussa les épaules.

— Je ne sais plus. Peut-être, marmonna-t-elle en s'agenouillant pour débarrasser la pierre d'un peu de lichen. De temps en temps, je croise quelqu'un de menu, aux cheveux comme les miens et je m'interroge : avons-nous du sang en commun ? Ce serait réconfortant de savoir d'où je viens.

— Je comprends.

Mais elle risquait d'être déçue, si elle découvrait qu'elle venait d'une famille comme la sienne, par exemple… une mère toxicomane et un père délinquant.

— Quand j'étais môme, reprit Cordelia, les gens demandaient constamment à mes parents si j'étais adoptée. Ils ne posaient jamais cette question à propos de Henry parce que c'était visible mais en ce qui me concernait, c'était immanquable.

— Les gens sont parfois idiots.

— Je ne leur en voulais pas. Je suis blanche mais Dieu sait que je ne ressemble en rien à Max ni à Stacia. Ils ont l'air de deux paysans bien en chair alors que je suis maigre comme ce mannequin des années soixante, Twiggy, tu t'en souviens ? Ça n'a jamais gêné Henry. Remarque, lui, pas grand-chose ne le dérange. Mais moi, ça me mettait mal à l'aise.

— Je pencherais plutôt pour Audrey Hepburn.

— Pardon ?

— Pas Twiggy mais Audrey Hepburn.

Elle se figea, ébaucha un sourire.

— Tu mérites un bon point, bien que ce soit très exagéré.

Elle poussa un profond soupir.

— Vois-tu, quand Henry avait environ cinq ans, ma mère est tombée enceinte. Malheureusement, elle a perdu le bébé. C'était une fille.

Au cours de sa grossesse, Emma avait eu quelques saignements. Pour finir, ce n'était rien d'alarmant mais Liam n'oublierait jamais cette nuit cauchemardesque aux urgences. C'est drôle à quel point les choses paraissent précieuses quand on a cru les perdre. Il imaginait parfaitement la détresse des Osterhagen.

— Tu as la sensation que c'est la raison pour laquelle ils t'ont adoptée ?

Le regard rivé sur la tombe, elle haussa légèrement les épaules.

— C'est *précisément* la raison pour laquelle ils m'ont adoptée. Et j'en suis heureuse. Mais j'ai toujours eu la vague impression de n'être qu'un prix de consolation. D'autant que Gretchen était toujours là à leur rappeler l'enfant qu'ils avaient perdue, tellement elle ressemble à ma mère.

— Allons. Tes parents t'adorent.

— Oui. J'en ai conscience. N'empêche que ce sentiment ne m'a jamais quittée.

Elle se redressa et suivit l'une des allées.

— Maintenant que je viens d'apprendre que ma génitrice m'avait tendu une main, je… j'hésite. Il existe des formes différentes d'adoption. La mère peut garder le contact, demander un droit de visite. La mienne ne le souhaitait pas et je compatissais. Au fil des ans, j'ai inventé tous les scénarios possibles… elle était très jeune, ou droguée, ou alors, elle avait été victime d'un viol. Et voilà qu'apparemment, elle voulait me revoir…

Les mots restèrent en suspens sur ses lèvres. Prudemment, car elle semblait remontée comme un ressort, Liam s'approcha derrière elle et glissa les bras autour de sa taille.

— Ne sois pas gentil avec moi, chuchota-t-elle, tout en restant où elle était… Je risque de me mettre à pleurer.

— Moi qui espérais te réconforter. Décidément, avec toi, j'ai besoin d'un mode d'emploi. Tu préfères que je te tire les cheveux ?

Elle eut un petit rire.

— Pardon d'être aussi assommante.

Il la fit pivoter vers lui.

— Cordelia, ne dis pas de bêtises.

— Quel charmeur.

— Que veux-tu ? Que je te ramène chez toi ? Que je te conduise chez tes parents afin que vous puissiez en parler ?

Elle pinça les lèvres, hésitante et, malgré ses efforts de galanterie, Liam éprouva un sursaut de désir. Ah, cette bouche ! Il se pencha vers elle et l'embrassa.

— Je n'ai pas envie de rentrer tout de suite, murmura-t-elle en rougissant.

— Tu veux qu'on continue à bavarder ? Je suis papa d'une adolescente. Les atermoiements, je m'y connais.

Cette fois, elle rit aux éclats et un flot d'émotion l'envahit.

— Non. Il faut que je réfléchisse à tout ça.

— Viens. Les cimetières ne sont pas le lieu idéal pour se remonter le moral. Remonte sur la moto, femme. Je sais exactement ce qu'il te faut.

Vingt minutes plus tard, ils atteignaient leur destination.

Pour la première fois de la journée, Poppy n'eut pas à forcer son sourire.

— *Jimbo – Cages de Frappe* ?

— Exact, confirma-t-il en enveloppant d'un bras ses

épaules. Il est grand temps que tu apprennes à frapper une balle.

— Très sexy, murmura-t-elle.

— N'est-ce pas ? riposta-t-il.

Sur ce, il l'embrassa. Un étrange sentiment de paix l'envahit à la pensée qu'il avait enfin trouvé un moyen de lui remonter le moral.

Liam n'avait pas franchement atteint son objectif, songea Poppy un peu plus tard, mais ils s'étaient bien amusés. Et, oui, le sentir derrière elle, lui tenant le bras pour l'aider à mesurer son geste était à la fois agréable et sexy. Qui aurait pu imaginer prendre un tel plaisir à s'entraîner ? Question amélioration de son score, l'effort s'était avéré inutile. En guise de préambule… quelle réussite ! Sans compter qu'ils avaient beaucoup ri.

— Essaie de te débrouiller toute seule. Il faut que j'appelle ma fille, annonça-t-il en quittant momentanément la cage.

Sans lui, c'était nettement moins sympathique. La machine envoya la balle suivante. Poppy balança sa batte, loupa son coup.

— Tu es la pire frappeuse que j'aie jamais connue, lui lança Liam.

— Chacun ses talents, gros bêta.

Nouvelle balle. Nouvel échec.

— Coucou, ma chérie, c'est ton papa…

Comme c'était touchant.

Poppy n'était qu'à quelques mètres. Sans prêter spécialement l'oreille, elle entendait tout. Il interrogea longuement Nicole, lui demanda si elle avait avancé sur sa dissertation, si Mme Antonelli s'était manifestée. Avait-elle mangé le reste du poulet ou s'était-elle gavée de chocolat ? Le cœur de Poppy se gonfla de fierté. Liam était un père remarquable. Quoi de plus attrayant ?

Tout en parlant, il l'observait à la dérobée.

— Ça ne t'ennuie pas que je dîne dehors ? conclut-il.

Malgré elle, Poppy nota qu'il ne l'avait pas évoquée au cours de la conversation. Toutefois, elle décida que c'était un détail sans importance.

— Entendu, mon chou. À plus tard. Je t'aime.

Il rangea son appareil dans sa poche et se tourna vers Poppy.

— Attention ! La balle arrive... tu peux le faire... frappe !

Elle s'exécuta. Tapa dans le vide.

— Bon ! J'ai atteint mon seuil d'humiliation. Quel est ton plan, Papa Gâteau ?

— On pourrait dîner ensemble ?

— Avec plaisir. J'ai tellement faim que je te dévorerais volontiers le bras.

Ils trouvèrent un établissement charmant au bord de l'eau, commandèrent des moules et des coquilles Saint-Jacques, une bière pour lui, un verre de vin blanc pour elle.

— Tu ne veux pas d'un Whiskey Sour ? s'enquit Liam. Tu es si drôle quand tu es pompette.

— Pas autant que toi quand tu es drogué aux anti-douleur, gros bébé.

Ils se sourirent. Raide dingue amoureuse, voilà ce qu'elle était. Au secours ? Youpi ? Elle n'en savait rien.

Ils abordèrent toutes sortes de sujets. Poppy lui raconta la romance à sens unique entre Elise et Mac. Liam parla du bal de fin d'études auquel Nicole tenait tant à se rendre. À ces mots, Poppy éprouva un relent de rancœur. Cependant, Liam ignorait l'impact qu'avait eu sur elle cette triste expérience et Poppy n'avait aucune envie de ressasser ce souvenir.

— Alors ? Tu lui as donné la permission d'y aller ?

— Oui. Ce matin, avoua-t-il en buvant une longue goulée de bière.

Apparemment, il n'était pas convaincu d'avoir pris la bonne décision.

Poppy détourna la tête.

— Le bal de fin d'études peut être très formateur, marmonna-t-elle.

— C'est précisément ce que je souhaite éviter. Un garçon imbécile pourrait lui briser le cœur… Enfin ! Assez parlé de ma fille. Comment te sens-tu ? Mieux ?

— Beaucoup mieux.

— J'en suis enchanté, approuva-t-il avec un sourire qui la fit craquer.

D'accord, autrefois, il l'avait profondément blessée. Mais depuis, il avait changé.

Le serveur s'approcha, posa la note sur la table.

— Laisse-moi payer, dit Poppy en s'en emparant. Tu t'es comporté comme un prince aujourd'hui. Tu mérites une récompense.

— Oui, je me suis comporté comme un prince et non, c'est pour moi, rétorqua-t-il en s'emparant de la feuille de papier.

Poppy insista.

— Ne m'oblige pas à me battre, Liam, prévint-elle. Nous savons tous deux qui l'emporterait. Je ne voudrais pas t'humilier devant tous ces gens.

— Si, si, battons-nous ! riposta-t-il.

Sur ce, il se pencha vers elle et réclama ses lèvres en un baiser brûlant. Poppy fondit littéralement. Puis il s'écarta en souriant.

— Mauvaise perdante.

— Mufle !… Merci, beau gosse.

— Tout le plaisir était pour moi.

Il glissa quelques billets dans l'étui en cuir, sans la

quitter des yeux. Son regard brillait de désir. Avaient-ils le temps de rentrer chez elle avant…

Eh, merde ! Catastrophe !

George et Louise Tate se tenaient devant le pupitre du maître d'hôtel. Ils les fixaient d'un air furieux.

— Liam… ? J'aperçois les Tate.

Le bonheur de Liam s'évapora instantanément.

— Merde.

— Je suis désolée, murmura Poppy en se mordant la lèvre.

Quelle déveine ! Pour une fois qu'ils osaient manifester leur affection en public, voilà que surgissaient les parents de sa défunte épouse, figés d'horreur.

— Non, non, ça va… Allons les saluer.

Ils se levèrent.

— Bonjour, dit Liam en tendant la main à George.

Celui-ci ignora son geste et Poppy dut masquer son indignation.

— Je vous présente Cordelia Osterhagen.

Louise Tate la contempla comme si elle était un monstre à deux têtes. La gorge nouée, les joues écarlates, Poppy ânonna :

— Bonjour monsieur Tate, madame… Je me rappelle vous avoir croisés à l'église, autrefois… Je… J'ai été très triste d'apprendre la disparition d'Emma. Nous nous étions liées d'amitié au lycée et elle était…

— Merci, interrompit Mme Tate d'un ton sec. Liam, qui est avec Nicole ?

— Elle est à la maison. Elle avait une dissertation à rédiger.

— Elle est seule ? insista M. Tate.

— Oui. Elle va bientôt fêter ses seize ans, George.

Liam avait plongé les mains dans ses poches. Les Tate demeurèrent silencieux.

— Bonne soirée, conclut Liam. À bientôt.

— Ravie de vous avoir rencontrés ! lança Poppy.

Aussitôt, elle s'en voulut de sa maladresse.

— Dites à Nicole que nous souhaitons la voir deux fois cette semaine puisque notre rendez-vous d'aujourd'hui a été annulé, décréta Mme Tate d'un ton glacial.

Dehors, le ciel était strié de pourpres et de violets et les reflets des lumières du pont de la rivière Piscataqua scintillaient sur l'eau.

— Je suis vraiment navrée, marmonna Poppy tandis qu'ils se dirigeaient vers le parking.

— Tu n'y es pour rien. Tout va bien, la rassura Liam.

Mais ce n'était pas le cas. Sur le chemin du retour, il était visiblement tendu et l'atmosphère nettement moins agréable. Le dos rigide, Liam redoublait de précautions.

Il l'accompagna jusqu'à sa porte en dépit de ses protestations. De l'intérieur, Shilo se mit à aboyer de joie.

— Merci pour cette journée, Liam. Tu as été formidable… Et je regrette que les Tate nous aient surpris en train de nous embrasser.

Il haussa les épaules.

— Ne t'inquiète pas pour ça. Je file rejoindre Nicole.

— Entendu.

Ils restèrent ainsi une bonne minute, un silence pesant les enveloppant. Puis Liam lui pinça le menton.

— Bonne chance avec tes histoires de famille. Appelle-moi quand tu veux. Si tu veux.

— Merci.

— Je suis sincère.

— Merci, beau gosse, murmura-t-elle en se hissant sur la pointe des pieds pour déposer un baiser sur sa joue. À présent, dépêche-toi. Ta môme t'attend.

Contre toute attente, il l'étreignit de toutes ses forces. Poppy en fut tellement émue qu'elle en eut les larmes aux yeux. Elle l'embrassa de nouveau.

— Tu es un homme bien, Liam Murphy… Allez, ouste ! Et encore merci !

Réfugiée chez elle, assaillie par Shilo qui lui léchait le visage et remuait si fort la queue qu'il en renversa un guéridon, Poppy se rendit compte qu'elle continuait à sourire. Malgré cette fin de soirée en queue de poisson, elle était heureuse.

La catastrophe… Sa joie de conduire la Triumph volatilisée, Liam regagna son garage en ruminant. Si les Tate n'avaient jamais approuvé sa relation avec Emma, ils n'étaient pas prêts à accepter qu'il refasse sa vie avec une autre. Du moins, pas tout de suite. Comme par hasard, ils l'avaient surpris à l'instant précis où il imaginait Cordelia nue dans ses bras. Non content de leur avoir volé leur fille si précieuse, voilà – en tout cas à leurs yeux – qu'il la trompait !

Liam rangea sa moto et profita du court trajet à pied jusqu'à la maison pour réfléchir à un moyen de remédier à la situation. Cette journée avec Cordelia l'avait enchanté. Elle avait le moral à zéro, il avait réussi à la réconforter, ils s'étaient amusés. Il y avait longtemps qu'il ne s'était pas senti aussi comblé. *Tu es un homme bien, Liam Murphy*, avait-elle assuré.

On ne lui avait pas souvent prodigué un tel compliment.

Malheureusement, les Tate étaient convaincus du contraire. Non seulement il avait laissé sa fille seule mais en plus, Liam, le père négligent, courtisait une jeune femme. Son bonheur s'estompa au fur et à mesure qu'il longeait les rues désertes de Bellsford. Une chose était sûre : ses beaux-parents n'en resteraient pas là.

Il poussa la porte de l'immeuble et monta les cinq étages en courant. Il entendit au loin les Ramones et huma une odeur de pop-corn. Nicole avait dû finir sa dissertation. Bravo.

C'est alors que, franchissant le seuil de l'appartement, il découvrit Tanner Talcott et Nicole, lovés sur le canapé. Ils s'embrassaient fiévreusement, comme si une météorite s'apprêtait à faire exploser la planète.

23

— Tu ne peux pas m'interdire de sortir pour avoir embrassé un garçon ! hurla Nicole.

— Trop tard ! rétorqua son père.

Depuis trois jours, Liam avait pris cinquante ans – trois jours de disputes, de sanglots et de cris. S'il avait pu rendre sa fille muette par magie, il n'aurait pas hésité une seconde.

— Tu es injuste ! J'ai presque seize ans. J'ai le droit d'embrasser mon petit ami.

— Ce que je te reproche, c'est d'avoir enfreint les règles. Tu étais seule à la maison, Nicole. Pas d'invités en mon absence, tu le sais. Encore moins un adolescent lubrique qui n'a qu'une envie, te sauter.

— On était habillés des pieds à la tête. Et s'il n'avait pas envie de me sauter, papa ? S'il m'aimait, tout simplement ?

Fondant en larmes, elle se jeta dans un fauteuil.

Emma, tu m'as déjà joué un mauvais tour en mourant, songea Liam. *Je suis à bout de nerfs*. Il inspira profondément.

— Cesse de pleurnicher, Nicole, dit-il, d'un ton plus posé. Je t'emmène à l'école.

Elle lui coula un regard noir.

— Je préfère prendre le bus.

— Rassemble tes affaires et monte dans la voiture.

Si seulement il existait un remède pour les pères d'ados. Une pilule qui calmait les battements du cœur, soulageait la fureur, la terreur, ce besoin de protéger à tout prix son enfant. Comment lui expliquer que personne ne l'aimerait jamais autant que son cher papa ? Que, si elle l'écoutait, la vie serait plus facile pour elle ?

Liam était prêt à parier que George Tate avait émis le même vœu à l'égard de sa propre fille.

Ils effectuèrent le trajet en silence. Quand il se gara dans le parking du lycée, elle ne descendit pas tout de suite mais resta clouée sur place, le regard droit devant elle.

— Je *dois* assister au bal de fin d'études. Tanner a déjà acheté les billets et ils lui ont coûté les yeux de la tête.

Non. Tu ne sortiras plus jamais avec un garçon. Tu n'imagines pas le mal que j'ai eu à me retenir pour ne pas le tuer l'autre soir. Le bal de fin d'études ? Tu plaisantes ? Certainement pas. Jamais.

Cependant, en seize ans de paternité, Liam avait appris une chose : parfois, il valait mieux réserver sa réponse.

— Passe une bonne journée. Je viendrai te chercher à 14 h 30. Je suis fâché contre toi mais je t'aime, Nicole. Je sais que tu m'en veux mais je maintiens ma position. Pour ton bien.

Nicole détourna la tête et descendit de la voiture.

Liam se rendit à son travail, la mort dans l'âme. Pour une fois, les odeurs, l'atmosphère du garage ne suffirent pas à le soulager. En général, il se sentait bien dans ce lieu. Ici, au moins, il avait l'impression de contrôler la situation. Quand il avait six ans, son père lui avait proposé de l'aider à dépecer un moteur. Il s'agissait d'un véhicule volé mais Liam l'ignorait et ne s'en serait probablement pas offusqué. Les moments de complicité avec son paternel étaient rares. Quand il avait trop bu, M. Murphy était odieux mais lorsqu'il était sobre, c'était un mécanicien hors pair.

Aujourd'hui, Liam possédait sa propre entreprise et les affaires tournaient à plein. Il s'apprêtait même à embaucher un apprenti du centre de formation professionnelle. Les gérantes de la boulangerie-pâtisserie avaient commandé deux motos customisées (incroyable, l'argent que l'on pouvait gagner à vendre des viennoiseries !). Elles étaient enchantées par le dessin qu'il leur avait proposé. Dès qu'elles auraient versé leur premier paiement, il se mettrait au boulot. Pour l'heure, il avait devant lui la Harley de Jimmy Spencer, dont l'embrayage avait lâché. Un jeu d'enfant à réparer. Il s'empara d'une clé à molette, ôta le carénage, entreprit de démonter les disques.

En ce domaine, tout était une question de logique. Si les pièces étaient à leur place, le mécanisme fonctionnait. Les bougies ne décidaient pas de leur propre chef de ne pas provoquer d'étincelles. Elles ne décrétaient pas : *Tu sais quoi ? On a décidé de faire grève. Sans raison. Au diable le distributeur et ses imbéciles de fils électriques. On s'en fiche. Demain, on aura peut-être changé d'avis. On te préviendra. Ou pas.* Non, si la machine ne démarrait pas, il y avait forcément une explication.

On ne pouvait pas en dire autant de la paternité. Encore moins du mariage.

À ce propos… sa femme l'avait quitté depuis longtemps. Bien avant de tomber malade. Elle avait continué à vivre sous le même toit, à coucher dans le même lit, mais elle avait l'esprit ailleurs. Il s'en était rendu compte à la manière dont elle feignait de l'écouter, dont elle se maintenait à distance dès qu'ils étaient en public. Sur le plan sexuel, leur relation s'était étiolée. Au fil du temps, Emma était devenue la mère de son enfant et la femme qui dormait à ses côtés.

Puis elle était morte, le laissant seul avec leur fille. Une fille qui semblait décidée à lui gâcher l'existence comme sa mère auparavant.

— Nom de nom ! tonna-t-il en jetant son outil contre un mur.

— On se calme, mon pote !

Liam se redressa, ferma brièvement les yeux. Rick Balin, le rougeaud. Encore. Cet abruti venait au moins trois fois par semaine sans autre but que de lui faire perdre son temps.

— Que puis-je pour toi, Rick ? s'enquit-il. Je suis débordé.

— Mon pote, je suis prêt à m'engager, tu comprends. Je veux ce qu'il y a de mieux. J'en ai les moyens.

— Entendu, répondit Liam d'un ton sec. Allons dans mon bureau.

Rick n'était pas prêt à lésiner, en effet. Il multiplia les options comme un gosse dans un magasin de bonbons. Moteur S&S, selle en cuir en provenance d'Italie, jantes en alliage léger usinées sur mesure. Guidon raccourci pour mieux s'accommoder aux bras un peu courts de Rick. Un gadget par-ci, une babiole par-là, du chrome et encore du chrome, carrosserie thermo-laquée orange vif.

Le tout pour la bagatelle de soixante mille dollars.

— Aucun problème, assura Rick.

Ravalant un rot, il se cala dans son siège et offrit à Liam un sourire satisfait.

— Il faut bien se faire plaisir de temps en temps, non ? Après tout, je travaille dur. Je le mérite.

Liam détourna la tête et son regard se posa sur la médaille du Gypsy Tour. Une certitude : Rick Balin était arrogant, paresseux, imbu de sa personne. Mais il y avait aussi quelque chose de viscéral dans le mépris que lui portait Liam.

— Fiche le camp.

Rick cligna des yeux.

— Hein ?

— Fiche le camp, Rick. Je ne te vendrai rien. Il y a déjà assez de motards imbéciles en ce bas monde. Pas la peine d'en rajouter un sur la liste. Va étancher ta crise de la quarantaine ailleurs et sors de chez moi.

— Mon pote…

— Tout de suite.

Liam se leva et Rick se recroquevilla sur lui-même – du moins, autant que possible pour un poids lourd de cent cinquante kilos.

— Tu commets une grossière erreur, prévint-il tandis que Liam le poussait vers la sortie.

— Ce n'est pas mon impression.

— Tu ne peux pas me mettre dehors comme ça ! Je suis le président du comité des commerçants du centre-vil…

Liam lui claqua la porte au nez et se félicita de son initiative, même s'il venait de jeter par la fenêtre un an d'études universitaires pour sa fille. Mais Rick lui rappelait ce garçon qui l'avait traité autrefois de « moins-que-rien venu de nulle part ». Un de ces minables qui se croient supérieurs à tous les autres.

Un vague souvenir lui revint… un incident impliquant Rick, au temps du lycée… mais s'évapora aussitôt.

Mû par le besoin irrépressible de voir Cordelia, sans réfléchir, Liam retourna le panneau « OUVERT » du côté « FERMÉ ».

Avec un soin infini, Poppy posa la balustrade de véranda sur la maquette qu'elle était en train de construire puis la maintint en place, le temps que la colle sèche. De tous les modèles réduits qu'elle avait fabriqués, celui des *Prés Fleuris* était le plus élaboré et Poppy en était particulièrement fière. Elle prenait grand plaisir à cette activité si opposée à son métier dont le principe essentiel consistait à démolir et démonter. Des minuscules tuiles sur le toit aux piliers sculptés, cette œuvre serait une réplique quasi parfaite de la demeure de Vivian. La vieille dame en serait émerveillée.

Poppy jeta un coup d'œil sur Shilo, qui s'était endormi sur un canapé recouvert d'une peau de vache, ce qui signifiait qu'il était presque invisible. Il ronflait, s'étant épuisé à éviter Al, le livreur, un peu plus tôt dans la matinée.

Poppy aussi était fatiguée. Elle avait passé une nuit agitée à repenser à cette fameuse lettre. Quel avait été le but de sa mère biologique ? Était-elle triste de ne jamais avoir eu de réponse à ce courrier ? Poppy avait-elle des demi-sœurs ou des demi-frères ? Pourquoi ses parents ne lui en avaient-ils jamais parlé ? Comment réagiraient-ils si elle abordait le sujet… car comment ne pas l'aborder ?

— Salut !

Au son de la voix de Liam, Poppy sursauta, bousculant la balustrade.

— Salut, Liam, murmura-t-elle, les joues brûlantes.

Elle remit le garde-corps en place et pivota. Derrière Liam, Elise, le visage fendu d'un large sourire, formulait les mots *Ô mon Dieu !* en agitant les mains.

— Comment vas-tu ?

Très sexy ! poursuivit Elise.

— Très bien, merci.

Il n'en avait pas l'air. Il paraissait tendu, les lèvres pincées, les mâchoires serrées, les mains au fond des poches.

— Tu veux qu'on déjeune ensemble ? suggéra-t-il.

Une grande première. Et même, deux. Liam n'était jamais venu à l'atelier et il ne l'avait jamais invitée à l'improviste.

Malheureusement, il tombait mal.

— Impossible. Ce serait avec plaisir mais j'ai d'autres projets.

Elise se mit à fredonner « Joyeux anniversaire ».

— Elise, s'il te plaît, si tu allais vérifier le registre, par exemple ?

— Ah, oui ! Bien sûr !

Elise s'éloigna en sautillant.

— Oui, reprit Poppy. Je suis déjà prise. Navrée.

— J'aurais sans doute dû te téléphoner… Tout va bien pour toi ? Côté famille ?

— Oui, oui, murmura-t-elle en haussant légèrement les épaules.

Liam scruta le hangar.

— Quel bel endroit.

— Merci… Tu es sûr que ça va, Liam ?

— Oui. C'est juste que… te souviens-tu de…

À cet instant, la porte s'ouvrit.

— Dépêche-toi, ma fille ! s'exclama Kate. J'ai pris une journée de congé exprès pour toi. J'ai essayé de convaincre James de nous accompagner parce qu'ils proposent aussi des soins pour les hommes mais… Oh ! Bonjour, beau gosse ! Tout baigne ?

— Kate, la salua-t-il en riant. Et toi ? Tout baigne ?

Kate l'examina de bas en haut.

— Pour fêter l'anniversaire de mademoiselle, je l'emmène à l'institut de beauté. Elle va recevoir des soins de la tête aux pieds. Gommage, lissage, massage et tout le reste. Personnellement, j'ai tendance à m'endormir mais crois-moi quand elle sortira de là, elle sentira autre chose que le polyuréthane. Tu verras, tu me remercieras. Vite, Poppy, nous avons rendez-vous dans vingt minutes.

— Bon anniversaire, dit Liam en la contemplant, une lueur taquine dans les prunelles.

— Merci.

— Que lui avez-vous acheté, Liam ? s'enquit Elise. Je saurai garder le secret, je vous le promets. C'est un bijou ?

— Assez ! trancha Poppy, mortifiée. Liam ignorait que c'était mon anniversaire et il ne m'offrira rien du tout.

Parce qu'on ne prévient pas le champion des séducteurs que c'est son anniversaire, surtout quand on s'efforce d'aborder cette relation avec un certain détachement. Le lui dire pourrait être interprété comme un appel du pied et/ou la reconnaissance d'un événement personnel.

— Profites-en bien ! murmura-t-il. Je suis impatient de te sentir, plus tard.

Poppy crut qu'elle allait défaillir.

— Poppy ! Allez ! Tu sais combien j'ai horreur d'être en retard… Ah ! Liam, je suis ravie que Poppy et toi soyez ensemble.

— Oui, b-bon, bégaya Poppy, écarlate… Désolée pour le déjeuner.

— Aucun problème.

Le souvenir du sourire de Liam la poursuivit tout l'après-midi.

24

Liam jeta sa mallette à outils dans le coffre de sa voiture. Il avait perdu une demi-journée de boulot mais pour la bonne cause. Il se rattraperait. Peut-être (probablement pas) Nicole accepterait-elle de l'accompagner au garage et de faire ses devoirs pendant qu'il travaillait. Ils commanderaient une pizza. Autrefois, elle adorait rester auprès de lui. Une chose était sûre : elle ne serait jamais une de ces femmes incapables de réparer son propre véhicule. Toutefois, elle n'était plus venue depuis un moment.

Liam se gara devant son atelier et marmonna un juron. Une rutilante Mercedes noire était stationnée devant l'entrée, M. et Mme Tate assis à l'avant, l'air renfrogné.

— Entrez, je vous en prie, dit-il en leur tenant la porte.

— C'est inutile, déclara George en descendant du véhicule, suivi de près par son épouse… Nous n'en avons pas pour longtemps.

Liam dévisagea Louise.

— De quoi s'agit-il ?

George s'éclaircit la gorge.

— Nous avons entrepris des démarches pour obtenir la garde de notre petite-fille.

Liam les fixa, ahuri.

— Vous êtes fou ?

— Après tout ce qu'elle a subi, elle a besoin d'un foyer stable, argua Louise, le visage blême de haine.

— Elle en a un !

— À l'abri de femmes qui vont et viennent dans sa vie, précisa.

— Une seconde ! protesta Liam en levant les mains. Je… Nicole ne… Vous ne pouvez pas me l'enlever comme ça. C'est ma fille.

Un filet de transpiration dégoulina dans son dos.

— Nous ne cherchons pas à te priver d'elle, expliqua George.

— Vous vous fichez de moi, George ?

— Tu pourras lui rendre visite quand tu voudras.

— Primo, vous êtes cinglés ! Pas question. Et deuzio, elle ne…

Elle ne voudra jamais me quitter.

À moins que… ?

— Tu es allé gambader dans la campagne à moto avec une femme, siffla Louise. Tu as laissé cette enfant seule à la maison. Pas étonnant qu'elle ait appelé son petit ami. Pas étonnant qu'elle ait eu peur. Elle nous a dit que tu l'avais punie, ce qui est d'une hypocrisie sans nom vu que tu venais de tomber du lit de cette traînée et…

— Taisez-vous ! aboya Liam. D'une part, je me suis absenté quatre heures tout au plus et Nicole a presque seize ans. Mme Antonelli, la voisine de palier, était chez elle. D'autre part, Cordelia est une vieille amie. Oui, nous nous voyons de temps en temps. De là à me considérer comme un mauvais père…

— Ton passé parle pour toi ! grogna Louise en croisant les bras.

— Mon passé ? N'ai-je pas élevé votre petite-fille ? N'ai-je pas passé sa dernière année de vie au chevet de votre fille ?

— Avec combien de femmes as-tu couché, Liam ? Nous savons pertinemment que tu as trompé Emma. Combien de tes anciennes conquêtes as-tu revues depuis ton retour ?

Je parie que bon nombre d'entre elles accepteraient de témoigner contre toi devant le juge.

— Je n'ai *jamais* trompé Emma ! s'insurgea-t-il. George, tout ceci est absurde. Vous ne pouvez pas m'enlever ma fille.

— Ta santé mentale nous inquiète. Notre avocat a pris la déposition d'une assistante sociale de l'hôpital concernant tes… problèmes.

— Qu'est-ce que vous racontez ?

— Dans de tels cas, les psychiatres peuvent intervenir, dit Louise. Croyais-tu vraiment pouvoir nous cacher tes crises de panique ? J'appartiens au conseil d'administration de l'hôpital. Que dissimules-tu d'autre ? Es-tu toxicomane comme ta mère ?

— Doux Jésus ! souffla Liam.

— Liam, notre but n'est pas de t'enlever Nicole mais de lui offrir une existence stable, un modèle féminin en la personne de sa grand-mère et… un certain code moral.

— Aucun juge ne…

— Nous verrons bien ! trancha George en remontant dans sa voiture. Notre avocat te contactera.

Lorsqu'il passa la chercher au lycée, Nicole ne parut pas s'apercevoir de sa détresse. Elle l'ignora du mieux qu'elle le pouvait pendant tout le trajet jusqu'à la maison.

Liam refoulait une crise de panique depuis le départ des Tate. Il avait eu beau se savonner les mains pendant des minutes entières, rien n'y faisait. Il les aurait volontiers étranglés tous les deux. Qu'ils soient dans leur droit ou non, ils avaient largement les moyens de lui rendre la vie infernale. Cette histoire d'assistante sociale… il n'avait aucun souvenir d'en avoir rencontré une, ce qui risquait de poser un problème. Que lui avait-il raconté ?

N'était-il pas un bon père ? N'avait-il pas fait de son mieux pour élever sa fille ?

Et s'ils avaient raison ? S'il n'était pas à la hauteur ? Nicole l'aimait et réciproquement mais était-ce suffisant ? Sauterait-elle sur l'occasion d'aller vivre chez ses grands-parents ? Était-ce une idée à elle ? Si oui, il était vraiment un moins-que-rien venu de nulle part car la seule chose dont il s'enorgueillissait, c'était d'avoir été un papa exemplaire.

— J'ai à te parler, annonça-t-il en posant ses clés sur le guéridon.

— J'ai des *devoirs*.

— Souhaites-tu passer davantage de temps avec tes grands-parents ?

— Là, tout de suite ? Absolument.

Il se retint pour ne pas tressaillir.

— Nicole, as-tu envie de vivre avec eux ?

Elle arrondit les yeux, s'empourpra. De surprise ? De culpabilité ?

— Quoi ?

— Grand-père et Grand-mère sont venus me voir au garage aujourd'hui. Ils veulent que tu t'installes chez eux.

Pendant une seconde, elle demeura figée. Puis, brusquement, ses beaux yeux bleus se remplirent de larmes.

— Tu veux te débarrasser de moi ? Parce que j'ai embrassé Tanner ? Tu es si fâché que ça, papa ?

Liam bondit à l'autre bout de la cuisine et la serra dans ses bras.

— Certainement pas, mon bébé. Je leur ai déjà répondu non… Mais je n'étais pas sûr de ce que tu voulais, toi, ajouta-t-il en l'embrassant sur le front.

— Non ! hoqueta-t-elle. Je veux rester avec toi. Pardon de t'avoir désobéi.

— Ma chérie, le problème n'est pas là. Tes grands-parents pensent que ce serait mieux pour toi de… d'être plus souvent avec eux.

Elle s'écarta et le dévisagea, les joues ruisselantes.

— Pourquoi ?

Il pouvait lui dire la vérité. Lui annoncer que ses beaux-parents avaient entrepris des démarches pour obtenir sa garde. Parce qu'ils le méprisaient, le considéraient comme un séducteur invétéré, un mauvais père. Ce faisant, il risquait de ternir sa relation avec eux. Elle ne les regarderait plus jamais du même œil.

Il lui effleura le bout du nez.

— Ils t'aiment énormément, tu sais. Ta maman leur manque et tu lui ressembles tant…

— Je sais. Mais je veux rester avec toi. Même si tu m'énerves parfois.

Merci, mon Dieu ! Liam étreignit de nouveau sa fille.

— Je ne veux pas d'autres changements. J'ai assez souffert en perdant maman. Je suis bien avec toi et qu'on continue comme ça.

— Moi aussi, mon bébé. Moi aussi.

Il ne donnerait plus la moindre munition aux Tate. Il surveillerait Nicole d'encore plus près.

Il cesserait même de voir Cordelia. Ce serait dur mais sa fille et son bonheur passaient avant tout.

25

— À votre avis, Vivian ? J'ai l'air d'une fille ?

Vivian plissa les yeux derrière ses lunettes à double foyer.

— C'est agréable de vous voir en robe, aussi mal taillée soit-elle.

— La vendeuse a dit qu'elle se portait large.

— Elle vous a raconté des bobards.

Poppy s'examina, mal à l'aise. Ces jours-ci, elle multipliait les efforts de coquetterie. Elle se sentait plus… féminine depuis qu'elle avait un petit ami. D'autant qu'il n'hésitait pas à la complimenter. Cette tenue ne serait-elle pas un chouïa d'inspiration Audrey Hepburnienne ? Elle serait curieuse de connaître l'opinion de Liam.

— Vous avez peut-être raison. J'ai passé une partie de ma journée à l'institut de beauté, aujourd'hui. Je craignais de m'y ennuyer mais au contraire, c'était rigolo. Et je sens divinement bon, non ? ajouta-t-elle en tendant le bras vers Vivian, qui détourna aussitôt la tête… Si, si, je vous assure.

Poppy s'assit auprès de la vieille dame et poussa un soupir. Elle était ravie de son après-midi mais à présent, elle devait se rendre chez ses parents. Or cette histoire de lettre de la part de sa mère biologique la rongeait.

— Qu'est-ce qui ne va pas ? s'enquit Vivian.

Depuis quand était-elle télépathe ? Poppy tergiversa.

— Vous a-t-on jamais caché un secret dans votre famille ?

— Bien entendu. Cela va de soi. Pourquoi ?

— Je n'en sais rien… Pourquoi vous et votre mari n'avez-vous jamais adopté un enfant ?

— Ma foi, vous êtes bien indiscrète.

— Vous n'êtes pas obligée de me répondre.

— J'en suis consciente, rétorqua Vivian. Ernest était contre. Personnellement, je l'aurais fait volontiers mais il refusait d'aborder le sujet. Bref… Si je ne m'abuse, c'est aujourd'hui votre anniversaire.

— Comment l'avez-vous su ?

— Par une pie trop bavarde. Cette gamine, Brianna, manque de bonnes manières. Vous aussi. Tenez.

Elle lui présenta une boîte.

Ça alors ! *Les bras m'en tombent.* Vivian Appleton n'avait rien d'une sentimentale. Depuis des années que Poppy la connaissait, pas une fois elle ne lui avait offert le moindre éloge, encore moins un cadeau.

— Vous êtes mourante, Vivian ?

— Nous le sommes tous. Ouvrez-le.

— Comme c'est gentil. Merci !

— Vous me remercierez après avoir vu ce que c'est, riposta Vivian en se redressant légèrement.

Poppy dénoua le ruban.

— C'est l'intention qui compte.

— Je trouve cette expression stupide, pas vous ?

Poppy rit en déballant le paquet. Puis elle retint son souffle.

— Oh ! Vivian ! Elle est magnifique !

C'était une broche ancienne en forme de papillon aux ailes étincelantes de minuscules perles de cristal multicolores. Le corps était en or, les yeux en pierre noire et l'insecte semblait sourire.

— Elle ne vaut pas grand-chose, expliqua Vivian, le regard au loin. Mais je l'ai depuis mon enfance. Ma tante me l'a donnée pour mes dix ans. Ce bijou me fait penser à vous.

Une telle bienveillance était tout à fait contraire à ses habitudes.

— Je l'adore ! affirma Poppy en la fixant sur sa robe.

Puis elle se pencha pour embrasser Vivian sur la joue.

— Merci, merci.

La vieille dame fixa un point dans le vide.

— J'ai signé avec l'entreprise de récupération *Down East* ce matin.

Poppy eut l'impression de recevoir une gifle. Elle ouvrit la bouche mais aucun mot n'en sortit. *Down East* ? La perspective de la démolition des *Prés Fleuris* la chagrinait déjà terriblement. Mais confier le chantier à ces gorilles… comment Vivian avait-elle pu… ? Les larmes aux yeux, Poppy s'enfonça sur le canapé.

— Ils me proposaient dix mille dollars de plus que vous, décréta Vivian. C'eût été ridicule de ne pas saisir l'occasion.

Poppy avait la gorge trop nouée pour lui répondre.

— J'ai le droit de disposer de mes biens comme bon me semble, poursuivit Vivian. Je dois penser à mes neveux et nièces et ils me reprocheraient de…

— Je comprends, Vivian, interrompit Poppy en lui prenant la main. Je comprends.

Elle se mordit la lèvre pour ne pas éclater en sanglots.

Comment les Vautours de Vivian pouvaient-ils envisager de… de rayer cette propriété de la carte ? De remplacer par des pavillons sans âme cette superbe demeure bâtie du temps de Mark Twain ?

Les gars de *Down East* la détruiraient en quelques jours. Poppy les avait vus œuvrer à grand renfort de tronçonneuses et de tractopelles. Ils pulvériseraient le parc, écraseraient ou jetteraient des milliers de bulbes et de plantes. Ils abattraient l'orme – elle en mettrait sa main à couper – un arbre vieux de trois cents ans ! Ils n'aimaient pas *Les Prés Fleuris* comme elle. Ils n'y venaient pas deux fois par semaine depuis deux ans. Ils n'avaient pas fait l'amour sous les épicéas.

Poppy aurait travaillé pendant des mois. Mac et elle auraient soigneusement déposé chaque élément, de la cheminée en marbre dans la salle à manger à la baignoire en cuivre au deuxième étage. Elle aurait démonté les fenêtres à carreaux. Elle aurait emballé minutieusement chaque poignée de porte, chaque plaque d'interrupteur, chaque grille de chauffage en attendant de leur trouver un nouveau lieu où ces trésors seraient appréciés à leur juste valeur. Le jour venu, Poppy aurait surveillé de près le démantèlement de la maison.

Les ouvriers de *Down East* balanceraient tout à la poubelle. Ils embaucheraient des lycéens qui lanceraient les objets par les fenêtres, directement dans les bennes à ordures.

— Je dois vous laisser, murmura-t-elle, la voix tremblante.

— Je suppose que vous allez fêter votre anniversaire.

— Un dîner de famille. Merci pour la broche, Vivian. Elle est superbe.

— Allez-y sans quoi vous arriverez en retard, ce qui est très discourtois.

Sur ce, Vivian sortit son portable de son sac et entreprit de rédiger un SMS.

En chemin, Poppy essaya de ne plus penser aux *Prés Fleuris*.

Mais c'était difficile.

La semaine entière avait été rude. Elle n'avait pas revu ses parents depuis qu'elle avait appris l'existence de cette fameuse lettre.

Les rares fois où Poppy les avait interrogés au sujet de ses parents biologiques, Max et Stacia s'étaient toujours montrés ouverts d'esprit. Toutefois, elle n'était pas dupe : si elle annonçait un jour : « Au fait, j'aimerais retrouver mes véritables parents », ils le prendraient mal. Qui s'était consacré au bien-être de Poppy ? Qui l'avait veillée quand elle était malade, aidée pour ses devoirs ? Qui avait applaudi avec fierté son interprétation d'un navet muet dans *Le jardin de M. Smith* ?

Alors, elle s'était retenue d'en parler à quiconque sauf à Liam. Celui-ci avait réagi d'une manière exemplaire. Il avait réussi à lui faire surmonter sa détresse et même à se sentir heureuse.

Dommage, cette rencontre inopinée avec les Tate. Liam avait-il résolu le problème avec eux ? Il n'avait pas téléphoné mais le lendemain était un mercredi, jour où ils se voyaient.

Elle se gara devant le domicile de ses parents. La lettre était-elle quelque part à l'intérieur ? Comment leur poser la question ?

— Regarde-toi, comme tu es belle ! s'extasia Jon en lui ouvrant. Entre, mon chou. Tout le monde est là sauf Gretchen. Même Brianna est à l'heure. Si tu avais vu sa tête quand elle a appris que nous allions déguster des jarrets de porc en guise d'entrée. J'ai tenté d'apporter des escalopes de poulet cordon-bleu et des pommes sautées mais ta mère m'a assuré que tu voulais le hareng. Nous sommes donc condamnés à manger des spécialités de la patrie… Pourquoi cet air triste ?

— Je n'ai pas eu les droits de récupération des *Prés Fleuris*, avoua-t-elle.

Jon l'étreignit, la gratifia d'une tape consolatrice sur l'épaule, lui servit un cocktail à base de vodka. Sa mère déposa devant elle une assiettée de boulettes de porc.

— Les propriétaires sont idiots de ne pas t'avoir engagée, déclara Brianna.

Poppy sourit, touchée par la loyauté de sa protégée.

— Tout à fait d'accord, renchérit Henry.

— Sois heureuse, mon chou, c'est ton anniversaire ! intervint son père.

— Merci, papa.

Il avait beau lui cacher un secret depuis une quinzaine d'années, il n'en était pas moins son cher petit papa.

La porte s'ouvrit brusquement et Gretchen apparut, somptueusement affublée d'un chemisier en satin rose sur une jupe moulante noire.

— Bonsoir à tous ! lança-t-elle en leur adressant un signe de tête formel.

— Ma chérie, assieds-toi ! s'écria Stacia. Tu as l'air épuisé.

— Quatre jours et demi de boulot, c'est sans doute trop, chuchota Jon à Poppy, d'un ton ironique.

Gretchen autorisa Max à lui préparer une boisson.

— Ne restez pas là comme des idiots ! s'exclama Stacia. Venez dans la salle à manger. *Essen und geniessen !*

— Pardon ? murmura Brianna.

— Mangez et profitez ! expliqua Stacia. Déguste, ma chérie, pendant que c'est chaud !

Lorsqu'ils furent tous installés autour de la table, Henry fit tinter son verre.

— Nous avons une nouvelle à vous annoncer et Jon m'en a confié la mission… Alors, je me lance, ajouta-t-il en jetant un coup d'œil attendri vers son partenaire. Poppy, nous avons un cadeau d'anniversaire pour toi mais tu vas devoir patienter un peu.

— J'espère qu'il est gros et cher.

— Cher, oui, mais plutôt petit pour le moment. Nous irons le chercher au Guatemala le mois prochain.

Il marqua une pause.

— C'est… une nièce.

Un silence de plomb enveloppa l'assemblée. Poppy plaqua une main sur sa bouche.

— Une nièce ? Oh ! les garçons ! s'enthousiasma-t-elle en bondissant de sa chaise pour les enlacer, aussitôt imitée par Max et Stacia.

— Elle a treize mois, dit Jon, visiblement ému. Elle s'appelle Elisabeta Rosa Josephina Juarez et sera bientôt Elisabeta Rosa Josephina Juarez-Osterhagen-White.

— Simplissime, railla Brianna en beurrant un morceau de pain.

— Nous la surnommerons Betty, enchaîna Jon.

— Comme l'actrice Betty White ? demanda Brianna avec un sourire ironique.

— On ne saurait choisir meilleur modèle, argua Jon. Pour l'heure, elle est à l'orphelinat Notre-Dame-des-Anges. Nous avons sa photo. Bien entendu, Poppy sera sa marraine.

— Je n'en reviens pas ! J'attends d'être grand-mère depuis si longtemps ! s'extasia Stacia.

Henry montra une photo à Poppy et ses yeux se remplirent de larmes. Le bébé avait de longs cheveux châtain foncé et d'énormes yeux noirs. Potelée à souhait, elle arborait une expression solennelle. Le cœur de Poppy se gonfla de joie.

— Elle est magnifique. Coucou, Betty… N'est-ce pas qu'elle est mignonne, Brianna ?

— Oui, oui.

— Ne t'inquiète pas. Je ne te laisserai pas tomber.

Brie lui jeta un coup d'œil furtif.

— Ne te sens pas redevable envers moi.

— Tu auras beau bouder dans ton coin, je serai toujours là. Tu m'aideras à changer ses couches et tout le reste.

— Je meurs d'impatience.

Cependant, Brianna accorda à Poppy un regard empli de reconnaissance et se retint de pousser des cris quand Jon leur décrivit la fresque de licornes dont il avait l'intention de décorer la chambre de l'enfant.

Seule Gretchen semblait avoir l'esprit ailleurs. Elle examina docilement le cliché et le passa à son voisin. Elle ne participa nullement à la conversation durant le repas et chanta « Joyeux anniversaire » du bout des lèvres. Un frémissement parcourut l'échine de Poppy.

La mère de Brianna passa la chercher immédiatement après le dessert et Poppy fut rassurée de voir Tina embrasser sa fille. Selon Brianna, l'ambiance à la maison était bien meilleure.

La famille émigra dans le salon et se vautra dans les fauteuils comme chaque fois après un repas de fête chez les Osterhagen. La photo de Betty à la main, Stacia promit de descendre la layette qu'elle conservait dans le grenier. Max se tourna vers Gretchen.

— Tu es bien silencieuse. Tout va bien, ma chérie ?

Elle inspira profondément comme si elle s'apprêtait à prononcer un discours.

— C'est gentil de ta part d'en prendre conscience.

Elle jeta un coup d'œil vers Poppy.

Aïe ! songea cette dernière. Gretchen s'apprêtait sûrement à lâcher une bombe.

— J'ai eu droit à une petite surprise hier soir. Dante m'a dit que lui et Poppy avaient été amants. Hilarant, n'est-ce pas ?

L'estomac de Poppy se contracta.

— Euh… Gretchen, on pourrait peut-être avoir une conversation en tête à tête ? suggéra-t-elle.

Elle pivota vers sa mère, qui s'était figée d'horreur.

— Non ! Parlons ici et maintenant, Poppy, proclama Gretchen en abattant un bras sur l'accoudoir du canapé. Tu as couché avec mon petit ami et tu me l'as caché.

— Qui veut un deuxième café ? proposa Max en se ruant vers la cuisine.

Personne ne réagit.

— Poppy n'a pas couché avec Dante, protesta Stacia. Elle n'aurait jamais osé.

— Vraiment ? riposta Gretchen… Poppy, sois honnête.

Poppy porta son regard de sa mère aux garçons. Jon grimaça, Henry haussa les épaules.

— Eh bien, oui. Dante et moi avons eu une brève liaison. Nous avons rompu avant qu'il ne te connaisse, Gretchen.

— Mais il ne t'est jamais venu à l'esprit de m'en parler ?

— Non ! souffla Stacia. Poppy ! Dante Bellini ? Comment as-tu pu… ?

— Crois-tu que j'aurais accepté tes miettes, si je l'avais su ? rugit Gretchen, le visage cramoisi.

— Jon, il est temps de partir, me semble-t-il, lança Henry. Encore bon anniversaire, petite sœur.

— Tu veux qu'on reste ? murmura Jon.

Gretchen le prit à partie.

— Non ! Elle n'a pas besoin de son fan-club, Jon ! Rentrez chez vous ! On ne veut pas de vous ici !

— Mesure tes paroles, s'il te plaît, gronda Max depuis la cuisine… Cependant, Gretchen n'a pas tort. Inutile de traîner, les garçons.

— Exactement, papa. À bientôt.

Henry saisit Jon par le bras et l'entraîna hors de la pièce.

— Nous sommes ravis, pour le bébé ! lança machinalement Stacia.

— Félicitations ! renchérit Poppy.

Un silence de plomb s'abattit sur l'assemblée. Stacia déchiqueta une serviette en papier en contemplant une photo de Poppy dans son rôle de navet comme si elle se demandait ce qu'était devenue sa fille. Max hésitait sur le seuil de la pièce.

— Je n'en reviens pas que tu m'aies menti, grommela Gretchen, lèvres pincées.

— Je ne t'ai pas menti, se défendit Poppy. Si je ne t'ai

rien dit, c'est parce que cette relation n'avait pas compté pour moi, Gretchen. Point à la ligne.

— Comment est-ce possible ? susurra la Fräulein.

— Poppy, tu me déçois terriblement, proclama Stacia. Je suis sidérée. Choquée. Épouvantée.

— D'accord, maman, j'ai compris. Écoute, Gretchen, ce n'était pas… ça n'a aucun rapport avec le présent.

— C'est ignoble, rétorqua sa cousine. Dante saute de ton lit au mien et toi, du sien à celui de Liam. Franchement, Poppy, je trouve cela minable.

— Tu déformes tout ! s'insurgea Poppy.

— Liam ? Maintenant tu couches avec Liam ? Poppy, tu es une accro du sexe ? hurla Stacia, complètement affolée.

Max tressaillit et se réfugia dans la cuisine, ouvrant le robinet à plein pour noyer la discussion.

— Non, maman, je ne suis pas une accro du sexe. Voyons ! Pour qui me prends-tu ?

— Justement ! glapit Gretchen. Poppy l'irréprochable. Devine quoi ? Tu n'es pas parfaite. Comment oses-tu… ? Tu as toujours droit à tout ! Henry, Jon, la future nièce et cette adolescente obèse qui te poursuit comme un chiot affamé.

— Je t'interdis…

— Et voilà que j'apprends que tu es sortie avec Dante. J'en ai par-dessus la tête !

Sur ce, Gretchen quitta la maison au pas de charge, claquant violemment la porte derrière elle. Une seconde plus tard, ils entendirent sa voiture démarrer en trombe.

— Je suis stupéfaite. Abasourdie. Max, sers-moi un cognac, s'il te plaît.

Cet anniversaire demeurerait gravé dans toutes les mémoires.

Max revint dans le salon, tendit un ballon d'alcool à son épouse et s'assit auprès d'elle.

— Poppy, ta maman est bouleversée à cause de toi, déclara-t-il d'un ton doux mais ferme.

— Moi ? N'est-ce pas plutôt Gretchen ?

— Nous nous occuperons d'elle plus tard.

— Comment as-tu pu nous cacher cela ? s'indigna Stacia. Comment as-tu pu sortir avec cet homme ?

Poppy vida son verre d'un trait. Stacia qui lui reprochait d'avoir gardé un secret, n'était-ce pas le comble de l'ironie ?

— Laissez-moi vous expliquer. Primo, votre rancune à l'égard de Dante m'a toujours semblé ridicule.

— Ah ! Parce que maintenant, tu le défends ? s'époumona Stacia.

— Maman, calme-toi. Son restaurant a un succès fou. Le vôtre aussi, pour des raisons différentes. Il y a de la place à Bellsford pour les deux.

— Pffffft !

— Secundo, reprit Poppy… Bon, secundo, on ne peut pas dire que les hommes fassent la queue devant ma porte. Quand il m'a invitée à boire un verre, j'en ai été flattée, figurez-vous. Il est beau et charmant. Nous nous sommes vus plusieurs fois mais la relation s'est étiolée.

Stacia haussa un sourcil dubitatif.

— Gretchen était tellement excitée que je n'ai pas voulu lui gâcher son plaisir. Dante et moi avons eu une conversation et sommes tombés d'accord pour ne rien dire. J'ignore pourquoi il a manqué à sa parole, d'autant qu'il n'y a jamais rien eu d'important entre nous.

Poppy s'empara d'un coussin et le plaqua sur son ventre. Avec le recul, elle se rendait compte qu'elle n'avait rien éprouvé pour Dante, hormis une attirance physique et l'espoir d'une évolution positive de leur relation. À présent, elle constatait à quel point elle s'était fourvoyée.

— Et oui, ajouta-t-elle, Liam et moi sortons ensemble. Depuis un mois environ.

— Encore un secret. Moi qui te croyais si proche de nous, lui reprocha Stacia en reniflant.

Poppy la dévisagea longuement.

— À propos de secrets... Peux-tu me parler de la lettre ?

— Quelle lettre ? s'enquit Max.

— Celle de ma mère biologique.

Les visages de ses deux parents devinrent blêmes.

— Comment l'as-tu su ? Tu l'as retrouvée ? s'enquit enfin Stacia, la voix empreinte d'une pointe d'hystérie.

— Non, maman. Gretchen a évoqué un courrier qu'elle aurait lu en douce à l'époque.

— Comment ? De quel droit ?

— Tu nous avais assuré que tu ne voulais pas savoir d'où tu venais, protesta Max.

— J'aurais peut-être changé d'avis si j'avais su que ma mère biologique m'avait écrit, papa ! Comment avez-vous pu me cacher cela ? Ne vous est-il jamais venu à l'esprit de me mettre au courant ?

— La missive n'était pas pour toi, tonna Stacia. C'est à moi qu'elle était adressée.

Poppy se figea.

— C'est la vérité, ma chérie, intervint Max. Elle est arrivée par le biais de l'avocat qui s'était occupé de ton adoption et destinée à « la femme qui a adopté mon bébé ». Nous ne t'aurions jamais privée d'un pli envoyé à ton nom.

Poppy expira lentement.

— D'accord. N'empêche que j'étais la première concernée.

Ses parents échangèrent un regard.

— Bien sûr, convint Stacia. Nous avons toujours dit que si tu émettais le souhait de retrouver tes parents biologiques, nous te transmettrions cette lettre. Mais tu ne l'as jamais fait. Donc, nous nous sommes tus.

Stacia croisa les bras en fixant Poppy. Max vint

s'installer auprès d'elle, posa un bras sur ses épaules. Comme toujours, son étreinte la réconforta.

— C'était un moment difficile. Ton oncle et ta tante venaient de mourir, tu t'apprêtais à partir pour l'université. Nous nous sommes dit que si ta mère avait voulu te contacter personnellement, elle en aurait pris l'initiative. Donc, nous ne t'avons rien dit. Nous avions tort mais… voilà. C'est ainsi.

Poppy opina. Dans son cœur, elle savait que ses parents ne feraient jamais rien pour la blesser. Pas exprès.

— Pouvez-vous me montrer ce courrier maintenant ?

Max et Stacia échangèrent un regard.

— Nous sommes navrés, Poppy, dit Max. Elle a brûlé lors de l'incendie.

La lettre, que Stacia lui résuma à l'aide d'une fiche sur laquelle elle avait noté les informations pertinentes, ne révélait pas grand-chose sinon un récit de faits. La mère de Poppy avait tenu à mettre à jour l'héritage médical de la famille. Le grand-père maternel de Poppy souffrait de diabète. Sa grand-mère paternelle avait eu un cancer du sein. Sa mère biologique s'appelait Clarice. Elle avait les yeux bruns et les cheveux châtains. Son père était un certain Paul, yeux noisette et cheveux noirs. Ils étaient étudiants (lui en littérature anglaise, elle en histoire) quand elle était tombée enceinte. Clarice n'avait pas revu Paul depuis l'obtention de leurs diplômes respectifs. Elle avait éprouvé le besoin d'écrire au bout de dix-huit ans car le bébé qu'elle avait abandonné aurait l'âge qu'elle avait en le mettant au monde. Elle espérait que l'enfant était heureux et en bonne santé.

Point final.

— Elle n'avait pas envie de me connaître ? s'enquit Poppy.

Max lui serra le bras.

— Non, ma chérie. Remarque, si tu lui tendais la perche aujourd'hui, rien ne dit qu'elle refuserait.

— Parce que tout à coup, tu as envie de la rencontrer ? marmonna Stacia.

Poppy tressaillit. Là, tout de suite, elle avait surtout envie d'un alcool fort. Et de Liam.

— Je n'en sais rien, maman.

— Sans vouloir te vexer, ma chérie, elle avait le choix et pourtant, elle a opté pour la naissance sous X. Quelle qu'en soit la raison, elle a pensé que c'était mieux.

— Je sais… Je vais y aller, d'accord ?

Ses parents l'accompagnèrent jusqu'à la porte.

— Tu vas présenter tes excuses à Gretchen ? lui demanda Stacia, histoire d'avoir le dernier mot.

— Cela ne figure pas en haut de ma liste de priorités, rétorqua Poppy.

Sur ce, elle se dirigea vers sa camionnette, la démarche gênée par la robe et les ampoules provoquées par ses sandales neuves.

De retour chez elle, elle enfila un short et un sweat-shirt avant de se verser un grand verre de vin. Elle s'assit sur les marches de son perron pour le déguster en caressant son chien.

Le crépuscule tombait. Les oiseaux s'étaient tus. Une chauve-souris s'envola du clocher et dans les marais, les grenouilles avaient entonné leur chant du soir.

Un sentiment de mélancolie submergea Poppy. Triste journée d'anniversaire. Pourtant, elle avait reçu une bonne nouvelle : bientôt, elle aurait une nièce. N'était-ce pas merveilleux ? Poppy sortit son portable de sa poche et rédigea un SMS destiné à Henry et à Jon pour leur dire combien elle regrettait l'incident du dîner et proposer de leur rendre visite le lendemain afin qu'ils puissent satisfaire sa curiosité.

Malheureusement, ce geste ne suffit pas à lui remonter le moral. On allait démolir *Les Prés Fleuris*. Gretchen était furieuse, Stacia aussi et, quelque part sur cette terre, se trouvaient ses parents biologiques. Une mère qui aimait sûrement lire et un père passionné d'art et d'antiquités. Tous deux avaient les cheveux et les yeux foncés comme elle.

Poppy avait de la chance et elle en était consciente. Elle avait un frère et un beau-frère. D'ici peu, elle aurait la petite Betty à choyer. Elle avait en Brianna une sorte de sœur de substitution, des parents adoptifs qui se jetteraient sous un bus pour la sauver. Elle ne manquait de rien. Elle avait même un petit ami. Plus ou moins.

Malgré tout (et elle n'oserait jamais l'avouer tout haut), elle avait du mal à ne pas s'apitoyer sur son sort. Quand la cloche sonna, elle sursauta violemment, renversant son vin. Shilo se leva d'un bond et se mit à aboyer en tournant en rond avant de foncer se réfugier sous les lilas. Poppy contempla le clocher. Il était 21 heures précises et sa cloche se balançait d'avant en arrière. Neuf coups retentirent, assourdissants, riches, si profonds que le sol en tremblait sous les pieds de Poppy.

Quand le son s'estompa enfin, Poppy se propulsa à l'intérieur, monta au pas de course, émergea sur la passerelle pour emprunter le minuscule escalier en colimaçon menant au clocher.

Sur le bord de la cloche, elle vit un message collé à l'aide d'un ruban adhésif :

Bon anniversaire.

Le mot n'était pas signé.

C'était inutile.

26

— Mauvais choix, ronchonna Mac dans sa tasse de café, le lendemain matin.

Poppy venait d'annoncer la nouvelle à ses employés et l'ambiance était morose.

— C'est vrai ? répliqua Elise en ravalant ses larmes. J'étais persuadée qu'on décrocherait ce contrat.

— Heureusement, Vivian sera exemptée de cette vision d'horreur, expliqua Poppy. La maison ne pourra être démolie qu'après son décès.

— Elle a de la chance, marmonna Mac. C'est nous qui subirons ce spectacle. Je trouve cela injuste.

C'était bien la première fois qu'il s'exprimait aussi longuement.

— Désolée, mes amis, conclut-elle.

— Tu n'y es pour rien, Poppy. Tu as été formidable, tu t'es occupée de cette vieille peau. Elle t'a menée par le bout du nez en te faisant miroiter ce chantier. Elle a profité de toi.

— Elle est très seule.

— Elise a raison, intervint Mac d'un ton empreint de colère. Tu t'es démenée pour elle. Et Elise, tu as été…

Un peu désemparé, il la regarda droit dans les yeux.

— Tu as été… épatante, admit-il. Bon, je retourne au boulot.

Sur ce, il tourna les talons et disparut dans l'arrière-salle, visiblement à bout de forces. Elise poussa un profond soupir.

— Dommage qu'il me plaise autant.

— Je suis triste pour toi, Elise. Tu devrais peut-être chercher l'âme-sœur ailleurs ? Quelqu'un de ton âge ?

— Mouais.

La journée fut calme. Au cours de la nuit, Poppy avait décidé d'oublier, une fois pour toutes, l'incident de la lettre. Inutile de se lamenter – ses parents biologiques étaient quelque part, ils l'avaient toujours été ; elle était ici et tout allait bien. Sa mère l'avait mise au monde sous X et Poppy lui en était reconnaissante. Aurait-elle apprécié que Clarice lui écrive, manifeste des sentiments envers l'enfant qu'elle avait abandonnée ? Oui. Mais Clarice ne l'avait pas fait. Autant clore ce chapitre.

Poppy régla les factures, répondit aux mails, prépara un devis pour une maison du côté de Durham. Ils vendirent deux articles, une ancienne lampe de pompier et un piédestal en bois sculpté. Vu le peu d'activité, Poppy renvoya Elise et Mac chez eux. Pauvre Elise. Un de ces jours, elle renoncerait et irait de l'avant.

À propos de relations amoureuses, on était mercredi. À la perspective de voir Liam, de le remercier d'avoir réparé sa cloche, les battements de cœur de Poppy s'accélérèrent. Et si elle leur préparait un petit dîner ? Elle en était capable. Elle avait suivi un cours de cuisine, autant le mettre à profit. Elle ferma la boutique et partit pour le marché acheter les ingrédients nécessaires à la confection de spaghettis bolognaise. À sa grande fierté, elle n'eut à appeler Jon que deux fois en cours de route. De retour chez elle, elle mit de la musique, baissant le son pour écouter les six coups de cloche de 18 heures. Elle sonnait régulièrement à 6 heures, 9 heures, midi, 18 heures et 21 heures et Poppy pouvait l'entendre depuis le hangar de *Renov'art*. Pourvu que personne ne vienne s'en plaindre !

Elle prit une douche, dompta sa mèche rebelle, ouvrit son armoire. Elle ne possédait que deux robes. La première était trop large, la seconde la grattait. Aucun problème. Elle mettrait un short – avec un haut coquet, ce débardeur jaune bordé de satin, par exemple. Elle l'avait acheté au rayon ados mais il lui seyait. Elle s'examina dans la glace, se trouva mignonne, très féminine. Un de ces jours, elle se ferait percer les oreilles.

Depuis qu'ils étaient ensemble, Liam l'avait appelée tous les mercredis après-midi pour lui demander si elle était libre le soir. Gretchen lui avait déconseillé de se rendre trop disponible mais Poppy détestait ces petits jeux sournois (d'ailleurs, Gretchen n'avait qu'à se mêler de ses affaires). Pourquoi faire semblant de ne pas être libre alors qu'elle mourait d'envie de le voir ?

Mais aujourd'hui, Liam n'avait pas téléphoné.

Peut-être n'en avait-il pas éprouvé le besoin, se rassura-t-elle. Elle éminça un oignon et le jeta dans la poêle avec l'ail. Une délicieuse odeur emplit la cuisine. Shilo gémit et Poppy lui lança une petite boulette de viande hachée. Puis elle se versa un verre de vin. Alla se recoiffer. Lissa de nouveau sa mèche rebelle, qui s'empressa de rebondir. Remit de la musique et dansa avec Shilo sur l'air de « Kentucky Woman ». Fit revenir sa viande. L'ajouta à la sauce tomates. Consulta la pendule.

18 h 45.

Chaque fois qu'elle entendait une voiture dans la rue, son cœur s'emballait. Aïe ! Elle était vraiment amoureuse. Quant à Liam, il semblait l'être, lui aussi. Il avait une façon de la contempler, par moments, ou de lui effleurer les lèvres du bout du doigt… et dans ses yeux vacillait une lueur qui ressemblait à celle de… l'amour.

Mais l'heure tournait et contrairement aux fois précédentes, Liam n'était pas encore là.

Pas la peine de paniquer.

Encore moins de précipiter les événements. C'était son impatience qui avait repoussé Dante. Bien sûr, Dante n'entrait pas dans la même catégorie que Liam. Le charme de Dante était superficiel. Liam avait de la substance. Il était issu d'un milieu difficile et avait réussi à bâtir une entreprise florissante. Il était un père attentionné (bien que névrosé). Venu de nulle part, il était devenu un homme respectable – tel que Poppy l'avait imaginé, tant d'années auparavant.

La sonnerie du téléphone l'arracha à ses réflexions. Elle lâcha sa spatule, éclaboussant son débardeur de sauce. Zut ! Mais c'était lui. Le seul fait de voir son nom affiché sur l'écran lui donna le tournis.

— Bonsoir, beau gosse.

— Cordelia. Pourrais-tu me rejoindre au *Rosebud* ce soir ?

Elle scruta sa cuisine – le premier plat qu'elle avait confectionné depuis dix ans, hormis des œufs brouillés…

— J'ai préparé un repas. Tu ne veux pas venir le partager avec moi ?

Silence.

— Spaghettis à la bolognaise. Ça sent divinement bon.

— Je préférerais qu'on se voie au *Rosebud*. Si cela ne t'ennuie pas.

Elle hésita. Ce n'était pas exactement ce qu'elle avait envisagé pour cette soirée mais…

— D'accord. D'ici une demi-heure ?

— Parfait.

— À tout de suite.

Liam avait déjà raccroché.

Poppy demeura un instant figée devant l'appareil. Un sentiment d'angoisse l'envahit. Elle se secoua intérieurement. Il avait envie de dîner au *Rosebud*, pourquoi pas ? Après tout, ils ne se cachaient plus. Ne l'avait-il pas embrassée, à Kittery ? Oui, ce devait être cela. Un signe positif.

Pas de quoi s'alarmer.

Impossible de contourner le problème. Il en était malade.

Certes, à une époque, Liam était passé maître en l'art de la rupture. Enfin non, pas exactement. Maître en l'art de larguer ses conquêtes. C'était nettement moins élégant. Il n'en était pas fier. En ce temps-là, il n'était qu'un minable coureur de jupons, lâchant une fille dès qu'elle devenait trop collante, trop exigeante, trop prévisible ou qu'une autre attirait son attention. Il ne prenait pas de gants : *Justement, à ce propos... on a passé un bon moment. Tu avais autre chose à me dire ?* Après quoi, comble de l'arrogance, il affichait ce sourire qui faisait rougir toutes les femmes, quel que soit leur âge, la gratifiait d'une pichenette sur le menton et d'un clin d'œil. Comment avait-il échappé aux éclats de fureur des frères et des pères outragés ? Mystère. Car si un garçon osait traiter Nicole ainsi aujourd'hui, il le massacrerait.

Avant Emma, il n'avait jamais connu l'amour. Il s'était comporté comme un goujat. Et il s'apprêtait à retomber dans le même travers. Il avait choisi le *Rosebud* parce qu'il était lâche. Parfaitement. La preuve. Cordelia n'était pas du genre à lui faire une scène dans un lieu public. Il opterait pour le box tout au fond, près de la table de billard. Le mercredi soir, il n'y avait jamais grand monde. Il pourrait lui parler tranquillement mais en toute sécurité.

Couard.

— Salut, beau gosse ! En ce qui concerne la cloche... tu es un prince, Liam Murphy. J'ai failli avoir une crise d'apoplexie en l'entendant la première fois. Je n'en reviens pas que tu aies réussi à la réparer. J'étais assise sur les marches du perron, j'ai sursauté, renversé mon vin, cassé mon verre. Et si tu avais vu Shilo ! Il courait partout en aboyant. C'est formidable. Tu es formidable. Le son est magnifique.

Elle paraissait nerveuse. Tendue. Son allégresse était

un peu forcée. Retenant son souffle, elle s'installa en face de lui.

— Merci, reprit-elle plus calmement. C'est le plus merveilleux cadeau que l'on m'ait jamais fait, Liam. Quoique… mon frère m'a offert une nièce. Mais je ne l'ai pas encore reçue. En tout cas, la cloche arrive en deuxième position. Elle est parfaite.

— Je t'en prie, marmonna-t-il, l'œil rivé sur sa bière.

— Poppy ! Qu'est-ce que tu bois ? lança Rose depuis le bar.

— Bonsoir, Rose ! Un verre de vin blanc, à condition que tu n'en dises rien à Henry.

— Comment va-t-il ?

— Toujours gay.

— Dommage, regretta Rose en lui apportant sa boisson… Vous désirez quelque chose à grignoter ?

— Pas moi, merci, dit Liam.

— Moi non plus, déclara Cordelia.

Liam sut alors qu'elle avait tout compris car Cordelia Osterhagen ne refusait jamais, *jamais* de manger.

— Entendu. N'hésitez pas, si vous avez besoin de quelque chose.

Rose s'éloigna.

L'heure était venue de mettre les pieds dans le plat. Liam but une gorgée de sa bière.

— Où en es-tu, côté parents biologiques ? bredouilla-t-il en s'obligeant à lever les yeux.

— Tu veux rompre, n'est-ce pas ? riposta-t-elle, d'une voix étrangement calme.

Sa mèche rebelle s'était redressée. Ridicule et adorable.

— Mon existence s'est sérieusement compliquée ces jours-ci, annonça-t-il en pesant ses mots. Je ne peux pas me permettre de m'engager dans une relation sentimentale.

Elle demeura immobile.

— Les Tate y seraient-ils pour quelque chose ?

— Oui. Plus ou moins. Il faut que je me concentre sur Nicole et je… Il ne s'agit pas vraiment de ma fille, Cordelia. Je ne peux pas… écoute… toi et moi n'avons pas les mêmes aspirations, voilà tout.

— Quelles sont… les tiennes ?

De nouveau, il fixa sa chope. Une bière fascinante, la Sam Adams. Belle couleur ambre…

— J'apprécie énormément ta compagnie, je t'aime beaucoup mais je vois bien que tu commences à… t'attacher. Je suis sûr que tu rêves de fonder un foyer, d'avoir des gosses et ainsi de suite. C'est tout à ton honneur mais ce n'est pas pour moi.

Elle l'écoutait attentivement. Comme toujours. Liam se força à continuer malgré l'étau qui se resserrait autour de sa poitrine.

— On s'est bien amusés mais… on tourne en rond.

Ses yeux étaient immenses, sa bouche légèrement entrouverte. Elle reprit son souffle, pinça les lèvres, hocha la tête.

— Oui. Je comprends.

Elle ramassa son verre. Ses mains tremblaient. Elle dut s'en rendre compte car elle les croisa et les posa sur ses genoux.

Si elle lui avait jeté son vin à la figure, il aurait pu réagir. Si elle l'avait traité de tous les noms, il aurait pu acquiescer. Si elle l'avait giflé… ce ne serait pas la première fois.

— Liam, chuchota-t-elle… Je n'ai pas besoin de grand-chose… Je sais que tu dois penser à Nicole et loin de moi l'idée de t'en décourager. En revanche, je ne vois pas en quoi cela nous oblige à… à mettre un terme à notre relation. Ce que nous vivons me suffit. On pourrait continuer ainsi, non ?

Honteux, penaud, Liam garda le nez baissé.

— Je suis désolé, Cordelia.

Elle méritait mieux que lui. Elle était faite pour se marier, avoir une maisonnée remplie d'enfants et d'animaux, une famille envahissante, un mari qui l'aimait de toutes ses forces. Et réciproquement. Si elle était sérieusement éprise de lui – comme quinze ans auparavant – il n'avait aucune envie de la voir découvrir, petit à petit, l'homme qu'il était vraiment, le moins-que-rien venu de nulle part. Nicole était son unique fierté et il se devait de la protéger des Tate mais aussi des Tanner de ce monde, de ses erreurs et des accidents de la vie. Il ne devait pas quitter la balle des yeux, ne serait-ce qu'une seconde.

— Alors c'est fini ?

— Si tu espérais autre chose, j'en suis navré, répondit-il d'un ton neutre.

— Non, je… bien, bien.

Elle resta sans bouger, le menton frémissant. Jamais Liam ne s'était à ce point détesté. Il fit mine d'admirer la table par peur de louper une rupture quasi parfaite. D'ici quelques minutes, Cordelia serait partie. Il pourrait rentrer chez lui se laver les mains, jeter un coup d'œil sur sa fille, se cogner la tête contre le mur.

— Tu te souviens du chaton ?

— Quel chaton ?

— Joe. Celui que tu nourrissais en douce, du temps où tu travaillais au *Guten Tag*.

Il n'avait pas repensé à cet animal depuis des années. Mais non, il ne l'avait pas oublié.

— Pourquoi ?

Elle le dévisagea, l'air solennel.

— Je me suis toujours dit que c'était très révélateur de ta véritable personnalité. Que tu aies pris soin de lui jusqu'à ce que cette dame l'adopte.

Et vlan ! Voilà qu'il devenait un héros.

— Il n'a jamais été adopté, Cordelia. Il a été écrasé par une voiture.

— Mais tu… tu me l'as dit toi-même. Tu m'as raconté qu'une dame était…

— J'ai menti. Il est mort et je l'ai enterré près de la station des garde-côtes.

— Écrasé ? s'enquit-elle, les yeux humides.

— Oui.

— Pourquoi as-tu…

— Bonsoir, Liam, comment vas-tu ? s'exclama Taylor Bennington Likletter en venant déposer un baiser sur sa joue.

— Taylor ! Tu connais Cordelia Osterhagen, n'est-ce pas ?

— Oui, oui, marmonna-t-elle sans daigner accorder un regard à Poppy… Tu me rejoins à ma table, que je te présente mes copines ? Nous passons une soirée entre filles et elles meurent d'envie de te connaître… Elles n'en reviennent pas que j'aie couché avec toi, ajouta-t-elle plus bas.

Il se tourna vers Cordelia. Et s'il enfonçait un clou de plus ?

— Volontiers. En ce qui nous concerne, nous avons fini, n'est-ce pas, Poppy ?

Elle tressaillit.

— Oui. C'est ça. À un de ces quatre.

Liam posa un billet de vingt dollars sur la table et, sans un mot de plus, se dirigea vers le groupe de femmes trop parfumées qui gloussaient comme des poules. Il flirta brièvement avec elles – il n'avait pas la moindre idée de ce qu'il leur avait raconté mais elles avaient littéralement bu ses paroles. Quand Cordelia quitta l'établissement, il compta jusqu'à cinquante-cinq avant de saluer ces dames et de rentrer chez lui où l'attendait sa fille.

Tout au long du chemin, il pensa à ce pauvre chaton qui s'était malencontreusement aventuré dans la rue. À l'époque, prendre soin de lui avait été le point culminant de ses journées. Il s'était émerveillé de réussir à amadouer cette bête abandonnée. La première fois qu'il avait nourri Joe, il avait eu l'impression d'assister à un petit miracle. Il se rappelait encore son ronronnement, sa maigreur sous ses caresses. À force d'engloutir boîtes de thon et restes de porc, Joe avait vite grossi. Liam l'aurait volontiers ramené chez lui mais son oncle le lui avait interdit.

Puis, un jour, alors que Liam regagnait son domicile sur sa vieille moto défoncée, il avait aperçu Joe, gisant sur le bas-côté. Il n'était pas encore mort mais il était dans un sale état, la patte arrière fracturée et ensanglantée, l'air complètement perdu. Il n'avait pas émis le moindre son tandis que Liam se débarrassait de son T-shirt pour l'en envelopper et le transportait, serré contre son cœur, chez le vétérinaire.

Joe était mort avant d'y parvenir.

Liam l'avait emmené dans les marais et l'avait enterré, toujours emmailloté dans son T-shirt. Là, il s'était mis à sangloter encore plus fort qu'au décès de sa propre mère. Il aurait dû trouver le moyen de cacher Joe dans le garage de son oncle ou de lui construire un abri quelconque. Mais non, il s'était contenté de laisser Joe dans l'allée jusqu'à ce que cette fichue voiture l'écrase.

C'était son regard qui l'avait le plus frappé – comme s'il était à la fois sous le choc de la douleur mais qu'il acceptait son sort. Comme si Joe avait su qu'il ne trouverait pas indéfiniment à se nourrir derrière les bennes à ordures. Comme si se faire rouler dessus par un véhicule, bien qu'épouvantable, était le destin inévitable d'un chaton abandonné.

Ce soir, Cordelia avait eu le même regard.

Liam avait beau savoir qu'il avait pris la bonne décision – elle serait plus heureuse sans lui, les Tate le laisseraient peut-être enfin tranquille et il pourrait concentrer toute son attention sur Nicole –, il avait la sensation qu'une partie de lui-même s'était éteinte un peu plus tôt au *Rosebud*.

27

— Il m'a appelée Poppy.

— Et alors ? C'est ton prénom, il me semble, riposta Kate en changeant de position dans son fauteuil à bascule. Aïe ! Ces hémorroïdes me tuent.

— Désolée pour toi. Officiellement, je suis Cordelia.

— C'est vrai, j'ai tendance à l'oublier.

Elles étaient assises dans le salon de Kate. On était dimanche soir – cinq jours après Le Largage. Poppy était à peine sortie de chez elle depuis mais Kate était passée dans l'après-midi et l'avait pratiquement poussée de force dans la voiture. Une fois chez elle, elle avait sorti une bouteille de mauvais vin et des bacs de crème glacée. Poppy avala une bouchée de *Ben & Jerry* aux pépites de chocolat puis en offrit une cuillerée à son chien, qui ne se fit pas prier.

— Combien de temps dois-je t'accorder pour t'apitoyer sur ton sort ? s'enquit Kate. Remarque, ce n'est pas que je m'ennuie.

— Je l'ignore. Un an ? Une décennie ?

Shilo poussa un profond soupir et cala la tête sur les genoux de sa maîtresse. Ces jours-ci, il ne la quittait plus d'une semelle. Les chats, eux, semblaient peu soucieux de ses états d'âme.

Tôt ou tard, ce sentiment d'avoir été rejetée finirait par s'estomper. Pour l'heure, Poppy était en phase de guérison. N'empêche qu'à 2 h 47 du matin, l'heure la plus solitaire inventée par Dieu, elle n'avait pu retenir ses larmes. Shilo s'était empressé de les lui lécher – mince consolation.

Au temps du lycée, elle avait aimé Liam de loin et il lui avait brisé le cœur.

Cette fois, elle l'avait aimé de près. Elle avait eu un aperçu de ce qu'elle aurait pu vivre si Liam Murphy l'avait aimée en retour. Ces instants lui manquaient affreusement et elle s'en voulait d'être tombée malgré elle dans le piège.

Liam Murphy l'avait plaquée, comme tant d'autres au fil des ans. Et il l'avait appelée Poppy. Autrefois, en s'obstinant à lui donner du Cordelia, elle avait eu l'impression qu'il se moquait d'elle. Plus récemment, sa façon de prononcer ce prénom l'avait touchée, voire flattée.

— Tu n'es pas de mon avis ? insista Poppy. Quand il a dit « Poppy », ça sonnait un peu comme des préliminaires amoureux.

— Tu as trop bu, ma chère. Sois raisonnable. Si tu tiens à être maman, personne ne t'empêche d'adopter un enfant. James et moi sommes heureux comme tout. Il me fait de ces massages de pieds… divins ! James ! Viens masser les pieds de Poppy.

— Non, merci, James, refusa cette dernière en détournant la tête.

Elle aurait sans doute mieux fait d'éviter le mélange vin/crème glacée.

— Justement, Kate, à propos de James… Tu ne trouves pas qu'il serait temps de le laisser vaquer de son côté de temps en temps ?

— Épargne-moi tes sermons. J'en ai conscience. Je l'ai inscrit dans un de ces groupes, les Grands Frères ou je ne sais quoi. Devine sur qui il est tombé ?

— Aucune idée.

— Ce type. Celui qui jouait pour les *Red Sox*. Tu sais bien…

— Non, Kate, je n'en sais rien du tout.

— Le beau blond, celui qui ressemble à un homme de Néandertal ultra-sexy ? Matt Damon ?

— Johnny Damon, tu veux dire ?

— Possible. Mon sport de prédilection, c'est le hockey. Bref, James a désormais un modèle parental muni d'un pénis. J'espère que tout le monde est satisfait… Selon moi, James est le meilleur fils qui soit. Je suis plutôt fière de mon œuvre.

Le cœur de Poppy se radoucit.

— Tu as raison, Kate. Il est génial.

Kate ébaucha un sourire.

— Bon. Ruminons le problème jusqu'au bout et enterrons-le une fois pour toutes. Liam le beau gosse t'a lâchée. Tu n'as rien vu venir alors que tu aurais dû prévoir le coup et à présent, tu es anéantie. Ensuite ?

— Je me remets au boulot, je suppose.

Depuis deux jours, Poppy avait cédé à ce cliché pathétique de la femme délaissée. Elle commençait à en avoir assez. Pour la première fois depuis qu'elle avait démarré son entreprise, elle s'était fait porter pâle. Elle avait filtré ses coups de fil. Refusé d'allumer son ordinateur sur Facebook. En revanche, elle avait commandé pour plus de trois cents dollars de produits de beauté sur un site de vente en ligne.

Toutefois, la vie était devant elle. Son père l'avait appelée pour prendre de ses nouvelles. Sa mère n'était pas intervenue bien que Max ait assuré qu'elle leur manquait à tous les deux. Elle n'avait pas le courage de les affronter maintenant. Cette histoire de lettre de sa mère biologique n'avait rien changé, fondamentalement, sinon le fait que ses parents lui avaient caché ce secret. Désormais, elle en savait un peu plus sur ses origines, mais elle s'en fichait un peu. Quant à Gretchen et ses problèmes avec Dante… qui s'en souciait ? Poppy en avait par-dessus la tête de sa cousine. Les garçons se préparaient à accueillir la petite Betty et Poppy ne voulait surtout pas ternir leur bonheur.

Elle s'était donc réfugiée dans le ménage et les rangements. Son logement était encombré d'objets inutiles – un miroir victorien dans un cadre doré, une rangée de boîtes postales, une statue d'éléphant – entre autres. Elle mit tout ce qu'elle pouvait dans la camionnette et sollicita l'aide de Mac pour les transporter chez *Renov'art*. Le reste – l'ange aux deux bras cassés, la fenêtre à carreaux délabrée, le cadran solaire sans aiguille – fut expédié à la déchetterie.

Parfois, il fallait savoir se séparer de ce que l'on aimait.

— Poppy, un de ces jours, tu trouveras chaussure à ton pied, lui assura Kate avec gentillesse… Et maintenant, si on demandait à James de nous faire des pédicures ? James ! Par ici, mon chou !

L'adolescent apparut sur le seuil.

— Non, maman. Pas de pédicures. J'établis des limites… Coucou, Poppy !

— Coucou, James. Tu es un bon garçon.

— Il paraît, oui. J'écoutais aux portes.

— Une compétence souvent sous-estimée, plaisanta-t-elle.

— Tu salueras Brianna de ma part.

— Tu peux compter sur moi.

Au bout d'un moment, Kate lui fit remarquer que le match débutait vingt minutes plus tard et contacta Henry pour qu'il vienne chercher sa sœur. Quelques minutes plus tard, il arriva à bord de sa Volvo immaculée et appuya sur l'avertisseur. Poppy étreignit son amie.

— Merci pour ta compassion.

— C'est normal. Tiens bon, d'accord ?

— Tu es obligée d'emmener le chien ? s'enquit Henry tandis que Poppy et Shilo le rejoignaient.

— Oui. Pas d'autres questions ?

— Je suppose que non, marmonna Henry fronçant

le nez tandis que Shilo se ruait sur la banquette arrière, laissant une traînée de bave sur le dossier.

Poppy ferma les yeux. Kate avait raison. Il était temps qu'elle se secoue.

— Il paraît que tu as rompu avec machin-truc, attaqua Henry en démarrant.

Poppy souleva une paupière et l'observa à la dérobée.

— Oui.

— Navré pour toi.

— Merci.

— J'ai entendu parler aussi de cette affaire de mère biologique.

Cette fois, elle se redressa, aux aguets.

— Ah, bon ?

Henry hocha la tête, impassible.

— Tu t'en sors ?

— Henry… c'est Jon qui t'a demandé de me parler ?

Il eut un sourire.

— À vrai dire, non. Je sais combien vous êtes proches, tous les deux, et j'en suis enchanté. Mais je suis ton grand frère. Tu peux… te confier à moi si tu en as envie.

Il se gara dans son allée, stoppa le moteur et se tourna vers elle.

— Je suis maladroit, tu comprends. Je n'ai pas grand-chose d'autre à t'offrir qu'une prothèse du genou gratuite… N'empêche que tu es ma sœur. Je t'aime. Je suis fier de toi. Le type qui t'a quittée est un idiot et tu mérites mieux. Si tu as besoin de quelque chose, n'hésite pas. D'accord ?

— Henry.

— Quoi ?

— Moi aussi, je t'aime.

— Je sais. Et maintenant, ouste !

Elle l'embrassa sur la joue et pénétra dans sa demeure trop bien rangée. Elle se prépara un sandwich, en tendit la moitié à Shilo. Puis elle monta à l'étage peindre sa maquette, qu'elle avait rapportée pour les ultimes finitions. Son casque de iPod sur les oreilles, elle écouta Neil Diamond en boucle. Quand la cloche sonna à 21 heures, elle parvint presque à l'ignorer.

— Poppy ! Bonjour ! Tu as l'air… en pleine forme ? N'est-ce pas ? Contente de te revoir enfin parmi nous ! s'écria Elise en l'étreignant…

Elle s'écarta, les yeux humides.

— Excuse-moi, enchaîna-t-elle. Je le trouvais si charmant.

— Merci, Elise, murmura Poppy, touchée.

Elise se moucha bruyamment.

— J'ai suivi ton conseil. Je me suis inscrite sur Match.com hier soir.

À cet instant, Mac poussa la porte d'entrée.

— Bonjour, Mac ! lança Elise d'une voix tremblotante, sans le regarder.

Il la salua de loin et fonça vers son atelier. Elise fixa le sol. Le cœur de Poppy se serra. Que ce devait être difficile de tomber amoureuse d'un homme maladivement timide, qui osait à peine vous adresser la parole !

— Mac, une seconde.

Il s'immobilisa, pivota vers Poppy.

Le téléphone sonna.

— *Renov'art*, bonjour ! claironna Elise.

Poppy lui prit le combiné des mains et raccrocha.

Elle dévisagea ses employés si fidèles. Ses amis.

— Mac. Elise est éprise de toi depuis bientôt deux ans. Comment ne l'as-tu pas remarqué ?

Il s'empourpra.

— Je… je sais.

— Alors ? riposta Poppy. Est-ce réciproque ? Elle est

belle, elle est enjouée, elle a un cœur d'or. Elle t'intéresse, oui ou non ?

Elise avait les yeux ronds. Pour une fois, elle demeura muette.

— Elle est très jeune, bredouilla Mac.

— Exact. Quel âge as-tu, Elise ? Vingt-huit ans ?

Elise acquiesça.

— Et toi, Mac ? Quarante-deux, si je ne m'abuse ?

Il acquiesça à son tour.

— Elise, j'en déduis que tu as un faible pour les hommes plus âgés ?

— Surtout celui-ci, souffla l'intéressée.

— Serais-tu heureux de sortir avec une femme plus jeune que toi, Mac ?

Il porta son regard de Poppy à Elise.

— Euh… d'accord.

— Sérieusement ? chuchota Elise ? Ô mon Dieu ! Hein ? C'est génial ! Ce soir ?

— Ben… pourquoi pas ? Poppy, je peux aller bosser, maintenant ?

— Je t'en prie.

Cramoisi, Mac s'obligea à adresser un dernier mot à Elise.

— À plus ! lança-t-il avant de s'enfuir.

D'un geste, Poppy intima à Elise l'ordre de ne pas bouger. Elle rejoignit Mac au fond du hangar. Ruisselant de sueur, il s'était appuyé contre le mur.

— Tout va bien ?

Il opina.

— Tu as envie de sortir avec elle ?

Il opina encore.

— Tu es en pleine crise cardiaque ?

— J'ai l'impression que oui.

Un large sourire fendit le visage de Poppy.

— Je crois que c'est de l'amour.

Mac secoua la tête mais avec un petit sourire.

Poppy retourna vers Elise.

— Tu es la meilleure patronne que j'aie jamais eue ! s'exclama cette dernière en se jetant à son cou. J'ai cru que j'allais devoir finir par débarquer ici toute nue et lui passer les menottes.

— Ç'aurait sans doute marché, plaisanta Poppy. Et maintenant, Elise, évite de le brusquer. Sois douce. Il a besoin de temps.

— Du temps. Bien reçu.

— Je cours à la fabrique de confiserie voir avec le propriétaire ce qu'il souhaite conserver. Ensuite, j'ai une course à faire. Je ne reviendrai sans doute pas avant demain.

Sur ce, elle chargea dans sa camionnette deux vieux fauteuils en osier dont les coussins ne sentaient pas trop le moisi, siffla Shilo et s'en alla.

— Poppy ! s'exclama Vivian en ouvrant sa porte quelques heures plus tard. Que faites-vous ici ?

— Bonjour ! répondit Poppy, les bras autour d'un énorme carton.

— Mais je… j'ai cru que vous… Il me semblait que nous ne faisions plus affaire ensemble, énonça-t-elle avec soin.

— Cela ne nous empêche pas de rester amies, j'espère ? D'ailleurs, nous sommes lundi. Auriez-vous oublié notre déjeuner hebdomadaire, par hasard ?

Vivian cligna des yeux.

— Vous ne m'en voulez pas d'avoir signé avec *Down East* ?

Poppy marqua un temps.

— Disons que je suis déçue. Toutefois, comme vous me l'avez dit vous-même, c'est votre propriété, vous en disposez comme vous le voulez. Puis-je entrer ? Ce colis est lourd. C'est un cadeau pour vous.

Vivian s'effaça et Poppy pénétra dans son univers poussiéreux et parfumé à la lavande. Elle posa le carton sur la table et en sortit son présent.

Vivian le contempla une longue minute. Soudain, ses yeux d'un bleu délavé se remplirent de larmes.

— Poppy…

C'était la maquette, bien sûr. *Les Prés Fleuris* en miniature, la plus belle de toutes les œuvres de Poppy. Elle avait même déniché un orme minuscule pour le jardin. Vivian se pencha pour l'admirer de plus près.

— Quand j'étais petite, ma chambre était ici, murmura-t-elle, bouleversée. Tous les matins, au saut du lit, je regardais par la fenêtre. Il y avait un roitelet intarissable dans cet arbre…

Elle se redressa.

— Pensez-vous que les Vautours pourraient décider de sauver la maison ?

Poppy contempla Vivian, autrefois si belle, à la fois crainte et vénérée dans la petite ville de Bellsford. Une épouse bien-aimée qui n'avait jamais eu d'enfants et dont les rares proches ne venaient que pour s'assurer leur part de l'héritage. Des imbéciles qui allaient démolir ce qu'elle avait de plus cher au monde.

— Possible, Vivian, mentit Poppy. Possible.

Vivian tourna autour de la maquette.

— Ils ne reviendront pas en arrière. Bien que nous appartenions à la même famille, je les considère comme des hyènes. Cependant, il faut savoir pardonner, Poppy.

— Sans doute.

— Sans *aucun* doute. Je suis plus vieille et plus sage que vous, ajouta-t-elle en retrouvant un ton péremptoire. Merci pour cette maquette. Elle est relativement précise.

— Voulez-vous qu'on aille déjeuner ?

Vivian la fixa.

— Vous avez de quoi vous changer ?

— Non. Vous n'avez pas peur d'être vue en ma compagnie, j'espère ?

Vivian retint un sourire.

— Non. Où allons-nous ?

— J'ai pensé qu'on pourrait s'offrir un pique-nique.

Ce soir-là, sur le chemin du retour, Poppy se surprit à siffloter. La réaction de Vivian devant la maquette l'avait réjouie mais ce n'était rien comparé à celle qu'elle avait eue en arrivant aux *Prés Fleuris*…

Confortablement installées dans les fauteuils en osier, toutes deux avaient pleuré un bon coup en humant les parfums des pivoines et des lilas. Vivian lui avait raconté toutes sortes d'histoires, lui décrivant les réceptions, les jeux de cache-cache dans le parc, les tempêtes de neige, les fêtes de fin d'année, la bonne qui en pinçait pour le cuisinier, la demande en mariage de son mari sous le marronnier.

— Merci de m'avoir amenée ici, Poppy, avait-elle déclaré au moment de repartir… Je suis contente d'être venue. Mais… ce sera la dernière fois, ma chère.

— Pour moi aussi, avait répondu Poppy en lui prenant la main. C'était un adieu pour nous deux.

Masquant l'une comme l'autre leur tristesse, elles avaient parlé de la pluie et du beau temps pendant tout le trajet du retour.

— À la semaine prochaine ! avait lancé Poppy tandis que Vivian déverrouillait sa porte d'entrée.

— Tâchez de vous habiller comme une femme digne de ce nom.

Sur ce, Vivian disparut, laissant Poppy hilare dans le couloir.

Toutefois, elle avait du mal à ne pas penser à Liam. À la sensation de ses paumes sur sa peau. À sa voix grave, sa façon de prononcer son prénom comme s'il le savourait. À ses baisers, si exquis et…

— Alors, Shilo ! Que veux-tu pour ton dîner ?

Le plus simple serait probablement de décongeler une pizza.

En se garant dans l'allée, elle aperçut Gretchen, assise sur les marches, ses longues jambes croisées devant elle, la poitrine débordant de son décolleté. Shilo se précipita vers elle et, avant qu'elle ne puisse s'esquiver, la gratifia d'un coup de langue affectueux.

— Beurk ! s'écria Gretchen en se levant.

— Tant pis pour toi. Tu es là, figée comme un morceau de viande crue… Tu es venue mettre le feu à ma maison, Gretchen ? Toi qui aimes tant gâcher la vie des autres ?

Sa cousine lui octroya un regard dédaigneux.

— Dante et moi sommes réconciliés.

— Ma foi, vite, sabrons le champagne.

— Je préférais te prévenir. Dans la mesure où cela te concerne.

— Pas du tout, Gretchen. Dante et moi avons vécu une aventure sans lendemain. Avec le recul, je le trouve superficiel et méprisable. Il est parfait pour toi.

Gretchen croisa les bras.

— Pourrais-tu couvrir tes seins ? pesta Poppy malgré elle. Ils me font peur.

Son estomac criait famine. Elle entra chez elle. Hélas, Gretchen lui emboîta le pas.

— Écoute. Je suis désolée d'avoir bousillé ton précieux dîner d'anniversaire, d'accord ? C'était mal venu. Mais tu sais quoi ? J'étais à bout. Tu as tout, absolument tout. Des parents qui t'adorent, un frère qui t'annonce que tu vas devenir tante, et marraine, bien sûr…

— Je t'en prie. C'est toi, la fille prodigue, la vedette de la télévision, la Fräulein aux pieds nus.

D'un geste brutal, Poppy ouvrit le congélateur, en sortit une pizza. Elle en arracha l'emballage et la jeta dans le four.

— Il faut commencer par le préchauffer, décréta Gretchen avec sa condescendance habituelle.

— Merci pour le tuyau. Que c'est agréable d'avoir un chef dans sa cuisine.

— À ta guise. Je ne dirai plus un mot.

Poppy alluma le four.

— En ce qui concerne ton numéro de pauvre malheureuse, épargne-moi. Jette un coup d'œil dans la maison de mes parents. Tu y verras plus de photos de toi que de moi. Ce n'est pas ma faute si tu as jeté ta carrière à la poubelle, Gretchen.

Tout à coup, Gretchen fondit en larmes.

— Je ne parle pas de ça, Poppy. Tu ne sais pas ce que c'est d'être une enfant unique. Ni une orpheline. Depuis toujours, nos parents nous ont comparées. J'en suis consciente. Je sais que j'étais la princesse et toi le vilain petit canard.

— Génial. C'est tout ce que je voulais entendre.

Gretchen s'essuya furtivement les yeux.

— Poppy, je ne plaisante pas. Personne n'a jamais rien attendu de toi.

— J'aimerais que tu t'en ailles, s'il te plaît.

Gretchen agita une main.

— Ce n'est pas ce que j'ai voulu dire. Mais soyons honnêtes. Tu… il te suffisait de tirer la chasse d'eau pour que tes parents se ruent sur le téléphone raconter au monde entier ton exploit. Quoi que tu fasses, on aurait cru que tu leur avais décroché la lune. D'après toi, comment mes parents auraient-ils réagi si je leur avais annoncé que je voulais devenir propriétaire d'un dépotoir ?

— Ce n'est pas un dépotoir.

— Peu importe. Et si j'avais eu envie d'être pilote ou médecin ou garde-forestier ? J'ai été obligée de me lancer dans la cuisine, Poppy. Mes parents possédaient un restaurant et je devais suivre leur voie. Ils me l'ont enfoncé dans le crâne dès ma naissance. Bien entendu, je devais me spécialiser dans la cuisine allemande, moi qui adore les mets italiens. Et français. Et thaïlandais !

Elle se laissa choir sur une chaise.

— Je n'éprouve aucune pitié pour toi, Gretchen. Tes parents t'aimaient profondément. Tu avais dix-sept ans quand ils sont morts. Tu aurais pu embrasser une carrière aux pompes funèbres, ils ne l'auraient jamais su.

— Le problème, Poppy, c'est qu'on m'avait donné un rôle dans la famille. Toi et Henry étiez libres de faire ce que vous vouliez. La vérité, c'est que je t'ai toujours jalousée. Tu as la liberté, tu as un frère et tu sais exactement qui tu es.

Poppy releva brusquement la tête, surprise, mais Gretchen poursuivit sur sa lancée.

— Moi… on m'a programmée dès le départ pour devenir la Fräulein aux pieds nus et tout s'est écroulé… En plus, tu as toujours tes parents. Je suis seule au monde.

— Max et Stacia t'aiment comme leur propre fille, Gretchen.

— Tu parles ! C'est toi, leur fille. Je ne suis que la nièce.

— Tu es folle ? Ils sont si fiers de toi !

— C'est ça. Parce qu'ils ignorent ce qui m'est arrivé. Je suis une accro des jeux d'argent. Ma carrière est fichue, aucune chaîne ne veut de moi. Je n'ai pas d'autre choix que de rester au *Guten Tag*. Mes parents auraient eu tellement honte.

Elle se mit à sangloter de plus belle, cachant son visage dans ses mains.

Après une imperceptible hésitation, Poppy s'approcha d'elle et la serra dans ses bras.

— Mais non, Gretchen. Tu as commis des erreurs, voilà tout.

— J'ai été obligée de squatter chez ma *cousine* !

Poppy leva les yeux au ciel et s'écarta vivement.

— Excuse-moi, je ne me rendais pas compte que j'étais à ce point repoussante. Tu as dû souffrir le martyre.

Gretchen poussa un soupir, se sécha les joues avec les doigts. Puis elle ouvrit le réfrigérateur – parfaitement à l'aise – y saisit une bouteille de vin, s'en versa.

— Tu en veux ?

— Volontiers, répliqua Poppy en se mettant à table.

Shilo s'écroula à ses pieds en grognant et se roula sur le dos, les quatre pattes en l'air pour qu'elle lui caresse le ventre.

Gretchen tendit un verre de blanc frais à Poppy.

— Dès lors, il faut comprendre qu'avec Dante… tu n'imagines pas ce que j'ai ressenti la première fois qu'il m'a embrassée. J'ai eu l'impression de ressusciter. Littéralement.

— Oh ! si, je sais ce que c'est… Mais sois rassurée, Dante ne m'a jamais fait cet effet.

— En découvrant que tu avais couché avec lui, j'ai perdu les pédales. J'ai eu le sentiment d'être, une fois de plus, la dauphine du concours. Pardonne-moi de t'avoir agressée devant Max et Stacia.

— Le jour de mon anniversaire.

— Oui. Le moment était très mal choisi… Mais c'est si dur, reprit-elle tout bas, de nouveau au bord des larmes. Mon existence entière s'est fracassée autour de moi, je suis revenue ici et je t'ai vue si choyée, adorée par tes parents, les garçons, cette ado trop potelée.

— Brianna.

— C'est ça. Tu as une chance folle, Poppy. Tu aimes ton métier, tout le monde te respecte et tu partages ton lit avec un dieu.

Gretchen se moucha.

— En fait, nous avons rompu.

L'expression de Gretchen s'égaya spontanément.

— Vraiment ?

— Ne prends pas cet air heureux, espèce de peste.

— Pardon. Je suis navrée, Poppy. Il semblait t'apprécier énormément.

— Pas assez, semble-t-il.

Gretchen fronça le nez.

— Ton dîner est en train de brûler.

En effet, une fumée noirâtre s'échappait du four.

— Merde !

Comble de malheur, Poppy se rendit compte qu'elle avait oublié d'enlever le plastique. Gretchen sourit.

— Tu m'as dit que tu ne voulais pas de mon aide… Ne t'inquiète pas, je vais nous concocter un en-cas délicieux.

Une demi-heure plus tard, Poppy dévorait la meilleure omelette de sa vie, farcie d'herbes fraîches et de fromage et riait aux éclats en entendant les déboires de sa cousine.

— Pas étonnant que cette émission n'ait jamais marché, conclut Gretchen, songeuse. Les Américains n'ont aucune envie d'apprendre à frire de la peau de porc.

— Tant mieux, il y en aura plus pour nous, rétorqua Poppy. Au diable le cholestérol !

Gretchen eut un sourire et la dévisagea d'un air grave.

— Tu crois qu'on pourrait devenir amies ?

— Marché conclu.

Elles trinquèrent à leur nouvelle relation.

28

— Papa ? Ça va ?

Absorbé par l'installation d'une jambe de force, Liam releva la tête.

— Nicole ! Bonjour, ma chérie.

Sa fille ne venait plus très souvent au garage… encore moins depuis la guerre froide déclenchée le jour où il l'avait punie. Durant ces deux dernières semaines, Nicole avait passé son temps soit à l'ignorer ostensiblement, soit à le supplier de lever son interdiction de surfer sur Facebook, de téléphoner ou d'envoyer des SMS à ses amis. Cette atmosphère n'améliorait en rien l'humeur de Liam.

Nicole le dévisagea de cet air perplexe qu'elle avait perfectionné aux alentours de douze ans.

— Papa ! Je suis là depuis dix bonnes minutes !

Ses paroles retentirent à travers le garage.

— Excuse-moi. De quoi as-tu besoin ?

— J'ai pensé qu'on pourrait passer un moment ensemble.

Il baissa le nez, réticent à lui dévoiler à quel point elle lui avait manqué.

— Avec plaisir.

Il ignorait ce qui avait pu engendrer cet arrêt brutal des hostilités mais l'imprévisibilité n'était-elle pas une caractéristique de tout adolescent ? L'angoisse qui le rongeait ces temps-ci s'apaisa légèrement.

— Tu as faim ?

— Pas pour ces saletés que tu stockes dans ton distributeur automatique, répliqua-t-elle.

Affichant une expression apitoyée – *les pères, quels idiots !* – elle s'empara d'une pomme dans son sac à dos ainsi que d'un épais manuel rouge et d'un cahier.

— Géométrie ? s'enquit-il.

— Physique. Mais c'est facile.

— Parce que tu es intelligente.

— Merci, vieux.

Elle sourit (elle avait le sourire de sa maman) et Liam éprouva un élan d'amour envers elle. Quand, à l'âge de quatre mois, Nicole avait subi sa première poussée de fièvre, elle avait refusé de s'endormir s'il ne la berçait pas et ce, à intervalles réguliers de quinze minutes. Le troisième jour, en rentrant de l'université, Emma les avait découverts tous deux assoupis dans le rocking-chair.

— Ce bébé te tient en otage, avait-elle déclaré.

La situation demeurait inchangée.

Liam avait reçu une lettre de l'avocat des Tate au début de la semaine. Il s'était précipité chez Alan Linkletter, qui l'avait rassuré : les risques pour lui de perdre la garde à plein temps étaient d'autant plus limités que Nicole aurait bientôt l'âge de réclamer en toute légitimité son émancipation.

Toutefois, ils existaient bel et bien. Les Tate avaient beaucoup d'influence dans les milieux huppés de la région. Liam avait les moyens de s'offrir un avocat qualifié, le problème n'était pas là, mais que se passerait-il si le juge chargé du dossier était un ami de George ? Et si Liam avait couché avec la fille dudit juge autrefois ?

Pas plus tard que la veille, il s'était réveillé en sursaut au cours d'un rêve récurrent… Nicole l'appelait de très, très loin, lui demandant de venir la chercher. Il enfourchait sa Triumph et fonçait mais s'apercevait alors qu'il ignorait où elle se trouvait. Puis, tout à coup, ce n'était plus Nicole mais Cordelia qu'il devait aller chercher. Malheureusement, elle avait patienté si longtemps que lorsqu'il l'atteignait enfin, elle ne se rappelait plus qui il était.

Il avait l'impression de ne plus avoir souri depuis une éternité. L'évaporation lente mais inexorable de l'amour de sa femme, sa maladie, les mois cauchemardesques qui avaient suivi… Le chagrin de Nicole, puis l'accident, ses conséquences et maintenant… ses beaux-parents et leurs caprices.

Ce bref interlude avec Cordelia lui paraissait d'une luminosité presque aveuglante. Deux semaines plus tôt, il avait eu quelqu'un à embrasser, avec qui rire aux éclats, s'endormir sur le canapé en regardant un film… quelqu'un qui l'encourageait, le respectait. Aujourd'hui, il avait la sensation de n'avoir jamais connu ce bonheur.

Mieux valait ne plus y penser.

— Tu as un match ce soir, n'est-ce pas, papa ?

— En effet.

Contre l'équipe de Cordelia, pour ne rien arranger.

— Je peux y assister ?

— Bien sûr.

— Papa, tu as l'air triste, lâcha soudain Nicole, les yeux brillants de larmes.

— Non, non, ma chérie. Je vais bien.

— Maman te manque ?

— Oh ! oui.

Il ne mentait pas. Emma lui manquait depuis de longues années.

— Parle-moi d'elle.

La première année suivant le décès d'Emma, Liam s'était efforcé de raconter chaque jour à Nicole une anecdote à propos de sa maman. Les moments de douceur, les situations amusantes, la *normalité* qu'avant le mariage Liam avait connue exclusivement par le biais de la télévision – pancakes au petit déjeuner le week-end, soirées cinéma en famille, repas quotidiens. Nicole adorait l'écouter relater ces souvenirs. La façon dont Emma insistait pour qu'ils utilisent du fil dentaire chaque soir. La bouillotte sur laquelle elle avait dessiné un « smiley ». Sa manie de laisser des petits messages sous l'oreiller de Nicole quand elle devait s'absenter pour son travail.

Une fois Nicole couchée, Liam transcrivait dans un cahier tout ce qu'il venait de lui narrer, la main crispée, les oreilles bourdonnantes tant il s'efforçait de soigner son écriture. Le jour où Nicole quitterait la maison, il lui donnerait tous les cahiers. Ainsi, elle pourrait emporter avec elle une partie de sa mère, laborieusement consignée par son père, tel un bouclier contre le monde.

— D'accord, concéda-t-il.

Il reprit son souffle et se lança, évoquant la toute première fois où il avait aperçu Emma. La lumière qui se reflétait dans ses cheveux, son rire. Il était resté cloué sur place, incapable d'arracher son regard de cette ravissante jeune fille qui semblait briller de l'intérieur. Quand elle s'était enfin tournée vers lui, elle lui avait souri et pour lui, la planète avait cessé de tourner.

— Comme c'est romantique, papa ! s'émerveilla Nicole.

Liam ne répondit pas. Il lui avait raconté cette rencontre des dizaines de fois et s'il lui avait dépeint ce qu'il avait vu et entendu, il ne lui avait jamais dévoilé ce qu'il avait ressenti. Car subitement, toutes les bêtises qu'il avait commises – les bagarres, les délits mineurs qui lui avaient valu un séjour en maison de redressement, les multiples conquêtes, les soirées trop arrosées, les courses de vitesse – tout cela appartenait au passé. Cette jeune fille radieuse était une sorte d'ange tombé du ciel. Elle allait le transformer en un homme digne de respect. Il ne suivrait pas les traces de sa famille de losers.

Mais ce n'était pas Emma qui l'avait métamorphosé. C'était Nicole.

Dès sa naissance, ce tout premier instant, ce tout premier regard l'avaient bouleversé.

Une autre image lui vint à l'esprit – le visage de Cordelia tandis qu'ils se prélassaient sur un plaid à l'ombre des épicéas dans cette superbe propriété abandonnée. Avec quelle douceur, quelle confiance elle l'avait contemplé !

Félicitations, imbécile. Elle ne te regardera plus jamais ainsi.

— Papa ?

— Oui, mon chou ?

— Tu as le droit de refuser mais je… j'aimerais avoir une réponse, d'accord ? invoqua Nicole en se triturant les doigts, signe manifeste de sa nervosité… Le bal de fin d'études a lieu samedi.

Ah ! D'où l'opération « dégel ».

— Papa, tu peux dire non, je comprendrai. J'ai merdé, je le sais. Des bals, il y en aura d'autres. Mais je dois prévenir Tanner.

Non. Ne grandis pas. Reste avec moi. Tu es tout ce que j'ai.

— Je te veux à la maison à 23 heures, répondit-il d'une voix tremblante.

Si tu n'es pas à la maison à 23 heures, j'appellerai la police, les pompiers, la Garde Nationale et la brigade d'interventions spéciales. Je retrouverai ce garçon. S'il a les mains sur toi, je lui arracherai la tête, je boirai son sang. J'enterrerai son cadavre là où même les vautours ne le…

— Oh ! papa ! C'est vrai ? Je peux y aller ?

— Oui. À présent, fais tes devoirs.

Liam reprit sa tâche, la gorge nouée.

Le mardi, juste avant le match, Poppy rassembla son courage et fit un saut chez ses parents.

— Ah, te voilà ! s'exclama Stacia. J'ai cru que tu avais oublié notre adresse, tellement ça fait longtemps. Pas un coup de fil, pas une visite. J'ai pensé que tu étais à l'hôpital. Depuis quand sommes-nous privés de nouvelles ? Un mois ?

— Deux semaines, maman, répondit Poppy d'un ton las. Et je t'ai appelée. À deux reprises.

— Les messages sur cette machine ne comptent pas.

— Papa est là ?

— Il est au *Guten Tag*. Entre. Tu as faim ? J'ai de la saucisse fumée.

— Et du gâteau ?

Stacia étrécit les yeux.

— J'en ai. Tu as dîné ?

— Oui, oui.

— Menteuse.

Poppy sourit et sa mère eut la bonne grâce de s'effacer pour lui céder le passage. Deux minutes plus tard, elle était assise à la table de la cuisine, en train de déguster une tarte aux pommes.

— Gretchen et cet abominable Italien sont de nouveau ensemble, annonça sa mère.

— Je suis au courant.

— Ma foi, je suis toujours la dernière informée, râla Stacia en s'asseyant lourdement… Comment vas-tu ?

— Bien, maman.

— Toujours avec ce Liam ?

Ce Liam. Très drôle.

— Non, c'est fini.

Stacia plissa le front.

— Pourquoi ?

— Il a des problèmes à régler. Avec sa fille.

— S'il ne veut pas de toi, c'est un idiot.

Poppy haussa les sourcils.

— Je croyais que tu le destinais à Gretchen.

— C'est vrai. J'ignore pourquoi. Je t'imaginais avec… quelqu'un d'autre.

— Qui ?

— Je n'en sais rien, moi, soupira Stacia. Un homme parfait. Un prince, pourquoi pas ? Un prince qui sait guérir le cancer… Personne n'est assez bien pour ma petite fille, ajouta-t-elle avec un sourire en demi-teinte. Un jour, tu comprendras.

La maternité lui semblait un projet lointain. Toutefois, Poppy était consciente de nourrir de tels sentiments envers Brianna. Oui. Le petit ami de Brianna aurait intérêt à surveiller ses arrières. Elle comprenait un peu mieux les angoisses de Liam. Mais elle n'était pas là pour parler de lui. Elle se réfugia dans le silence, sachant que c'était le meilleur moyen de faire parler sa mère.

Le réfrigérateur ronronnait. Dehors, sur le fil à linge, un oiseau gazouillait. Et enfin… bingo !

— Poppy, écoute-moi. J'ai quelque chose à te dire. Plusieurs, même.

Les yeux humides, Stacia se tordit les mains et secoua légèrement la tête.

— Nous – ton père et moi – avons eu une fille avant toi. Henry avait cinq ans. Elle est née prématurément et les médecins n'ont pas réussi à la sauver. Elle n'a vécu qu'une heure.

Le visage de Stacia se tendit à ce souvenir douloureux. Poppy se leva pour la serrer dans ses bras.

— Je suis désolée, maman, murmura-t-elle, une larme roulant sur sa joue.

— Elle s'appelait Marlene.

— Joli prénom.

— Elle était si belle, Poppy. Je pense à elle chaque jour… Rassieds-toi, ma chérie. Je n'ai pas terminé.

Poppy s'exécuta.

Stacia fixa la table, laissa courir un doigt sur le dessin en émail.

— Nous t'avons adoptée deux ans plus tard. Tu étais parfaite, ravissante, en bonne santé mais j'avais si peur de te perdre. Toutes les nuits, j'avais des cauchemars dans lesquels tu te noyais, on t'enlevait ou je t'oubliais sur la table à repasser.

— La table à repasser ?

Stacia haussa les épaules et se tut un long moment.

— Avec Henry, c'était différent. Je l'adorais, mais tu le connais. Il est très indépendant. Parfois, je me disais que s'il tombait d'un arbre et se blessait à la tête, il se relèverait aussitôt et recoudrait la plaie sans rien me dire.

— Je comprends.

— Avec toi, j'avais peur. Sans arrêt. Peut-être cela m'a-t-il empêchée d'être une bonne mère.

— Maman ! Tu es une bonne mère. Une mère formidable.

Stacia se moucha bruyamment.

— Par-dessus tout, avoua-t-elle, je craignais qu'un jour, ta mère biologique ne resurgisse et te réclame. Elle serait tellement mieux que moi – plus jeune, plus drôle – et tu me quitterais pour elle.

— Maman ! Jamais de la vie ! Je t'aime. Comment peux-tu imaginer une chose pareille !... Mais puisque nous en sommes aux aveux, permets-moi d'en formuler un à mon tour.

— C'est toi qui as cassé le bois de Gloubi, n'est-ce pas ?

— Eh bien... oui. Je te demande pardon. Non, ce que je voulais te dire, c'est que j'ai toujours pensé... chaque fois que tu regardais Gretchen, j'avais la sensation que tu regrettais de ne pas être sa mère.

Stacia tressaillit.

— Gretchen ? Ma foi, je l'aime, elle est la fille de ma sœur.

— Elle me semblait mille fois mieux que moi. Si je

déteste tant faire la cuisine, c'est parce je ne voulais pas que vous me compariez à elle. Je vous aurais forcément déçus.

— Ma pauvre chérie. Parfois, on aime un enfant tout simplement parce qu'il en a besoin. Pas parce qu'il le mérite mais parce qu'il vous semble en manque d'amour. C'est le cas de Gretchen. La vérité, c'est qu'elle me rend folle. Ton père et moi étions très soulagés quand elle s'est installée chez toi.

Stacia serra la main de Poppy.

— Je regrette de ne t'avoir jamais parlé de cette lettre. C'était égoïste de ma part et j'ai eu tort. Si tu veux retrouver ta mère biologique, n'hésite pas. Je t'aiderai… Tu vas tenter le coup ?

Poppy ne répondit pas immédiatement.

— Peut-être. Pas sûr.

Elle dévisagea sa mère, nota pour la première fois les ridules au coin de ses yeux.

— Elle est peut-être sensationnelle. Mais elle ne sera jamais toi.

Stacia baissa la tête, opina.

— Il y avait autre chose dans cette lettre, Poppy, chuchota-t-elle.

Le cœur de Poppy se serra.

— Quoi ? J'ai un jumeau ?

— Non, ma chérie. Si tu savais comme je regrette de ne pas avoir rangé ce document en un lieu sûr !… En fait, c'est ta mère biologique qui a choisi ton prénom.

— Quoi ? Et la grand-tante Cordelia, alors ?

— Qui ?

— Gretchen m'a raconté que nous avions une grand-tante… Laisse tomber. Donc, ma mère biologique avait choisi mon prénom.

— Oui. L'assistante sociale chargée de l'adoption nous a expliqué que nous pouvions en changer. Mais apparemment, celle qui t'avait mise au monde espérait que nous le conserverions… Nous lui étions si reconnaissants de nous donner son bébé que nous avons respecté ce souhait. Entre nous, ce prénom ne nous plaisait guère. Quand Henry t'a surnommée Poppy, nous avons jugé que cela te convenait mieux. Je le confesse, je m'en suis réjouie. Cordelia. Ce n'est même pas allemand.

— Vous éclairait-elle sur ce choix dans sa lettre ?

Un étau se resserra autour de la poitrine de Poppy comme si elle devinait la réponse.

— Il paraît que sa pièce de théâtre préférée était *Le Roi Lear*. De William Shakespeare.

— Je sais. Je l'ai lue à l'université.

— Cordelia est la fille que le roi chasse de chez lui, murmura Stacia d'une voix presque inaudible.

Poppy pinça les lèvres.

— Cependant, continua Stacia, les yeux brillants de larmes, elle est aussi la fille qui lui manque jusqu'à la fin de ses jours.

Cordelia. Aucun rapport avec une grand-tante aveugle. Ni avec la jeune fille naïve assassinée par ses méchantes sœurs.

Cordelia, la précieuse, la bien-aimée.

Quel joli cadeau.

— Je m'en veux de ne t'en avoir jamais parlé. Je t'en supplie, ma chérie, pardonne-moi. S'il te plaît, dis-moi que tu m'aimes.

Poppy réfléchit. Comment Stacia avait-elle pu garder ce secret pour elle ? D'un autre côté, ne l'avait-elle pas nourrie, baignée, consolée ? Ne lui avait-elle pas lu des histoires ? Elle lui avait confectionné des gâteaux. Elle n'avait jamais raté une réunion de parents d'élèves ni un tournoi d'athlétisme. Elle l'avait accompagnée à l'école chaque matin, emmenée à Boston acheter des vêtements à sa taille. Elle l'avait comblée de compliments. Pour elle,

Poppy était la petite fille la plus jolie, la plus intelligente, la plus douée qu'elle ait jamais vue !

— Maman...

Poppy se laissa glisser de sa chaise et s'agenouilla auprès de sa mère. Elle posa la tête sur ses genoux, sentit la main de Stacia sur son crâne.

— Bien sûr que je t'aime. Rien ni personne ne pourra changer cela.

Relevant la tête, elle lui sourit avant de conclure :

— Sans parler de tes boulettes de pommes de terre – les meilleures au monde !

Cordelia. Le plus beau des prénoms.

Jusque-là, elle ne l'avait apprécié que lorsque Liam le prononçait. À présent, tout était différent. Cordelia Wilhelmina Osterhagen. Plutôt chic, non ?

Stacia l'avait gavée de saucisse fumée, de patates à l'eau et de fromage. Pourtant, en se dirigeant vers le terrain de base-ball, Poppy se sentit légère comme une plume. Le chantier des *Prés Fleuris* lui avait échappé, elle ne pèserait jamais plus de cinquante kilos, n'aurait jamais vraiment besoin de porter un soutien-gorge. Sa maison dans une église était probablement irrécupérable, sa mèche rebelle, indomptable. Aucun homme ne voyait en elle une épouse potentielle et le pot d'échappement de sa camionnette était cassé.

Mais sa mère l'aimait. Ses deux mères. De même que Max, Henry, Jon, Brianna, même Gretchen (à sa façon) et beaucoup d'autres.

Elle avait une chance inouïe.

Cordelia. Le plus beau des prénoms.

— Salut, les copains ! lança-t-elle en arrivant au banc de touche.

— Bonjour, Poppy ! s'écria Bruce en lui tendant les bras.

— Aujourd'hui, c'est ton jour de gloire, promit Jerry.

— Tu es pasteur, tu te dois d'être optimiste, riposta-t-elle en lui donnant une tape amicale sur l'épaule.

— Préparez-vous, ça va chauffer ! prévint-il. Levez les yeux vers les hauteurs et regardez ! De mon puissant lancer de balle, je balaierai l'ennemi.

— Bravo, révérend ! approuva Kate.

Elle tapa Poppy dans le dos avec une telle force que celle-ci trébucha.

— Tu as fini de bouder ? murmura-t-elle.

— Oui.

Jon l'étreignit avec sa fougue habituelle.

— Comment vas-tu, ma chérie ?

— J'attends ma nièce avec impatience.

— Et ta peine d'amour ?

— Je tiens le coup, assura-t-elle d'un ton ferme.

L'équipe de la quincaillerie *Stubby* arrivait par petits groupes et Poppy sentit la présence de Liam avant de le voir. Un frémissement la parcourut et un flot de chaleur lui monta aux joues. Oui, il était là, le beau brun ténébreux. Il avait la mine renfrognée. Il se tourna vers elle et leurs regards s'accrochèrent. Malgré la distance qui les séparait, Poppy fut submergée par le désir. Il la salua brièvement et se détourna. Kyle Duchamps, qui avait récemment rejoint la bande de chez *Stubby* perdit l'équilibre (ou fit semblant, d'après Poppy). Bien entendu, Liam la rattrapa. Kylie balança sa crinière blonde et rit (hennit).

Pas de problème, se dit Poppy. Peu à peu, elle s'en remettrait. Elle oublierait Liam Murphy. Forcément.

L'arbitre lança la partie.

Un match typique par un magnifique après-midi de printemps. Poppy scruta les tribunes, repéra ses parents. Stacia agita la main alors qu'elles s'étaient quittées à peine un quart d'heure plus tôt. Ils étaient assis aux côtés de Shirley Schmottlach, visiblement en pleine forme (elle se munissait le plus souvent d'une fiole de Schnaps à la menthe). Brianna et James, tête contre tête, consultaient le portable de ce dernier. Nicole Murphy était là aussi, auprès de Henry, plongée comme à son habitude dans un livre.

— Bonjour, Poppy ! s'exclama-t-elle.

C'était gentil de sa part de venir voir son père jouer. Nicole était une fille bien. Comment pouvait-il en être autrement, vu les qualités de ses parents ?

Poppy s'arrangea pour ignorer Liam. Autant que possible. Pas facile, dans la mesure où elle était receveur.

— Salut ! marmonna-t-il en prenant place sur le marbre.

— Bonjour, Liam, répliqua-t-elle d'un ton aimable.

Par chance, le masque dissimulait son visage écarlate.

Premier essai. Liam frappa. Balle de volée… Jon n'eut qu'à ouvrir son gant pour la rattraper. Sur les deux matchs qu'ils avaient joués contre les *Stubby*, Liam n'avait jamais failli. Sa moyenne de coups réussis était encore plus élevée que celle de Bruce Schmottlach. Mais il regagnait déjà le banc de touche, avant même que Jon ait lancé la balle à Jerry.

Poppy ne tarda pas à comprendre que Liam se débrouillait chaque fois pour la fuir au plus vite. Elle-même fut éliminée dans la deuxième, la cinquième et la septième manche. La séance d'entraînement avec Liam n'avait guère porté ses fruits.

— Courage, ma chérie ! l'encouragea Max en abaissant sa caméra. Tu vas y arriver.

— D'ici une décennie ou deux ! ajouta Brianna, ce qui lui valut un sourire de la part de James.

— Joli swing, Poppy ! renchérit Nicole.

— Merci ! Merci ! répondit Poppy en riant.

Peu de gens avec une moyenne de 0,000 avaient un fan-club. Elle, si.

Cependant, chaque fois qu'elle apercevait Liam, son cœur se serrait.

À la fin de la neuvième manche, le score s'élevait à 14 contre 1, pour *Stubby*. Liam était le seul de son équipe à n'avoir marqué aucun point. La balle du révérend était un peu moins puissante qu'il ne l'avait espéré alors que José Rivera, qui lançait pour l'équipe adverse, se montrait à la hauteur de Mariano, son célèbre cousin issu de germain. Kate avait réussi un tour complet dans la deuxième manche, le seul de *Guten Tag*. Mais José commençait à se fatiguer, Jon avait réussi à atteindre la deuxième base et Bruce, la première. Deux batteurs venaient d'être éliminés, c'était maintenant au tour de Poppy.

En s'avançant vers le marbre, elle vit Kylie ramasser ses affaires. Leurs adversaires pensaient le match terminé. Ils bavardaient entre eux et vérifiaient leurs messages téléphoniques. Seul Liam était resté sur le banc, les bras croisés. Il jeta un coup d'œil vers Poppy et esquissa un sourire. Puis il s'empressa de fixer le sol.

— Allez, Poppy ! hurla Nicole.

— Tu peux le faire, ma chérie ! renchérit sa mère.

— Montre-leur ! glapirent Jon et Kate.

Poppy se mit en position. La batte en l'air, les genoux pliés, les talons bien plantés dans le sol comme le lui avait montré Liam, comme elle s'y efforçait depuis des années. Elle balança sa batte, tapa des pieds et se prépara, le regard rivé sur José. Celui-ci prit son élan, lança.

Poppy frappa et une étrange sensation l'envahit car une vibration violente remonta le long de ses bras et son bâton lui parut plus lourd que de coutume. Elle entendit un bruit sourd, suivi d'un rugissement tandis que tous les membres de l'équipe *Stubby* lui tournaient le dos…

Pour regarder la balle voler par-dessus la clôture du fond du terrain.

Bouche bée, elle laissa pendouiller sa batte.

— Cours, Poppy ! tonna Jon en franchissant la troisième base.

Elle obéit, trottinant dans un état second jusqu'à la première base… puis la seconde, où Emily Rudeker la gratifia d'une tape sur les fesses, la troisième et enfin, marqua un point.

Un tour complet en une seule fois.

Tous ses camarades se ruèrent sur elle, fous de joie. Dans les tribunes, son fan-club, y compris Nicole, était debout, Stacia pleurait, Henry riait, son père sautillait sur place, caméra à la main. Elle leur sourit, se rendit compte qu'elle riait. Au son des acclamations de ses coéquipiers, elle flotta littéralement jusqu'au banc de touche et s'assit, ébahie et enchantée.

— Impressionnant, ma chère ! Tu mérites de passer à l'émission *SportsCenter* ce soir.

De l'autre côté du diamant, elle vit Liam. Il n'avait pas bougé mais il la fixait d'un air intense. Puis il se mit à applaudir. Un flot de bonheur submergea Poppy comme s'il venait de lui envoyer une douzaine de roses rouges.

Elle remonta sa casquette et lui rendit son sourire.

Le batteur suivant rata son coup et la partie se termina sur un score de 14 pour *Stubby* contre 4 pour *Guten Tag*. Quand bien même, la victoire morale était claire et *Stubby* proposa de payer la première tournée.

Après avoir été de nouveau félicitée, étreinte par ses parents, prise en photo par Max, Poppy vit Liam et Nicole s'éloigner du terrain en direction de leur immeuble.

— Je vous rejoins au *Rosebud* ! promit-elle à ses amis avant de piquer un sprint en direction de Liam.

— Poppy ! Quel beau coup ! s'écria Nicole en relevant ses cheveux comme le faisait Emma autrefois.

— Merci, Nicole.

Liam observait sa fille.

— Ton père m'a dit que c'était la première fois de ta vie que tu touchais la balle.

— C'est la triste vérité. Ça ne t'ennuie pas que je discute deux minutes avec ton père ?

— Pas du tout ! Papa, je t'attends à la maison.

Elle salua Poppy et s'en alla, tout en grâce et en beauté. Poppy la suivit des yeux. Brusquement, les battements de son cœur s'accélérèrent.

— Bravo, dit Liam, le regard dans le vide.

— Bof, marmonna-t-elle.

Une voiture passa. Un peu plus loin dans la rue, une maman promenait un bébé habillé de rose dans une poussette. Un golden retriever les accompagnait.

Poppy retint son souffle.

— Liam. Je sais que tu as une fille et qu'elle passera toujours avant tout. Je trouve cela parfaitement normal.

Elle se mordit la lèvre, fourra les mains dans ses poches.

— Quand tu as rompu, je t'ai dit que je n'exigeais pas grand-chose. C'est faux. Je t'aime, Liam. Je t'ai aimé dans ma jeunesse et je t'aime toujours aujourd'hui.

— Poppy…

— Non ! Cordelia. Tu m'as toujours appelée Cordelia.

— Bien. Cordelia, il me semble simplement que…

— Tais-toi. J'attendrai aussi longtemps qu'il le faudra. Mais je sais que tu éprouves des sentiments pour moi. Je t'aime, je veux être avec toi. Je veux que tu me choisisses. Je sais qu'Emma sera toujours ton premier amour et je l'accepte. Mais ne… ne me lâche pas.

Il croisa les bras, fit mine d'admirer le trottoir.

— Tu ne le regretteras pas, Liam. Le jeu en vaut la chandelle.

— J'en suis conscient. Seulement je ne me sens pas capable de… Comment t'expliquer ? Tu as une image de moi qui ne correspond pas à la réalité.

— Bien sûr que si ! argua-t-elle avec véhémence.

Et soudain, une sensation de calme l'inonda. Son pouls

se calma, ses mains cessèrent de trembler. Elle en posa une sur le cœur de Liam…

— Je te connais mieux que quiconque, murmura-t-elle. Je t'aime. C'est avec toi que je veux faire ma vie.

Il ne releva pas la tête et elle comprit que c'était fini.

— Pardonne-moi, Poppy. Je suis désolé. Sincèrement.

Sur ce, il s'éloigna. Poppy demeura clouée sur place jusqu'à ce qu'il eût disparu au coin de la rue.

29

— En somme, tu as joué le grand jeu, déclara Jonathan en s'emparant du sèche-cheveux. Tu lui as dit tout ce que tu avais sur le cœur. Tu n'as rien à regretter. Tu as fait preuve d'un grand courage, il me semble. Ne bouge pas.

Curieusement, Poppy ne se sentait pas si mal. Le plus dur, c'était le soir, dans son église, en compagnie de ses animaux qui faisaient de leur mieux pour lui communiquer leur amour… la tête de Shilo sur ses genoux, les chats qui ronronnaient à son flanc. Elle avait tenté le tout pour le tout. Elle avait exprimé ses sentiments et si cela ne suffisait pas, tant pis. Elle avait beaucoup de chance concernant tous les autres aspects de son existence et cet écho, ce vide finirait par se combler. Elle en avait la certitude. Si, si…

Poppy tressaillit tandis que Jon se servait d'un fer à friser ressemblant vaguement à un instrument médiéval de torture.

— Cette odeur de brûlé… dois-je m'en inquiéter ?

— Tout va bien. Crois-moi, tu seras mignonne à croquer. N'est-ce pas, Henry ? (Ce dernier grogna.) Betty va t'adorer, Poppy, enchaîna Jon. Plus que dix jours et nous serons papas. Dix jours, Henry !

— Dix jours ! répéta-t-il, levant enfin la tête et affichant un sourire.

— Il est de bonne humeur aujourd'hui. Un pauvre bougre s'est sectionné le pouce hier et devine qui l'a rattaché ? Ces interventions d'urgence te réjouissent, n'est-ce pas, mon chéri ?

— Parfaitement. Tu es ravissante, sœurette. Jon sera l'homme le mieux accompagné du bal.

On frappa à la porte.

— Entrez ! aboya Jon avant de baisser la voix. C'est mon autre rendez-vous. Euh... Nicole Murphy. Ils n'avaient plus de place chez *Tifs et motifs* mais par chance, elle a le meilleur professeur d'arts ménagers du monde. Ma malédiction. J'ai des doigts de fée. J'espère que cela ne t'ennuie pas, Poppy, ajouta-t-il en enroulant une mèche de cheveux autour de son doigt et en l'aspergeant de laque.

— Pas du tout... Bonjour, Nicole ! lança-t-elle tandis que la fille de Liam franchissait le seuil de la cuisine.

— Bonjour, Poppy... C'est vous qui venez avec M. White ce soir ?

— Elle est amoureuse de moi et m'a supplié de l'y emmener, marmonna Jon. Situation fort délicate, mais qu'y puis-je ? Elle est de la famille.

— Et toi, tu y vas avec Tanner ? s'enquit Poppy.

Le visage de Nicole s'éclaira.

— Oui. Mon père a fini par céder.

Elle dégageait une telle joie que l'espace d'un éclair, Poppy eut une pensée émue pour Emma. Emma, qui ne pouvait pas voir sa fille grandir, qui avait été si gentille avec Poppy, qui était partie beaucoup trop jeune... Un flot de larmes lui monta aux yeux.

— Tu es encore plus jolie que ta maman, souffla-t-elle.

— Merci, Poppy.

— Et voilà, ma chérie, le tour est joué ! annonça Jon.

Poppy quitta le fauteuil, légèrement étourdie par les vapeurs de laque.

— Nicole, comment M. Jonathan va-t-il te coiffer ?

— Un chignon ?

— Oui, mais dans le style hollywoodien traditionnel,

pas ces espèces de queues-de-cheval à entrelacs, qu'en penses-tu ?

Jon entreprit de lui brosser les cheveux tout en l'interrogeant sur sa robe, les fleurs que Tanner lui offrirait. Henry lui apporta un verre d'eau gazeuse et se percha sur le comptoir pour observer la métamorphose.

— Tu sembles en forme, ces jours-ci, frérot, dit Poppy.

— Je meurs d'impatience d'être papa.

— Et moi, d'être tata, murmura-t-elle en lui serrant le bras, enchantée de le voir enfin exprimer des émotions humaines normales.

— Tu t'es bien amusée à ton bal de fin d'études, Poppy ?

La question était assez banale, pourtant Poppy se figea.

— Eh bien… plus ou moins.

— Absolument pas ! intervint Jon. Un minable s'est moqué d'elle, lui gâchant la soirée. Son cavalier l'a plantée et elle a dû rentrer chez elle sous la pluie. Un vrai film d'horreur.

— Ô mon Dieu ! s'écria Nicole. C'est affreux.

— Jon, tu exagères, marmonna Poppy, les joues brûlantes.

— Si tu as le moindre problème ce soir, Nicole, tu viens me trouver, d'accord ?

— Merci, monsieur White. Vous êtes si gentil. Je vous suis vraiment reconnaissante d'avoir accepté de me coiffer.

— C'est un plaisir. Incline la tête, s'il te plaît.

Nicole s'exécuta.

— Pourquoi ce garçon s'est-il moqué de vous, Poppy ? Quel idiot. Qu'a-t-il dit ?

Le fait que le père de Nicole soit au cœur de cette conversation avait suffi à lui nouer l'estomac.

— Je… je ne m'en souviens plus. C'était il y a longtemps. Des mots entre gosses. Adolescents. Peu importe.

— Il l'a traitée de sac d'os, insista Jon. C'est d'une méchanceté… ! Tu es menue, voilà tout, ma chérie.

Nicole, attends un peu de voir la robe de Poppy. A-do-ra-ble. C'est moi qui l'ai choisie, bien sûr.

— J'ai hâte de la découvrir.

— À propos, qui était ce mufle, Poppy ? demanda Jon. Henry, tu lui as cassé la figure, non ? Il habite toujours en ville ?

Henry fixait attentivement Poppy tout à coup, elle comprit : il savait tout. Dès l'âge de quatre ans, il avait mémorisé tous les os du corps humain. Il était doté d'un QI de 164 et d'une mémoire d'éléphant. Il savait pertinemment que le mufle en question était le père de cette jeune fille… et l'homme dont Poppy était amoureuse. Il l'avait probablement déduit dès le début.

— Je ne me souviens de rien, déclara-t-il en posant un bras sur les épaules de sa sœur. En tout cas, je n'ai agressé personne.

— À ta place, je n'aurais pas hésité, ronchonna Jon.

— Oh ! là, là ! Vous avez vu l'heure ? Je file ! Nicole, à plus tard. Tu es déjà belle comme un cœur.

— Je passe te prendre à 19 heures, Poppy !… Nicole, incline la tête de l'autre côté, à présent. Du calme, ce n'est pas fini.

Elle était magnifique. Sa fille était la plus belle de toutes et il souffrait le martyre.

— Alors, papa ? Ton avis ? s'enquit-elle en effectuant un tour sur elle-même, sa robe longue froufroutant autour de ses jambes.

— Tu as l'air d'avoir vingt-cinq ans.

— Vraiment ? Merci !

— Ce n'est pas un compliment.

Malgré tout, elle lui adressa un sourire dans la glace avant d'appliquer une touche de brillant sur ses lèvres. Le cœur de Liam se serra. Emma aurait dû être là. Elle aurait adoré ce moment. Elle aurait su quels mots employer. Elle aurait été contente pour Nicole et non rongée par l'angoisse. Elle aurait éludé les inquiétudes de Liam en riant et il se serait senti réconforté. Car, si leur couple avait battu de l'aile, ils s'étaient toujours comportés en parents irréprochables.

— Une seconde.

Il disparut dans sa chambre. Au fond de l'armoire était dissimulé un coffre-fort. Liam l'ouvrit. Il continuait les objets habituels – titres de propriété de l'appartement, du garage, contrat d'assurance-vie, deux mille dollars en espèces – un fils de criminel ne se sentait jamais véritablement en sécurité sans une petite réserve de liquidités.

Il y avait aussi une boîte en velours noir. Liam en souleva le couvercle et en sortit le rang de perles d'Emma.

Pendant un bref moment, le souvenir de sa femme fut si intense qu'il put humer son parfum, savourer la douceur de sa peau, revoir ces perles étinceler autour de son cou. Il l'entendit presque rire.

Il porta le collier à ses lèvres. Comme il avait aimé sa femme !

Il regagna la chambre de sa fille.

— Tiens, grommela-t-il. Ta maman portait ceci le soir de notre bal de fin d'études.

Nicole écarquilla les yeux.

— Oh ! papa ! chuchota-t-elle, les yeux brillants de larmes.

— Elle serait si fière de toi, poursuivit-il d'une voix tremblante en manipulant le fermoir... Tu étais sa merveille.

Nicole noua les bras autour de sa taille et l'étreignit avec ferveur.

— Nicole, murmura-t-il dans ses cheveux. Pardon de m'être si mal comporté à ton égard depuis un an. Je t'aime tant. Quand je te regarde, je pense au nourrisson que je tenais dans mes bras à l'hôpital. Tu étais si minuscule, si parfaite. Je n'en revenais pas d'avoir le droit de t'emmener à la maison. Tu m'as donné tant d'affection. Je ne voudrais pas la perdre. Je sais que tu grandis et j'admire la jeune fille que tu es en train de devenir. Mais j'ai si peur que tu n'aies plus besoin de moi.

— Papa ! Jamais ! assura-t-elle en s'écartant.

— Tout ce que je cherche, c'est à te protéger. Je ne veux pas que tu souffres. Je ne veux pas que tu commettes des erreurs, que tu t'éprennes d'un mauvais garçon. Je me jetterais devant un bus pour l'empêcher. Je veux que tu sois heureuse et en sécurité.

— Papa ? Tu pleures ? Ce sont des larmes que je vois dans tes yeux ?

Il fit mine de la repousser.

— Un peu de pitié, Nicole. Mon bébé n'est plus. C'est dur.

Elle l'enlaça de nouveau, recula de quelques pas, se tapota le visage avec un mouchoir en papier en prenant soin de ne pas étaler son mascara.

— Papa, je suis heureuse et en sécurité. Et un jour, forcément, quelqu'un me brisera le cœur. Des bêtises, j'en commettrai. Mais au moins, si je suis désespérée, je saurai toujours où venir me réfugier.

Il contempla le sol et opina. Décidément, cette petite avait la tête sur les épaules.

— Papa ? Tu te débrouilles comme un chef. Tu es un père admirable.

Liam se promit de chérir ces instants jusqu'à la fin de ses jours.

— Merci.

Elle déposa un baiser sur sa joue puis se tourna pour s'émerveiller devant son reflet.

— Tu es si sensible. Maman disait toujours que je devrais me marier un jour avec un type comme toi.

Il se redressa brutalement.

— Pardon ?

Nicole accrocha une boucle d'oreille.

— Elle m'a conseillé de choisir quelqu'un qui prendrait soin de moi comme tu as pris soin d'elle, expliqua Nicole, sans se rendre compte du coup qu'elle venait de lui porter.

Emma avait recommandé à sa fille d'épouser un homme comme *lui* ?

— Quand ?

— Je ne sais plus. Parfois, quand vous deviez sortir, je la regardais se maquiller et je lui disais que j'avais hâte de me marier. Elle me répondait : « Débrouille-toi pour choisir un homme comme ton papa. »

Nicole lui sourit et mit l'autre boucle d'oreille.

Liam, abasourdi, resta sans voix.

— Au fait, devine quoi ? J'ai vu Poppy. Chez M. White. Il la coiffait aussi parce qu'elle assiste au bal en tant que chaperon. Et tiens-toi bien : quand elle est allée au sien, autrefois, un imbécile l'a traitée de sac d'os, son cavalier l'a lâchement abandonnée et elle a dû rentrer chez elle à pied ! Sous la pluie. Sympa, non ? Ce goujat, je lui donnerais volontiers un coup de genou dans les parties.

Sac d'os ? Cette expression lui rappelait quelque chose.

Mais sa fille le contemplait par le biais du miroir et attendait une réponse.

— Un coup de genou dans les parties. Je n'en attends pas moins de toi, ma fille.

— Elle te plaît, papa ? L'autre soir, j'ai senti des ondes entre vous, après le match.

Liam inspira profondément.

— Oui. Elle me plaît.

— Vous sortez ensemble ?

— Non.

Il hésita, se décida : c'était maintenant ou jamais.

— Nicole, tu m'as laissé entendre que tu tenais à ce

que rien ne change entre nous. Que l'on reste tous les deux. Tu t'en souviens ?

Elle fronça les sourcils.

— Ah, ça ! Le jour où tu m'as demandé si je voulais aller vivre chez Grand-père et Grand-mère ? Voyons, papa ! J'étais en plein SPM, ce jour-là. Tu as le droit d'avoir une petite amie. À condition qu'elle soit cool. Et ne songe pas une seconde à mettre au monde des triplés avant mon départ pour l'université. Changer les couches, ce n'est pas mon truc.

Une fois de plus, Liam se surprit à la fixer, bouche bée.

— Ah.

Elle lui tapota la main.

— Vis ta vie, papa. Cesse de t'inquiéter pour moi, d'accord ? Poppy est gentille… Que penses-tu de ma coiffure ? J'aimerais bien y arriver toute seule. M. White est génial. Dommage qu'il n'enseigne pas toutes les matières. Lui et son compagnon vont adopter un bébé. Génial, non ?

La sonnette retentit.

— Ô mon Dieu ! C'est Tanner ! Papa ! Va lui ouvrir ! Vite ! Vite ! Dis-lui que j'arrive.

Sur ce, elle poussa son père dehors.

Maman disait toujours que je devrais me marier un jour avec un type comme toi.

Sac d'os.

Les souvenirs rejaillissaient d'un seul coup. Un sentiment de honte submergea Liam.

Toutefois, pour l'heure, il avait d'autres préoccupations. Tanner Talcott se tenait à l'entrée en smoking, un petit bouquet à la main.

Liam qui avait passé sa journée au garage, était encore habillé comme le voyou qu'il avait été autrefois – blouson de motard en cuir noir, bottes en cuir noir, jean délavé, T-shirt au logo de son entreprise. Il ne s'était pas rasé ce matin-là. La veille non plus, d'ailleurs, maintenant qu'il y réfléchissait. Il dominait Tanner d'une dizaine de centimètres et d'une vingtaine de kilos. Il fit un pas vers le cavalier de sa fille. Tanner recula. Tant mieux.

— Règles de base, Tanner, grogna-t-il.

Tanner pâlit. Excellent.

— Pas d'alcool. Interdiction de fumer, de se droguer, de regarder les autres filles. Tu peux danser avec la mienne à condition que tes mains évitent les zones de danger. À savoir ici, là, et là, précisa-t-il en illustrant son propos d'un geste… Tu peux l'embrasser. Une fois. À 22 heures 59, ici même, sur ce paillasson. Je serai de l'autre côté de la porte. Compris ?

— Oui, monsieur.

— J'ai eu ton âge, moi aussi.

— Certainement, monsieur.

— Je sais à quoi tu penses.

— Pardon ?

— Tu as le droit d'y penser. Pas de le faire.

— D'accord.

— J'ai des tas d'outils tranchants dans mon garage.

— Oui, monsieur.

— Tout est clair entre nous ?

— Parfaitement, monsieur.

— Bravo !

Liam arbora un large sourire, saisit le jeune homme par l'épaule et l'entraîna à l'intérieur.

— Nicole ! Ton cavalier est là.

Quarante-cinq minutes plus tard, une fois la séance de photos terminée, Nicole embrassa son père, Tanner lui serra la main et Liam enfourcha sa moto. Lorsqu'il ralentit devant la demeure des Tate, il relança l'accélérateur avant d'arrêter le moteur. Histoire de les prévenir qu'il était prêt à dégainer, en quelque sorte.

George lui ouvrit, l'air renfrogné.

— Liam. Nicole va bien ?

— Très bien. J'aimerais vous parler.

— Nous avons du monde à dîner. Il va falloir patienter.

— Tout de suite, George, insista Liam en croisant les bras. Ou alors, si vous préférez, je peux entrer et vous dire ce que j'ai sur le cœur devant vos invités ?

— Entendu. Ne bougez pas.

Il reparut une longue minute plus tard en compagnie de Louise.

— Liam ! Qu'y a-t-il de si important ?

— Ma fille, proclama-t-il. J'ai quelque chose à vous dire. Je sais que vous m'en avez voulu d'avoir suivi Emma en Californie. Maintenant que je suis moi-même papa, je le comprends. Je sais aussi que l'annonce de sa grossesse vous a bouleversés, que vous lui avez conseillé d'avorter et d'exiger que je renonce à mes droits paternels. Je sais que vous désapprouviez notre mariage et j'imagine que vous l'avez encouragée à demander le divorce par la suite.

Louise haussa les sourcils : *Et alors ?*

— Sachez que j'ai aimé votre fille du premier jour jusqu'à son dernier souffle. Je n'ai jamais cessé de l'aimer. Je l'ai tenue dans mes bras quand elle pleurait, je l'ai transportée dans la salle de bains quand elle était malade, j'ai lavé les draps, je lui ai préparé sa soupe et administré sa morphine quand la douleur est devenue insoutenable.

Ses beaux-parents s'étaient figés.

— Fiston, nous sommes conscients de…

— Je n'ai pas terminé. Comment osez-vous me menacer de m'enlever ma fille ? L'enfant que j'ai nourrie et élevée ? Comment osez-vous me considérer comme un père indigne ? L'avez-vous vue ? Lui avez-vous parlé ? Savez-vous combien elle m'est précieuse ?… Vous devriez me remercier, enchaîna-t-il, sa voix se brisant. Vous devriez me lécher les bottes. Par conséquent, si vous tenez à me traîner devant les tribunaux, allez-y. Je n'aurai même pas à me défendre. Vous serez déboutés et ensuite, vous n'aurez plus qu'à vous demander ce que Nicole pense de ceux qui ont cherché à la priver de son papa.

Louise tressaillit comme s'il l'avait giflée.

— Liam, nous… Nous aimions tant Emma. Quand nous vous avons aperçu avec cette autre femme…

George posa un bras sur les épaules de son épouse.

— On laisse tomber le procès. Tu as raison, fiston. C'était stupide de notre part.

Liam se dégonfla comme un ballon de baudruche.

— Je sais combien Emma vous manque. À moi aussi, croyez-moi. Je sais aussi que c'est difficile pour vous de me voir avec quelqu'un d'autre mais j'ai le droit de continuer à vivre. Vous aimez Nicole. Ce n'est pas une raison pour vous immiscer entre elle et moi. C'est ma fille, c'est moi qui dicte les règles.

George hocha la tête, visiblement penaud. Louise extirpa un mouchoir de sa poche et s'essuya les yeux.

— As-tu… parlé de tout ceci à Nicole ? De ce que nous avons raconté à ton sujet ?

Liam dévisagea Louise. Elle avait le même nez, la même forme d'yeux qu'Emma.

— Non, Louise, murmura-t-il avec douceur. Bien sûr que non. Cela ne m'aurait jamais traversé l'esprit.

— Louise ? Tout va bien ?

Une femme élancée, vêtue à la Barbara Bush – jupe plissée, twin-set et mocassins, se hissa sur la pointe des pieds derrière les Tate.

— Oui, oui. C'est Liam. Notre gendre.

— Ce soir a lieu le bal de fin d'études, reprit Liam avec un sourire. Je vous ai apporté des photos de Nicole. Je vous confie mon appareil. Vous pourrez les regarder sans moi car je suis pressé.

— Merci, chuchota Louise.

— Appelez Nicole demain. Je suis sûr qu'elle aura envie de vous raconter sa soirée.

— Merci, répéta-t-elle.

— À bientôt, fiston, conclut George.

Liam regagna sa moto (jamais elle ne lui avait paru aussi belle) et l'enfourcha. Il mit son casque et démarra.

Une dernière étape et il en aurait terminé.

30

Le bal de fin d'études. Poppy se demanda combien de personnes en repartiraient avec de bons souvenirs.

Un tiers seulement des jeunes dansaient – enfin, si l'on peut dire. On aurait dit des saumons remontant une rivière, tous dirigés vers la scène, s'agitant à l'unisson au rythme de ce que l'orchestre avait annoncé comme un « classique » d'Eminem. La plupart d'entre eux connaissaient les paroles par cœur. *Il a déjà du vomi sur son pull, les spaghettis de maman…*

Et les gens s'étonnaient quand elle soutenait préférer les tubes d'autrefois.

Jon se faufilait ici et là, repérant les ados enivrés, passant des coups de fil à leurs parents. Dans l'ensemble, l'ambiance était forcée : rires trop aigus, gestes exagérés, regards furtifs. Quelques-uns semblaient malheureux ou assaillis par l'ennui. Au fond, c'était triste, surtout quand on pensait aux efforts déployés pour préparer un tel événement.

Mais il y avait aussi la jeunesse dorée et Poppy était ravie de constater que Nicole y avait sa place. Pour l'heure, elle s'était mêlée aux saumons, les joues roses de bonheur. Poppy mourait d'impatience de raconter à Liam… quoique, non. Impossible.

Avec un soupir, elle scruta les alentours. Le manoir de Whitfield était toujours aussi beau. Rien n'avait changé.

Mêmes installations, même décor. Mêmes cliques – les méchantes, les marginaux, les prétentieux, les invisibles.

Bon ! Le moment était venu de faire un tour aux toilettes. Poppy se fraya un chemin à travers la piste, calma un couple un peu trop excité en menaçant de les arroser à la lance s'ils ne gardaient pas une distance de quinze centimètres minimum entre leurs corps, poursuivit son chemin. L'orchestre entonna encore une mélodie inconnue, d'autres danseurs se joignirent aux premiers. La musique était si forte que Poppy en sentait les vibrations jusque dans les entrailles. Elle pénétra enfin dans les vestiaires – une véritable oasis.

Soudain, les souvenirs remontèrent à la surface. Elle s'était cachée là, dans la dernière cabine. Elle avait dû se mordre les phalanges pour ne pas fondre en larmes. À l'époque, cet épisode lui avait paru monumental. Aujourd'hui, ce n'était plus qu'une lointaine anecdote.

Lorsqu'elle émergea de la cabine, elle s'aperçut qu'elle n'était plus toute seule. Une jeune fille s'essuyait les yeux avec des serviettes en papier rêches.

— Ça va ? s'enquit Poppy.

L'adolescente eut l'air paniqué.

— Tu es dans ma classe ?

Poppy sourit.

— Non. Je suis chaperon. J'ai trente-quatre ans.

— Vous ne les faites pas.

— Merci. Alors ? Un gros chagrin ? insista Poppy en se lavant les mains.

— Mon petit ami vient de me plaquer. Incroyable, non ? Il aurait pu attendre demain, il me semble.

— Quel mufle, murmura Poppy en lui tapotant le bras. Tu veux un petit conseil ?

L'adolescente la gratifia d'un regard dubitatif – comment cette relique du siècle dernier pouvait-elle l'aider ?

— Mouais, marmonna-t-elle enfin.

— Oublie-le. C'est ton bal de fin d'études. Tes amis sont là, tu es superbe, l'orchestre est… fantastique et une telle occasion ne se représentera plus jamais. Évite de te recroqueviller dans un coin. Ne montre surtout pas à ce gougnafier à quel point tu es blessée. Mets tes griefs de côté pour l'instant et amuse-toi.

— C'est ça.

— Remarque, se cacher pour pleurer, ça marche aussi. À toi de choisir.

Poppy avait opté pour cette solution. Mais elle en avait tiré les leçons, non ?

La porte s'ouvrit brusquement et trois jeunes filles, toutes belles comme des cygnes, déboulèrent.

— Sierra, ce type est un goujat. Ne te terre pas ici. Viens avec nous. Fais comme s'il n'existait pas. Ryan Joyce sera enchanté.

L'instant d'après, elles avaient toutes disparu. Pour des raisons inexplicables, Poppy eut subitement l'impression d'avoir enfin fait le deuil de son amour d'antan. Sincèrement éprise de Liam à l'époque, elle l'était encore aujourd'hui. Au fond, elle s'en félicitait. Un jour, peut-être, elle raconterait à ses petits-enfants l'histoire du mauvais garçon au blouson de cuir qui l'avait emmenée faire un tour à moto.

À présent, elle devait retourner dans l'arène. Un coup d'œil dans la glace lui révéla que les efforts de Jon n'avaient pas suffi à dompter cette fichue mèche rebelle. Tant pis. Elle était bien dans sa peau, n'était-ce pas l'essentiel ?

Lorsqu'elle émergea des toilettes, elle entendit le chanteur de l'orchestre s'adresser au public.

— Les amis, on a une requête spéciale. Vous connaissez peut-être cette chanson, surtout si vous avez assisté à un match des *Red Sox*. Soyez indulgents, nous ne l'avons pas jouée depuis des années mais on nous a filé cent dollars.

Poppy franchit le seuil de la salle de bal. Jon l'aperçut,

agita la main. Il était entouré de plusieurs professeurs du lycée. Poppy se dirigea vers lui, croisa Nicole au passage.

— Coucou, ma chérie. Tu t'amuses bien ?

— Oh ! oui ! assura Nicole en se tournant vers la scène. Et... Oh ! Non ! Non !

Poppy pivota à son tour mais, même en se hissant sur la pointe des pieds, elle ne voyait rien – la piste était bondée.

— Oh ! non ! Dites-moi que je rêve, gémit Nicole.

Le cœur de Poppy s'arrêta de battre. En effet, cette chanson, elle la connaissait par cœur. Aucun doute possible. Tout à coup, sa gorge s'assécha.

— *Where it began, I can't begin to knowing, but then I know its' growing strong.*

— Nicole ! s'égosilla une adolescente en s'emparant de son portable... Tu vois ce que je vois ?

— *Was in the spring... then spring became the summer...*

— Tuez-moi tout de suite ! gronda Nicole... Euh... Poppy, je crois que ça s'adresse à vous. Tanner, pousse-toi.

Sur la scène se dressait Liam Declan Murphy, en blouson de cuir noir, pas rasé, une guitare entre les mains.

Il interprétait « Sweet Caroline » de Neil Diamond.

La chanson préférée de Poppy. Celle que les haut-parleurs de l'ascenseur diffusaient le jour où elle avait tenté de le ranimer. Il laissa errer son regard sur la foule, repéra Poppy :

— *Sweet Caroline...*

Quelques élèves et la plupart des professeurs répondirent en chœur :

— *Oh ! Oh ! Oh !*

— *Good times never seemed so good*, reprit Liam en souriant.

— *So good, so good, so good !*

Poppy essuya une larme.

— Monsieur Murphy, surtout n'arrêtez pas votre premier boulot ! lança quelqu'un.

Tout le monde s'esclaffa, y compris Liam. Mais il continua à chanter, obstinément, mélangeant les paroles. Sur le dernier refrain, la salle tout entière chanta avec lui.

— Je vous trouve très sexy, monsieur Murphy !

— Beurk ! C'est *mon père*, alors la ferme, d'accord ? s'insurgea Nicole… Désolée, Poppy. Je lui ai dit qu'il devrait sortir avec vous mais je n'avais pas imaginé… Ma parole, mais vous êtes émue !

Poppy émit un petit rire, se frotta les yeux.

Après une salve d'applaudissements débonnaires, Liam posa la guitare et sauta de l'estrade.

Le leader du groupe reprit le micro.

— Revenons à quelque chose de plus… contemporain, proposa-t-il. Et un, et deux, et…

L'orchestre attaqua encore un morceau que Poppy n'avait jamais entendu et les sauts de saumon reprirent.

Puis Liam fut devant elle et elle en fut si bouleversée qu'elle en oublia de respirer.

— Tu veux danser ?

— Papa ? Tu rigoles ? Pas ici ! protesta Nicole… Je suis déjà assez humiliée comme ça.

— Tant pis.

Prenant Poppy par la main, il zigzagua entre les tables. Jon, le visage fendu d'un large sourire, fit mine de contempler son eau gazeuse.

Dans le vestibule du manoir, le bruit était plus étouffé.

— Tu veux danser ? lui demanda-t-il de nouveau mais Poppy était à court de mots.

Prenant ce silence pour un oui, il la prit dans ses bras et se mit à bouger à un rythme lent sans aucun rapport avec la musique. Sans conteste, Poppy vivait le moment le plus romantique de son existence. Elle en pleurait de bonheur. Il sentait bon le cuir, l'air frais et le savon. Lorsqu'elle leva les yeux vers lui, il souriait.

— C'est la version la plus pathétique de « Sweet Caroline » que j'aie jamais entendue, plaisanta-t-elle.

— Tu as adoré.

Elle haussa les épaules mais laissa échapper un rire.

— Tu as raison.

Il s'immobilisa, s'écarta légèrement, prit ses deux mains dans les siennes et la contempla d'un air grave.

— Cordelia, tu n'es pas un sac d'os. Tu ne l'étais pas davantage à l'époque. Tu étais minuscule et si j'ai dit ça, c'est uniquement parce que… eh merde ! Rick Balin avait prévu de… de coucher avec toi ce soir-là.

Poppy retint son souffle, sidérée.

— Et moi… j'ai dit n'importe quoi pour l'en décourager. Spontanément. Sans réfléchir. Parce que tu étais une fille bien et que tu ne méritais pas un imbécile comme Rick.

Ainsi, Rick avait eu l'intention de la déflorer – à peine âgée de seize ans, d'une naïveté déconcertante, elle n'aurait jamais pu se défendre contre un garçon qui pesait au moins trente kilos de plus qu'elle.

— J'ignorais qu'il t'avait plantée comme ça. Par la suite, j'ai complètement oublié cet incident. Je ne cherchais pas à gâcher ta soirée. Je suis vraiment navré.

— Je… ce n'est pas grave. Au contraire, maintenant que je suis au courant, je trouve cela plutôt touchant.

— Je suis quelqu'un de gentil.

— N'exagérons rien, répliqua-t-elle alors qu'elle fondait littéralement.

— Cordelia… je crois que je suis amoureux de toi.

— Je… C'est… bien.

Ouf ! Elle pouvait mourir tranquille.

— Me pardonneras-tu mes maladresses passées et présentes ? Parce que ce serait un honneur pour moi d'essayer de me montrer à la hauteur de l'image que tu as de moi.

Elle but ces paroles. Décidément, la vie était pleine de

surprises. Liam Murphy avait voulu la protéger – maladroitement, certes, mais tout de même… Il avait pris soin d'elle car il avait cela dans le sang.

— Alors ?

— Oui, eh bien, je vais y réfléchir, Liam, et…

— Le mieux serait que tu m'épouses. Dès que Nicole sera prête à accepter une belle-mère. Avec toi, je suis heureux comme je ne l'ai jamais été, Cordelia. Quant à toi, tu m'aimes depuis des décennies, je suis beau comme un dieu et…

— Quel ego !

— Je m'occuperai de toi, Cordelia. Je te le promets, chuchota-t-il avant de réclamer ses lèvres…

— Les tourtereaux ? Pardon de vous interrompre, dit Jon, surtout que je suis en train de filmer cette scène pour la poster sur YouTube mais…

Poppy s'écarta – à contrecœur – et pivota vers son beau-frère.

— Je te relève de ta mission de chaperon, décréta Jon. Si tu veux t'en aller, n'hésite pas.

Poppy et Liam échangèrent un regard.

— Non, décida Liam. Je te dois un beau bal de fin d'études.

Sur ce, il l'entraîna dans la salle, sur la piste.

Il dansa avec elle.

Il l'embrassa.

Plusieurs fois.

Devant tout le monde.

Épilogue

Quinze mois plus tard…

Il allait de soi que le premier mariage célébré aux *Prés Fleuris* depuis soixante-deux ans serait celui de Poppy et de Liam. La vieille demeure tenait toujours debout. Et elle resterait ainsi encore longtemps, sinon pour toujours.

Le premier jour de l'automne, Vivian Appleton avait rendu son dernier soupir à l'âge de cent deux ans. Sur la commode en face de son lit trônait la maquette de Poppy. La pensée que le dernier regard de Vivian avait peut-être été pour *Les Prés Fleuris* – même en miniature – l'avait réconfortée.

Un mois plus tard, Allan Linkletter l'avait convoquée à son cabinet pour la lecture du testament. Poppy s'y était rendue dans l'espoir que Vivian lui avait laissé le modèle – d'une valeur sentimentale inestimable.

Elle avait salué les Vautours, s'efforçant de rester polie malgré leur expression d'avidité.

— Elle en aura mis, du temps, avait marmonné l'un des neveux.

Poppy avait dû se retenir pour ne pas lui donner un coup de pied dans le tibia.

Allan n'avait pas tourné autour du pot. Une fois tout le monde installé autour de la table de conférence, il avait lu le préambule de rigueur puis marqué un temps. Tous les Vautours s'étaient penchés en avant.

— À Cordelia Wilhelmina Osterhagen, je lègue les terres, les bâtiments et leur contenu de la propriété *Les Prés Fleuris*, située au 1100 Shady Brook Road, Bellsford, New Hampshire.

Un silence de plomb avait suivi, après quoi les quatre Vautours avaient sauté au plafond, braillant, jurant, sanglotant tandis que Poppy demeurait figée, sidérée. Allan avait repris la parole pour expliquer aux héritiers déçus qu'ils ne disposaient pas du moindre recours. Le testament était bétonné, signé en présence d'un témoin et le médecin de Vivian avait écrit une lettre attestant de sa pleine lucidité lors de cette décision.

Vivian avait aussi laissé à Poppy un bref message : *Vous avez été plus fidèle que ces Vautours affamés d'argent. Ce n'est pas passé inaperçu.*

En somme, pas grand-chose et tout à la fois.

Poppy avait mis un certain temps à digérer l'information. Désormais, elle était la propriétaire des *Prés Fleuris*, une gigantesque maison victorienne sur quatre hectares de terrain. Qu'allait-elle en faire ?

Au début, elle ne s'en était pas occupée, trop accaparée par Liam et sa nouvelle place dans la vie de Nicole – car elle avait très peur de la brusquer. Mais Nicole l'avait acceptée avec bonheur, la considérant comme une sorte de grande sœur et Poppy se débrouillait pour ne jamais prendre parti quand le père et la fille se querellaient.

L'attitude de Liam envers Nicole s'était nettement radoucie. Ses TOC avaient diminué. Il ne vérifiait plus qu'une seule fois s'il avait verrouillé la porte et, s'il continuait à se laver longuement les mains, Poppy se gardait de le taquiner à ce sujet. Après tout, il était mécanicien.

Toutefois, le printemps venu, Poppy avait décidé de vendre son église, consciente qu'elle n'aurait jamais ni le temps ni l'argent pour l'entretenir correctement. Une étape difficile – elle regretterait toujours la cloche – mais le jeune couple qui l'avait achetée semblait déterminé à poursuivre les travaux de restauration. Il avait d'ailleurs jeté son dévolu sur plusieurs trésors chez *Renov'art* et reviendrait certainement. Des clients de rêve : ils avaient bon goût et en plus, ils étaient riches.

Ainsi, Poppy s'était installée aux *Prés Fleuris*, dans le pavillon du gardien qu'elle avait toujours adoré. Un hic, cependant... les chats détestaient leur nouvelle demeure. À deux reprises, ils avaient parcouru tout le chemin jusqu'à l'église. La troisième fois, les nouveaux propriétaires avaient proposé de les garder dans la mesure où les félins étaient visiblement davantage attachés au lieu qu'à celle qui les avait nourris pendant toutes ces années. Poppy leur rendait visite environ une fois par semaine et ils semblaient heureux.

En revanche, Shilo s'était parfaitement adapté et prenait grand plaisir à gambader sur la pelouse, babines au vent.

Le matin, quand elle s'asseyait avec son café sur le petit balcon de sa maison, une main sur la tête de son chien, elle entendait la cloche sonner au loin.

Désormais, *Les Prés Fleuris* accueilleraient banquets, mariages et autres anniversaires. Poppy était convaincue que Vivian aurait approuvé ce projet, cette façon de redonner vie à la demeure. Toutefois, bien qu'elle en fût la propriétaire, l'organisation de réceptions n'était pas sa tasse de thé et de toute façon, elle ne voulait sous aucun prétexte lâcher *Renov'art*. Elle avait donc engagé quelqu'un capable de gérer l'entreprise, une personne en quête d'une nouvelle carrière... et si celle-ci était pénible par moments, si elle avait tendance à mettre un peu trop en valeur son décolleté, quelle importance ? Gretchen avait déjà réussi à décrocher six noces pour l'été à venir. Au bout du compte, sa pseudo-célébrité était un atout.

En ce moment même, Gretchen était en cuisine. Elle avait rompu avec Dante peu de temps après sa réconciliation avec sa cousine et écumé les célibataires du New Hampshire.

Seule dans sa chambre, Poppy attendait l'arrivée imminente de Stacia, Jon et Brianna. Dans ses mains, elle tenait un message reçu le mois précédent, qu'elle avait ressorti parce qu'il lui semblait nécessaire de le relire. Au mois de février, elle avait décidé d'écrire à sa mère biologique par le biais de l'avocat qui avait finalisé l'adoption. Loin de basculer dans l'émotion, elle s'était contentée d'énumérer des faits. Cependant, elle avait remercié Clarice de l'avoir mise au monde et de l'avoir confiée à Stacia et Max. Elle lui avait assuré qu'elle menait une vie merveilleuse, qu'elle avait un frère, une nièce et qu'elle s'apprêtait à épouser l'homme de sa vie. Elle avait signé « Cordelia ».

Clarice lui avait répondu via le représentant légal. *Je suis si heureuse d'apprendre ces nouvelles et je te souhaite tout le bonheur du monde, Cordelia. Merci pour ton petit mot.*

Point final. Là encore, pas grand-chose mais tout à la fois.

Voilà. Le moment était venu de se pomponner. Poppy rangea la lettre dans le tiroir de sa table de chevet.

Aujourd'hui, elle allait se marier avec Liam Declan Murphy. À partir de maintenant, ils allaient vivre ensemble, dormir dans le même lit, se réveiller face à face chaque matin. Sa fille l'aimait, il l'aimait et elle en avait les larmes aux yeux.

Dans deux heures, ses parents l'escorteraient jusqu'à l'autel de l'église St. Martin. Brianna et Betty étaient ses demoiselles d'honneur. Henry et James, les garçons d'honneur. Nicole serait le témoin de Liam. Lorsqu'elle avait annoncé cette nouvelle à Poppy, celle-ci avait éclaté en sanglots. La moitié de la ville assisterait à la cérémonie, de Mac à Elise (qui s'étaient installés ensemble) aux filles de la boulangerie-pâtisserie en passant par ses camarades de l'équipe de base-ball et même les Tate.

On toqua à sa porte.

— Entre, maman.

Ce n'était pas Stacia mais Liam. À la vue de ses cheveux noirs et de ses yeux verts, elle eut un frémissement. Son mari. Dans cent vingt minutes, il serait son mari.

— Tu me largues ? plaisanta-t-elle.

— Au contraire, riposta-t-il en restant sur le seuil de la pièce. Je t'ai apporté un cadeau.

— Ça se mange ? Je meurs de faim.

— D'après Gretchen, tu as englouti cinq pancakes pour ton petit déjeuner.

— Où veux-tu en venir, beau gosse ?

— Tu ne vas pas t'évanouir d'inanition. D'autant que tu caches une barre chocolatée dans ta commode. Je le sais.

Elle étrécit les yeux.

— Je peux voir mon cadeau ?

— Tiens.

Il lui présenta un carton percé de trous sur les côtés. Comme pour répondre à un signal, une patte minuscule apparut à travers l'un d'entre eux.

— C'est un chaton, annonça Liam en sortant l'animal de sa boîte. Vu que les autres t'ont lâchement abandonnée pour tes successeurs.

— Oh ! Liam !

Il était minuscule, gris tigré. Shilo s'approcha prudemment mais en remuant la queue, le renifla. Le félin laissa échapper un miaulement aigu et visa le museau du chien, ce qui lui valut un coup de langue affectueux.

Liam le déposa sur les genoux de Poppy. Sa fourrure était douce, ses yeux immenses, d'un bleu étincelant.

— C'est un garçon, déclara Liam en calant une mèche de cheveux derrière l'oreille de Poppy. J'ai pensé qu'on pourrait le baptiser Joe.

Composé et édité par HarperCollins France.

Achevé d'imprimer en mars 2021.

CPI
BLACK PRINT

Barcelone

Dépôt légal : avril 2021.

MIXTE
Papier issu de sources responsables
FSC® C159065
FSC
www.fsc.org

Pour limiter l'empreinte environnementale de ses livres, HarperCollins France s'engage à n'utiliser que du papier fabriqué à partir de bois provenant de forêts gérées durablement et de manière responsable.

Imprimé en Espagne.